KAREN ASHLEY

STÄRKER ALS DIE Nacht

APRIL & STORM

ROMAN

lübbe

FSC
www.fsc.org
MIX
Papier aus verantwortungsvollen Quellen
FSC® C014496

Dieser Titel ist auch als E-Book erschienen

Content Note auf Seite 379

Originalausgabe

Dieses Werk wurde vermittelt durch
Agentur Brauer (Agentin: Ulrike Schuldes).

Textredaktion: Elisa Valérie Thieme, Düsseldorf
Umschlaggestaltung: Sandra Taufer, München unter Verwendung von
Illustrationen von © shutterstock: Sergey Novikov | Eisfrei |
Klavdiya Krinichnaya | Zakharchuk | Kawin K |
Diana Hlevnjak; © creativemarket: dvtchk
Satz: hanseatenSatz-bremen, Bremen
Gesetzt aus der Adobe Garamond Pro
Druck und Verarbeitung: GGP Media GmbH, Pößneck

Printed in Germany
ISBN 978-3-404-18431-6

2 4 5 3 1

Sie finden uns im Internet unter luebbe.de
Bitte beachten Sie auch: lesejury.de

Kapitel 1

April

»So. Das war's!«

Tante Maggie sieht mir mit belustigt hochgezogenen Augenbrauen dabei zu, wie ich mit spitzen Fingern eine Herrensocke aus der hintersten Schubladenecke in den überquellenden Treteimer befördere.

»Und die willst du ihm wirklich nicht auch noch nachschicken?«, foppt sie mich. »Bist du dir ganz sicher?«

»Ja«, erwidere ich fest und überhöre die Ironie geflissentlich. »Irgendwann muss mal gut sein.« Ich knote den prallen Müllsack zu, dann wuchten wir ihn gemeinsam in den Hausflur. »Neue Socken sind außerdem billiger als das Porto nach Kuba. Vor allem für mich.«

Es ist ein symbolträchtiger Augenblick, als ich mit Nachdruck die Wohnungstür schließe. Alle Jan-Überbleibsel entsorgt und ausgesperrt, Halleluja! In den Hof bringen wir den Kram später. Ich lehne mich kurz mit dem Rücken an die Wand, um Luft zu schnappen, und grinse Tante Maggie an.

»Kluges Kind. Und so begabt. Das hast du von mir.«

»Is' klar.« Ich lege den Kopf schief.

Sie zwinkert mir zu.

Tante Maggie ist die Ex-Frau meines Onkels Paul und gleichzeitig meine Patentante, aber blutsverwandt sind wir nicht.

Die beiden hatten in den Augen der gesamten Familie eine

perfekte Ehe geführt. Bis zu dem Tag, irgendwann in ihren Vierzigern, als Maggie feststellte, dass Onkel Paul einen winzigen Fehler hatte: Er war keine Frau.

Also hatte sie ein langes freundschaftliches Gespräch mit ihm geführt, ihre Koffer gepackt und uns dann alle zu einem großen Abschiedsessen in einem Hotel am Frankfurter Flughafen eingeladen. Ihr Flug ging am nächsten Morgen: Sie wollte in San Francisco ein neues Leben anfangen, ohne GreenCard, ohne Stadtplan, ohne Netz und doppelten Boden – weil sie in ihren Tarotkarten gelesen hatte, dass sie dort glücklich werden würde.

Das ist jetzt ziemlich genau zehn Jahre her, und Maggies Plan ist voll aufgegangen. Zusammen mit ihrer Frau Lydia betreibt sie einen kleinen Esoterik-Buchladen im kunterbunten Hippie-Viertel Haight-Ashbury. Die beiden leuchten vor Glück, wenn sie gemeinsam in einem Raum sind.

Ich bewundere Maggie für ihren Mut. Ohne ausgeklügelten Plan würde ich niemals in eine fremde Stadt reisen. Ich bin immer umfassend vorbereitet. Manchmal allerdings sind diese Pläne von vornherein zum Scheitern verurteilt, ich merke es nur nicht. Wie die Sache mit Jan, dessen hoffentlich letzte Hinterlassenschaften ich soeben feierlich der Müllabfuhr von San Francisco überantwortet habe. Ich bin Maggie so dankbar, dass sie das hier mit mir durchzieht.

Die Trennung von Jan hat mir mehr zugesetzt, als ich mir eingestehen wollte. Nachdem er mich abserviert hatte, bin ich für vier Wochen bei ihr und Lydia im Gästezimmer ihres viktorianischen Häuschens oben in Nob Hill untergekrochen und habe alle Phasen der Schockbewältigung durchlebt. Tage im Bett verbracht, mich in Selbstmitleid gesuhlt, vor Wut auf einen extra angeschafften Boxsack eingedroschen, meinen Männergeschmack und mein gesamtes Leben infrage gestellt,

Großpackungen Vanilleeis und Taschentücher verbraucht, sämtliche verfügbare Schnulzen gesehen, jedes Beziehungsdetail analysiert, getrauert und mich langsam an diesen nächsten Schritt herangetastet. Wohnung entrümpeln und umdekorieren, Krönchen richten, alles auf Anfang stellen und weitermachen. Und genau das tue ich gerade.

»Aufgeben ist das Letzte, was man sich erlauben darf.« Ein Leitsatz von Maggie, der als Postkarte schon über meinem Klinikbett und danach zu Hause gehangen hatte. Zwei Jahre lang.

Als die Sache mit dem Krebs so weit überstanden war, meinte mein Arzt, ich bräuchte dringend eine Luftveränderung – am besten nicht nur für drei Wochen. Sehr unauffällig schielte er bei dieser Verkündung in Richtung meiner Helikoptereltern, die meine Krankheit als willkommene Gelegenheit ergriffen hatten, mich derart unter ihre Fittiche zu nehmen, dass ich darunter zu ersticken drohte.

Sobald mein Körper sich mit der Idee, gesund zu werden, arrangiert hatte, war ich in eine depressive Krise gestürzt.

Im Nachhinein kein Wunder: Mit siebenundzwanzig und einem abgebrochenen Medizinstudium kurz vor dem Zweiten Staatsexamen wohnte ich wieder zu Hause, in Lüttjenwulbeek, einem winzig kleinen niedersächsischen Fachwerkdorf zwischen Hannover und Celle, ließ mir Essen kochen und die Wäsche machen und sagte Bescheid, wenn ich länger als bis zweiundzwanzig Uhr ausging oder jemanden mitbrachte – natürlich nicht über Nacht. Nicht im Haus meiner Eltern und unter den Argusaugen der dörflichen Nachbarschaft!

Das war kein Zustand. Dabei hatte Jan mir ausnahmsweise recht gegeben. Ich brauchte eine Perspektive.

Jan brachte die Idee mit einem Gap-Year irgendwo im Ausland auf, denn er stand genau wie ich an einem Wendepunkt. Drei Monate später landeten wir am San Francisco International Airport – und keine acht Wochen nach unserer Ankunft war ich wieder Single.

Jan und ich hatten uns in der Krankenhausbücherei kennengelernt. In seinem Leben vor der stationären Aufnahme und Reha war er Broker an der Frankfurter Börse gewesen. Ihm hatte ein Herzinfarkt das Parkett versaut, mir eine seltene Leukämieform einen Strich durch die Medizinerkarriere gemacht. Statt mein Studium abzuschließen, zwangspausierte ich und nahm nur noch von der anderen Seite des Krankenhausbettes an den Visiten teil.

Was Jan und mich verband, war die Überzeugung, dass wir beide zu jung zum Sterben waren, dringend leben lernen wollten und bereit waren, dafür etwas zu ändern: Raus aus der Komfortzone! Nur der Umfang und unsere Herangehensweise waren »etwas« unterschiedlich, wie ich im Lauf der vergangenen Monate feststellen musste.

Wie gesagt. Ich brauche immer einen Plan. Abhängen ist nicht so meins, es sei denn, jemand packt mich in ein Pflegebett und steckt mir Schläuche in die Venen. Aber das will ich so schnell nicht wieder erleben. Zwei Jahre Auf und Ab mit Chemotherapie, ewigen Arztterminen und ständigem Im-Bett-Liegen genügen mir völlig. Das Gute an der Zeit in der Klinik und der Reha war genau das: die Zeit. Zeit, um zu lesen, Zeit, um mich zu sortieren, Zeit, um herauszufinden, was ich beruflich wirklich machen wollte. Zurück in die Medizin nämlich auf keinen Fall.

Dachte ich zumindest. Mir wurde klar, dass ich das Studium nur meinen Eltern zuliebe angefangen und ihre äußerst romantische Vorstellung von mir als Frau Doktor übernommen hatte. Ich hatte mich vier Semester lang durch Physik, Histologie, Chemie, Molekularbiologie, Biochemie und medizinische Terminologie gequält und nur wegen Anatomie, Physiologie und Psychologie durchgehalten. Ich hatte 320 schriftliche Fragen in zwei Prüfungstagen beantwortet, die mündliche Prüfung gemeistert und damit mein Physikum, das Erste Staatsexamen, bestanden. Danach durfte ich endlich Patienten begegnen. Ich wollte etwas mit meinen Händen tun, Leben spüren, heilen – so stellte ich es mir wenigstens vor. Stattdessen sah ich, wie Ärzte, Pfleger und Schwestern durch einen Klinikalltag rauschten, in dem Menschen in engem Zeittakt auf ihre Symptome reduziert und ihre Körper mit Pillen und Verbänden versorgt wurden. Statt die tieferen Ursachen hinter chronischen Schmerzen zu finden, den Menschen ganzheitlich zu betrachten, behielt kaum ein Arzt die Seele im Blick. Das wurde wie selbstverständlich den Pflegekräften zugeschoben, die ohnehin schon unterbesetzt und überlastet waren – wie die Ärzte im Übrigen auch. Akutmedizin ist ein Segen, natürlich ist in einem Schockraum oder Operationssaal keine Zeit für solche Betrachtungen und Ansätze. Aber das ist nicht mein Ding, nicht meine Bestimmung. Die meisten meiner Kommilitonen und Kommilitoninnen waren dort genau richtig, waren fasziniert von Mikrochirurgie, Transplantationsmedizin oder Pharmakologie – aber nicht ich. Ich brannte aus, schleppte mich pflichtschuldig weiter von Semester zu Semester bis kurz vors Zweite Staatsexamen.

Dann wurde ich krank. Zuerst schob ich die Symptome auf den Stress und die vielen Nachtdienste im Krankenhaus. Doch bald musste ich zugeben, dass etwas nicht stimmte. Und zwar ganz und gar nicht. Es war Krebs. Ich gab auf. Zuerst das Studium, als Nächstes mich selbst.

Vielleicht war ich in diesem Moment bereit für ein Wunder. Als Patientin in genau diesem verkorksten System fand ich meine Nische, bekam ich mein Aha-Erlebnis in Gestalt der Urlaubsvertretung meiner Krankenhausphysiotherapeutin geschenkt: Es faszinierte mich zutiefst, was Birte allein mit ihren Fingerspitzen aus mir herauslesen konnte. Wie sie mit minimalen Bewegungen meinen Körper wieder in Fluss brachte, an seine Mitte erinnerte, ihn dorthin zurückleitete. Ich konnte spüren, wie der Lymphstrom von meinem Nacken bis hinunter in die Zehen in Schwingung geriet. Sie löste nicht einfach nur die Verspannungen, die durch das lange Liegen, einseitige Belastung und den Abbau der Haltemuskulatur entstanden waren; Birte rückte mich mit ruhigen, kaum spürbaren Berührungen … gerade. Komplett.

Irgendetwas arbeitete sich an diesem trüben, herbstgrauen Nachmittag an die Oberfläche, und ich heulte wie ein Schlosshund auf Birtes Behandlungsliege, weil in mir Hoffnung keimte, Zuversicht sogar. Ich erinnerte mich.

Das Zusammenspiel von Körper, Geist und Seele – das war es, was ich mir ursprünglich erhofft hatte, damals, als ich mich für das Medizinstudium eingeschrieben hatte. Genau das wollte ich lernen, und jetzt hatte es einen Namen: Osteopathie!

Aber wo? Und wie? Alles hinschmeißen und noch mal von vorn anfangen? Dazu fehlte mir dann doch die Energie, frisch nach der Entlassung aus der Reha.

Und wieder einmal war es Tante Maggie, die mir einen Rettungsring zuwarf.

Sie bewies ihr legendäres Gespür für perfektes Timing und forderte meinen längst überfälligen Besuch ein. Und da machte es bei mir »Klick«.

Anders als in Deutschland gibt es in den USA osteopathisch arbeitende Ärzte und ein entsprechend ausgerichtetes Medizinstudium. Da es in der Bay Area, dem Küstenstreifen der Region von San Francisco, zufällig eine ziemlich gute Uni für osteopathische Medizin gibt, ließ ich das Schicksal entscheiden. Ich bewarb mich ebenso dreist wie blauäugig am renommierten Touro College, einer judaistischen Universität auf Mare Island in Vallejo, nur eine Autostunde nördlich von

San Francisco. Leider werden dort prinzipiell keine ausländischen Studierenden zugelassen – ich bekam nicht einmal eine Antwort. Es sollte wohl nicht sein.

Aber ich hatte nicht mit Tante Maggie und Lydia gerechnet, und das Unfassbare geschah: Die beiden schafften es irgendwie, mich einem befreundeten D.O. – *Doctor of Osteopathic Medicine* – als Praktikantin für meine Famulatur aufs Auge zu drücken. Ihr Nachbar, Dr. Jonathan Roberts, erteilte mir die Zusage, das viermonatige Praktikum, das mir noch für die Zulassung zum Zweiten Staatsexamen fehlte, komplett bei ihm in San Francisco ableisten zu dürfen, denn er hat sowohl eine Privatpraxis als auch einen heißen Draht ins Saint Francis Memorial – und einen Lehrstuhl als Dozent an der Uni. Bingo!

Also versprach ich meiner Familie hoch und heilig, auch in den USA regelmäßig zur Nachsorge zu gehen, und beantragte mein Visum. Widerstrebend ließen mich meine Eltern ziehen.

Und da Tante Maggie das Schutzengel-Diplom mit Auszeichnung besitzt, konnten Jan und ich uns direkt nach unserer Ankunft bei Maria vorstellen – einer supernetten jungen Peruanerin, deren Verlobter sich mit urplötzlichen Bindungsängsten aus dem Staub gemacht hatte, da war die Tinte auf dem Wohnungskaufvertrag offenbar noch nicht ganz trocken. Sie kaufte das Apartment vom Ersparten der ganzen Familie, er zog aus, sie vermietete uns anderthalb Zimmer unter, damit irgendwie Geld reinkam, das sie ihrer Familie zurückzahlen konnte, denn aus dem Kaufvertrag kam sie nicht mehr raus. Furchtbare Geschichte, fand ich. Glück für uns, fand Jan. Und so zogen wir als Marias Mieter und neue Mitbewohner in ein schnuckeliges Apartment im Herzen des jazzigen Stadtteils Western Addition – und ich fand in Maria eine wunderbare neue Freundin on top.

Ein Lächeln umspielt meine Lippen, als ich mich aus den Erinnerungen löse. Jetzt ist diese traumhafte Wohnung mit Marias üppigem Dschungelparadies mein Reich. Sie musste überraschend zurück in ihre Heimat, und ich kümmere mich derzeit allein um alles.

Ich stehe am großen Panoramafenster mit Blick auf die blühende Dachterrasse und kann beinahe hinüberwinken zu den berühmten *Painted Ladies*. Diese bunt gestrichenen viktorianischen Häuser bilden einen wunderbaren Kontrast zu den vielen modernen Gebäuden, die das hügelreiche Stadtbild von San Francisco prägen. Alles ist grün und bunt, quirlig und ständig in Bewegung. Verspielte Flower-Power-Ecken, in denen die Zeit in den Sechzigern des vergangenen Jahrtausends stehen geblieben scheint, wechseln mit ruhigen, beinahe spießigen Wohngegenden. Studentenwohnanlagen und der Finanzdistrikt bilden einen krassen Kontrast zu Japantown, Chinatown oder der touristischen Hafenmeile Fisherman's Wharf. Was für ein himmelweiter Gegensatz zu Hannover – und erst recht zu dem kleinen Südheidedörfchen, in dem ich aufgewachsen bin.

San Franciscos Gegensätze und das ständige Bergauf und Bergab sind irgendwie sinnbildlich für mein Leben.

Jan reiste mit dem normalen ESTA-Dokument ein, der Neunzig-Tage-Lizenz zum Abhängen, was er im Übrigen sehr wörtlich zelebrierte. Ich hatte ein F1-Studentenvisum in der Tasche und außerdem das Sprach-Zertifikat über meinen mit Bravour bestandenen TOEFL-Test, den Finanznachweis, dass ich dem amerikanischen Staat nicht auf der Tasche liegen würde, ein nettes Einladungsschreiben von Doc Joe (Dr. Jonathan Roberts besteht darauf, dass ich ihn so nenne, aber nur, wenn keine anderen Studenten oder Patienten im Raum sind) und alles, was das Immigration Office noch so für Papiere von mir hätte wollen können.

Ich besorgte mir Bücher und büffelte, weil ich fit sein wollte, bevor ich nach ein paar Wochen Eingewöhnung mit der Famulatur begann: *Medical English* und das *Oxford Handbook of Clinical Medicine* wurden meine besten Freunde.

Jan chillte stattdessen. Das hieß im Klartext, er zog durch sämtliche Bars und Jazzclubs im Viertel, bis hinunter nach Haight-Ashbury und in die anderen einschlägigen Distrikte. Immer öfter kam er erst nach Hause, wenn ich frühmorgens aufbrach, um joggen zu gehen.

Wir drifteten zusehends auseinander, zwischen uns klaffte der San-Andreas-Graben, wenn nicht etwas noch Tieferes.

Als er dann vor vier Wochen verkündete, dass seine touristische Aufenthaltserlaubnis demnächst auslaufe und er seine Auszeit jetzt auch auf mich ausweiten wolle, war das für niemanden eine große Überraschung – außer für mich. Mit einem Mal knallte er mir ganz deutlich und ziemlich lautstark an den Kopf, dass er keinen Bock mehr habe, sich mit einer »ewig Kranken« herumzuärgern, und etwas Besseres gefunden habe: anspruchslos, attraktiv, gesund, mit Körbchengröße DD und Strandvilla in Kuba.

Inzwischen komme ich damit klar. Heute wieder in unserer stillgelegten WG zu sein fällt mir leichter, als ich befürchtet hatte. Mich auf Dauer bei Tante Maggie und Lydia zu verstecken ist keine Option, auch wenn ich ihre Nachbarschaft aus schmalen Häusern, die aus der Zeit der britischen Queen Viktoria und von King Edward stammen und schon so viele Erdbeben überstanden haben, einfach nur bezaubernd finde.

Maria hat mich, als hätte sie es geahnt, noch vor Jans Auszug als zeichnungsberechtigte Mieterin den Vertrag schreiben lassen – eine Win-win-Situation für uns beide. Sie braucht jemanden, der Entscheidungen treffen kann und die Eigentumswohnung pflegt, während sie in Peru ist – und ich eine bezahlbare Bleibe, in der ich selbst die neue Mitbewohnerin auswähle. Keine Männer mehr, damit bin ich durch, auch wenn Maria nur gelacht hat, als ich das erwähnt habe.

Eigentlich sind dieser ganze Luxus und das moderne Ambiente gar nicht so meins. Zu Hause in Deutschland habe ich entweder in einer minikleinen Studentenbutze oder meinem Mädchenzimmer gelebt. Unter normalen Umständen würde ich niemals so viel Geld für Miete ausgeben, aber diese Wohnanlage ist ein Traum, Wohnraum ist knapp – und als WG geht es gerade so.

Seufzend straffe ich die Schultern und stopfe zwei Garnituren Bettwäsche in einen Sack für die Altkleidersammlung. Die mochte ich noch nie. Grafische Formen sind so typisch Jans Broker-Geschmack, nicht meiner, genau wie das hässliche Bett mit Metallrahmen. Ich gebe ihm einen verächtlichen Stoß mit dem Fuß, dabei kann dieses superstylische Ding ja gar nichts dazu, dass Jan es unbedingt kaufen und hier rein verfrachten musste.

Das Zimmer war bereits voll ausgestattet, und wir hatten ohnehin erst mal nur zur Probe für zwei Monate unterschrieben. Maria fand es in Ordnung. Sie war eher skeptisch, ob wir zu zweit mit nur einem Schlafzimmer klarkommen würden, und hat mir kurzerhand noch ein halbes Zimmer dazu überlassen, damit ich mich zum Lernen zurückziehen kann. Jan hat ihr natürlich sofort famosen Geschäftssinn unterstellt. Ich fand es einfach nur nett, dass sie innerhalb von einer Stunde ihre Malsachen aus dem »Atelier« geräumt und die Schränke leer gefegt und ausgewischt hatte.

Das Apartment ist mehr als groß genug für drei.

Die Wohnung hat in jedem Schlafzimmer praktische Einbauschränke, sogar Waschmaschine und Trockner gehören mit zur normalen Ausstattung. Möbliertes Wohnen, teils mit

Zimmerservice, Reinigung und wohnblockeigenen Fitnessräumen, ist in den Staaten weit verbreitet. Die Leute ziehen öfter um als wir in Deutschland.

Nur Jan war offenbar so einiges nicht gut genug. Okay, vielleicht bin ich doch noch nicht ganz drüber weg.

Ich lasse meinen Blick durch den Raum schweifen. Mein Entschluss steht. Ich werde dieses riesige Zimmer aufgeben, mir reicht das Atelier. Die Bezeichnung für das halbe Zimmer habe ich von Maria übernommen. Es ist schön hell, hat eine Fensterfront zur Bay, ein gemütliches Schlafsofa und einen kleinen Schreibtisch – und meistens lerne ich sowieso im Wohnzimmer. Es ist sicherlich auch einfacher, jemanden für das große Zimmer zu finden, aber ich will niemanden, der auf solche Betten steht. Das blöde Ding fliegt raus.

Vielleicht weiß Tante Maggie, wohin man dieses Ungetüm von Bett spenden kann. Voller Tatendrang marschiere ich zurück in die Wohnküche.

»Ist das Kunst, oder kann das weg?«, begrüßt mich dort meine Patentante. Drohend hält sie ein vertrocknetes Wurzelknäuel über den geöffneten Abfalleimer, in den sie bereits eine neue Mülltüte gehängt hat.

»Halt! Nein!«, bremse ich sie. »Das gehört Maria. Sie bringt mich um, wenn ich ihre Wüstenrose entsorge.«

»Du meinst, dieses Ding hat Überlebenschancen?«

»Ganz bestimmt! Ich habe Maria hoch und heilig versprochen, dass ich mich um all ihre Pflanzenschätze kümmere, als wären es meine Patienten.«

»Nichts gegen deine Reanimationskünste, aber gesunde Blumen sind mir lieber.« Seufzend lässt Tante Maggie die Zauberknolle wieder in der Küchenschublade verschwinden. Ihre Armbänder klirren.

Theoretisch bewohnen wir diese Wohnung über den Dächern San Franciscos auch nach Jans Auszug also immer noch zu zweit. Praktisch gesehen ist Maria allerdings schon zwei Tage länger weg als Jan. Sie hatte uns schon kurz nach dem Einzug mitgeteilt, dass sie für ein paar Monate zurück nach Peru müsse, um dort im Familienbetrieb auszuhelfen. Ich vermute, dass es auch etwas mit ihrer Aufenthaltsgenehmigung nach der geplatzten Hochzeit mit einem US-Staatsbürger zu tun hatte, aber darüber haben wir nie gesprochen.

Jan fand es übrigens enorm großzügig von sich selbst, mir nach Marias Auszug achtundvierzig Stunden zum Anpassen gelassen zu haben, bevor er selbst die Biege machte und mich komplett mir selbst überließ. Seufzend drehe ich mich um.

Jedenfalls ist das Penthouse in diesem Gebäudekomplex mit der eigenen kleinen Dachterrasse einfach zu schön, um es aufzugeben. Allein der Blick auf die Bucht – ein Traum, egal bei welchem Wetter.

Auch wenn Männer es hier offensichtlich nicht sonderlich gut aushalten. Denn Marias Geschichte wiederholte sich quasi eins zu eins: Eine Woche bevor sie abreiste, hatten Jan und ich unsere Probezeit beendet und einen offiziellen Mietvertrag über weitere sechs Monate geschlossen. Vielleicht hätte es mir zu denken geben sollen, dass er nicht mit unterschreiben wollte. Ich dumme Gans machte mir noch Sorgen wegen seines auslaufenden Visums, die er aber sofort abwiegelte. Er sagte, er würde das locker hinkriegen und einfach zwischendurch mal zwei Wochen nach Kanada oder Mexiko fliegen, um dann wieder neu einreisen zu können. Alles easy.

Ich bin nicht gut mit Alarmsignalen. Sonst hätte ich damals vielleicht auch den Krebs früher bemerkt. Egal. Es ist ja gut gegangen.

Maria wird wiederkommen. Jan garantiert nicht. Er ist mit dieser karibischen Schönheit namens Ramona nach Kuba entschwunden – einmal auf die andere Seite des Kontinents und raus aus den Staaten. Auf dem Foto, das er mir als Abschiedsgruß von dem glücklichen Pärchen geschickt hat, sieht Ramona aus wie ein Fitnessmodel, hat lange schwarze Haare und sicherlich keine langweiligen Hobbys wie lateinische Bezeichnungen für Knochen auswendig lernen oder die chinesische Fünf-Elemente-Lehre inhalieren. Ich habe trotzdem vor, die Schlösser austauschen zu lassen. Nur zur Sicherheit.

Unter anderen Umständen wären Jan und ich nie zusammengekommen, wir haben uns aneinandergeklammert wie zwei Fliegen, die Angst vorm Ertrinken hatten. Maggie hatte mir das auf den Kopf zugesagt, gleich am Abend unserer Ankunft.

Nachdenklich betrachte ich die Kehransicht meiner flippigen Tante, die mit ihrer hemdsärmeligen Tatkraft gerade auf den Zehenspitzen auf einem Stuhl balanciert und die neuen Vorhänge aufhängt.

Die meisten Unfälle passieren im Haushalt, denke ich und seufze schon wieder. *Außerdem hat in der ganzen Straße niemand sonst Gardinen.*

»Was?«, fragt sie fröhlich.

»Mir ist gerade aufgegangen, dass du womöglich Jans Auszug ins Rollen gebracht hast.«

»Ich?« In schlecht gespielter Entrüstung sieht sie mich an. »Wie hätte ich denn dieses Meisterwerk vollbracht?«

Ich grinse. »Erinnerst du dich an den legendären Abend beim Chinesen letzten Monat? Als du Jan gefragt hast, wieso er eigentlich in San Francisco leben will, wenn ihn die *oberflächlichen* Amerikaner und ihre *aufgesetzte* Freundlichkeit so furchtbar nerven? Und an seinen Gesichtsausdruck, als er einen Moment lang wirklich darüber nachgedacht hat?«

»Huch!«, macht Tante Maggie und klettert umständlich

vom Stuhl. »Meinst du, er ist meinetwegen zu neuen Ufern aufgebrochen? Ich bin es ja gewohnt, dass mich manche Menschen anstößig finden, aber zum Stein des Anstoßes werde ich eher selten.« Sie kichert in Anspielung auf ihr Outing. »Aber apropos etwas ins Rollen bringen: Hast *du* ihm nicht kurz zuvor das T-Shirt mit dem Aufdruck: *It's better on the Bahamas* geschenkt? Nicht so weit weg von Kuba, oder?«

»Okay. Eins zu null.«

Wir lachen.

»Immerhin kannst du von dir behaupten, dass du nicht das schwarze Schaf bist, sondern das bunte.«

»Und da bin ich stolz drauf, *Sugarplum*.« Tante Maggie macht einen Knicks und wirbelt mädchenhaft in ihrem bunten Batikkleid und mit den klirrenden und klingelnden Armbändern herum, bis ihr schwindelig ist und sie sich an mir abstützen muss. »Schätzchen. Ich muss mich setzen. Mit deinem Temperament muss frau erst mal mithalten. Was hältst du von einer kleinen Pause mit selbst gemachter Limonade? Ich habe vorhin eine Flasche von Lydias Spezialrezeptur in deinem Kühlschrank deponiert – nachdem ich ihn gründlich mit Essigwasser gereinigt habe. Was da außer Ketchup und zwei Zitronen sonst noch drin war, ruht jetzt übrigens einträchtig neben Jans Socke.«

»Perfekt!«

Ich angele zwei Gläser aus dem viel zu hoch hängenden Küchenoberschrank und runzele die Stirn.

»Den müssen wir bei Gelegenheit auch noch tiefer setzen.«

Mit »wir« meine ich Luigi, unseren Hausmeister und Concierge, aber ehrlich gesagt würde ich nicht meine Hand dafür ins Feuer legen, dass er so was kann.

»Oder einen dieser kleinen Ikea-Hocker besorgen«, schlägt Tante Maggie vor, die anscheinend zum selben Schluss gekommen ist.

Ich nicke. »Das wäre einfacher, stimmt. Auf jeden Fall wird das hier jetzt eine reine Frauen-WG. Männerfreie Zone! Ich habe so was von die Nase voll von Kerlen!«

»Na, darauf stoßen wir an!«

Zwei Stunden später habe ich Tante Maggie endlich davon überzeugt, dass sie mich guten Gewissens allein lassen kann.

»Wenn dir die Decke auf den Kopf fällt: Du weißt, wo du uns findest, Liebes. Du kannst jederzeit wieder bei uns wohnen. Wir haben Platz genug! Wieso kündigst du nicht einfach und ziehst zu uns?«

»Weil Teil des Amerikaplans war, dass ich meine Selbständigkeit wiederfinde und mein Leben selbst in die Hand nehme?«

Tante Maggie legt mir zufrieden die Arme um die Schultern. »Das wollte ich nur noch einmal aus deinem eigenen Mund hören. Guter Plan! Tschakka!«

»Tschakka!«, wiederhole ich unseren Schlachtruf und sehe ihr hinterher, wie sie im wehenden Kleid, bewaffnet mit zwei Müllsäcken, die Treppen im Hausflur hinunterspringt, als wäre sie fünfzehn und keine fünfzig plus.

Dann lasse ich die Wohnungstür hinter ihr ins Schloss fallen.

Erschöpft plumpse ich in einen der gepolsterten Korbsessel in der Chillecke unserer Wohnküche, wo der Blick über die Dachterrasse und hinüber bis zur Golden Gate Bridge träumen kann, und schenke mir noch ein halbes Glas Limonade ein. Ingwer-Limette mit einem Hauch frischer Pfefferminze. Das ist jetzt genau das Richtige. Ich löse meine Augen von der Bucht und lasse sie durch die Wohnung schweifen.

Zuhause.

Allein.

Meins.

Zumindest solange Maria nicht zurück ist.

Die neuen Vorhänge in zarten Orange- und Gelbtönen tauchen den zentralen Raum in ein weiches Licht. Die Einrichtung stammt größtenteils von ihr, ein paar Sachen gehören wohl auch zum Apartment. Es sind weiße oder cremefarbene Holzmöbel, die einen wunderbaren Kontrast zu der modernen Architektur mit dem vielen Glas und den großen Fenstern bilden. Marias Geschmack und meiner ergänzen sich ausgezeichnet. Tante Maggie und ich haben auf dem Künstlermarkt wunderschöne passende Läufer, Kissenhüllen und Deckchen in Grün- und Blautönen gefunden. Ich zücke mein Handy, mache drei Fotos vom Ergebnis unseres morgendlichen Dekorationsmarathons und schicke sie an Maria nach Arequipa.

Als ich das Telefon schwungvoll zurück auf das kleine Bambus-Glas-Tischchen lege, erschreckt mich das leise Geräusch beinahe, weil es in der Stille des Raumes so unnatürlich laut klingt. Das Ticken der Küchenuhr und das leise Surren des Kühlschranks sind die einzigen Geräusche, wenn ich mich nicht bewege und der Korbsessel knarzt. Verdammt ruhig hier plötzlich, so ohne Tante Maggies fröhliches Geschnatter. Wann war ich überhaupt das letzte Mal wirklich irgendwo allein? Ohne Notrufknopf, ohne Familie nebenan, ohne …

Ein zaghaftes Klopfen an der Wohnungstür unterbricht meine Überlegungen.

»Hast du was vergessen, Tante Maggie?«, rufe ich schon durch die geschlossene Tür, während ich mich hochkämpfe und in den Flur hinübergehe.

Ich lege ein Lächeln auf meine Lippen, reiße schwungvoll die Tür auf, um Tatkraft und Zuversicht zu demonstrieren – und werde fast von einem schokoladenbraunen, fröhlich japsenden Ungetüm umgerannt.

»Sky!«, rufen Mrs. Wolowitz und ich gleichzeitig.

Aber Sky schert sich nicht um uns. Die Leine hinter sich herschleifend schießt er davon, rutscht in den Kurven mehrfach auf dem glatten Parkett aus, rappelt sich wieder hoch und saust weiter. Hechelnd und winselnd muss er die Wohnung inspizieren, jeden einzelnen Raum, und das in einem Tempo, als hätte ihm jemand versprochen, dass er eine Belohnungswurst gewinnen würde, wenn er unter zwei Minuten bliebe – und unter eins dreißig sogar zwei. Nach jedem Zimmer galoppiert er zu mir zurück, wirft sich jaulend und quietschend vor mir auf den Rücken, schleckt mir die Hände ab und stürzt dann schlitternd und rutschend wieder davon, die Zeit läuft ja.

Ich muss lachen.

»Oh, das tut mir so leid«, entschuldigt sich die ältere Dame inbrünstig und versucht, zu Atem zu kommen.

Mrs. Wolowitz ist meine Nachbarin, und seit ihr gefräßiger Labradormischling mich am ersten Tag buchstäblich umgerannt hat, nehme ich ihn regelmäßig zum Joggen oder in den Park mit und betreue ihn auch mal über Nacht, wenn Mrs. Wolowitz ihre Schwägerin im Napa Valley besucht. Die hatte Sky ursprünglich bei sich aufgenommen, ist nur leider allergisch gegen Hunde, wie sich schnell herausstellte. Damit Sky nicht ins Tierheim musste, hat Mrs. Wolowitz ihn übernommen, sich selbst damit allerdings auch. Mir dagegen hätte gar nichts Besseres passieren können als ihr *»Velvele«*, ihr Wölfchen, wie sie Sky liebevoll nennt, mit seinem enormen Bewegungsdrang und seiner routineorientierten Gassiblase. Es war Liebe auf den ersten Blick zwischen uns beiden, gleich von dem Moment an, als er sich wenige Tage nach unserem Einzug in seiner üblichen stürmischen Art mit der Leine um meine Beine wickelte. Ich konnte gerade noch die Eierpackung aus Mrs. Wolowitz' prallvoller Einkaufstüte auffangen, bevor ihr der Rest aus der Hand rutschte und ich mich neben umherkullernden Orangen, Mehl und Butter auf dem Fußboden wiederfand – das alles natürlich sehr zur Freude von Sky, der mich in unverhoffter Augenhöhe viel besser abschlecken konnte. Ich bin davon überzeugt, dass er das absichtlich so eingefädelt hat, um uns zusammenzubringen, der kleine Schlawiner. Als Wiedergutmachung lud Mrs. Wolowitz mich am selben Nachmittag zu frisch gebackenem Orangenkuchen ein. Der Rest ist Geschichte.

Beinahe täglich zog ich in den darauffolgenden Wochen mit Sky durch die Parks der angrenzenden Viertel, und Mrs. Wolowitz verwöhnte mich im Gegenzug mit selbst gebackenen Köstlichkeiten, deren Zutaten sie alle *organic*, also bio, einkaufte, damit ich kein allzu schlechtes Gewissen zu haben brauchte, wie sie sagte.

»Er hat schon unten im Treppenhaus gemerkt, dass Sie wieder da sind, und war einfach nicht zu bremsen.« Sie keucht ein wenig und stützt sich am Türrahmen ab. »Ich wollte wirklich nicht stören. Aber er blieb einfach vor Ihrer Tür stehen und wollte keinen Zentimeter weitergehen.«

Ich winke ab. »Alles in Ordnung, wirklich. Möchten Sie nicht reinkommen?«

Das Quietschen von Sprungfedern im Nachbarzimmer verrät mir, dass Sky soeben seinen Lieblingsplatz bezogen hat.

Mrs. Wolowitz hat es auch gehört. »Ach du lieber Herr Gesangsverein! Sky, komm sofort hierher! Du ungezogener *Schmock*!«

Soweit ich weiß, ist Mrs. Wolowitz nicht besonders religiös und Amerikanerin durch und durch, aber wenn es um Schimpfworte oder Kosenamen geht, benutzt sie am liebsten jiddische Ausdrücke.

Hin- und hergerissen zwischen der Pflicht, ihren Rüden zurückzuholen, und dem Unbehagen, ein fremdes Schlafzimmer zu betreten, sieht sie mich an. Ihr Blick hat etwas Flehendes.

»Ich mache das schon«, sage ich und lache. »Setzen Sie sich. Möchten Sie einen Schluck Limonade? Hausrezept von meiner Tante Lydia.«

»Ach ja, das wäre nett.«

Als ich mit einem beleidigten Hund zurückkomme, sitzt Mrs. Wolowitz kerzengerade auf dem vorderen Drittel eines Küchenstuhls, tupft sich mit einem bestickten Stofftaschentuch Schweiß von der Stirn und lächelt mich schüchtern an.

»Geht es Ihnen nicht gut?«, erkundige ich mich, während sie trinkt.

Sie kommt mir blass vor und ein bisschen fahrig. Am liebsten würde ich ihr den Puls messen.

Sofort setzt sie das Glas ab. »Wohl, wohl«, sagt sie schnell. »Das ist sicher nur das Wetter. Die Hitze schlägt mir immer ein wenig auf den Kreislauf.«

»Wenn Sie mögen, kann ich Sky auch hierbehalten und nachher noch mal eine Runde mit ihm in den Park gehen. Ich liefere ihn pünktlich zum Abendessen ab, und Sie können sich noch mal ein Stündchen hinlegen. Wie wäre das?«

»Das würden Sie tun, *Zissele*? Doch, doch, Sie sind eins: ein süßes Geschenk des Himmels, nehmen Sie das Kompliment ruhig einmal an! Was würde ich nur ohne Sie machen? Wir waren verloren im letzten Monat.« Erleichtert strahlt sie mich an.

Mir liegt auf den Lippen, sie zu fragen, wie sie und Sky die letzten vier Wochen denn überlebt haben. Schließlich ist niemand unersetzlich, und es gab ja auch eine Zeit »vor mir«. Ich würde ehrlich gern wissen, wie sie vorher klargekommen ist, aber ich verkneife es mir, denn ich kann es mir denken. Unsere Wohnanlage hat einen kleinen Innenhof mit »Doggyrasen«. Vermutlich war das sein Standardausflug zum Gassigehen, armer Kerl. Mrs. Wolowitz muss weit über siebzig sein, und sie sieht wirklich erschöpft aus. Sky ist ein wuscheliges braunes Kraftpaket, das es in sich hat – und faustdick hinter den Ohren obendrein. Sie hätte ihn nach ein paar Tagen ohne Auspowermöglichkeit gar nicht mehr halten können, wenn sie versucht hätte, ihn allein durch die viel befahrenen Straßen in einen Park zu führen.

Ohne dass wir es gemerkt hätten, hat Sky sich wieder nach nebenan verkrümelt. Ich raschle mit einer Schachtel Leckerlis, und sofort verrät ein Knarzen, dass er mein Bett aufgibt, verfressen, wie er nun mal ist. Zwei Sekunden später schlittert er schwungvoll direkt vor meine Füße.

»Na, mein Großer? Was sagst du? Wollen wir nachher noch mal die Eichhörnchen durchzählen?«

Der Rüde schmiegt sich begeistert hechelnd an meine Beine. Von der Spitze seiner langen rosafarbenen Zunge perlt ein Tröpfchen auf den Holzboden. Erwartungsvoll himmelt er mich an.

»Kannst du denn auch noch artig ›Bitte‹ sagen, oder hast du inzwischen alles verlernt?«

Sofort wirft er seine linke Pfote auf meinen Oberschenkel und holt sich seine Belohnung ab, die er mit einem einzigen Happs verschlingt.

»Sie haben wirklich ein Händchen für Hunde. Mir geht jedes Mal das Herz auf, wenn ich Sie beide zusammen sehe. Er liebt Sie abgöttisch.«

Ich rubbele Sky kräftig durch das langhaarige Nackenfell, das in diesem Bereich wie ein übergroßer Hippiepullover an dem Rüden hängt.

»Die Zuneigung beruht ganz auf Gegenseitigkeit«, versichere ich der alten Dame.

Sie nickt. »Das ist wirklich schön zu wissen. In meinem Alter …« Sie bricht ab. »Aber wie geht es Ihnen, *Zissele*? Ich habe mir Sorgen gemacht. Waren Sie verreist, oder …?«

Ich schüttle den Kopf. »Weder noch«, erkläre ich lächelnd.

Ich weiß, dass sie einen Krankenhausaufenthalt befürchtet hat, auch ohne dass sie es ausspricht. Sie kennt meine Geschichte. »Alles in bester Ordnung.«

Sie seufzt, nimmt abwesend noch einen Schluck Limonade und streichelt Sky über den Kopf, während sie aufsteht.

»Gut, dann lasse ich Sie und das *Velvele* jetzt mal alleine.«

Ich bringe sie bis in den Hausflur. Dort dreht sie sich noch einmal um und sieht mir in die Augen.

»Ich gratuliere Ihnen übrigens. Sie haben seinen Geist erfolgreich vertrieben. Die Wohnung wirkt jetzt viel lebendiger und frischer. Und Sie auch. Er hat Ihnen nicht gutgetan.« Dann schlägt sie sich die Hand vor den Mund und lächelt verschmitzt. »Das ist mir so herausgerutscht. Aber wahr ist es trotzdem.«

Nachdenklich lasse ich die Tür ins Schloss fallen. Es wird Zeit für eine Liste.

Kapitel 2

Storm

Hundefreundliche, gesundheitsorientierte Mitbewohnerin (NR) gesucht für Apartment mit Dachterrasse. Befristet. Western Addition, 1450 $/Monat. E-Mail: roommate03.sfo@studentmailing.info

Er las die Anzeige bereits zum vierten Mal. Er hatte sie zerknüllt, weggeworfen und wieder aus dem Müll gefischt. Dreimal.

Es war die einzig brauchbare Annonce aus all den Käseblättern, die er in den letzten Tagen studiert hatte. Nur eine Sache war blöd.

Der Typ suchte ausdrücklich eine Mitbewohner*in*. Wollte er jemanden zum Vögeln oder um sich die Miete zu teilen?

Etwas anderes hingegen klang beinahe zu gut, um wahr zu sein: Es schien einen Hund zu geben, und wer Tiere liebte, konnte kein schlechter Mensch sein. Meistens jedenfalls.

Also los, er würde sein Glück versuchen. Mit verkniffenem Mund strich er die Zeitungsseite glatt, so gut das nach den vorangegangenen Knüll-Attacken eben ging. Er würde die Person anschreiben und um einen Besichtigungstermin bitten, ohne sein Geschlecht zu verraten, und wenn sie sich gegenüberstanden, hatte er das Überraschungsmoment für sich. Ob ein Spinner dahintersteckte, ein Arschloch oder etwas Harmloses, würde sich spielend an dem Hund ablesen lassen – wenn es überhaupt einen gab und das keine Masche war.

Storm seufzte. Marty hatte immer gesagt, er solle an das Gute im Menschen glauben. Bitte schön. Es würde sich zeigen. Einer von ihnen beiden irrte sich. Wenn Marty recht behielt, hatte er heute Abend mit ein bisschen Glück eine Bleibe mit Hund. Wenn er falschlag, dann würde er einem sexistischen Mistkerl so gründlich die Meinung geigen, dass er sich künftig zweimal überlegte, mit solchen Anzeigen Mädchen zu ködern. Er hatte einen Preis bezahlt, um das zu kapieren: Menschen mit Macht nutzten andere aus. Und um Macht auszuüben, brauchte man nicht viel. Es genügte völlig, in einer Stadt mit einem chronischen Zuwenig an erschwinglichem Wohnraum Vermieter zu sein.

Verwirrt sah er auf seine zitternde Hand. Die Fingerknöchel waren weiß geworden. Er musste sich zwingen, die Faust wieder zu lockern. So konnte er schlecht eine E-Mail schreiben.

April

Die ersten Bewerber gehen gar nicht. Ich weiß nicht, wieso sich Menschen auf eine Anzeige melden, die die einfachsten sozialen Grundregeln nicht beherrschen: Fast-Food-Junkies, Menschen mit Fußgeruch, Leute, die kein Wort Englisch, geschweige denn Deutsch verstehen oder gar sprechen, und solche, die Angst vor Hunden haben, sind noch die harmlosesten Bewerber. Sorry – nein! Ich möchte nicht mein Leben, mein Badezimmer und meine Küche mit euch teilen.

Ich brauche meinen Nachtschlaf und möchte nicht sechsmal pro Woche um drei Uhr zwanzig durch Heavy-Metal-Musik geweckt werden, weil du anders nicht wach wirst, aber zur Frühschicht musst, liebe Pam aus New Jersey. Aber danke für deine Ehrlichkeit.

Auch dir vielen Dank für deinen Besuch, liebe Claudia, und ja, ich hätte etwas dagegen, wenn du dir ab und zu Freier aus deinem Stripclub in North Beach mit nach Hause bringst, damit du dein Einkommen beim privaten Poledance noch etwas aufbessern kannst. Und daher nein, ich werde Luigi nicht fragen, ob er dir so ein Ding einbauen kann!

Lass mich nachdenken, liebe Jenny! Möchte ich, dass du unsere gemütliche Wohnküche in einen Fitnessraum verwandelst und wir die Sofaecke gegen ein vollelektrisches Rudergerät, eine Hantelbank und ein Laufband tauschen? Mhm … nein, möchte ich nicht.

Und ich reiße auch nicht die Fenster zur Dachterrasse heraus und mauere sie zu, weil du, liebe Laura, von der Südsonne Pickel bekommst. Ich richte keinen Panikraum für dich, Beverly, ein, und ich will auch keine Regalwand mit Giftschlangen und dazugehöriger Futtermäusezucht. Nein danke, Robbie! Und übrigens: Du bist keine Frau! Es ist mir egal, ob das männerfeindlich ist, aber dieses Zimmer kriegt man nur mit zwei X-Chromosomen!

Ich bin noch nie so vielen irrwitzig schrägen Vögeln in so kurzer Zeit begegnet. Kein Wunder, dass Maria damals so begeistert von Jan und mir war! Ich muss sie unbedingt bei unserem nächsten Chat nach ihren skurrilsten Anekdoten fragen.

»Oh. Mein. Gott«, raune ich Sky zu, als wir uns von Kimberly-Max verabschiedet haben, die eine ganz seriöse Schauspielerin werden wollte, aber dann irgendwie beim Porno kleben geblieben ist. Mit spitzen Fingern lasse ich die Visitenkarte in den Treteimer fallen. »Das Parfüm war auch ein bisschen sehr schwer, oder? Vor allem in der Verbindung mit Alkoholfahne und kaltem Rauch.«

Sky niest geräuschvoll und sieht mich dann mit schief gelegtem Kopf an.

»Du hast so was von recht!«, stimme ich ihm zu und reiße ein zweites Fenster zum Durchlüften auf.

Unten an der Straße steht Kimberly-Max, zündet sich eine Zigarette an und winkt gekünstelt zu mir nach oben, wobei der Mittelfinger sich als Letztes wieder senkt, bevor sie würdevoll davonstöckelt, in der Hand die Zeitungsseite mit weiteren eingekringelten Wohnungsanzeigen. Ich wünsche ihr wirklich, dass sie die passenden vier Wände findet, aber mit uns wird das nichts.

»Viel Glück noch!«, rufe ich hinunter und zische leise: »Nichtraucherwohnung außerdem. Das stand auch in der Anzeige.«

Dann lasse ich mich erschöpft aufs cremefarbene Designersofa plumpsen. Sky legt solidarisch seinen Kopf auf meine Knie. Zwei Minuten später ist er eingeschlafen. Sein seliges Schnarchen lässt meine Beine sanft vibrieren. Eigentlich bin ich auch hundemüde. Siebzehn Besichtigungen in drei Tagen – ich kann nicht mehr. Jetzt liegt nur noch eine vor mir, aber wenn das wieder nichts ist …

»Vielleicht sollte ich doch bei Tante Maggie und Lydia einziehen und das Apartment kündigen«, sinniere ich halblaut.

Prompt winselt Sky im Schlaf, und ich verwerfe den Gedanken gleich wieder. Auch wenn Maria nach meiner Trennung von Jan Stein und Bein geschworen hat, dass es überhaupt kein Problem wäre, wenn ich ausziehen würde, weiß ich genau, dass dem nicht so ist.

»Ich bleibe«, flüstere ich leise.

Mein Fuß ist unter dem schlafschweren Hundekörper eingeschlafen, aber ich mag mich nicht bewegen, das würde Sky sofort wecken, und er träumt gerade so schön. Seine Pfoten zucken, seine Augenlider flattern, und durch die Lefzen blubbern halblaute Fieptöne, leises Jaulen und Bellen. Er klingt so, wie ich mir einen schlafwandelnden Hundebauchredner vorstelle. Vielleicht jagt er gerade unsere unsympathischsten Wohnungsbewerber den Hügel hinunter. Wahrscheinlicher ist allerdings, dass er im Traum bereits in unserem Lieblingspark angekommen ist und Eichhörnchen auf die Bäume scheucht.

Skys Menschenkenntnis ist unschlagbar. Darum habe ich ihn mir für sämtliche Vorstellungsgespräche von Mrs. Wolowitz ausgeliehen – er hat das beste Gespür für WG-inkompatible Soziopathinnen *ever*.

»Ich schulde dir inzwischen einen Riesenknochen, zwei Tüten getrocknete Pansen und diverse Schweineohren, mein Freund. Und du hast dir jeden einzelnen Bissen verdient.«

Seufzend strecke ich mich zum Wohnzimmertisch hinüber und versuche, meinen Block und den Stift zu erhaschen, ohne dass Sky oder die Ameisenschar in meinem eingeschlafenen Bein davon etwas mitbekommen. Ich will mir das aufschreiben, es soll alles seine Ordnung haben. Und gleich im Anschluss überarbeite ich die Liste mit meinen WG-Kriterien.

»Vielleicht sollte ich das Gesuch doch etwas offener gestalten und Wahnsinnige gezielt mit ansprechen?«

Sky wedelt matt mit dem Schwanz, ohne dabei die Augen zu öffnen. Ich glaube, mein Sarkasmus dringt nicht zu ihm durch. Vorsichtig lehne ich mich wieder zurück und ziehe einen Strich unter die Liste mit zu besorgenden Hundeleckerlis. Ich sollte es vielleicht wirklich riskieren, mir Männer und Diverse zumindest mal näher anzusehen. Die kommen ja offenbar eh, egal, wie deutlich ich mein Inserat formuliere. Oder ich schreibe denen mit den spannendsten Nicknames, damit Maria und ich etwas zu lachen haben, wenn wir später online darüber reden. Und Sky beschützt mich ja.

Aber noch habe ich eine auf der Liste. Also auf in die nächste Runde …

Storm

Er stand auf der Straße vor dem Gebäudekomplex, der ihm in der Antwortmail genannt worden war. Keine halbe Stunde hatte es gedauert, bis der Typ sich gemeldet hatte. Storm scannte die moderne Wohnanlage mit den Augen. Viel Glas und Chrom, noble Eingangshalle, ein gelangweilter Portier hinter der Drehtür und einem brusthohen Tresen, Marmor an der Wand, auf dem Boden, überall, und dazwischen Zierleisten aus poliertem Messing. Aber an den Ecken bröckelte der Putz, wenn man genau hinsah, und an einer der bruchsicheren Scheiben hatten sich offenbar vergeblich Randalierer ausgetobt. Hauchfeine Spinnweben und ein matterer Glanz zeugten von Haarrissen im Glas.

Eine WG würde man hier eher nicht vermuten – das stank derart zum Himmel, dass Marty da oben eine Niesattacke nach der anderen haben würde. Die drehten hier wahrscheinlich High-End-Pornos. Andererseits waren die Mieten in diesem Teil der Western Addition schweineteuer, die Ausgaben zu teilen ergab Sinn – wenn man sich nicht auf den Keks ging. Vielleicht war das Ganze also wirklich so harmlos, wie es in der Mail zu lesen war. Doch warum hatte kein Name in der Mail gestanden? Er blieb argwöhnisch.

Unwillkürlich fuhr seine Hand zu dem Taschenmesser an seinem Gürtel, zuckte zurück, kurz bevor er es berührte, und schlug die entgegengesetzte Richtung ein. Abgehackt und grobmotorisch griff er nach seiner Cap, rückte sie zurecht, sodass der Schatten seine empfindliche linke Gesichtshälfte bedeckte und vor der kalifornischen Sonne beschützte, so gut es eben ging. Seit man ihn wie einen Freak anstarrte, trug er stets beides am Körper, Messer und Kappe. Die Welt war keine gute mehr, für ihn hatte sie ihre Unschuld verloren. Schon vor langer Zeit.

Storm tigerte ein paar Mal unschlüssig vor dem Eingang auf und ab. Wo sein kleiner Rucksack und der Gitarrenkoffer ihm ins Kreuz drückten, zeichneten sie dunkle Muster in das Hemd und die Jeansjacke. Er spürte die Feuchtigkeit.

Vielleicht wartete da oben ja doch kein Spinner auf ihn, sondern ein ganz normaler Typ, der eben nur nicht mit einem schmerbäuchigen, ungeduschten Wichser zusammenwohnen wollte.

Er hatte noch nie mit jemandem zusammengewohnt, das hatte er bisher geschickt vermieden. Laureen kam ihm in den Sinn. Die süße Laureen. Das hätte was werden können, wenn nicht … Er schüttelte den Kopf. Nach vorn sehen, nicht zurück. Was vorbei war, war vorbei. Das konnte er nicht ändern. Damit die Zukunft erträglich wurde, musste er in der Gegenwart leben. Alles andere brachte ihn um den Verstand. Er hatte es ausprobiert, und es war verdammt knapp gewesen. Das war es immer noch, jeder Tag kostete ihn Kraft.

»Wenn du mir vergeben hast, Marty, alter Junge, dann könntest du das hier als Chance ergreifen, um mir ein Zeichen zu senden. Das wäre echt anständig von dir.«

Storm schluckte trocken. Dann drückte er den verschwitzten Rücken durch und fixierte den gläsernen Eingang, der sein Spiegelbild zurückwarf – die Reflektion dessen, der er jetzt war. Die Silhouette war ihm vertraut, ein schlaksiger Typ um die dreißig, in Jeans und Hemd, mit Baseballcap, Rucksack und Gitarrenkoffer, an den Füßen die schweineteuren, vertrauten Glücksbringer-Designerboots. Aber der Rest fühlte sich immer noch fremd und merkwürdig an. Es war gut, dass das Zerrbild sein neues Gesicht nur schemenhaft wiedergab. Er mochte es nicht. Er würde sich nie daran gewöhnen, aber er trug es als sichtbares Sühnezeichen.

Das aufgeregte, keuchende Winseln eines Hundes riss ihn aus den dunklen Gedanken. Ein brauner Labrador drängte sich an ihm vorbei in Richtung eines kümmerlichen Straßenbaums, um ihn zu markieren. Am anderen Ende der strammen Leine hing eine trotz ihrer Leibesfülle zerbrechlich wirkende Seniorin, die ihm gefühlt gerade mal bis zum Bauchnabel reichte. Der Portier verschloss mit einem freundlichen Tippen an seine Schirmmütze die Seitentür hinter ihr und schlurfte zurück zu seinem Tresen und einem flirrenden Tablet.

Storm sah zu dem Hund. Das Tier hob das Bein und lachte ihn aus geöffnetem Rachen etwas kurzatmig, aber freundlich an. Ein Kraftpaket, Kopf- und Körperform nach ein Labrador, aber nicht reinrassig, dafür war das Fell im Halsbereich und an Beinen und Rute viel zu lang. Der Karabiner der Flexileine war durch das Brustgeschirr ins Halsband gehakt, das sah man trotz der Zottelhaare.

Normalerweise hätte Storm sich einen Spruch über die Gefährlichkeit dieser Aktion für die Halswirbel des Tieres nicht verkneifen können, aber die alte Dame hielt den Griff der Leine mit beiden Händen. Sie wirkte nicht so, als könnte sie dem Hund anders überhaupt Herr werden. Es ging ihn ja auch nichts an.

Storm straffte die Schultern und wischte sich die feucht gewordenen Hände an der Jeans ab. Zumindest schien es in diesem vormals schicken Protzbau tatsächlich Hunde zu geben, vielleicht war das bereits das Zeichen, das er sich gewünscht hatte. Es kam auf einen Versuch an. Nur weil er zwingend notwendig Ruhe brauchte, wenn er heilen wollte, hieß das ja nicht, dass er leben musste wie ein Bettelmönch in einer dieser versifften, billigen Absteigen. Noch nicht jedenfalls. Und hier und heute würde ihn niemand vermuten, geschweige denn erkennen.

Er schob den Rucksack zurecht und nahm seinen Gitarrenkoffer vor den Bauch, damit er durch die Tür passte. Kurz bevor er das Innere des Gebäudes erreicht hatte, blieb die Drehtür stehen. Zuerst dachte er, er wäre einfach zu schnell gegangen. Aber das Ding klemmte. Es bewegte sich nicht vor und nicht zurück.

»Fantastisch«, brummte er und klopfte gegen die Glasscheibe.

Merkte dieser Portier nichts? Der Typ saß in sein Tablet vertieft hinter dem Tresen und zockte irgendein Spiel.

Erst, als er heftig gegen die Tür trat, hob der Mann den Blick und beeilte sich, sein Refugium zu verlassen.

»Moment!«, bat er.

»Ha, ha«, knurrte Storm.

Er konnte ja kaum abhauen. Schön wär's gewesen.

Der Mann in der lächerlichen Portiersuniform drückte erfolglos auf dem Entriegelungsknopf in der Wand herum. Sein dunkles Jackett zierten zwei petrolfarbene Streifen am Unterarm. *Wie bei einem albernen Badewannenkapitän*, schoss es Storm durch den Kopf, aber dafür konnte der Angestellte ja nichts.

»Zurück!«, kommandierte der gestenreich und half Storm, die schwere Tür in die Gegenrichtung zu drehen.

Als er wieder auf der Straße stand, zückte der Portier einen Sicherheitsschlüssel und sperrte die Glasfront neben der Drehtür auf.

»Klemmt manchmal«, erklärte er schulterzuckend in dem leicht singenden Unterton, der typisch war für italienische Einwanderer, egal, wie viele Generationen sie schon in den Staaten lebten.

»Die Firma ist verständigt, aber sie kommen erst morgen. Das sagen sie seit Wochen. *Stupido*!« Er machte eine eindeutige Geste. »Zu wem wollen Sie?«

Storm sah auf seinen Zettel und las ab. »Nummer 1089. Ganz oben, glaube ich.«

Der Pförtner nickte und begann vielsagend zu strahlen. »*Molto bene*! April! Das ist gut. Versauen Sie's bloß nicht. Die anderen waren grauenhaft.« Er verdrehte die Augen. »Hier entlang.«

April

»Und? Wie heißt du wirklich?«

Locker sollte das klingen, cool, easy, gechillt. Alles das, was ich in diesem Augenblick ganz und gar nicht bin. In Wahrheit habe ich das dringende Bedürfnis, mit dem Ende meines Bleistifts auf dem karierten Papier herumzutrommeln. Den Rhythmus aufzunehmen, den mein Herz mir gerade vorgibt: ein schnelles Stakkato. Wilden Galopp. Ein Pferd auf der Flucht. Hilflos knibbele ich mit dem Fingernagel an den abgekauten Einkerbungen. Ich kann ja schlecht anfangen, auf dem Stift herumzukauen. Vor ihm. Aber es würde mir helfen. Ganz sicher. Storm – so heißt doch kein Kerl! Auch sonst ist der Typ sonderbar, ein Freak, und das liegt nicht nur an der gruseligen Narbe in seinem Gesicht, die er mit dem albernen Käppi zu kaschieren versucht.

Er ist regelrecht zurückgeprallt, als ich ihm die Tür aufgemacht habe. Als hätte er sonst wen erwartet, Vin Diesel vielleicht – und dann hat er gelacht, als ob er irgendwas an mir irre komisch findet, und sich an mir vorbei in die Wohnung geschoben, bevor ich reagieren konnte.

Und ich? Ich hab ihn reingelassen, wie eins der sieben Geißlein den bösen Wolf. Wie blöd muss man eigentlich sein, einen Fremden ins Apartment zu lassen, wenn der Hund, der einen beschützen soll, grade mit seinem Frauchen Gassi geht? Wahrscheinlich hat dieser Typ Mrs. Wolowitz abgepasst. Sie muss ihm mit Sky quasi direkt in die Arme gelaufen sein. Wieso hat Luigi ihn durchgewunken? Wozu ist der Kerl überhaupt Pförtner? Weil er nirgendwo sonst in Ruhe fernsehen kann? Ob das die richtige Arbeitseinstellung ist, kann er sich dann bei meiner Beerdigung überlegen oder von Tante Maggie fragen lassen – vorausgesetzt, sie finden meine Leiche und dieser nichtsnutzige Mensch hilft meinem Mörder nicht auch noch, den eingerollten Teppich in seinen Kofferraum zu schieben und auf Nimmerwiedersehen mit mir zu verschwinden.

Storm hat immer noch ein schiefes Grinsen im Gesicht, und ich kann nicht einschätzen, ob diese Schiefe nur der verwachsenen Narbe geschuldet ist, die sich wie die Sprünge in einer zersplitterten Fensterscheibe von seiner linken Wange bis zum Haaransatz zieht – oder ob er einfach ein überheblicher, selbstgefälliger Sack ist.

Hatte ich nicht in der Anzeige geschrieben, dass ich eine Mitbewohner*in* suche? Weiblich? Ausdrücklich weiblich? Das ist dieser Typ eindeutig nicht. Schon wieder einer, der nicht lesen kann! Mein Gedankenkarussell beginnt von vorn. Wieso zum Kuckuck habe ich die Tür aufgemacht? Warum nur bin ich davon ausgegangen, dass jemand namens »Storm« niemand anderes sein kann als ein Blumen im Haar tragendes, spät geborenes Hippiemädchen? Und wie zum Henker werde ich ihn nun wieder los?

»Storm«, sagt Storm, während sein Blick taxierend über die Bilder an meinen Wänden gleitet.

Seine Antwort bringt mich völlig aus dem Konzept. Ich schlucke und schließe für einen Moment die Augen. Ich muss mich konzentrieren, sammeln. *Fokus, April!* Seine Stimme macht mir Gänsehaut. Wie er das sagt, es klingt wie geschmolzene dunkle Schokolade, in der man einen Eiswürfel zergehen lässt. Sein Ton passt überhaupt nicht zu der schrägen Optik und sonderbaren Ausstrahlung dieses Typen. Er ist lakonisch, salopp, geradeheraus. So klingt *wirklich* cool … Und trotzdem ist es garantiert gelogen. Gefährlich – und du machst die Augen zu! Schnell reiße ich die Lider wieder auf.

Kein Mann heißt tatsächlich Storm, wenn er kein Hippie ist. Das ist ein Nickname, von mir aus ein Spitzname, aber doch kein …

»Hast du die gemalt?«

Schon wieder unterbricht er meine Gedankenflut.

»Die Bilder?« Was für eine blöde Frage, April. Natürlich die Bilder, was denn sonst?! Ich schüttle unwillig den Kopf. »Ich fotografiere nur. Maria war das, die hat sie gemalt. Sie wohnt auch hier. Es ist ihre Wohnung … und meine.«

»Aber sie ist gerade nicht da.«

Er sagt es wie eine Feststellung, nicht wie eine Frage.

»Nein.«

Mehr kriegt er nicht von mir als Antwort. Meine talentierte Exil-Mitbewohnerin besucht eine der vielen Kunstakademien in der Stadt. Maria ist immer gut gelaunt, tanzt oder singt, egal, was sie gerade tut, und hat ein ansteckendes Lachen, das einen aus den trübsinnigsten Gedanken reißt. Ich vermisse sie sehr. Aber das alles geht ihn gar nichts an.

»Sie sind gut.«

Das weiß ich.

»Maria hat wirk-«

»Kein Mensch heißt einfach Storm«, falle ich ihm ins Wort und spreche aus, was ich zuerst gedacht habe, damit ich ihn nicht anranze, weil er alles hier drin abscannt und mit den Augen betatscht. *Meine* Bilder sind das. *Meine* Wände. *Mein* …

»Oder April«, schießt er lächelnd zurück.

Jetzt sieht er mich unvermittelt an. Was ist das für eine Augenfarbe? Grau? Grün? Das Licht blendet mich. Wieso habe ich mich nicht auf die andere Seite gesetzt?

»Doch, klar«, widerspreche ich. »Das ist ein ganz normaler Name.«

Unterm Couchtisch beginne ich, mit dem rechten Fuß zu wippen. Das ist ja eine tolle Richtung, die unser Gespräch gerade nimmt. Und so eloquent. Was ist los mit dir, April? Du bist doch sonst nicht auf den Mund gefallen. Ich starre meinen Fuß an, als könne er was dafür, dass er wippt. Warum nur habe ich heute Lydias selbst gestrickte Ringelsocken angezogen? Wie peinlich. Und gleich als Nächstes ärgere ich mich darüber, *dass* es mir peinlich ist. Der Typ kann mir doch total egal sein! Was ist los mit mir?

»In Deutschland? Echt?« Seine Mundwinkel zucken.

Ich funkele ihn an, werde mir dessen bewusst und fixiere wieder meine Ringelsocken. Ich stelle meine Füße sittsam nebeneinander, sodass die Knöchel sich beinahe berühren. Unsere Fußspitzen befinden sich auf einer Linie, so weit hat mein Gegenüber seine Beine ausgestreckt und breit geöffnet noch dazu.

Dieser Storm ist mir unheimlich. Aber er hat coole Boots, die sind beinahe ein Kunstwerk. Sie laufen nicht spitz zu wie Westernstiefel, aber sie sind auch nicht so klobig wie die Motorradstiefel der Jungs, mit denen ich zu Hause während der Semesterferien vor der Kneipe abgehangen hatte. Damals, in Deutschland, bevor ich krank geworden war. Storms Stiefel sind bunt. Und edler. Das Motiv scheint ein Greifvogel zu sein, der entweder gerade landet oder abhebt. Die Klauen sind in leuchtendem Orange ins Leder gepunzt. Das kann ich erkennen, weil seine Hosenbeine sich im Sitzen ein Stück hochgeschoben haben. Den Rest des Vogels muss ich raten.

»Ja, sicher«, lüge ich und reiße meinen Blick los. »Klar.«

Es geht ihn erst recht nichts an, dass ich den verrückten

Namen einer Sektlaune meiner Patentante zu verdanken habe. April ist der Monat, in dem meine Mutter ihr von der Schwangerschaft mit mir erzählt hatte.

Ich zucke mit den Schultern und senke den Kopf über meinen Notizblock. Ich hatte mir ein paar Dinge aufgeschrieben, die man abklären sollte, wenn man mit jemand Fremdem eine WG gründen will. Sky hat mir bei dem Fragekatalog geholfen, indem er meine Füße gewärmt hat, bis ich fertig war. Bisher bin ich noch nie so weit gekommen, ihn einsetzen zu müssen, also den Katalog – den Hund aber auch nicht. Amerikaner mögen keine direkten Fragen, das wird ihn also hoffentlich abschrecken.

»Rauchst du?«

»Nein.«

»Kannst du kochen?«

Ich sehe genau, dass er sich ein Schmunzeln verkneift, während er weiter brav Auskunft gibt, die Arme lässig über meine Couch gebreitet wie Flügel.

»Spiegeleier kriege ich hin. Toast lasse ich nicht anbrennen, und ich mache eine ziemlich gute Lasagne, sagt mein … sagt man mir nach.« Er räuspert sich. »Vegetarisch allerdings. Ich will nicht, dass meinetwegen Tiere sterben.«

Ich starre ihn eine Sekunde lang verblüfft an, dann nicke ich, und mein Hirn rotiert weiter, während ich ein Häkchen und ein Herz hinter die Frage male. Das Herz krickele ich sofort wieder durch. Vegetarisch also. Sehr schön, ich lebe seit meiner Erkrankung weitgehend vegan.

Ob er schwul ist? Kann ich das fragen? Aber wie kommt das rüber? Im Geist höre ich mich bereits Rechtfertigungen stammeln: *Ich finde schwule Männer okay. Meine Patentante ist lesbisch. Ich bin total offen und so, und ich esse auch schon seit Jahren kein Fleisch und vermeide Milchprodukte, wo ich kann.* Geht's noch, April? Du wirst dich jetzt nicht auf die Art anbiedern, oder? Schmeiß ihn doch endlich raus! Du willst nicht allein mit einem fremden Mann zusammenwohnen, und schon gar nicht mit dem Glöckner von Notre-Dame! Ich beiße mir auf die Unterlippe. Boah, das war fies. Wie gut, dass er mich nicht denken hören kann.

»Hast du irgendwelche lauten Hobbys?«

»Du meinst außer Gitarrespielen?« Er guckt freundlich und nickt mit dem Kinn zu seinem Instrumentenkoffer hinüber.

Verwirrt folge ich seinem Blick. Die Gitarre, ach ja.

Er nimmt kurz die Kappe ab und fährt sich durch die Haare. Sie sind braun, vielleicht geht der Farbton auch noch als dunkelblond durch – zumindest strähnchenweise. Ob das Natur ist?

Als er bemerkt, dass ich ihn anstarre, setzt er die Kopfbedeckung wieder auf.

Ich sehe schnell zurück auf meinen Block.

Seine Augen sind hellgrün, nicht grau. Hellgrün. Und irgendwas mit seinen Haaren ist komisch. Der Scheitel – wie eine punkige Donald Trump Frisur, die trotz Gel einen ganz eigenen Willen hat. Ob das auch mit der Narbe zusammenhängt? Wie weit die sich wohl den Schädel hinaufzieht? Verflixt, hat er eben was gesagt?

»Entschuldigung, was hast du gesagt?«

»Ich spiele Gitarre.«

Das weiß ich bereits. Im Ernst, wieso bringt man seine Gitarre zu einer Wohnungsbesichtigung mit?

»Ist das laut?«

»Nur, wenn ich den Verstärker anschließe.«

»Was?« Alarmiert sehe ich auf.

Storm lacht. Wieder: freundlich, warm. Schokoladig. Es überrascht mich.

»Ich hab keinen. Keine Angst. Das ist eine Gibson.«

Verständnislos hebe ich die Schultern.

»Eine Akustikgitarre«, erklärt er. »Und ich übe auch nicht morgens vor acht oder nach zweiundzwanzig Uhr, es sei denn, es gefällt dir. Versprochen.«

Jetzt zwinkert er mir auch noch zu. Schnell beuge ich mich wieder über meine Liste. Mechanisch streiche ich den dazugehörigen Punkt ab. Himmel, was für ein selbstgefälliges Arschloch, rede ich mir ein und überlege, was ich als Nächstes fragen soll. Da steht nichts mehr. Wie kann das denn sein? Wo ist mein zweites Blatt mit Fragen hingeraten? Runtergefallen? Aber auf dem Teppich sehe ich nichts. Ich muss improvisieren, verdammt! Und ich will, dass er von meiner Couch aufsteht. Er soll gehen. Er macht mich nervös. Vielleicht brauche ich ja doch keinen Mitbewohner, ich könnte Deutschunterricht anbieten oder Nachhilfe geben. Ich …

»Pinkelst du im Sitzen?«, überhole ich mich selbst.

Das wird ihn killen! Prüdes Amerika – *here we go!* Ich habe improvisiert, ganz spontan, ha! Schnell schreibe ich die Frage auf, damit meine Finger irgendwas zu tun haben und die Augen ein Alibi, ihn nicht ansehen zu müssen. Wegen der furchtbaren Verletzung in seinem Gesicht, die er mal mit trotzigem Stolz zur Schau stellt und dann wieder mit seiner Kappe zu kaschieren versucht.

»Klar.«

Ich höre das Glucksen in seiner Stimme ganz genau, aber ich blicke nicht auf. Diesmal nicht.

»Dein Freund etwa nicht?«

Natürlich fliegt mein Blick zu ihm.

»Ex-Freund«, platze ich heraus und beiße mir auf die Zunge. Dinge, die man einem Fremden garantiert nicht erzählen sollte. »Selbstverständlich«, schiebe ich hinterher. »Also, das mit dem Sitzen.«

»Selbstverständlich«, wiederholt er murmelnd und sieht aus dem Fenster.

»Gut«, behaupte ich und drücke den Bleistift so fest auf das Papier, dass die Spitze abbricht. Mist.

»Tut mir leid.«

Verwirrt betrachte ich meinen Stift und sehe dann Storm fragend an.

»Das mit deinem Freund meine ich. Es dauert, bis man über so was weg ist. Das ist okay.«

»Na, danke für die Erlaubnis«, schnarre ich und tauche unter. Irgendwo in dem halbwegs geordneten Chaos unter der Glasplatte des Tischchens muss der Anspitzer liegen. »Mir geht es hervorragend. Wer sagt dir überhaupt, dass nicht ich Schluss gemacht habe?«

»Du … Oh verdammt, sorry. Fettnapf. Das geht mich nichts an.«

»Korrekt.«

Es war nicht nur wegen Ramona. Jan hat per Sprachnachricht mit mir Schluss gemacht. Weil ihm »das alles« zu viel war. Was genau, kann ich nur raten: dass ich nach den ersten zwei Wochen Akklimatisierung wie geplant mein Clinical in der Privatpraxis begonnen hatte, in der Doc Joe arbeitet? Die Vorlesungen an der Uni, an denen ich als Gasthörerin teilnehmen darf? Der Kurs in craniosacraler Osteopathie, den ich nicht einfach für einen spontanen Hawaiitrip absagen wollte? Die wöchentlichen Termine in der Selbsthilfegruppe? Dass ich mich an einen ausgeklügelten Diätplan mit gesunden Lebensmitteln halte? Er hat es nicht ausgesprochen, aber ich weiß, dass es vor allem um mein schwebendes Damoklesschwert ging. Die Auswirkungen meiner Krankheit auf mein Leben, ihr Nachhall, ihr ungebrochener Einfluss. Das Einzige, was er auf meine sachliche Nachfrage von Mailbox zu Mailbox in meinen Anrufbeantworter gebrüllt hat, waren die Vorzüge seiner kubanischen Schönheit mit Strandhaus. Dann hat er mich blockiert.

Ich denke nach vorn. Ich habe meine Gefühle komplett

unter Kontrolle, mein Leben sowieso. Selbstgefälliges, arrogantes Arschloch. Verdammt. Wieso kann ich nicht cool sein?

Ich wühle zwischen Stiften und Bastelmaterial herum und komme mir vor wie Lieschen Müller-Mauerblümchen. Wo ist dieses blöde Ding?

Storm überbrückt das Schweigen zwischen uns, indem er einen Schluck von dem Kaffee trinkt, den ich vorhin gekocht habe. Ich habe ihm die Tasse mit dem Sprung gegeben. Er hat nichts dazu gesagt, warum auch, aber wahrscheinlich hat er es gar nicht bemerkt. Aus dem Augenwinkel sehe ich, wie er ein Stück Würfelzucker in den Becher plumpsen lässt. Er nimmt keine Milch, und er rührt auch nicht um. Vielleicht mag er keinen Haferdrink? Spießer! Ist aber nicht mein Problem. Mein Problem ist, wie er mich ungeniert über den Rand der Tasse hinweg mustert, als ich endlich mit dem Spitzer auftauche und mit heißem Kopf »Hab ihn!« keuche. Lieschen Müller-Mauerblümchen 2.0 mit Ringelsocken.

»Der Kaffee ist gut«, sagt Storm und lächelt.

»Danke.« Ich greife nach der Pflanzenmilchpackung und schenke mir nach, obwohl schon welche drin ist. Dann nippe ich ebenfalls.

Gut? Weiß der Typ überhaupt, was er da schlürft? *Deutschen* Kaffee! So was kriegt man hier gar nicht. Nur diese ewige Pulverplörre oder mit künstlichen Aromen verfälschtes Chemiezeug.

Sein Blick schweift erneut über die Wände und bleibt an einer Schwarz-Weiß-Fotografie hängen, die ich draußen in der Wüste gemacht habe. Sie zeigt ein verwittertes Brett, das ein Kindergrab aus dem vorletzten Jahrhundert markiert. Jemand hat Plüschtiere davor abgelegt. Einen Teddybär und den strahlend blauen Wüstenhimmel habe ich nachkoloriert. Es ist eins meiner Lieblingsbilder. Gefällt ihm das? Kein normaler Mensch mag so was.

Er soll gehen. Wieso schaffe ich es nicht, ihn einfach vor die Tür zu setzen? Ist doch meine Wohnung, meine Anzeige. Ich könnte ihn einfach bitten, das Apartment zu verlassen! Ihn dazu auffordern, unmissverständlich. Kann mir doch egal sein, ob er das unhöflich findet! Was ist denn bloß los mit mir?

»Wieso hast du deine Gitarre mit hier hochgeschleppt?«

»Damit sie mir nicht aus dem Auto geklaut wird.«

»Und was hast du für Mietsicherheiten?«

Warum frage ich das? Ich will ihn nicht!

Weswegen hat sich Jan eigentlich wirklich von mir getrennt? Kam er nicht klar mit der Tatsache, dass mir niemand sagen kann, ob und wann ich meine Fruchtbarkeit zurückerlange? Zumal schon das Wiedererwachen meiner Libido ein ziemliches Weilchen auf sich warten ließ ... Oder eher damit, dass ich dann womöglich einen Kinderwunsch entwickeln könnte? Vielleicht spielte auch eine Rolle, dass ich diesen zugegeben notorischen Zwang zum Planen habe. Aber phasenweise war es eben nur noch diese Struktur, die mich am Leben gehalten und mir Sicherheit gegeben hat.

Nervös zupfe ich an einer meiner strubbeligen Haarsträhnen herum. Sieben Zentimeter, so lang sind sie inzwischen wieder gewachsen und sehen endlich nicht mehr aus wie staubflockige blonde Wollmäuse, die man mit dem Wischmopp unterm Sofa hervorgeholt hat. *Du sendest die komplett falschen Signale, April!* Abrupt lasse ich die Haare los und trinke einen Schluck Kaffee.

Storm kramt in der Innentasche seiner Jeansjacke. »Ich habe eine Kopie meiner Kontoauszüge mitgebracht. Willst du sie sehen?«

Die Küchentür tickt. Ist die immer schon so laut gewesen, dass man sie bis hierher hört? Mein Becher klirrt, als ich ihn auf dem Tisch abstelle und nach dem gefalteten Papier greife. Der Betrag ist sechsstellig, in einer Summe überwiesen von –. Der Rest ist geschwärzt. Ich ringe um einen neutralen Gesichtsausdruck. Finanzielle Sorgen hat der Mann jedenfalls nicht. Warum vernachlässigt er sich dann so? Markenjeans und -jacke, schweineteure Stiefel, aber alles abgewetzt und ungepflegt. Das Hemd wirkt als Einziges neu, sieht aber nach Woolworth, Walmart oder einem anderen Billigladen aus. Auf der Hose ist ein Fleck, und zum Frisör müsste er auch dringend mal wieder. Himmel, seit wann bin ich denn so biestig? Jan hat doch wohl nicht auf mich abgefärbt? Ich dachte immer, ich hätte mich weit mehr und schneller dem kalifornischen Flow angepasst als er. *Ich* muss nicht hupen in der Rushhour. *Ich* komme prima mit den Geschwindigkeitsbegrenzungen klar – und seit Jan gegangen ist, habe ich ohnehin kein Auto mehr. *Ich* habe immer Zeit für einen freundlichen Small Talk mit der Bedienung im Café oder im Supermarkt. Alles ganz im Gegensatz zu meinem spießigen deutschen Ex-Freund – wobei wohlgemerkt *er* derjenige war, der hier einfach nur chillen wollte. Selbst Tante Maggie hat irgendwann in Jans Beisein nur noch mit den Augen gerollt, und sie ist wirklich die tiefenentspannteste Person, die ich kenne.

Lustigerweise habe ich die Selbsthilfegruppe, die ihn so störte, nach unserer Trennung aufgegeben. Ich brauchte sie nicht mehr. Vielleicht auch ein Zeichen.

Ach, ich will nicht mehr an ihn denken, ich bin drüber weg.

»Du solltest einen Teil davon anlegen«, rutscht es mir heraus.

»Ich weiß gern, was ich habe. Schlechte Erfahrungen.« Schulterzuckend steckt Storm den Zettel zurück in seine Jacke.

Ich fange wieder an, mit dem geringelten Fuß zu wippen, und suche nach irgendwas Brauchbarem in meinem Katalog.

Geräuschvoll stellt auch Storm seine Kaffeetasse auf den Couchtisch und steht auf. Seine Hosenbeine rutschen hinunter und verbergen den Greifvogel.

Mist, meine vorbereiteten Fragen sind tatsächlich allesamt beantwortet. Ich weiß nicht, was ich tun soll, und spitze den Bleistift an.

Wieso steht der jetzt einfach auf und läuft in der Wohnung herum?

Automatisch scanne ich seinen Körper. Er hinkt leicht. Als ob das Becken aufgrund einer längeren Schonhaltung schief steht. Ob er Schmerzen hat? Das müsste mit wenigen Sitzungen wieder hinzukriegen sein. Vielleicht ist auch einfach die Hüfte kaputt. Aber in dem Alter? Er kann nicht viel älter sein als ich, höchstens ein oder zwei Jahre. Seine Nase sitzt ein bisschen ungerade im Gesicht. Und ich frage mich, ob es einen Zusammenhang gibt zwischen der Hüfte und den monströsen Spinnwebennarben, die sich rosafarben glänzend schräg seine linke Schläfe hinaufziehen und unter den sorgfältig darüber frisierten Haaren verschwinden. Nein! Das will ich nicht wissen. Es geht mich nichts an, und es hat mich nicht zu interessieren. Der Typ wird aus meinem Leben verpuffen, so schnell, wie er darin aufgetaucht ist. Warum beschäftigt mich das? Das ist nicht meine Baustelle.

»Und willst du gar nichts über mich wissen?«, frage ich eine Spur schnippischer als beabsichtigt.

Storms Mundwinkel zucken leicht. Er amüsiert sich über mich! Seine hellgrünen Augen glitzern einen Moment lang im Schein der Stehlampe, es hat etwas Raubtierhaftes. Dann dreht er sich hastig weg, blickt aus dem großen Panoramafenster über die Bucht und schlendert hinkend weiter, am Buchregal entlang. Beiläufig lässt er seine Finger über das polierte Holz gleiten.

Meins, denke ich schon wieder, völlig albern, und möchte

ihm auf die Hand hauen, weil er nicht gefragt hat, ob er es berühren darf. Ob er *irgendwas* hier berühren darf!

In der Zeit, als ich bei Tante Maggie und Lydia wohnte, habe ich ein Stück Treibholz am Strand gefunden. Lydia ist enorm kreativ und handwerklich begabt. Mit ihrer Hilfe habe ich es mit Sandpapier abgeschliffen und lackiert. Wir haben Löcher hineingebohrt und es mit Juteschnüren an der Wand befestigt – tadaa! Ein neues Regal. Drei Bücher liegen jetzt darauf. Und eine Tüte mit Leckerlis für Sky.

Neugierig nimmt Storm den Beutel in die Hand. Anscheinend versucht er herauszufinden, worum es sich handelt. Kannst ja eins probieren, denke ich grimmig.

»Woher weißt du, dass ich aus Deutschland komme?«

Ich habe keine Ahnung, was es genau ist, was mich immer gereizter reagieren lässt, und das macht mich irre. Ganz bestimmt hat es etwas mit der Art zu tun, wie er mich ansieht – wenn er mir überhaupt in die Augen sieht, anstatt ruhelos durch den Raum zu tigern.

Ich hätte mit ihm aufspringen sollen. Im Eilschritt zur Tür preschen, sie aufreißen und ihn hinausweisen sollen. Aber ich habe es nicht getan. Warum? Habe ich Mitleid mit Quasimodo? Es kostet mich immer mehr Mühe, meinen Fuß zu beruhigen und vom Weiterwippen abzuhalten. Also tue ich so, als ob ich mir Notizen mache. In Wirklichkeit kritzele ich herum. Alles – nur nicht diesen Typen anstarren, der mir gerade den Rücken zuwendet, weil er durch die Scheiben starrt, als wäre er ein Leopard auf der Suche nach dem perfekten Sprungwinkel für eine Gazelle, die unter einem Baum grast und an nichts Böses denkt. Ich zeichne liegende Achten, Mäandergirlanden, Spiralen … Spinnweben, eine Maske wie im *Phantom der Oper* … genervt lege ich den Stift weg.

Mein Blick saugt sich an seinem Gitarrenkoffer fest. Im Gegensatz zu dem abgeranzten Leinenrucksack voller Flecken,

Pins und Stickern wirkt der Koffer teuer. Sehr teuer. Beide Gepäckstücke wollte er nicht im Flur abstellen und hat die Sachen stattdessen mit ins Wohnzimmer geschleppt. Als ob er hier auf der Stelle einziehen wollte.

Das geht nicht. Gar nicht. Überhaupt gar nicht geht das! Ich werfe ihn jetzt raus.

Storm steht noch immer mit dem Rücken zu mir und studiert vertieft meine Strandmitbringsel auf der Anrichte.

Er hat eine recht passable Figur, breites Kreuz, knackiger Po, kleiner Bauchansatz. Ein bisschen Sport würde ihm guttun. Man sieht, dass er mal trainiert war und ein hübsches Gesicht hatte. Er bewegt sich immer noch mit diesem gewissen Selbstbewusstsein. Aus dieser Perspektive sehe ich, dass er auch unterm Kinn eine kleine Narbe hat. Ich räuspere mich. Das leichte Hinken, das er ebenfalls zu kaschieren versucht, interessiert mich genau wie die Narben höchstens im Rahmen meiner Ausbildung. So was kann man entstören. Was mich dagegen stört, kriegt man nicht so leicht weg. Es ist – *er* – ist … dreist, irgendwie. Er fasst Dinge an, ohne zu fragen. Meine Dinge. Den Bilderrahmen zum Beispiel, der das Foto enthält, das mich zusammen mit meiner Schwester Amber zeigt, kurz bevor sie … Aber egal, darüber möchte ich jetzt auch nicht nachdenken. Jetzt greift er nach dem Lehrbuch über Faszien und Muskelstränge. Er blättert darin herum. Einfach so, und er fragt nicht! Nachdem er es zurückgestellt hat, schaut er aus dem Fenster. Und ich sehe wieder nur seinen Rücken, der in dieser geschmacklosen blass orangefarbenen Jeansjacke steckt.

Das geht auf gar keinen Fall. Wiederhole ich mich? Ich wiederhole mich!

Wie aufs Stichwort dreht er sich um und zeigt auf den leeren Hundekorb neben der Heizung.

»Wo ist dein Hund eigentlich? Versteckst du ihn vor mir? Das brauchst du nicht. Ich mag Hunde.«

Ich schüttle den Kopf. »Quatsch. Das ist nur … Der Korb und auch der Hund dazu gehören Mrs. Wolowitz. Sie wohnt gegenüber. Ich gehe manchmal mit ihm raus. Und ich passe auf ihn auf, wenn sie … wenn sie es eben nicht kann.«

Gerade ist mein treuer Freund und zuverlässiger Mitbewohner-Sensor nicht da, weil er mit Frauchen unterwegs ist. Und darum geht das hier alles schief!

Dieser Idiot bringt mich aus dem Konzept, einfachste Sätze kann ich nicht zu Ende sprechen. Und jetzt fange ich auch noch an zu plappern. Verdammt! Das ist einfach nur ein schräger Typ. Mit einem bescheuerten Namen dazu. Pferde heißen so, aber doch nicht Männer!

»Du hast einen süßen Akzent, wenn du Englisch sprichst.«

Seine perioralen Falten vertiefen sich, als ich rot anlaufe wie ein Teenager.

»Lass dich nicht in Verlegenheit bringen. Du sprichst sehr gut Englisch.«

»Danke.«

Ich ärgere mich über mich selbst. Warum bedanke ich mich für dieses Pseudokompliment? *Süß?!* Das macht mich noch wütender.

»Darum bin ich hier. Ich möchte meine Aussprache verbessern.«

Na klasse, jetzt plappere ich nicht nur, ich verteidige mich auch noch.

»Ach? Ich dachte wegen der Osteopathie-Ausbildung …?«

Wann hatte ich ihm denn davon erzählt?

Storm beantwortet meinen entgeisterten Blick, indem er auf den Stapel Lehrbücher auf dem Fußboden zeigt, der einen kleinen Turm neben Skys Körbchen bildet.

»Auch. Ich mache ein Praktikum bei Doctor … in der Klinik.«

Ich werde ihm jetzt nicht auch noch auf die Nase binden,

dass ich nach dem Abschluss meiner vier Wochen Arztpraxis und dem Wechsel ins Saint Francis Memorial inzwischen damit hadere, ob dieses Clinical wirklich das ist, was ich mir erhofft habe. Vor allem, seit Maria fort ist. Also war das streng genommen sogar noch vor der Sache mit Jan, wird mir gerade klar. Hör auf deinen Bauch, hatte sie mir geraten, draußen auf der Dachterrasse, als ich ihr darüber mein Herz ausgeschüttet hatte, dass ich in der Klinik noch überhaupt nicht richtig angekommen sei. Sie hatte mich darin bestärkt, dass sechs Monate in den USA ein guter Zeitraum sind, um eine endgültige Entscheidung darüber zu treffen, wie es danach weitergehen soll. Ob ich dann wirklich nur kurz nach Deutschland fliegen will, um die Prüfungen fürs zweite Staatsexamen zu schreiben und hinterher für mein Praktisches Jahr hierher zurückkehren möchte. Jetzt, da Jan weg ist, wirkt ihr Angebot geradezu visionär. Schaffe ich es wirklich, das alles allein durchzuziehen?

»Cool.«

Storm nickt, während er sich weiter im Wohnzimmer umsieht. Schon wieder reißt er mich unvermittelt aus meinen Gedanken. Sein Blick geht von der Anrichte über Tisch, Stühle und Schrank bis zurück zur Sofagruppe. Bei den meisten unserer Holzmöbel sieht man die Maserung noch durch. Ich mag diesen skandinavischen Charme mit südamerikanischen Farbtupfern – und er hat besser nichts daran auszusetzen. Wobei. Soll er doch, das macht es mir nur einfacher.

»Ich weiß nicht, ob ich der Typ für lehrreiche Gespräche bin. Ich suche eher Ruhe. Ich bin gern für mich. Aber die Bude gefällt mir.«

Oh.

Er sieht mich an, mustert mich von oben bis unten, und ich kann ihn den Satz förmlich zu Ende denken hören: … *und du auch*.

Eingebildeter Affe!

»Es ist wahrscheinlich nur für vier Monate«, sage ich kühl. »Vielleicht sogar kürzer. Wenn meine Mitbewohnerin wiederkommt, müssen wir uns alle mal zusammensetzen und überlegen. Ich weiß noch nicht, was dann wird.«

»Kann ich das Zimmer mal sehen?«, fragt er nur und hat bereits die Klinke in der Hand.

Zum Atelier statt zu dem freien Zimmer, aber das ist auch schon egal.

In meinem Bauch rumort es.

»Und wenn ich es dir gar nicht vermieten will?«

Er hält in der Bewegung inne, dreht sich zu mir, wobei er fast das Gleichgewicht verliert, und runzelt die Stirn. Seine Augen weiten sich. »Willst du nicht?«

»Nein«, sage ich mit fester Stimme und verschränke die Arme. Ich atme tief durch. »Vorhin war bereits jemand hier, und … ich glaube, das würde besser passen.«

Ich schlucke, als ich an Kimberley-Max denke.

»Oh.«

Auf einmal verschwindet jede Arroganz aus seinem Blick. Er wirkt erschrocken, verletzt, getroffen – wie ein kleiner Schuljunge, den niemand in seiner Mannschaft haben will, obwohl er in der Pause fünf Minuten zuvor allen einen Kakao ausgegeben hat. Was in Wirklichkeit dahintersteckt, kann ich natürlich nicht wissen. Aber ich kenne diesen Gesichtsausdruck. Ich weiß, wie es ist, wenn man nicht mitspielen darf und zusehen muss, wenn man harsch zurückgestoßen wird aus einer Ecke, wo man es am wenigsten erwartet hat.

Mit medizinischem Interesse beobachte ich das komplizierte Zusammenspiel der Rotatorenmanschette mit dem *Musculus latissimus dorsi*, dem *Deltoideus*, dem *Teres major* und dem *Coracobrachialis*. Anders ausgedrückt: Er lässt die Schultern hängen wie Charlie Brown von den *Peanuts*.

Ich kann diesen Satz nicht zurücknehmen. Der Moment

ist vorbei. Wie soll ich mit einem Typen zusammenwohnen? Mit irgendeinem? So kurz nach Jan? Das geht nicht! Und schon gar nicht mit einem traumatisierten, Gitarre übenden Macho. Das ewige Gezupfe von Akkorden würde mich in den Wahnsinn treiben. Nein. Es muss eine andere Lösung geben. Ich bin nicht käuflich, ich lasse mich nicht blenden von so ein paar Nullen auf einem Kontoauszug. Und wenn ich mir noch zwanzig Verrückte kommen lasse, bis die eine Perle darunter ist, an der es nichts auszusetzen gibt.

Storms Hand ruht noch einen Moment auf der Klinke, bevor sie neben seinen schlaksigen Körper sinkt. »Oh«, sagt er wieder und verkneift ein wenig die Lippen. »Das ist jetzt echt schade … Sorry, wenn ich arrogant rübergekommen bin. Das passiert mir manchmal, wenn ich nervös bin, reiner Selbstschutz. Aber hey: deine Entscheidung. *All good.*«

Er versucht ein Lächeln und wirkt tatsächlich verlegen. Dann bückt er sich nach seinem Rucksack und dem Gitarrenkoffer.

Die plötzliche Absage hat ihn ganz offensichtlich getroffen, tiefer, als ich dachte. Ich lege den Block beiseite und stehe auf.

»Nein … warst du nicht … höchstens ein bisschen. Mir tut's auch leid.« Höflicher Blödsinn. Meine Hände schwitzen. Ich wische sie an der Jeans ab, während ich ihn zum Flur begleite.

Er ist zuerst an der Tür. »Danke für den Kaffee. Der war echt gut, nicht so eine Pulverplörre … Und noch mal sorry, wenn ich irgendwie aufdringlich war.«

Es klickt leise, als die Tür hinter ihm ins Schloss fällt. Seine Schritte entfernen sich, sie klingen ungleichmäßig.

Meine Knie sind ein bisschen weich. Zu viel Kaffee, deutscher Kaffee. Den bin ich gar nicht mehr gewohnt.

Gewohnheitsmäßig lege ich die Kette vor und schiebe den Sperrriegel zu. Dann lehne ich mich mit Händen und Stirn gegen das Türblatt. Er fand den Kaffee gut. Und er hat eine Unregelmäßigkeit im Gangbild. Ich schüttle mich. Nicht meine Baustelle.

»Puh«, stöhne ich leise, schließe die Augen und atme aus. Nur kurz ein wenig sitzen. »Nummer achtzehn. Wirklich nicht leicht, den Richtigen zu finden.«

Wenig später bricht irgendwo unten ein Höllenlärm aus. Etwas scheppert. Jemand schreit, und dazwischen höre ich das schrille Kreischen und Jaulen eines völlig panischen Hundes … Sky! Irgendetwas oder jemand muss ihn zu Tode erschreckt haben. Dieser Typ wird doch wohl nicht seine Wut an einem armen, unschuldigen Hund …?

Nein, den Gedanken verwerfe ich gleich wieder. Nur weil jemand aussieht wie ein Psycho, muss er noch lange keiner sein. Die harmlos Aussehenden sind viel öfter die Schlimmen, sagt man doch.

Mit zittrigen Fingern fliege ich über die Sicherungen, lasse die Tür sperrangelweit offen stehen und renne auf meinen Ringelsocken die Treppe hinunter. An jedem zweiten Absatz halte ich kurz inne, um mich über das Geländer zu beugen und in das Treppenauge hinunterzubrüllen. »Mrs. Wolowitz? Ist alles okay? Luigi?« Aber ich sehe niemanden und erhalte keine Antwort.

Auf den Fluren ist nichts außer diesem anhaltenden Schreien eines gequälten Tieres zu hören, das allmählich in ein noch erschreckenderes, leiser werdendes Winseln übergeht. Es kommt von ganz unten. Sie müssen im Foyer sein.

»Sky?! Ich bin gleich da, mein Kleiner!«

Mein Herz hämmert immer stärker gegen meine Brust, je weiter ich mich hinunterarbeite. Treppenabsatz. Flur. Treppenabsatz. Flur. Es nimmt kein Ende. Ich darf überhaupt nicht so schnell rennen, wie ich es gerade tue. Meine Lunge kämpft gleichzeitig mit den drei Stockwerken und meiner wachsenden Aufregung. Ich hätte das langsame Rentnerlauftraining am Strand auf keinen Fall aufgeben dürfen. Daran ist auch nur Jan schuld. Einen Fuß vor den anderen, nicht stolpern jetzt, die Hand am Geländer lassen, ermahne ich mich.

»Mrs. Wolowitz!« Meine Stimme fühlt sich belegt an. Mein Mund ist trocken, und ich brauche dringend mehr Luft zum Atmen.

Warum antwortet niemand? Wie weit noch? Endlich geben die letzten Stufen den Blick auf die Halle frei. Und auf die vermaledeite Drehtür. Oh, wie ich diese Drehtür hasse!

Sky hat sich anscheinend wieder einmal losgerissen und ist seinem Frauchen vorausgestürmt. Mrs. Wolowitz hämmert hilflos von außen gegen die große Fensterscheibe. Eingesperrt zwischen den Glasflügeln der Tür sind Sky – und Storm. Er hält seinen Fuß unnatürlich verdreht, als ob er in der Bewegung eingefroren ist, um Sky zu treten. Doch das ergibt keinen Sinn.

Kapitel 3

April

Storms Gesicht ist schmerzvoll verzerrt, und er nimmt mich überhaupt nicht wahr, weil er immerzu leise auf den hysterisch zappelnden Hund einredet, der wiederum ihn überhaupt nicht beachtet. Sei es, weil sie durch ein Segment der Drehtür getrennt sind oder aber weil Skys blöde Flexileine sich in der Tür verfangen hat und so straff gespannt ist, dass er weder vor noch zurück kann. Wenn die Tür sich auch nur ein paar Zentimeter weiterdreht, schnürt sie ihm die Luft ab und erdrosselt ihn.

Ich renne. Und keuche. Es fühlt sich an, als würde ein faustgroßer Kieselstein gegen mein Brustbein drücken. Jeder Atemzug brennt, und ich komme nur in Zeitlupe vorwärts. Im Laufen verfluche ich Luigi. Gefühlte tausend Mal habe ich dem Portier gesagt, dass er den Sicherheitsstopp an diesem vorsintflutlichen Ding reparieren lassen muss. Er hat es mir hoch und heilig versprochen. Was hat er eigentlich den ganzen letzten Monat gemacht?

»Luigi!«, brülle ich.

Wo steckt der Kerl überhaupt? Schon wieder Zigarettenpause?

Ich durchquere die Halle, so schnell ich kann.

Der Hund jault wieder lauter, als er mich sieht, und versucht hochzuspringen, mir entgegen. Irgendwie gelingt es ihm, sich durch den winzigen Spalt des Drehtürsegments zu quetschen, zu mir ins Innere des Gebäudes. Aber das hat nur zur Folge, dass er jetzt auf zwei Beinen gefangen ist. Seine Hinterbeine berühren knapp den Boden, aber seine Vordergliedmaßen tänzeln nun absurd in der Luft herum. Er kommt nicht vor und nicht zurück. Skys Jaulen klingt inzwischen erschreckend heiser. Es fängt sich in den Marmorwänden und hallt merkwürdig nach. Das macht klares Denken noch schwieriger.

Ich schlittere zu ihm. »Oh Gott! Ganz ruhig, Kleiner.«

Irgendwie gelingt es mir, die Leine ein Stück herunterzuzerren, sodass Sky wenigstens mit drei Läufen den Boden berührt. Ich lasse mich auf die Knie fallen, schiebe meine Beine unter seine Füße und setze mir die Pfoten auf die Oberschenkel. Dabei bemerke ich, dass seine Hinterpfote blutet. Ich fasse in klebrige Feuchtigkeit. Ist das alles Blut? Vermutlich hat er zusätzlich vor Angst uriniert. Aber das stört mich nicht. Der arme Kerl. Und die verdammte Schnur gibt keinen Zentimeter nach.

Flexileinen. Ich hasse Flexileinen. Und Halsbänder. Was soll ich jetzt tun? Fieberhaft zerre und reiße ich an dem Drosselwerkzeug herum. Ich habe natürlich kein Messer dabei, und das blöde Ding ist so gespannt, dass ich den Karabiner mit bloßen Händen nicht mal im Ansatz öffnen kann, um die Strippe zu lösen. An die Schnalle des Halsbandes komme ich auch nicht heran. Ich bringe keinen Finger dazwischen.

Skys Augen wirken größer als sonst, blutunterlaufen, und sie sind unnatürlich weit aufgerissen. Ich spüre sein Herz rasen und wie sein Brustkorb sich mühsam hebt und senkt. Er keucht und würgt zwischen angestrengtem Jaulen, und dabei versucht er immer wieder, mich mit seiner Zunge zu erreichen und abzuschlecken, als ob er mich trösten und mir versichern will, dass alles in Ordnung ist.

Nichts ist in Ordnung!

»Verdammte Scheiße. Fuck, fuck, fuck!«

Draußen steht Mrs. Wolowitz. Sie gestikuliert und ruft etwas, das ich nicht verstehen kann. Hektisch zeigt sie auf den Mechanismus in der Wand, mit dem man den Nothalt aktivieren kann. Normalerweise.

»Der ist kaputt«, brülle ich, und dabei schießen mir Tränen in die Augen.

Meine Hände fliegen über den Hundekörper und den Spalt in der Glastür. Wo soll ich anfassen? Wo stützen, wo ziehen? Oder ist schieben besser? Das ist ein Albtraum! Und warum sitzt dieser Kerl da zwischen Tür und Angel und tut nix?

»Was ist überhaupt passiert?«, kreische ich in zunehmender Panik.

Keine Antwort, egal, ich habe keine Zeit, mich jetzt mit Storm zu befassen.

Es sieht so aus, als hätte sich die lange Leine unter die Drehachse geschoben und um die Spindel gewickelt. In Deutschland hätte das alte Ding niemals den TÜV überstanden, so viel steht fest. Es macht mich wütend. Aber jetzt gerade ist das alles so was von egal. Ich muss etwas tun! Nur was? Skys ganzes labradorianisches Büffelkalbgewicht hängt inzwischen zunehmend schlaffer auf meinem Schoß und quetscht mir den Brustkorb zusätzlich ein.

»Drück die Tür ein Stück zurück. Hier vorn. Die beiden Schließkanten. Da kannst du ansetzen. Schaffst du das?«

Storms Stimme. Leise und klar, obwohl eine Glasscheibe zwischen uns ist.

Verwirrt schaue ich zu ihm hinüber. Ich war so auf Sky fixiert, dass ich komplett ausgeblendet habe, dass er immer noch da ist. Er hat auch irgendwas gesagt vorhin, vielleicht sogar die ganze Zeit. Keine Ahnung. Was macht der eigentlich noch hier? Was soll ich tun? Er kommt mir genau richtig in meiner Stinkwut und Verzweiflung. Trägt er etwa die Schuld an dieser Katastrophe? *Ganz ruhig, April, hör ihm zu. Sieh hin.* Mein Blick fällt zurück auf seinen verdrehten Fuß in dem albernen Vogelstiefel. Es wirkt nicht so, als habe er Sky treten wollen. Im Gegenteil.

Die Drehtür knarzt und versucht mit Gewalt, sich weiterzudrehen und Sky zu strangulieren. Der eingeklemmte orangebunte Raubvogel verhindert genau das.

Ein Blinder mit Krückstock kann in Storms Gesicht lesen, dass er Schmerzen hat. Auf seiner Stirn reihen sich kleine Schweißtropfen zu einer glänzenden Perlenschnur auf.

»Bitte«, keucht er.

Mehr nicht.

Einen Augenblick lang starre ich ihn verständnislos an. Meine Hände habe ich im verzweifelten Versuch, Sky Erleichterung zu verschaffen, um das Halsband des Hundes gekrallt. Aber es geht nicht, sosehr ich auch reiße und zerre, mich in das Fell wühle und versuche, wenigstens den kleinen Finger unter das Leder zu bekommen, es macht alles nur schlimmer.

»Ich habe Mrs. Wolowitz bestimmt tausend Mal gesagt, sie soll Sky lieber ein Geschirr anlegen. Aber sie beharrt stur darauf, dass sie ihn nur mit dem Halsband halten kann. Und jetzt haben wir den Mist! Warum hat sie nicht auf mich gehört? Halsbänder sind total schlecht für die Halswirbel. Auch ganz ohne Drehtür, und dann noch in Verbindung mit einer Flexileine – das ist Russisch Roulette für Hunde!«

Storm spricht leise weiter auf mich ein, während ich plappere und plappere.

»Würdest du es versuchen? Jetzt?«, fügt er hinzu, als ich endlich mal Luft hole.

Und dann sagt er noch mal, gepresster jetzt: »Bitte.«

Sky hechelt. Ist seine Zunge etwa schon blau? Da vorn, an der Spitze? Das ist dunkelviolett, oder täuscht das in dieser Mischung aus künstlichem Licht und Nachmittagssonne? Ich zwinge mich, von dem Rüden zu Storm hinüberzusehen. Ich bin wie betäubt.

»Was hast du gesagt? Was soll ich tun? Wo? Wie?«

Ich bin ein kleines bisschen panisch. Dem Hund geht es schlecht, und dass Mrs. Wolowitz von außen hysterisch gegen die große Fensterscheibe hämmert, macht die Situation nicht einfacher. Ich muss damit aufhören, panisch zu sein. Keine gute Ärztin darf sich das leisten!

Endlich gelingt es mir, mich halbwegs in den Griff zu bekommen, zu fokussieren, mit den Augen der Richtung von Storms ausgestrecktem Zeigefinger zu folgen.

»Stemm dich mit dem Fuß dort dagegen. Drück, so fest du kannst, gegen die Schließkante. Das müsste dir genug Luft geben, um das Halsband zu öffnen.«

Er schließt die Augen und presst die Lippen aufeinander. Sein Atem beschlägt die Glasscheibe.

Ich nicke, obwohl es keinen Sinn ergibt, weil er mich nicht mehr ansieht. Ich suche eine Möglichkeit, mich festzuhalten, abzustützen, damit ich mit dem Bein genug Druck ausüben kann. Aber ich brauche auch eine freie Hand, um an die Leine zu kommen.

»Los! Mach schon!«

Jetzt ohne Bitte.

»Ja doch!«

Ich stemme mich mit aller Kraft gegen den Rahmen der Tür, entgegen der Drehrichtung. Es gibt ein knirschendes Geräusch, gefolgt von einem anderen Ton, den ich zunächst nicht zuordnen kann, ein seltsames Jaulen. Mein Blick hetzt zu Sky, aber der hält inzwischen ziemlich still. Es ist Storm, der so stöhnt.

»Ich zerquetsche dir ja den Fuß!«, schreie ich auf und stoppe.

»Das haben schon ganz andere versucht«, presst Storm

durch zusammengebissene Zähne hervor. »Mach endlich. Ich kann das nicht mehr lange halten.«

Er hält weiter die Augen geschlossen. Auf seiner Oberlippe steht Schweiß. Er ist aschfahl im Gesicht, seine Haare fallen so, dass die Narbe nun komplett freiliegt. Es sieht ein bisschen so aus, als hätte Sweeney Todd ihm einen Scheitel mit der Axt ziehen wollen. Kein Wunder, dass er die kahle Stelle überkämmt. Surreal, das ist alles total surreal.

Draußen tobt Mrs. Wolowitz. Sky hängt schlaff auf mir. Er zappelt überhaupt nicht mehr. Viel zu ruhig. Viel zu schwer. Er hängt auf mir wie ein Bündel aussortierter Winterjacken.

»Oh lieber Gott, bitte, nein!«

Ich presse meinen Rücken gegen die Wand und drücke beide ringelbesockte Füße mit aller Kraft gegen die Schließkante. Warum habe ich keine Schuhe angezogen? Meine Fußsohlen fühlen sich an, als ob das Metall sie der Länge nach spaltet. Meine Beine zittern. Ich versuche, das knirschende Schaben und seinen Ursprung zu ignorieren und auch den Schmerz, der mir von den Zehen über die Mittelfußknochen bis in die Oberschenkel hinaufschießt. Ich konzentriere mich darauf, mit den Händen Skys Halsband und die Leine zu fassen zu bekommen. Nur noch ein halber Zentimeter. Vier Millimeter. Drei. Dieses atonische Hundegewicht drückt inzwischen auf mich wie ein Zementsack. Mrs. Wolowitz hämmert von außen so heftig gegen die Fenster, dass das Glas vibriert. Storm schreit auf. Klappe jetzt! Ich habe keine Zeit, mich um euch zu kümmern. Jetzt müssen wir da durch. Zwei Millimeter. Einer. Meine Fingerspitzen sind schweißnass, glitschig. Ich rutsche ab. Einmal. Zweimal. Dann endlich gelingt es mir, den Karabiner aus dem Metallring zu ziehen.

Als die Gummileine zurückschnalzt, sprengt der Haken einen Kratzer in die Glasscheibe. Es knallt. Ich folge kurz der Bewegung und sehe aus dem Augenwinkel, wie Mrs. Wolowitz sich laut jammernd die Hände vors Gesicht schlägt. Sky ist frei.

Aber nur seine verletzte Pfote zuckt kurz, als der Hundekörper von meinem Oberkörper rutscht und schwer auf den Boden gleitet. Dann bewegt er sich nicht mehr. Das ist falsch! Ganz falsch! Ich starre wie gebannt auf die dunkle Locke Fell, die zwischen den schwarzen Zehenballen hervorlugt.

Draußen vor der Fensterfront tigert Mrs. Wolowitz ruhelos auf und ab.

Storm stöhnt leise. »April. Jetzt. Ich.«

Seine Stimme macht mir Gänsehaut. Tränenblind wechsle ich die Position und stemme mich noch einmal in der anderen Richtung gegen die Tür. Ächzend und knarzend geben Glas und Metall ihren Gefangenen frei. Storm poltert rückwärts gegen seinen Gitarrenkoffer. Auf allen vieren robbt er aus seinem Gefängnis, neben mich und das leblose Bündel Hund, das ich zurück auf meinen Schoß gezogen habe.

Ich schüttle den Teddyzementsack, rüttle an ihm herum. »Sky«, höre ich mich wimmern. »Sky!«

Ansonsten ist es still. Fürchterlich still.

Es ist, als ob einen Moment lang die Welt den Atem anhält. Genau wie Sky. Sogar Mrs. Wolowitz hat aufgehört, draußen wie eine Wahnsinnige gegen das Glas zu trommeln. Sky atmet nicht. Der Moment verstreicht. Der Brustkorb meines treuen Freundes hätte sich schon längst heben und senken müssen. Aber er tut es nicht. Er tut es einfach nicht.

Ich knie mich vor den Rüden. Kralle mich in Skys Fell und schüttle ihn noch einmal. Vorsichtig. Ungläubig. Was ist das nur für ein Albtraumtag? Wie beatmet man einen Hund? Warum habe ich es bloß versäumt, diesen bescheuerten Erste-Hilfe-Kurs für Haustierbesitzer zu belegen, den Mrs. Wolowitz neulich in der Zeitung gesehen hat? Mein ganzes Medizinwissen ist wie fortgeblasen. Weg. Blackout. Ich beuge mich über das bewegungslose Tier, öffne ihm den Rachen und ziehe die violette Zunge heraus, streiche ihm über den Hals, schlage gegen seine Rippen.

»Was soll ich denn jetzt tun?«, schluchze ich. »Sky, bitte, verlass mich nicht!«

Alles läuft wie in extremer Zeitlupe ab. Aus dem Augenwinkel sehe ich, wie Storm neben mich kriecht. Ich bin bewegungsunfähig, gucke nur stumpf zu, als er dem Hund den Brustkorb befühlt.

»Halt ihm die Schnauze zu und puste in seine Nase. Los, mach schon.«

Endlich befreie ich mich aus der Starre, tue, was er sagt. In diesem Moment scheint es mir ganz natürlich, eine feuchte Hundenase mit meinen Lippen zu umschließen und zu pusten, so kräftig ich kann.

»Als ob du einen Ballon aufbläst. Kräftiger. Gut so. Jetzt warte. Lass ihn ausatmen. Gut so. Noch mal.«

In den Atempausen sehe ich halb blind vor Tränen dabei zu, wie Storm dem Hund rhythmisch gegen die Brust klopft, nein, drückt. Er nickt mir zu. Dann puste ich wieder. So wechseln wir uns ab. Zweimal, dreimal. Herzmassage, Atemspende. Herzmassage, Atemspende.

Plötzlich zieht Storm mich weg von der Hundeschnauze. Mir ist schwindelig. Aber ich kann noch! Ich muss!

»Was ist?«, herrsche ich ihn an. Wir können uns doch jetzt keine Pause erlauben! »Los, noch mal.«

Er schüttelt den Kopf und lächelt, als könne er nicht bis drei zählen. Abgekämpft sieht er aus, grau im Gesicht, und das lässt die Narben noch fleischiger erscheinen.

Aber Erschöpfung darf doch jetzt keine Rolle spielen! Am liebsten würde ich ihn mitten in sein Gesicht boxen.

»Willst du etwa aufgeben? Los, weiter!«

Ich will mich losreißen und wieder zu Sky wenden, aber

Storm hält meine Handgelenke. Seine Hände sind warm, ihr Druck fest. Er ist stärker.

»Schau doch!«, sagt er, immer noch lächelnd.

Erst da nehme ich die leichte Bewegung neben mir wahr. Skys Pfote zuckt, und dann schnellt auch schon die lange rosafarbene Zunge aus seinem geliebten Sabbermaul und schleckt im Liegen die Tränen von meinem Handrücken.

»Du lebst! Er ist wieder da! Sky! Mein wunderbarer, einzigartiger Sky!«

Ich werfe mich über den Hund, ermahne mich sofort zur Vorsicht, streichele ihn, denke *Scheiß drauf!*, kraule ihm überschwänglich das Fell, küsse ihn und lasse mir die Tränen vom Gesicht schlecken. Irgendwann zwischendurch falle ich Storm um den Hals und küsse ihn ebenso stürmisch wie den Labradormischling. Im nächsten Moment hänge ich schon wieder über dem Hunderücken, noch bevor das Prickeln meiner Lippen mein Bewusstsein erreicht und ich einen diffusen Grund mehr verspüre, mich in dem dichten braunen Fell zu vergraben und unter den nach Pfütze und Erde stinkenden Zotteln zu verstecken.

Storm

Sie hatte ihn völlig überrumpelt. Nicht nur mit ihrem Temperament. Seine Lippen vibrierten. Sie hallten nach von der unerwarteten Berührung, Haut auf Haut, weich und fest zugleich. Ihr Mund schmeckte salzig, ein bisschen nach Vanille … und nach Hund. Sein Herz regte sich in seiner Brust, es schlug so heftig, wummerte gegen seine Rippen, als wollte es sich von etwas befreien. Seine Hände glühten, als hätte er sich an April verbrannt. Aber kein Schmerz drang zu ihm durch, sein Gehirn übermittelte nichts außer diesem leichten elektromagnetischen Summen. Etwas war passiert, als er sie festgehalten hatte. Er hatte gespürt, wie die Sensoren seiner Finger mit ihren in Resonanz gingen. Die feinen Pulse, die unter der Haut entlangliefen, kommunizierten wie Schallwellen miteinander, sanfte Vibration, ein melodiöser Rhythmus, ein Gleichklang, so fein, dass er nichts davon in sein Bewusstsein befehlen konnte außer dieser vagen Empfindung von Musik und der Ahnung, dass etwas stattgefunden hatte außerhalb seiner Wahrnehmungsfähigkeit, im toten Winkel der Tiefe seiner Seele.

Sein Verstand war mit der Rettung dieses Hundes beschäftigt gewesen – und April dazu zu bewegen, ihn anzusehen, sie aus ihrer Schockstarre zu lösen und zu funktionieren. Damit sie das beide unbeschadet überstanden, der wuselige Hund und er. Einen verrückten Augenblick lang hätte es ihm nichts ausgemacht, wenn das Bein noch einmal gebrochen wäre, ihn unwiderruflich zum Krüppel gemacht hätte. Dann schoss ihm ein anderer Gedanke durch den Kopf, grell und gleißend wie ein Blitz und noch tausendmal absurder: Wenn das geschah, würde er nie mit ihr tanzen können, sie hochheben und herumwirbeln und dabei ihr perlendes Lachen hören. Er nahm an, dass es perlte wie Champagner auf der Zunge. Und er würde nie in den Genuss kommen zu erfahren, ob diese Annahme richtig war.

Ihre Augen waren seinen einen Wimpernschlag lang begegnet. Nach dem Kuss. So flüchtig, wie er war, so nachhaltig klang sein Echo in ihm fort. Entfacht durch das kobaltblaue Funkeln auf dem Grund dieses über sich selbst erschrockenen dunklen Blicks. Er hatte es hervorblitzen sehen, bevor der Kranz aus langen Wimpern das Blau aufs Neue verbarg. Wie die Schwingen eines Greifvogels, die sich senkten. Und für einen Moment blieb die Zeit stehen, und alles um ihn herum löste sich auf.

April. Sie hatte ihn schon wieder völlig aus dem Konzept gebracht. Das hatte sie bereits oben einmal geschafft, in ihrer Wohnung, zwischen den durchscheinend lasierten Möbeln und den bunten Kissen und Vorhängen überall. Sie hatte es nicht einmal bemerkt – oder sie war eine verdammt gute Schauspielerin. Jedenfalls hatte er da dieses Kobaltfunkeln zum ersten Mal gespürt. Ebenso kurz, unvermittelt und überraschend. Als er ihren Akzent erwähnt hatte, weil ihm nichts Harmloseres eingefallen war in seiner Nervosität.

Dämlicher Idiot. Sie war mit Recht wütend geworden.

Er schielte flüchtig in ihre Richtung.

April hatte sich längst wieder Sky zugewandt. Storm rutschte etwas zur Seite, weg aus der Gefahrenzone ihrer heftigen Bewegungen – fort aus dieser sonderbaren Chemie und der gegenseitigen Anziehungskraft, die er sich eben eingebildet hatte. Nur eingebildet, ermahnte er sich.

Sie war keine dieser aufgespritzten, angemalten Silikon- und Botox-Schönheiten, die ihn normalerweise umgarnten. Hatten. Früher. Als er noch vorzeigbar war.

Sie benutzte so gut wie gar kein Make-up. Ein bisschen Kajal, ein wenig Lidstrich und Wimperntusche, das war alles. Ebenso schlicht war ihre Kleidung, eine bequeme Jeans mit Löchern, durch die er die blasse Haut ihrer Beine schimmern sah. Ihre Haare machten, was sie wollten, und sie erlaubte es ihnen. Sie trug keine Schuhe in ihrer Wohnung. Diese selbst gestrickten Ringelsocken fand er erfrischend aufmüpfig. Seine Ex Laureen hätte so etwas nicht einmal zum Yoga getragen, es sei denn, es hätte ein Designername auf einem Label gestanden, groß genug, um damit auf Instagram-Fotos anzugeben. April war anders, besonders, ein exotisches, zartes Pflänzchen in einer Monokultur ewig gleich duftender Rosen. Er hatte eine Ahnung, dass das nicht nur damit zusammenhing, dass sie sich noch nicht »amerikanisiert« hatte, wie er dieser Art Angleichung an die stereotype Masse gern nannte. Sie hatte ein Geheimnis. Und er mochte ihren starken deutschen Kaffee.

Doch das war egal. Es war nicht gut. Gar nicht gut. Ein einziger Wimpernschlag von ihr hatte beinahe für einen Funkenflug gesorgt. Das widersprach vollständig dem, was er sich vorgenommen hatte. Er würde diesen Flammen keinen Sauerstoff geben. Es durfte nicht sein. Diese Zeiten waren vorbei. Für immer.

Außerdem hatte sie ihm unmissverständlich zu verstehen gegeben, dass sie ihn nicht in ihrer Wohnung haben wollte. Er würde also weitersuchen müssen. Ein Hotel kam nicht infrage, solange die Behörden seinen dämlichen Ausweis nicht auf seinen Geburtsnamen umgeschrieben hatten. Er brauchte dringend seinen Nachnamen zurück, sonst konnte er die Paparazzi gleich selbst anrufen und sagen, wo sie ihn doch noch aufspüren würden.

Aus dem Augenwinkel betrachtete er Aprils Rücken. Kurze blonde Haare teilten sich über ihren Halswirbeln. Besonders einer stand deutlicher hervor als die anderen. Sie wirkten wie kleine, runde Kiesel, nur von ihrem T-Shirt festgehalten. April kauerte noch immer gekrümmt über dem liegenden Hund, und der beigefarbene Stoff spannte sich über ihren Rücken. Der Verschluss ihres BHs zeichnete sich ebenfalls deutlich ab. War das Shirt einfarbig, oder war da ein Schriftzug über der Brust gewesen? Er hatte es sich nicht gemerkt. Storm musste grinsen. Offenbar hatte es ihn so aus dem Konzept gebracht, dass sie kein sexgieriger Kerl war, dass er ihr nicht einmal aus Versehen auf den Busen gestarrt hatte.

April strahlte etwas Schutzbedürftiges aus. Er war sich sicher, dass ihre Selbstsicherheit und Rotzigkeit nur Show waren. Sie ließ sich nicht die Butter vom Brot nehmen, das war es nicht. Sie hatte Krallen, und sie wusste sie auszufahren und einzusetzen. Aber unter dem gesträubten Fell nahm er eine verletzte Seele wahr. Das lag garantiert nicht nur an der Trennung, auch wenn die frisch war, kein Zweifel.

Er fuhr mit der Hand zu seinem Kopf, um sich die Haare aus der Stirn zu streichen. Eine überholte Geste, unsinnig geworden seit …

Was machte er sich überhaupt so viele Gedanken? Sie hatte ihn nicht zu interessieren.

Am liebsten wäre Storm sofort aufgestanden und geflüchtet. Aber sein Fuß brannte wie die Hölle und überlagerte damit das spontane Sicherheitsbedürfnis, das eben in ihm aufgeflackert war. Außerdem war der braune Labradormischling noch nicht über den Berg.

Die Zeit stolperte kurz, dann lief sie wieder normal. Der kostbare Moment war verstrichen. Als hätte jemand ein kosmisches Mischpult hochgefahren, spürte er nun mit Macht die Kühle des Marmors unter seinen Beinen, den stechenden Schmerz, der von seinem zertrümmerten Knöchel bis hinauf ins Gehirn schoss. Er zuckte und hörte sein eigenes Stöhnen, unnatürlich laut, den schallgedämpften Straßenlärm draußen, das Hecheln des verletzten Hundes direkt neben sich. Seine Aufmerksamkeit lenkte sich wie von selbst auf das Schaben des Stoffes, wenn April sich bewegte, das leise Klackern ihres Armbandes, wenn sie damit gegen Skys Geschirr stieß, und ihr verhaltenes Schluchzen, das ihn nichts anging und das dessen ungeachtet tief in ihm drin etwas anstieß, ob er es wollte oder nicht. Und er wollte nicht. Allmächtiger, und wie er es nicht wollte, mit seiner ganzen Willenskraft.

Breite Absätze klackerten über den Marmorboden. Sie gehörten der Hundebesitzerin, die vorhin die ganze Zeit gegen die Scheiben gehämmert hatte. Offenbar hatte es jemand geschafft, die Drehtür in Bewegung zu bringen. Ächzend und knarzend ließ sie sich jetzt ruckweise aufschieben.

Der Portier war aus seiner Pause zurückgekehrt. Er gestikulierte wild, fuchtelte mit seinem Taschenmesser herum und schimpfte dabei lautstark auf Italienisch gegen die aufgebrachten Verwünschungen der alten Dame an, während er versuchte, die lange Leine zu entheddern und stückweise aus der Drehtür zu säbeln.

Storm lehnte sich zurück. Die Schmerzen, die fortwährend aus seinem Bein nach oben schossen, waren so heftig, dass ihm übel wurde. Kalter Schweiß trat auf seine Stirn und seine Oberlippe. Aber er fühlte sich zu matt, um ihn fortzuwischen. April musste sich jetzt allein um den Hund kümmern. Nur ein paar Minuten würde er die Augen schließen und Kraft sammeln. Dann würde er aufstehen und gehen. Sie hatte das im Griff. Sie brauchte ihn nicht. Marty hatte ihn gebraucht, und er hatte versagt. Jetzt brauchte ihn niemand mehr. Er war ein Freak.

Kapitel 4

April

Mrs. Wolowitz poltert mit einer Heftigkeit zurück, die man der netten alten Dame auf den ersten Blick niemals zutrauen würde. »Luigi. Halten Sie jetzt einfach die Klappe und machen Sie Ihren Job! Oder muss ich erst bei der Hausverwaltung anrufen? Ich brauche meine Leine. Sehen Sie bloß zu, dass Sie sie in einem Stück aus Ihrer gierigen Tür herausbekommen. Sie war teuer und wird noch gebraucht! Ach, egal. Schneiden Sie, schneiden Sie. Das setze ich auf die Tierarztrechnung noch obendrauf. Ich schreibe der Verwaltung. Ich hole mir den besten Rechtsverdreher, und dann zeige ich die Drehtür an. Dieses mordlustige Ding könnte einem Stephen-King-Roman entsprungen sein.«

Ich muss lachen, so absurd ist das gerade alles. Hysterisch kichernd wische ich mir die Tränen aus den Augenwinkeln, von Nase und Kinn. Ich bin einfach nur unendlich dankbar, dass Sky noch lebt. Dass er atmet und seine verrückte lange Zunge nicht stillsteht. Ich schnappe danach. Unser Spiel. Wer ist schneller. Alles wie immer. Fast zumindest.

Die irrwitzigsten Gedanken schießen mir ungeordnet durch den Kopf. Vielleicht sollte ich meine kleinen Fotoausflüge wieder aufleben lassen und ihn dazu mitnehmen?

Ich habe früher oft alte Friedhöfe besucht, schon in Deutschland, irgendwie habe ich damit wohl meine Zeit im Krankenhaus verarbeitet. Auch nach meiner Ankunft hier haben mir diese Ausflüge gutgetan. Der Nebel zwischen den uralten Monumenten in der Mission Dolores. Die Stille in der Wüste, in den verlassenen Westernstädtchen. Ich fotografiere gern die umgekippten, unleserlichen Grabmäler – dort sind es meist nur einfache, verwitterte Holzschilder. Jan hat auch das nie verstanden, hat mich nicht auf meinen Touren begleitet, er fand es pervers. Aber im strahlenden Sonnenschein unter dem blauen Himmel Kaliforniens, dekoriert mit Plüschtieren und Plastikblumen, überwuchert von Unkraut und wilden Blumen, verliert für mich der Tod seine Bedrohlichkeit und mahnt doch die Lebenden. Er wird ins rechte Maß gesetzt, vom Thron gestoßen, weil der dem Leben gehört. Das Leben ist größer, beständiger, es geht immer weiter, und am Ende siegt es. Jedes Mal.

Ich weiß das. Und ich dachte, er wüsste es auch.

Ich bin Mitglied in einem unsichtbaren Club, den ich den »Schippenclub« nenne. Meine Schwester hatte nicht so viel Glück, Amber starb nach einem Reitunfall, ein Grund mehr, weswegen meine Eltern mich so vereinnahmt haben. Ich aber bin dem Tod von der Schippe gesprungen, dem Leben in die Arme. Das erste Mal hat mich die Medizin gerettet. Das zweite Mal war ich es selbst. Da habe ich mich bewusst gegen das Dunkel der Vergangenheit und für eine Zukunft entschieden. Für meine Zukunft. Ich habe den Geiern und den Krähen keine Nahrung mehr geboten. Wenn sie sich satt gefressen haben, ziehen sämtliche Aasfresser weiter, so wie Jan, nur das Schöne bleibt. Tante Maggie hat mich darauf gebracht. Sie sagte, eines Tages müsse ich meinen Frieden mit den Aasfressern machen. Auch sie seien wichtig im Kreislauf des Lebens. Ich weiß, dass sie recht hat. Noch bin ich nicht so weit, aber Rabenvögel mag ich trotzdem. Ich finde sie mystisch.

Ja, ich muss mal wieder raus in die Wüste. Und ich werde Sky mitnehmen. Dazu muss ich mir nur ein Auto besorgen, bestimmt leiht mir Tante Maggie ihres. Dann spielen wir Krähen scheuchen. Und das ist nicht nur ein Spiel, es ist ein deutliches Signal an den Tod, die schwarzen Vögel sollen es ihm ausrichten: Wir sind noch da. Wir machen weiter. Hier ist unser Fokus. Beim Leben, nicht bei dir, Gevatter. Ich will mich täglich an dieses Geschenk erinnern.

»Wir sind jetzt beide Mitglieder im Schippenclub«, flüstere ich in sein Fell und stupse ihn sacht an, damit das bei ihm ankommt. Damit er versteht, dass seine Entscheidung für das Leben wichtig ist.

»Was ist mit ihm? Was ist mit meinem Sky? Warum kann er nicht aufstehen?« Mrs. Wolowitz hat endlich vom Concierge abgelassen und bückt sich nun steif zu uns herunter.

Ich weiß nicht so genau, ob sie mit ihrem Stück getrockneten Hühnchenfleisch nun vor mir oder vor Skys Schnauze herumwedelt.

Mrs. Wolowitz hat in praktisch jeder ihrer Jacken diverse Futterdepots. Einmal hat sie mir ihre Regenjacke für einen Hundespaziergang geliehen, und auf der Suche nach einem Taschentuch hatte ich plötzlich einen gefriergetrockneten Hühnerfuß in der Hand. Allerdings nur für drei Sekunden. Danach sprang Sky an mir hoch und riss mir das Ding flugs aus den Fingern.

Nicht so jetzt. Er winselt zwar und fixiert den Brocken mit den Augen, aber er macht keine Anstalten aufzustehen oder auch nur danach zu schnappen.

»Wir müssen zum Tierarzt mit dem armen Schatz. April, wir müssen einen Wagen rufen.« Sie wendet sich zu dem Portier um. »Luigi, ein Taxi, bitte. Machen Sie sich doch bitte einmal nützlich, und helfen Sie mit!«

Gestenreich fluchend weist der Mann auf die Tür und seinen Werkzeugkoffer, dann wirft er eine Zange so heftig zwischen die anderen Gegenstände in dem blauen Blechkasten, dass es scheppert. Er hat wirklich einen Hang zur Dramatik. Ich frage mich, wo er die Kiste so schnell hervorgezaubert hat. Die hätte einiges erleichtert.

Mrs. Wolowitz bückt sich ächzend zu Storm hinunter und klopft behutsam auf seine Schulter. »Junger Mann, sind Sie verletzt? Ich möchte Ihnen danken. Was für ein Glück, dass Sie da waren. Sie und April. Wie geht es Ihnen?«

Erst, als Mrs. Wolowitz ihn anspricht, wird mir bewusst, dass Storm auch noch da ist. Er lehnt inzwischen mit geschlossenen Augen und bleichem Gesicht an der Wand, die Beine lang ausgestreckt, eine Hand in Skys drahtigem Fell, die Baseballcap ist wieder zur Seite verrutscht und wirft einen gnädigen Schatten auf seine Narben.

»Es geht schon. Nur einen kleinen Augenblick, bitte.«

»Aber natürlich, mein Jingele. Ich bin so unhöflich, bitte entschuldigen Sie. Ich stehe etwas neben mir.« Sie klopft sich gegen den Oberschenkel und wendet sich wieder dem Hund zu. »Sky, mein Schätzchen. Komm schon, steh auf. Ich kann mich nicht zu dir auf den Boden setzen. Das macht meine Hüfte nicht mehr mit, und das weißt du.«

Eine Wolke aus Dörrfleisch weht mir entgegen, da Mrs. Wolowitz weiter unermüdlich einen halben Meter oberhalb von Skys Nase mit dem Hühnchenteil herumwedelt. Der Rüde klopft schwach mit der Rute auf den Boden und fiept leise.

»Alles gut«, behauptet Storm.

Er hat immer noch die Augen geschlossen, und ich weiß nicht, ob seine Worte Sky oder Mrs. Wolowitz gelten. Dann räuspert er sich, und seine Lider flattern. Schnell sehe ich woandershin.

»Brauchen Sie Hilfe, den Hund zu verladen? Ich habe ein Auto. Es steht ganz in der Nähe.«

Sky leckt ihm über die schlanken Finger. Er trägt einen Ring, so einen breiten, wie manche Männer ihn mögen, aus Silber, mit einem durchbrochenen Muster aus Schriftzeichen. Sind das Runen? Oder ist das womöglich Elbisch? Habe ich es mit einem Tolkien-Fan zu tun? Wie lächerlich, dass meine Aufmerksamkeit immer an solchen Details kleben bleibt. Wie dem Licht der Sonne, das sich in den kleinen blonden Härchen auf seinen ersten Fingergliedern fängt. Welche Farbe haben seine Augen noch mal? Leider verdeckt die Kappe auch die.

»Im Halteverbot?!« Mrs. Wolowitz richtet sich auf.

Sie hat bereits zu ihrer üblichen Fröhlichkeit, gepaart mit einer gesunden Portion Neugier, zurückgefunden. Vielleicht hat sie auch einfach nicht realisiert, wie knapp Sky eben dran vorbeigeschrammt ist, von einer Drehtür erdrosselt zu werden.

»Oh, was für ein Geschenk des Himmels Sie sind, junger Mann. Halleluja! Sind Sie ein Freund von April?«

Mein Blick fliegt zurück zu Storm.

»Nein, wir –«, setzt Storm an, die Lider wieder fest verschlossen.

Er schiebt sich ein wenig die Wand hinauf, ich sehe, wie seine Kiefermuskeln bei der Anstrengung arbeiten. Ein dünner Schweißfilm steht ihm noch immer auf der Oberlippe, die Kappe verliert ihren letzten Halt und segelt auf den Marmorboden, ohne dass er danach greift, um sie aufzuhalten.

Himmel, es geht ihm echt nicht gut. Dieses Knirschen vorhin. Der Winkel von seinem Knöchel sieht nicht so richtig gesund aus, oder ist das nur die Perspektive?

Ich greife nach der Mütze und bedecke die Blöße seiner Verletzungen. Er soll nicht so nackt hier sitzen müssen, schutzlos.

»Er ist mein neuer Mitbewohner«, übertöne ich ihn hastig und beiße mir gleich darauf auf die Unterlippe.

Wo kam das denn jetzt her? Bin ich des Wahnsinns fette Beute?

Storm öffnet die Augen einen Spalt breit und scannt meinen Gesichtsausdruck. Vielleicht denkt er etwas Ähnliches. Zumindest hat er eine Augenbraue fragend nach oben gezogen. In Zeitlupe hebt er seinen Hinterkopf von der Wand und korrigiert den Sitz seiner Mütze.

»Und … der andere, der ›besser passt‹?«

Vor meinem geistigen Auge ploppt die Erinnerung an Kimberley-Max auf, wie sie unten an der Laterne steht, sich eine Zigarette ansteckt und mir den Stinkefinger zeigt.

»Mir ist wieder eingefallen, dass … sie … eine Hundehaarallergie hat«, behaupte ich.

Seine Augen glitzern amüsiert. Oder bilde ich mir das nur ein?

»Außerdem raucht sie Kette.« Trotzig halte ich seinem Blick stand. »Du rauchst doch nicht, oder?«

Er schüttelt bedächtig den Kopf.

»Also, wenn du das Zimmer noch möchtest«, füge ich leise hinzu. »dann kannst du es haben. Es ist groß und hell und voll möbliert, und …« Ich spüre mein Herz überdeutlich gegen die Rippen hämmern. »… du hast doch noch nichts anderes gefunden in der Zwischenzeit, oder?«

Er versucht ein Grinsen. »Ich hatte noch keine Gelegenheit weiterzusuchen … in der letzten halben Stunde wurde ich irgendwie … aufgehalten.«

»Ah.« Mrs. Wolowitz nickt abwesend. Sorgenvoll sieht sie Sky an. »Dann sollten Sie erst recht umparken. Die Politessen sind hier manchmal streng, besonders im Wiederholungsfall.«

Storm zieht ächzend die Beine an, um aufzustehen, aber er kommt nicht weit. Als er ihn belasten will, knickt sein Fuß kraftlos unter ihm weg.

Mrs. Wolowitz schreckt auf. »April, den Fuß müssen Sie sich

unbedingt ansehen«, ordnet sie an und tätschelt Storm den Unterarm. »Bei ihr sind Sie in besten Händen, junger Mann.«

Storms Mundwinkel zucken ein wenig, er legt den Kopf schief, und ich sehe, wie er mich mustert, als ob er sich da nicht so sicher ist.

»Aber zuerst gehen Sie ins Krankenhaus. Und wir müssen Sky in die Tierklinik bringen. Ich möchte, dass Doctor Brown ihn vom Kopf bis zur Schwanzspitze gründlich untersucht. Und Sie auch! Also, nicht der Veterinär natürlich. Im Krankenhaus. Oh … Wie machen wir das nur?« Mrs. Wolowitz plappert aufgeregt weiter. »Luigi! Wo sind Sie denn nun schon wieder?« Suchend sieht sie sich um.

Wortlos reiche ich Storm meine Hand. Mit der anderen greife ich unter seinen Ellbogen, um ihm aufzuhelfen.

»Also? Was sagst du?«

Ich erwische mich dabei, dass ich nach wie vor den Augenkontakt zu ihm vermeide wie der Teufel das Weihwasser, selbst während er sich schwer auf mich stützt – vielleicht auch gerade deswegen. Jetzt weiß ich wieder, was für eine Farbe seine Augen haben. Das Hellgrün hat die flirrende Farbe von Frühlingsbäumen, in denen die Sonne tanzt. Denselben Farbton haben auch die Augen mancher Raubkatzen.

»Ich kann Sie und Sky fahren«, schlägt er plötzlich vor. »Der Wagen hat Automatik, das dürfte kein Problem sein.«

Mrs. Wolowitz und ich tauschen Blicke, als hätte er uns eben vorgeschlagen, uns auf seinem Dreirad bis nach Florida zu kutschieren.

»Mir geht es wirklich gut«, behauptet er stur.

Aber er kennt Mrs. Wolowitz nicht.

»Das sehen wir noch, jetzt müssen wir erst mal hier raus. Luigi, *avanti*!«

Luigi eilt hinter seinem Tresen hervor, sucht kurz Augenkontakt mit Storm, legt dann hinter Mrs. Wolowitz' Rücken die Fingerspitzen beider Hände zusammen und bewegt sie auf und ab. Als sie sich umdreht, schickt er ein theatralisches Dankgebet inklusive Bekreuzigung nach oben, und trotz des Ernstes muss ich mir ein Grinsen verkneifen. Dann breitet er brav eine Decke auf den Boden und hievt Sky nach genauen Anweisungen von Mrs. Wolowitz darauf.

Ich wundere mich immer mehr. Wo lagert er all diese Dinge? Sein Tresen scheint ungeahnte Schätze zu beherbergen, und das nicht nur, wenn es draußen Bindfäden regnet und ich mal wieder meinen Schirm vergessen habe.

Ich spüre Storms Blick auf mir.

»Okay. Deal«, sagt er leise.

Verwundert sehe ich ihn an. Dann begreife ich, dass das die Antwort auf meine Frage von eben ist. Mein Herz setzt einen Schlag lang aus. Aber ich scheine mich nicht verhört zu haben. Denn er nickt bekräftigend und weist mit dem Kinn auf seinen Fuß.

»Falls ich damit noch in den dritten Stock komme. Ich schätze, dafür gibt's keine Automatik, oder?«

Mrs. Wolowitz kichert. Sie bückt sich, zupft nervös an der Decke herum und lässt sich von Sky über die Hände schlecken. Normalerweise schiebt sie ihn dann immer weg.

»Oh doch, mein Jingele«, sagt sie und richtet sich ächzend auf. »Natürlich haben wir einen Fahrstuhl, und er funktioniert besser als diese nichtsnutzige Tür hier!« Sie klatscht in die Hände. »Aber jetzt müssen wir los. Sky! Luigi!«

»Meine Gitarre«, stöhnt Storm, und Luigi erbarmt sich, das teure Instrument ebenso schnell wie unsichtbar hinter seiner Burgmauer zu verstecken.

Ich spüre, dass Storm diese Lösung überhaupt nicht gefällt, aber er hat keine Wahl.

Schritt für Schritt hüpft er an meiner Seite dem Ausgang entgegen. Ich atme seinen Duft ein, ich fühle seine Haut. Sein

Körper so dicht an meinem ist nicht besonders hilfreich für meine Konzentration auf das Wesentliche. Er schwitzt. Das Hemd klebt an seinem Oberkörper und verströmt ein eigenwilliges Kaufhausaroma. Doch diese chemische Ausdünstung wird überlagert von seinem eigenen Geruch. Der stört mich nicht. Er ist dezent und mit einem guten Deo versetzt. Es ist eher … das Gegenteil, und ich will jetzt nicht über Pheromone, Testosteron und meinen eigenen Hormonzyklus nachdenken.

»Alles wird gut«, rufe ich Mrs. Wolowitz zu, die mit dem klimpernden Schlüssel nervös vorneweg eilt – aber vermutlich auch und viel eher mir selbst. »Alles wird gut.«

Ich bemühe mich, meiner Stimme etwas Zuversichtliches zu verleihen. Selbstsichere Stimmen zittern allerdings nicht. Auch wenn mir jeder glauben würde, das sei der Angst um Sky geschuldet. Oder der Anstrengung, weil dieser schwere Kerl mit seinem ganzen Gewicht auf meiner Schulter hängt. Ich weiß es besser. *Herrje, April, reiß dich zusammen!*

Luigi hebt den winselnden Sky mitsamt der braun-beige gemusterten Decke unter einem wortreichen Schwall italienischer Flüche auf, ängstlich darauf bedacht, den größtmöglichen Abstand zwischen sein Gesicht und die hechelnde Zunge des Rüden zu bringen. »Wohin?«, knurrt er und fixiert Mrs. Wolowitz.

Die blickt hilfesuchend zu mir.

Ich habe natürlich keine Ahnung. Woher soll ich wissen, wo der Kartoffelsack an meinem Arm seinen Wagen geparkt hat? Wo die Tierklinik liegt, entzieht sich ebenfalls meiner Ortskenntnis. Aber eins ist ganz sicher – Automatik hin oder her –, Storm gehört nicht hinters Steuer.

»Wo steht dein Auto?«, gebe ich die Frage weiter.

Er fingert umständlich einen Autoschlüssel aus seiner Jeans und deutet mit dem Kinn vage zur Drehtür hinaus. *Sag bloß! Hier drin wäre es uns wohl kaum entgangen.*

»Ein Stück hügelabwärts«, ächzt er.

»Dann brauche ich Schuhe«, verkünde ich und parke Storm an der Wand, damit er nicht umfällt.

Kurz blicke ich entschuldigend zu Sky und Mrs. Wolowitz, dann renne ich quer durch die Halle zum Innenhof mit dem Doggyrasen und dem Gemeinschaftspool. Ich reiße die Glastür auf und hebe den umgedrehten Übertopf an, unter dem ich heimlicherweise meine Flipflops parke. Luigi hasst mich dafür, aber ich habe keine Lust, die nassen Dinger jedes Mal mit nach oben zu nehmen, wenn ich ein paar Bahnen geschwommen bin. Storms Rucksack haben wir in der Aufregung auch vergessen, er lehnt noch an der Wand. Zur Gitarre hinter den Tresen? Nein, ich nehme ihn sicherheitshalber mit, wer weiß, vielleicht ist Geld drin oder irgendwas anderes Wichtiges, das er unterwegs braucht.

Wir müssen ein lustiges Bild abgeben, wie wir so zu viert mit Sky in der Decke den Boulevard hinunterwanken. Die Einzige, die sich frei bewegen kann, ist Mrs. Wolowitz. Sie hat Storms Autoschlüssel an sich gerissen und drückt den Clip mehrmals vor jedem Fahrzeug, aber keiner der Wagen reagiert.

»Noch weit?«, presst Luigi unter dem zunehmend unruhiger werdenden Hundegewicht hervor. »Das ist … nicht … Teil … meines … Jobs. Ich darf … den Tresen … nicht … so lange … allein lassen.«

»Ach was«, knurren Mrs. Wolowitz, Storm und ich gemeinsam.

Die alte Dame marschiert weiter die Straße hinunter und quetscht dabei den Funkschlüssel am ausgestreckten Arm wie eine Senftube, die sie einem Handtaschendieb ins Gesicht drücken will.

»Gleich da vorn«, stöhnt Storm zum wiederholten Mal.

Endlich leuchten die Warnlichter eines der geparkten Autos auf. Mrs. Wolowitz seufzt erleichtert, zieht die hintere Wagentür auf und weist Luigi mit dem inzwischen ordentlich zappelnden Fellbündel ein.

»Der?«, rutscht es mir heraus.

Wir stehen vor einem entgegen der Fahrtrichtung parkenden VW Beetle Cabrio in Blaumetallic. Ich weiß nicht, was für eine Art von Auto ich Storm zugeschrieben hätte, einen Pick-up vielleicht, einen Porsche oder einen dieser riesigen Ami-Schlitten.

»Wieso?«, fragt Storm, aber ich schüttle den Kopf. Dafür haben wir jetzt keine Zeit.

»Ich übernehme das«, erkläre ich Mrs. Wolowitz und nehme ihr die Schlüssel ab.

Dann schiebe ich Storm um den Wagen herum auf die Beifahrerseite, helfe ihm beim Einsteigen und wuchte den Rucksack in den Fußraum neben ihn. Ich kann mir gerade noch verkneifen, ihm eine Hand auf den Kopf zu legen, wie es Polizisten in jedem billigen Krimi tun, damit ihr Häftling sich nicht stößt.

In der Zwischenzeit hat der Concierge bereits meine Nachbarin und Sky auf der Rückbank vertäut.

»Danke für Ihre Hilfe, Luigi«, flöte ich wohlerzogen. Vor allem, weil ich ihn noch um einen weiteren Gefallen bitten muss. »Würden Sie bitte nachsehen, ob ich meine Wohnungstür zugezogen habe? Mein Aufbruch war etwas überstürzt vorhin. Ach, und dabei könnten Sie den Gitarrenkoffer auch gleich nach oben bringen, dann sind Sie ihn los.«

Ich bin einen Moment lang versucht, dem verdutzt dreinblickenden Mann auch noch meine Ringelsocken in die Hand zu drücken. Ohne die kann ich in den Flipflops besser fahren. Aber ich will es mir nicht gänzlich mit Luigi verscherzen, und er sieht nicht so aus wie jemand, der gern gebrauchte Strümpfe anderer Leute durch die Gegend trägt.

Ich zucke ein wenig zusammen, als er die Autotür hinter Mrs. Wolowitz zuschlägt. Seine Antwort ist selbst ohne Sockenbürde eine gestenreiche italienische Litanei über Gewerkschaften und die Heilige Maria, von der ich davon abgesehen kein Wort verstehe.

»Sie sind ein ganz großer Schatz!«, lobe ich ihn dessen ungeachtet, werfe ihm eine Kusshand zu und laufe um den VW herum auf die Fahrerseite.

Unser Mitarbeiter des Monats trollt sich ergeben nickend, wobei er immer noch wüst vor sich hin murmelt.

Ich ziehe die Wagentür zu, schnalle mich an und stelle Sitz und Spiegel auf meine Größe ein. Es riecht nach von der Sonne erwärmtem Leder, nach Neuwagen und ein bisschen nach nassem Hund. Es ist eine Weile her, dass ich hinter einem Steuer gesessen habe, und dann noch dem eines Käfers.

Ich füttere das Navi in meinem Handy mit den Koordinaten der Tierklinik, die mir Mrs. Wolowitz genannt hat, nicke ihr aufmunternd zu und atme tief durch, bevor ich den Motor starte.

Als ich den Blinker setze und die Handbremse lösen will, wundere ich mich, dass von Storms Seite so gar nichts mehr kommt, noch nicht mal kluge Sprüche zum Verkehr oder meinen potenziellen Fahrkünsten. Er hat die Augen geschlossen und hängt ziemlich schlaff im Sicherheitsgurt.

»Storm?« Vorsichtig stupse ich ihn an.

Die Antwort ist ein weggetretenes Murren, sonst nichts. Blutdruckabfall, nachdem der initiale Adrenalinschub abgeflaut ist und die Schmerzen ins Bewusstsein dringen, diagnostiziere ich im Stillen. Er wird gleich wieder bei uns sein – hoffe ich zumindest, möchte die Synkope aber auf jeden Fall abklären lassen.

Im Rückspiegel begegne ich Mrs. Wolowitz' sorgenvollem Blick.

Ich drehe mich zu Sky um. Der hechelt neugierig zum halb geöffneten Fenster hinaus und trägt seinen Kopf inzwischen selbst. Das werte ich als gutes Zeichen, also treffe ich eine Entscheidung. Ich fahre zuerst woandershin, und diesen Weg kenne ich auswendig.

»Wir machen erst noch einen Schlenker über die Notaufnahme im Saint Francis Memorial. Einverstanden? Ich glaube, unsere Patientenprioritäten haben sich gerade ein wenig verschoben.«

Storm

Wieder dieser verdammte Knöchel. Erinnerungen stoben bruchstückweise durch seinen Kopf, blitzten auf wie Albtraumfratzen, deren Stimmen hinter seiner Stirn dröhnten.

Sein Vater. Oder war es Marty? »Ich habe dir schon tausendmal gesagt, Schluss mit dem Fusel und was immer du dir noch einwirfst!«

Laureen mit gepackten Koffern, verweinten Augen und merkwürdig kühlem Ton. »Storm. Ich werde dich verlassen. Du hast vielleicht kein Problem damit, dein Leben wegzuwerfen, aber ich werde dir nicht dabei zusehen oder mit dir vor die Hunde gehen.« Dabei hatte er sie doch rausgeworfen.

Dann schwappte der Pool an die träge Oberfläche seines halb wachen Bewusstseins. Überall rot. Rote Farbe. Vor seinen Augen. Das knappe Kleid irgendeines namenlosen Möchtegernmodels. Rote Drinks. Rotes Wasser. Marty und Ron. Geld weg. Laureen weg. Marty weg. Alles weg. Marty. Rot, tiefes Rot. Viel röter als das Kleid und die Drinks.

Wasser. Stille. Das Gurgeln des Skimmers. Kaum zu ertragende Kopfschmerzen. Der Fuß. Die hysterischen Schreie der Frau vom Reinigungspersonal. Unerträglich hohes Piepen in seinem Ohr. Sirenen. Monitore. Und dann der Arzt, den er immer noch nicht verstand, selbst, als der Mann den grünen Mundschutz abnahm, Tage später, nachdem sie ihn aus dem künstlichen Koma zurückgeholt hatten.

»Sie werden wohl nie wieder tanzen können.«

Er hatte ihn gehört, diesen Satz, aber er konnte die Worte nicht begreifen. Er hatte den Arzt genötigt, sie zu wiederholen.

Wieder und wieder wirbelten die Worte grellrot in seinem Schädel und verhöhnten ihn. Rot wie Blut. Rot wie die Hölle.

Er lebte in dieser Hölle. Sein Leben war ein Albtraum, aus dem er nicht mehr erwachen konnte. Das war sein Fluch. Diese Bilder waren in ihn eingebrannt, in sein Gesicht tätowiert. Die Bilder, die Töne, der Schmerz, die Narben. Rot, rot, tot.

»Sind Sie wach, Mr. Walker? Können Sie mich hören?«

Die Stimme des Chefchirurgen auf der Privatstation eines Krankenhauses in Beverly Hills verschmolz mit der des Assistenzarztes in der Notaufnahme in San Francisco.

Langsam kam er zu sich, kämpfte sich wieder in die Gegenwart, erzwang die Orientierung zurück. Es war vorbei. Marty war tot, ja. Aber nicht erst seit gestern. Er lag nicht länger auf der Intensivstation in Beverly Hills. Das alles war lange her. Dies hier war das Jetzt. Er war nicht in L.A., sondern in San Francisco.

Aber warum roch es dann immer noch nach Krankenhaus, und wieso tat sein Bein wieder so weh wie am ersten Tag, nachdem sie ihn aus dem Koma geholt hatten?

Es musste einer dieser Anfälle gewesen sein. Seine posttraumatische Belastungsstörung, PTBS, hatte der Psychoklempner ihm zu erklären versucht. Stress, Schmerzen, Geräusche, all so was konnte ihn triggern.

Sein Fuß stand in Flammen. Dann, auf einmal, hatte er unvermittelt Aprils Duft in der Nase, ein wenig pudrig, mit einem schwachen Aroma nach Kaffee, Vanille, Zitrone … und Hund. Er sah ihr sommersprossiges Gesicht mit den blonden Stoppelhaaren vor sich, zum Greifen nah hinter dem Vorhang seiner geschlossenen Lider. Er glaubte, ihre Hand in seiner zu spüren. Sie wirkte wie Brandbeschleuniger, und dass sich diese Berührung mehr als angenehm anfühlte, machte es nur schlimmer. Das zum Thema Funkenflug.

»Haben Sie mich gehört, Mr. Walker?«

Storm registrierte die männliche Stimme, die schnippenden Finger vor seinen Augen. Er kniff die Wimpern fest zu, fuhr mit den Fingerspitzen darüber, um klarer sehen zu können, und quälte seine Lider auseinander. *Fokussier dich, Storm! Reiß dich zusammen.*

»Sind Sie wieder bei uns?«

Freundliche, dunkle Augen tauchten dicht vor seinem Gesichtsfeld auf und betrachteten ihn.

»Denke ja«, sagte er schließlich, und der Klang seiner eigenen Stimme kam ihm seltsam rau und unwirklich vor.

»Hier, nehmen Sie einen Schluck Wasser.«

Dieses Mal sprach eine Frau. Benommen nahm er der Schwester den Pappbecher ab.

»Geht's wieder?«

Er nickte und sah sich um. Er befand sich auf einem dieser billigen, knarzenden Standardmetallbetten, Holzklasse eben. Wunderbar, und das meinte er nicht zynisch.

»Wo bin ich?«

»Im Saint Francis Memorial.«

Er nickte und sah an sich herunter. Sie hatten ihm das Hosenbein säuberlich an der Naht aufgetrennt, um seinen vernarbten Knöchel versorgen zu können. Er schreckte auf. Einer Ahnung nachgebend suchte er den Raum nach seinen Stiefeln ab. Das hatten sie nicht getan, oder? Bitte nicht!

Mit einem unterdrückten Stöhnen ließ er sich zurück auf das Kissen sinken. Doch, sie hatten ihm mal eben achttausend Dollar vom Fuß geschnitten. Bedächtig atmete er durch. Es waren einfach nur Schuhe. In der Holzklasse hatte man keine Achtung vor Designerstücken, und das war gut so.

War es nicht genau das, was er gewollt hatte? Raus aus dem Scheinwerferlicht, alles auf Anfang, gewöhnlich sein, ein normaler Mensch sein. Einer unter Tausenden, ein unscheinbares, austauschbares Gesicht in der Menge. Ein hässliches, fügte er im Stillen hinzu. Scarface 3.0. Er hatte seine Ruhe. Wenn man die Albträume von jenem Abend, von jener verhängnisvollen Nacht im Januar vor bald anderthalb Jahren einmal außen vor ließ.

Er konnte die Zeit nicht zurückdrehen, es ungeschehen machen. Niemand vermochte das. Er musste einfach damit klarkommen, die Ereignisse als Teil seines Lebens betrachten, Teil seiner Vergangenheit – als den Leichenkeller seines Seelenhauses.

Es hatte ihn viel Kraft gekostet, sich immerhin bis ins Erdgeschoss zurückzuarbeiten, nachdem sie im März noch einmal ordentlich nachgetreten hatten. Die Industrie, die Presse, die Polizei – nun, er hatte ihnen ausreichend Grund gegeben.

Und jetzt kam diese Frau in sein Leben – oder vielmehr: Er stolperte in ihres. Und verhakte sich prompt. Doppelt.

Storm lachte bitter auf und tat, als hätte er sich an dem Leitungswasser verschluckt, weil er die Blicke des Arztes und der Schwester auf sich spürte. Sie kauften es ihm ab, und er bedankte sich mit einem Lächeln. Das Wasser schmeckte nach Chlor, aber es war angenehm kühl.

April. Mit »A«. Wie … alles auf Anfang. Er glaubte nicht an Schicksal. Aber vielleicht war es ein Zeichen.

Marty.

Die Stiefel hatte er von ihm für die Platin-Auszeichnung

seines dritten Albums bekommen. Ihm selbst waren sie zu teuer gewesen, aber Marty hatte ihn damit überrascht. Weil er sich was gönnen sollte, seinen Erfolg feiern. »Du weißt nie, wie lange du oben bist, Junge.«

Storm schluckte. Er musste hier weg. Sofort.

»Kann ich gehen?«, wandte er sich unvermittelt an den Arzt.

»Immer langsam, junger Mann. Ich würde Sie gern zumindest über Nacht hierbehalten. Es ist zwar nichts gebrochen, soweit ich das auf den Röntgenbildern zwischen all den alten Nägeln und Schrauben erkennen kann, aber ordentlich gestaucht und gequetscht. Die Knochenhaut ist verletzt, und ein Titanstift hat die Haut perforiert.«

»Dann schieben Sie ihn wieder rein«, fiel er ihm ungeduldig ins Wort.

Der Arzt zog die Augenbrauen hoch. »Das wäre wohl nicht die sinnvollste Lösung, wissen Sie? Rein aus infektiologischer Sicht ist das sehr riskant. Wenn Sie mich fragen, muss der Fuß noch mal aufgemacht und gerichtet werden.«

»Muss er nicht und wird er nicht. Sieht doch gut aus und tut auch gar nicht mehr weh.« Storm nickte in Richtung des mit einer Wundauflage abgedeckten Knöchels und der Schiene, in der sie das Ganze gelagert hatten.

»Ich würde gern noch einen Kollegen draufschauen lassen.« Hilflos sah der Arzt zur Krankenschwester, die mit unergründlicher Miene ihr Tablett richtete. »Und eigentlich möchte ich die Schraube am liebsten heute schon entfernen, bevor sie noch mehr Schaden anrichtet.« Er zögerte. »Sie waren eine Weile nicht ansprechbar, Mr. Walker. Ich muss das fragen: Haben Sie Drogen genommen? Ihr Blutbild macht mir Sorgen. Es zeigt –«

Storm unterbrach den Mediziner. Der Typ ging ihm schrecklich auf den Zeiger. »Seit einem Jahr und viereinhalb

Monaten nicht mehr, wenn Sie es genau wissen wollen. Ich bin so clean wie ein frisch gewindelter Babypopo. Allerdings nehme ich ziemlich starke Schmerzmedikamente, wegen dem da.« Er nickte mit dem Kinn in Richtung des grotesk aussehenden Knöchels und zählte ein paar der verschreibungspflichtigen Arzneien auf, die er täglich konsumierte. Ein paar andere ließ er unter den Tisch fallen. »Alles legal. Rufen Sie ruhig meinen Hausarzt an. Er passt auf mich auf. Aber das Zeug dürfte die Werte erklären.«

Der Arzt nickte stirnrunzelnd. Er betrachtete Storms geschwollenen Fuß. »Das tut es allerdings. Sie wissen, dass –«

»Glauben Sie mir, Doc. Es gibt nichts, was ich über diesen verdammten Knöchel noch nicht wüsste.«

»Wir könnten Ihnen helfen. Auch, was die Narben in Ihrem Gesicht angeht, es gibt hier gute –«

»Gar nichts! Schluss damit«, betonte Storm noch einmal, schwang vorsichtig das gesunde Bein über die Kante der Behandlungsliege und griff demonstrativ nach seiner Jacke, die jemand ans Kopfende gelegt hatte. »Ich komme klar.«

An diesem Fuß hatten sich schon hochkarätigere Professoren als dieser neunmalkluge Assistenzarzt die Zähne ausgebissen. Und seine Narben gingen ihn mal gar nichts an.

Er spürte Wut in sich aufwallen. Wo kam die denn plötzlich her? »Eine signifikante Veränderung der Emotionsregulation«, hatte der Psychoklempner das damals genannt. Sie war ein Symptom der PTBS, genau wie die Flashbacks. Letztlich hatte er sie allein in den Griff bekommen, durch zähes Training und Tabletten. Die Sache mit dem Hund, der Krankenhausgeruch, das musste irgendwas getriggert haben. Er musste weg hier. Er war nicht er selbst.

»Aber die Schraube! Wann war Ihre letzte Tetanusimpfung? Sie können das Krankenhaus nicht einfach mit einem perforierten Fuß verlassen!«

Storm schnaubte. Dann beugte er sich vor, griff einen Gegenstand vom Chirurgen-Tablett, der aussah wie ein Spatel, tastete den verletzten Fuß unter der Wundauflage nach der Erhöhung ab, biss die Zähne zusammen, und bevor diese lahmen Enten kapierten, was er vorhatte, drückte er einmal kräftig zu. Es knirschte, und ein durch die Medikamente gedämpfter Schmerz stach einmal kräftig, aber danach war der Stift nicht mehr zu fühlen.

Triumphierend lehnte Storm sich zurück. »Fertig. Ich würde jetzt wirklich gern gehen. Wenn Sie's einmal hübsch ausgehfertig verpacken würden, bitte.«

Die Schwester stürzte sich auf ihn und presste ihm mit einer Hand das Bein auf die Liege, als hätte sie Angst, dass er auch ohne Verband aufspringen würde, während sie mit der anderen die Kompresse abnahm.

Der Chirurg starrte fassungslos von ihm zu der Schwester zu dem kleinen Loch, das sich allmählich mit dunkelroter Flüssigkeit füllte. »Sind Sie wahnsinnig?«

Storm zuckte mit den Schultern. »Pragmatisch trifft es eher. Von mir aus nähen Sie die Wunde, und dann geben Sie mir Tramal oder Lyrica mit und gut. Mehr brauche ich nicht von Ihnen.«

Statt ihm zu antworten, machte sich die Schwester bereits ans Werk. Storm zuckte einmal zusammen, als sie großzügig Desinfektionsflüssigkeit auf das rot sickernde Loch goss. Dann hörte er den kleinen Tacker dreimal knallen, und ein paar Minuten später lugte nichts mehr aus dem Schienenverband als seine Zehen.

Na bitte, ging doch.

Storm nickte ihr zu und wollte aufstehen.

»Ihre Freundin ist noch nicht zurück«, sprang die Schwester für ihren Chef ein, der sich noch immer sichtlich geschockt in irgendwelchen Krankenakten vergraben hatte, und hielt Storm am Arm zurück. »Sie hat dringend darum gebeten, dass wir Sie nicht fortlassen, bevor sie wieder da ist!«

Sie zwinkerte ihm zu, und er biss die Zähne zusammen, um sie nicht unnötig grob anzufahren.

»Meine *Freundin*?«

Er las den Namen der Krankenschwester am Metallschildchen ihres Kittels ab, das sie als *Nurse Practitioner* auswies. Sie hieß Nancy, hatte bunte Haargummis in ihren blauschwarzen Cornrows und grellpinken Lack auf den Nägeln – und ganz offensichtlich keine Schwierigkeiten, ihm direkt und offen ins Gesicht zu sehen, ohne falsche Verklemmtheit oder verlogene Betroffenheit. Jahrelange Abstumpfung durch die tägliche Konfrontation mit weit schlimmeren Zombiefratzen als seiner, nahm er an.

»Miss Fischer«, erklärte Nancy nachsichtig und ignorierte seine geballte Faust. »Ihre Begleitung. Sie war sehr um Sie besorgt, aber sie musste dringend mit dem Hund der alten Dame zum Tierarzt. Wenn Sie mich fragen, sollten Sie das Mädchen auf der Stelle heiraten. Sie hat das Herz auf dem rechten Fleck.« Beiläufig sah sie zu seinem Bein. »Warten Sie nicht zu lange. Nicht, dass sie Ihnen davonläuft.« Sie fuhr fort, das kleine Tablett mit dem benutzten Nahtmaterial und Verbandszeug aufzuräumen.

»Lassen Sie sich unterschreiben, dass er das Krankenhaus auf eigenen Wunsch und entgegen ärztlichem Rat verlässt«, mahnte der Arzt.

Immerhin zeichnete er das Rezept für die Schmerzmittel ab, bevor er auf die andere Seite des Vorhangs und damit zu seinem nächsten Patienten verschwand, der hoffentlich etwas besser kooperierte. Storm wünschte es ihm.

April Fischer. Seine Finger entkrampften sich. Ihm fiel jetzt erst auf, dass er ihren Nachnamen gar nicht erfragt hatte. Fischer also. Storm formte ihren vollen Namen in Gedanken und lauschte auf den unhörbaren Nachklang der vier Silben in seinem Kopf.

Dann besann er sich. »Sie ist nicht meine Freundin.«

Und das würde sie auch nie werden.

»Ist sie nicht?« Die Schwester zwinkerte ihm schon wieder zu. »Dann ändern Sie's, Süßer.«

Sie kehrte ihm den molligen Rücken zu und wirbelte weiter.

Storm grunzte. Vermutlich hatte April schon längst bereut, ihm das Zimmer zugesagt zu haben. Das war aus der Dramatik der Situation heraus geschehen, im Affekt. Wenn er sie wäre, hätte er den Autoschlüssel inzwischen mitsamt einer Absage beim Pförtner hinterlegt.

»Nancy«, begann Storm zögernd und wandte sich an den Rücken im weißen Kittel. »Wie lange ist das her?«

»Zwei Stunden, schätze ich. Der Verkehr ist dicht um diese Zeit«, antwortete sie gelassen, während sie seine Stiefel hochhob. »Soll ich die für Sie entsorgen?«

»Auf keinen Fall!« Er streckte die Arme nach dem malträtierten Phönix aus. »Und Sie glauben tatsächlich, dass sie wiederkommt?«

Schwester Nancy drehte sich um und zog die Augenbrauen in die Höhe. »Hören Sie, Mister. Sie hat Sie hergebracht. Sie sah besorgt aus. Und sie ist mit Ihrem Wagen in diese Tierklinik unterwegs, oder nicht? Also scheinen Sie ihr auch zu vertrauen. Wie eine Autodiebin wirkte sie nicht auf mich, und ich sehe jeden Tag viele Gesichter.«

Er lachte und nahm die zerschnittenen Stiefel entgegen, die sie ihm energisch in die Arme drückte. »Eins zu null für Sie, Nancy.«

Die hundert Zöpfchen, mit denen sie ihre krausen Haare gebändigt hatte, wackelten fröhlich, als sie ihn angrinste. »Dann kann ich uns beiden Hübschen ja jetzt die Entlassungspapiere und einen Rollstuhl besorgen. Damit fahre ich Sie in den Wartebereich. Das Bett hier kann ich nämlich für jemand anderen gebrauchen, wenn Sie es partout nicht haben wollen. Versuchen Sie ja nicht wegzulaufen. Ich bin heute schon genug gerannt.«

Kapitel 5

April

Die Flure im Saint Francis Memorial sehen alle gleich aus, aber ich habe einen guten Orientierungssinn. Doc Joe hat vor, mich durch alle Abteilungen zu schleusen, damit ich mir ein umfassendes Bild machen kann, wie in den USA gearbeitet wird. In die chirurgische Notaufnahme bin ich allerdings noch nicht vorgestoßen. Mein Arbeitsplatz ist seit dem Beginn meines Praktikums die Geburtshilfeabteilung.

»Wo alles anfängt«, wie Doc Joe mir erklärte, als er mich dort ablieferte und mein skeptisches Gesicht breit lächelnd ignorierte. »Nirgendwo sonst kannst du durch minimale Handgriffe solche Weichen im Leben eines Menschen stellen.«

Er hat recht behalten, es ist faszinierend. Ich darf werdenden Müttern helfen, sich unter den Wehen zu entspannen, und bei der Behandlung von Säuglingen assistieren, deren Kopfgelenke sich während der Geburt oder bereits im Mutterleib verschoben haben. Mit einer winzigen Manipulation bewahren wir sie vor einem Schiefhals, einer Karriere als Schreibaby und sogar drohenden Entwicklungsstörungen. Es ist ein Segen, was man mit Osteopathie alles bewirken kann.

Meine Hoffnung war eigentlich, Doc Joe in der Notaufnahme anzutreffen, völlig irrational, denn erstens springt er hier nur ab und an als Vertretung ein, und zweitens hat er heute frei. Wir sind gestern sogar gemeinsam aus der Nachtschicht gekommen. Hätte ich den Tag nicht für meine

WG-Bewerbungen genutzt, hätte ich vermutlich gemütlich auf der Dachterrasse Schlaf nachgeholt oder gelesen. Stattdessen kümmere ich mich nun um menschliche wie tierische Notfälle.

»Bin schon da!« Keuchend renne ich die letzten Meter über den Krankenhauskorridor und reiße dem verdutzten Pfleger den Vorhang aus der Hand.

Aber auf dem Bett dahinter starren mir ein kleiner Junge und seine Mutter entgegen, die ihm einen Kühlbeutel gegen die Stirn drückt.

»Du bist nicht Storm«, stammele ich den verdutzten Gesichtern entgegen und ziehe mich mit einem schiefen Entschuldigungslächeln zurück.

Der Krankenhausmitarbeiter blitzt mich an, als würde er mich fressen wollen, und laut seines Namensschildchens ist er auch noch Assistenzarzt. Na bravo, hoffentlich erinnert er sich nicht mehr an mich, wenn ich eines Tages in die Chirurgie wechsele.

»Sorry«, murmele ich und mache sicherheitshalber drei Schritte rückwärts. »Wo ist Nancy?«, frage ich immer noch etwas aus der Puste.

Der Arzt zuckt nur mit den Schultern, zieht den Vorhang mit einem Ruck zu und lässt mich stehen.

Suchend scanne ich den Flur nach einem bekannten Gesicht ab. Wo kann Storm hin sein? Vielleicht ist er im doppelten Wortsinn wieder zu sich gekommen und hat die Gelegenheit genutzt, sich aus dem Staub zu machen? Nein, das wäre ja Blödsinn. Ich habe seinen Wagen und die Autoschlüssel. Wohin sollte er denn ohne die? Ich runzle die Stirn. Storm hat meine Telefonnummer und die Adresse. Natürlich könnte er sich schon auf den Rückweg zu seiner aktuellen Bleibe gemacht haben. Es hat ja auch ganz schön lang gedauert in diesem dämlichen Stadtverkehr. Vielleicht ist es besser so. Dann hat sich das mit der WG wohl erledigt. Ich atme schnaubend aus. Aber wenn dem so ist, will ich ihm nicht noch mal begegnen. Ich könnte die Autoschlüssel bei Luigi abgeben, Storm könnte sie sich dort abholen, die Gitarre gleich mit, und das war's.

Das Ganze war sowieso eine Schnapsidee. Verdenken könnte ich ihm die Nummer also nicht, aber das ist wieder typisch Mann! Er hätte mir wenigstens eine Nachricht hinterlassen können, statt sich einfach aus dem Staub zu machen, oder mir …

»Miss Fischer. Da sind Sie ja wieder!«

Ich fahre herum und stehe vor der Krankenschwester mit den schwarzen Minizöpfchen und den vielen bunten Haargummis: mein ganz persönlicher Lichtblick im sterilen Klinikgrau. Nancy grinst mich an, als ich erleichtert aufatme, und pikt mich mit der Spitze ihres pinkfarbenen Fingernagels.

»Ihr Freund hat kein Sitzfleisch. Den müssen Sie sich noch ein bisschen erziehen, wenn Sie mich fragen. Ich habe ihn im Wartebereich geparkt, weil er partout nicht bei uns bleiben wollte. Sie sehen ja, wie es hier zugeht, ein Taubenschlag ist nichts dagegen! Hinter der Palme links.«

»Soso.«

Ich lasse mich von ihrem Lächeln anstecken und beschließe, sie nicht darüber aufzuklären, dass wir quasi Kolleginnen sind und ich zwei Etagen unter ihr in der Gynäkologie hospitiere. Vorhin war keine Zeit dazu, und jetzt erscheint es mir auch nicht wichtig.

Nancy zeigt den Gang hinunter und giggelt weiter. »Ich habe ihm einen Kaffee gebracht und zwei Zeitschriften, die Patienten hier vergessen haben: eine Ausgabe des *Thrasher Magazine* und *I Love Cats*.«

Sie grinst breit. »Ich weiß nicht, wie lange ihn das beschäftigen wird. Halten Sie sich besser ran!«

Katzen und Skateboards? Vermutlich nicht sehr lange! Ich grinse auch.

»Ist gut. Danke für alles!«

Als ich loslaufen will, bremst sich mich noch einmal aus.

»Ach, Miss Fischer, ich weiß nicht, wie gut Sie beide sich kennen, aber das sollten Sie vielleicht wissen: Wir wollten ihn eigentlich lieber zur Beobachtung über Nacht dabehalten und noch ein paar Tests machen wegen dieser kurzen Ohnmacht vorhin, aber Mr. Walker hat sich rigoros geweigert. Vielleicht haben Sie ja ein bisschen Einfluss.«

Ich nicke. »Ist er krank?«

Sie sieht sich um und schüttelt den Kopf. »Darüber darf ich nicht sprechen, wenn Sie keine Angehörige sind«, sagt sie laut. »Nichts Schlimmes«, fügt sie dann sehr leise hinzu. »Machen Sie sich keine Sorgen, aber dieser Fuß ist nicht besonders hübsch. Aufschneiden und neu machen wäre wirklich schlauer.«

»Okay.« Mir fällt nichts ein, was ich noch darauf sagen könnte.

Operieren? Wegen der Drehtür?

Ich bedanke mich und spurte im Laufschritt den Korridor hinunter, drossle dann aber ruckartig das Tempo, bevor ich um die Ecke biege. Nicht, dass er sich noch irgendeinen Blödsinn einbildet. Aber meine Sorge ist unbegründet. Storm schläft.

Der Wartebereich ist wie ausgestorben, Storms leises Schnarchen ist das einzige lebendige Geräusch in unmittelbarer Nähe. Wie ein vergessenes Möbelstück ist der Rollstuhl zwischen einer hässlichen Plastikpflanze und einem Aquarium eingeparkt. Auf dem Schoß, halb vergraben unter der Skateboard-Zeitschrift, hält er einen Stiefel umklammert, den anderen hat er sich offenbar wieder angezogen. Im Handrücken steckt noch eine mit Pflastern fixierte Braunüle. Manche

Krankenhäuser legen routinemäßig als Erstes einen Zugang, ich habe da einiges an Erfahrung, und wenn sie ihn eigentlich dabehalten wollten, ergibt das durchaus Sinn. Storms verletzter Fuß ist dick bandagiert, das Hosenbein bis zum Knie aufgeschnitten. Als könne er das alles nicht ertragen, hat er sich das aufgeschlagene Katzenmagazin übers Gesicht gezogen. Beim Ausatmen bewegen sich die Seiten.

Grinsend gehe ich näher heran. »Na? Die Nase voll von Hunden?«

Verschlafen zieht Storm sich die balgenden Papierkatzenbabys vom Kopf. »Gestrichen«, behauptet er müde. »Ich werde jetzt Weltmeister im Skateboarden und baue Katzenminze an. Nur über die Reihenfolge bin ich mir noch uneins. Haben wir einen Garten?«

Mein Herz macht einen vorlauten Hüpfer.

»Mir gehört nur ein Kübel mit Küchenkräutern, aber Maria hat mir einen wahren Dachterrassen-Urwald zur Pflege anvertraut. Ich weiß nicht, ob da noch genug Platz für eine Katzenminze-Plantage ist.«

Er nickt nachdenklich. »Dann lass uns eine Skateboard-Ausrüstung kaufen fahren.«

»Hast du denn eine Spielerlaubnis?« Ich denke an das, was Nancy angedeutet hat. »Was sagt der Arzt? Ist es wirklich schlau, wenn du dich selbst entlässt? Willst du nicht lieber …?«

Er zuckt mit den Schultern. »Wer viel fragt … Oder willst du mich loswerden?«

Ich spüre, wie mir das Blut in die Ohren schießt, und schüttle verlegen den Kopf. »Ich stehe zu meinem Wort.«

Er nickt und schnipst einen Krümel von dem Stiefel auf seinem Schoß. »Ich auch. Mit mir ist alles prima. Dieser Knöchel hat schon ganz anderes hinter sich. Wie geht's Sky?«

Okay, Mister Supercool will keine Schwäche zugeben. Das

ist immerhin das krasse Gegenteil zu Jan. Der erging sich mit Vorliebe in Selbstmitleid und erwartete bei jedem Wehwehchen Rund-um-die-Uhr-Bedauern von allen Anwesenden (im Allgemeinen) und von mir (im Besonderen).

Ich bringe ihn auf den neuesten Stand. »Der Tierarzt will ihn zur Beobachtung über Nacht dabehalten. Dank dir scheint er alles so weit ganz gut überstanden zu haben. Mrs. Wolowitz habe ich nach Hause gebracht. Ihr ging es nicht gut. Sie musste sich nach all der Aufregung hinlegen.«

Ich mache eine Pause, aber Storm reagiert nicht, er stiert auf seinen Schuh.

»Tut mir leid, dass es so lange gedauert hat, bis ich wieder hier war. Aber wie ich sehe, wurdest du bestens versorgt.«

Ich lächle zaghaft, dann folge ich Storms Blick auf den bunt bestickten Stiefel. Jetzt kann ich ihn endlich ohne Jeansvorhang in seiner ganzen – ähm – in seiner *vormaligen* Pracht sehen. »Oh Shit!«, rufe ich. »Was ist denn mit dem Adler passiert?«

»Phönix«, korrigiert Storm und spielt mit dem klaffenden Schnitt im Leder, der den Vogel brutal in zwei Hälften geteilt hat. An den Kanten lösen sich die Fäden bereits und verleihen dem halbierten Tier zusätzlich den erbarmungswürdigen Eindruck zerzauster Federn. »Der sagenumwobene Phönix aus der Asche. Ich schätze, dem kann kein Tierarzt mehr helfen.«

»Das kann man ganz bestimmt reparieren!«

Ich höre selbst den Zweifel in meiner Stimme und könnte mich dafür ohrfeigen, dass ich nicht besser schwindeln kann.

Wieder hebt er die Schultern. Er zieht die Augenbrauen nachdenklich zusammen, dann sagt er: »Vielleicht überholen sich manche Dinge, und man sollte sie einfach hinter sich lassen.« Er holt aus, um den Stiefel in den Papierkorb zu werfen.

»Nein!«, rufe ich laut.

Erstaunt hält er mitten in der Bewegung inne und sieht

mich an. Dann lässt er den Arm fallen, so, als ob ihm jemand den Strom abgedreht hätte.

»Morgen«, sagt er knapp. »Morgen ist auch noch ein Tag.« Mit schief gelegtem Kopf schaut er zu mir auf. »Würdest du mich zum Wagen schieben? Da müssten Ersatzschuhe drin sein. Auf Socken will ich ungern durch San Francisco humpeln.«

»Na, das wäre doch aber mal ein Songtext«, erwidere ich trocken und starre auf meine besockten Füße in den Flipflops.

Als ich wieder aufschaue, begegnen sich einen Augenblick lang unsere Augen. Er sieht mich beinahe erschrocken an, aber in meinem Magen zieht sich etwas zusammen, dehnt und reckt sich, als würde es aus einem tiefen Schlaf erwachen.

Ich weiß nicht, ob ich das gut finde. Ehrlich gesagt macht es mir Angst.

»Wann wolltest du eigentlich einziehen?«, frage ich schnell und weiß gar nicht so genau, wen von uns beiden ich damit ablenken will.

»Gegenfrage: Wie spät ist es?«

»Halb vier.«

Er überlegt kurz. »Dann so in einer halben Stunde, wenn es dir recht ist. Oder brauchen wir um die Uhrzeit länger durch die Stadt?« Er lacht, als er mein verdutztes Gesicht sieht. »Zu früh?«

»Ich … äh …«

Im Geist erstelle ich eine spontane Liste von argumentativen Ausreden:

- *Es ist nicht aufgeräumt/geputzt.*
- *Ich habe noch was vor.*
- *Ich dachte eher an die nächste Woche – oder den nächsten Monat.*

»Ja. Also. Nein. Das ist okay. Klar. Ich fahre dich. Ich meine, soll ich? Ist ja dein Auto.«

Er lacht wieder. Aber es klingt nicht echt. Als er glaubt, ich sehe nicht hin, verzieht er schmerzerfüllt das Gesicht und rückt sein Bein im Rollstuhl zurecht.

»Wieso erlaubst du ihnen nicht, deinen Fuß vernünftig zu behandeln?« Im nächsten Augenblick beiße ich mir auf die Unterlippe.

Er zieht kurz die Augenbrauen hoch und wieder sehe ich etwas Dunkles in der Tiefe seiner Augen hervorblitzen, das ich nicht richtig einordnen kann.

»Ach, spricht sich das rum, ja?«

Ich hebe eine Augenbraue.

»Das kam jetzt anders raus, als ich es meinte.« Er räuspert sich und schlägt einen aufgesetzt leichten Ton an. »Ich hab's nicht so mit Krankenhäusern. Ich bleibe hier nicht gern.«

Ich nicke. »Da sind wir schon zwei – als Patientin, meine ich. Also gut. Dann nichts wie raus hier.«

Den Weg zum Parkplatz legen wir schweigend zurück, was jedoch nicht heißt, dass es in mir still wäre. Im Gegenteil. Ich führe ein angeregtes inneres Selbstgespräch.

Du kannst ihm jederzeit kündigen, April. Sobald wir zu Hause sind, setzt du einen Mietvertrag auf, und da schreibst du eine Probezeit rein, vier Wochen vielleicht. Oder besser zwei. Die hältst du aus, selbst, wenn er Haare im Waschbecken hinterlässt oder seine Hacken neben der Obstschale auf den Couchtisch legt.

Und wenn er sich nicht die Füße wäscht?

Eine Woche?

Aber dann weiß ich nicht genug über ihn.

Er könnte sich später immer noch als Soziopath herausstellen …

Unschlüssig betrachte ich Storms Hinterkopf. Er hat die Kappe abgenommen, um sich durch die Haare zu fahren. Wenn man genau hinsieht, schimmert da schon ein wenig die Schädeldecke durch. Das Haupthaar wird lichter, wir sind eben alle keine zwanzig mehr, sinniere ich. Dann fällt das Sonnenlicht in einem anderen Winkel auf seinen Schädel, und ich entdecke, dass die gezackte, wulstige Narbe sich von der linken Gesichtshälfte über die Schläfe bis hier hinaufzieht. Sie ist der Ursprung für die kahlen Stellen, auf derart zerfetztem Gewebe wächst nichts mehr. Ich beiße mir auf die Unterlippe. Was um Himmels willen verursacht eine solche Verletzung? Ich habe so was noch nie gesehen. Sie stammt definitiv nicht aus der Kindheit. Die Verwachsungen sind noch nicht alt, maximal ein, anderthalb Jahre, schätze ich. Das erklärt die eigenwillige Frisur. Und der Fuß hat also auch eine Vorgeschichte. Es scheint, als hätten wir alle irgendwelche Narben, die wir mit uns herumtragen, ob man sie nun sieht oder nicht.

Ich räuspere mich. »Brauchen wir nicht noch Krücken, äh, ich meine Gehhilfen für dich? Hast du eine Ahnung, wo man so was bekommt?«

Storm setzt seine Mütze wieder auf, so eilig, als würde ihm jetzt erst bewusst, dass ich es bin, die den Rolli schiebt, direkt hinter ihm, mit freiem Blick auf das Desaster auf seinem Kopf. Er gibt sich nicht die Mühe, sich zu mir umzudrehen.

»Hab ich im Kofferraum … vom letzten Mal«, sagt er leise.

Storm

Das Zimmer war fantastisch, wenn man mal von dem grauenvollen Designerbett absah. April entschuldigte sich bestimmt fünfmal bei ihm dafür, dass sie das Ungetüm noch nicht entsorgt hatte. Letztlich war aber genau das sein Glück, denn wie sich herausstellte, hatte Luigi das ursprüngliche Bett, das zur Wohnung gehörte, irgendeinem Verwandten »zur Reparatur« überlassen. Im Klartext: Darauf hüpften entweder gerade lauter kleine Luigis herum, eine italienische Mamma hielt darauf ihren Mittagsschlaf, oder …

Er zog sich die Jeansjacke aus und warf sie mit Schwung hinüber auf den Sessel am Fenster.

Es war ihm total egal, wer von Luigis Verwandten gerade was im oder mit dem Bett machte. Aber Aprils Blick, als sie offenbar den gleichen Gedanken hatte, war unbezahlbar.

Ein Lächeln huschte über sein Gesicht.

Ihre Augen hatten Funken gesprüht, während Luigi beichtete, und zwar umso heftiger, je mehr sie sich zu beherrschen versuchte. Sie war so verdammt bemüht, alles unter Kontrolle zu behalten. Aber wie passte der spontane Kuss vorhin da hinein? Er wurde nicht wirklich schlau aus ihr.

Storm ließ sich vorsichtig auf dem Bett nieder. Sich locker hineinfallen zu lassen würde purem Masochismus oder Selbstzerstörungswahn gleichkommen. Daher verlagerte er nur probehalber ein wenig sein Gewicht. Quietschte nicht. Gut.

Mit der flachen Hand strich er über das Laken. April hatte ihn gar nicht gefragt, sie hatte es einfach übernommen, die Matratze für ihn zu beziehen. Er konnte nicht einschätzen, ob sie ihm das generell nicht zutraute oder ob er diese Handreichung seinem kaputten Fuß zu verdanken hatte. Auf jeden Fall hatte sie unmissverständlich deutlich gemacht, dass dies eine Ausnahme bleiben würde.

»Okay. Hör zu. Ich studiere Medizin«, hatte sie verkündet. »Das bedeutet aber nicht, dass ich ein Helfersyndrom habe. Und hier gibt's definitiv kein all-inclusive.«

»Geht klar.«

Er hatte scherzhaft salutieren wollen, aber der Schmerz bremste seinen Übermut vehement aus, und er musste sich umdrehen, damit sie nicht sah, wie ihm das Wasser in die Augen schoss.

Das war auch aus einem anderen Grund ganz sicher besser so. Wenn sie bemerkte, wie er ihren Hintern angestarrt hatte, während sie temperamentvoll Ecke um Ecke des Spannbettlakens unter die Matratze stopfte … Ihre Jeans schmiegte sich wie eine zweite Haut über ihre Rundungen, und wenn sie sich vorbeugte, blitzte der dunkelrote, spitzenbesetzte Saum ihres Slips hervor. Er schloss die Augen. Dunkelrot. Rot. Rot wie Blut. An seinen Händen, im Wasser, an Martys nassem Hemd. Er biss die Kiefer fest aufeinander und zwang sich, ruhig weiterzuatmen. Sie sollte es nicht merken. Er hatte das im Griff. Er brauchte … nur zwei Minuten … eine … die Bilder verschwanden so schnell, wie sie gekommen waren. Er musste es nur aussitzen, durchhalten, sich auf seine Atmung konzentrieren und ruhig bleiben.

»Tja. Ich geh dann mal. Ruf einfach, wenn du was brauchst.«

Er spürte, dass sie hinter ihm stand und ihn ansah.

»Danke.« Storm nickte, immer noch mit Blick zur Wand.

So blieb er stehen, bis er hörte, wie die Tür hinter ihm einrastete.

Dann atmete er stöhnend aus und ließ sich aufs Bett sinken.

Sie war attraktiv, sehr sogar, auf die sympathische Art der Menschen, denen ihre natürliche Schönheit nicht bewusst ist. Aber sie passte überhaupt nicht in sein übliches Beuteraster. Er wusste nicht, was mit ihm los war. Unbewusst schüttelte er den Kopf. Sie war direkt, sehr gut organisiert, und sie kam ihm nicht auf die Mitleidstour, das rechnete er ihr hoch an. Typisch deutsch, schätzte er, nach allem, was man so las oder im Fernsehen sah. Er hatte noch nicht so oft mit Deutschen zu tun gehabt. Mit der Band waren sie eher in Südamerika und Asien auf Tour gewesen. Europa wäre der nächste Kontinent gewesen, den Marty hatte erobern wollen. Sie hatten einen erfolgreichen Anlauf mit einer Tour durch kleine Hallen gestartet – und waren dann doch gescheitert. Seine Schuld. Darauf lief es immer wieder hinaus. Alles war seine Schuld. Storms Finger krallten sich in das dezent nach Waschmittel duftende Laken.

Ob es noch einen Grund gab, weswegen sie das Bett unbedingt loswerden wollte? Die Trennung von ihrem Freund schien frisch zu sein. Vielleicht ertrug sie die Erinnerung daran nicht, dass sie hier auf dieser Matratze mit ihm … Unwillkürlich hob er die Schultern. Er konnte sie sich nicht beim Sex vorstellen, hier in diesem Raum, in diesem Bett. Er wollte es auch nicht.

Ob sie ihn geliebt hatte? Ob sie sich deswegen die Haare so kurz geschnitten hatte? Frauen gingen nach Trennungen häufig zum Frisör, um etwas radikal zu verändern. Zumindest dieses Bedürfnis konnte er hervorragend nachvollziehen.

Sein Blick fiel auf ein Bild an der Wand. Wieder eine Schwarz-Weiß-Fotografie. Wieder ein Friedhofsmotiv, ein verwitterter, schräg stehender Grabstein. Darüber, in der Luft, eine einzelne Krähe. Koloriert waren hier ein angebissener Apfel im Vordergrund und ein wenig Moos auf dem Stein. Etwas an der Bildsprache gefiel ihm.

Er starrte auf den kleinen Stapel aus Schachteln und Reisetaschen, in denen sich sein irdischer Besitz befand. Der Rest vom Fest sozusagen, er hatte sich gesundgeschrumpft, wollte nur noch mit kleinem Gepäck unterwegs sein – zumindest solange dieser Zustand, den er noch immer nicht benennen konnte, in ihm anhielt. Was er nicht brauchte, war bei Bob in Sausalito geblieben.

Luigi hatte die meisten seiner Sachen in den Fahrstuhl geschafft und in sein neues Zimmer getragen. April hatte ihm dabei geholfen. Storm selbst hatte genug damit zu tun gehabt, sich auf diesen nichtsnutzigen Krücken auszubalancieren und nicht umzukippen wie eine Schießbudenfigur auf dem Jahrmarkt.

Wenigstens würde es nicht lange dauern, sich einzurichten. Für seine Klamotten hätte auch ein Viertel des Kleiderschranks genügt, aber um den Koffer auszupacken, war morgen noch Zeit genug.

Sein Magen knurrte, und er stank nach Krankenhaus. Er würde für sein Leben gern duschen, lang und heiß. Aber sobald er auch nur daran dachte, seinen Fuß zu belasten, war es, als würde ihm irgendjemand glühende Nadeln und zwanzigtausend Volt durch das Bein jagen. Der Schmerz fraß sich durch jede Pore und trieb ihm klebrigen Schweiß auf die Stirn. Eigentlich wollte er nur noch eins: schlafen. Aber das schien schwierig bis unmöglich unter diesen Umständen.

Was hatte ihn nur geritten, sich mit dieser dämlichen Drehtür anzulegen und den Helden zu spielen? Er sah Skys dankbare Augen vor sich und zog die Frage zurück.

»Jederzeit wieder, Buddy«, brummte er in seine hohlen Hände und fuhr sich damit durchs Gesicht, um sich zu sammeln.

Er hoffte wirklich, dass der quirlige Labradormix keine bleibenden Schäden von seinem Abenteuer davontrug, seien sie psychisch oder physisch.

Als würde er eine Bombe entschärfen, verlagerte Storm sein Gewicht, drehte sich auf die Seite und rollte sich vorsichtig auf den Bauch. In Zeitlupe streckte er sich zu seiner ledernen Reisetasche hinüber. Da drin waren die Tabletten, die der Doc ihm mitgegeben hatte – nichts, womit man Michael Jackson hinterm Ofen vorgelockt hätte, aber zusammen mit denen, die er noch aus der Reha hatte, würde ihn das hoffentlich so weit ausknocken, dass er ein wenig dösen konnte.

Es fehlten acht Zentimeter, weniger als eine Fingerlänge,

aber genauso gut hätten die verdammten Dinger in einem Tresor in Timbuktu lagern können. Er schaffte es nicht. Er kam nicht ran.

Sein Blick fiel auf die Gehhilfen, die auf der anderen Bettseite an dem kleinen Sessel lehnten, auf den er vorhin seine Jacke geworfen hatte.

Er stützte sich auf die Arme und schob sich zentimeterweise in diese Richtung. Nie wieder würde er einen seiner Kumpels ungestraft über Behindertensport ablästern lassen.

Kumpels. Er grunzte. Seine Saufkumpane und Stiefellecker waren schneller verschwunden als die Paparazzi, nachdem es bei ihm nichts mehr zu holen gab. Neben Frankensteins Monster wollte sich niemand mehr fotografieren lassen oder auch nur mit ihm in Verbindung gebracht werden. »Waren Sie nicht auch auf dieser Horrorparty? Bei Marty Freeman?« »Wer – ich? Nein. Sie müssen mich verwechseln. Kein Kommentar.«

Der alte Schmerz vermischte sich mit neuem, wie Wermut und Gin zu einem Dry Martini. Bitter, aber vertraut.

Es war lächerlich, er musste mehrere Pausen einlegen, um sitzenderweise einen Meter vierzig Matratzenbreite zu überwinden. Aber es war so. Er war schweißgebadet, als er die Krücke endlich erreicht hatte.

Seine Hand zitterte vor Anstrengung, als er versuchte, mit der Krücke den Henkel der Tasche zu erwischen. Er rutschte immer wieder ab, und dann verließ ihn die Kraft, sein Oberarm krampfte.

Storm presste sein Gesicht in die Matratze und stieß einen wütenden Heulton aus, der zum Glück größtenteils vom Stoff verschluckt wurde.

Was er jetzt am allerwenigsten gebrauchen konnte, wäre ein Klopfen an seiner Tür und ein blonder Strubbelkopf, der ihn fragte, ob er Hilfe bräuchte.

Er lauschte. Von der anderen Seite der Wand drangen Geräusche zu ihm herein. April klapperte mit irgendwas in der Küche, der Wasserhahn lief, Schubläden wurden aufgezogen und geschlossen. Sie summte ein Lied, leicht schief und unterbrochen, die Art, wie man selbstvergessen mitgroovte, wenn man Kopfhörer trug. Tapsende Schritte, sie und ihr Gesang entfernten sich, eine Zimmertür wurde zugezogen.

Dieser Knöchel machte ihn wahnsinnig. *Noch mal, du hässlicher Krüppel, los! Gib alles, du Loser!*

Mit zusammengebissenen Zähnen fuhr er erneut die Gehhilfe aus und angelte damit nach der Schlaufe. Endlich verhakte sich der Griff in dem Henkel. Storm unterdrückte einen Siegesschrei, zog die Tasche zu sich heran und tastete mit fliegenden Fingern nach dem kleinen orangefarbenen Plastikdöschen. Ein Glas Wasser wäre zum Runterspülen nicht schlecht gewesen, aber in seinen Junkie-Zeiten hatte er weit schlimmere Zugeständnisse gemacht.

Nebenan hörte er, wie April sich auszog und zu Bett ging. Himmel, die Wände waren dünn wie Pappmaché.

April sang immer noch, leise und klar jetzt. Aber gerade, als er feststellte, dass sie einen hübschen Sopran hatte, hörte das Trällern abrupt auf. Vielleicht war ihr bewusst geworden, dass sie nicht länger allein in der Wohnung war.

Worauf hatte er sich da nur eingelassen? Sobald er wieder laufen konnte, würde er sich aus dem Staub machen. Er hatte Ruhe gesucht. Die würde er hier nicht finden.

Sein Blick glitt über den Gitarrenkoffer.

Das Ganze war eine Schnapsidee gewesen. Er hätte in dem Moment gehen müssen, als er entdeckt hatte, dass seine Mitbewohnerin und Vermieterin eine Frau war. Klug und interessant. Und bildhübsch.

Nein. Das würde nicht gut gehen. Sein altes Ich hätte nicht lang gefackelt. Er traute sich selbst nicht über den Weg. Aber er würde nicht noch ein Leben zerstören. Und die neue Optik würde ihm helfen, standhaft zu bleiben.

Storm grunzte sarkastisch. Er ließ sich rücklings aufs Bett fallen, zog sich ein Kissen unter den Kopf und schloss die Augen, um die Wirkung der Pillen abzuwarten.

Sofort sah er wieder ihr Gesicht vor sich. Die Sommersprossen, hellbraune, winzige Sprenkel, die sich über ihre Nase zogen, als hätte ein übermütiges Kind Farbe mit dem Tuschepinsel versprüht. Ihre natürlichen Lippen, zartrosa und fein geschwungen, die hohen Wangenknochen unter leicht gebräunter Haut und diese kobaltblauen Augen in einem Rahmen aus dunkelbraunen, unglaublich dichten Wimpern, glitzernd und tief wie ein Bergsee in der Sommersonne.

Ihr Gesicht kam näher, und Storm spürte noch einmal den stürmischen, überschwänglichen Kuss auf seinen Lippen. Sie kribbelten in der Erinnerung, und sein Puls beschleunigte sich. Er stöhnte leise. Diesmal lag es nicht am Knöchel, der ihm Schmerzen verursachte.

Als er wieder zu sich kam, war es dunkel. Seine Augen benötigten einen Moment, sich auf das Zwielicht einzustellen. Schemenhaft nahm er seine Umgebung wahr. Er fror, und er lag in einem fremden Bett. Nein, das stimmte nur halb. Er erinnerte sich. April. Der Hund in der Drehtür. Das Krankenhaus. Dieses Zimmer war sein neues Zuhause.

Er musste pinkeln. Mit der Vorsicht eines Juwelendiebes, der in einen lichtschrankengesicherten Tresorraum einbrechen will, schob er sich millimeterweise in die Senkrechte. Er hielt inne, mit zusammengebissenen Zähnen, und wartete auf die Schmerzattacke. Doch sie blieb aus. Es war erträglich, nur ein dumpfes Pochen zog sich von seinem zertrümmerten Knöchel bis zur Hüfte hinauf. Ein wenig stärker als an anderen Tagen, aber – er hob vorsichtig das Bein an – auszuhalten.

Ein Pillenröhrchen kullerte von seiner Brust. Geschickt fing er es mit der linken Hand auf, bevor es über die Bettkante auf den Boden rollen konnte. Er musste damit eingeschlafen sein. Nachdenklich stellte er es auf den kleinen Nachttisch.

Draußen zirpten irgendwo Grillen. Der Vorhang bewegte sich leicht, das Fenster war gekippt. Er hatte es vorhin gar nicht bemerkt. Als er aufstand, um es zu schließen, stellte er fest, dass sein Zimmer sogar einen Zugang zur Dachterrasse besaß. Nicht einmal diese Balkontür war ihm aufgefallen. Seine volle Blase musste warten, jetzt war er neugierig.

Storm zog die Schiebetür auf, schob den dünnen Vorhang beiseite und trat hinaus in die Nacht. Sofort verstummten die Grillen. Die Brise, die von der Bay hereinzog, war frisch, aber die Hauswand strahlte noch Restwärme ab. Er machte ein paar humpelnde Schritte ins Freie und ließ den Blick über die Lichter der Stadt schweifen. Weit draußen konnte er die Positionslichter der Golden Gate Bridge erahnen. Der Mond arbeitete sich gerade hinter einer Wolke hervor.

Storm atmete tief ein. Ein würziger Duft, den er nicht einordnen konnte, kroch ihm in die Nase. Es war, wie April gesagt hatte: Auf den Fensterbänken und neben dem Lounge-Bereich standen Pflanzen in allen Größen, dicht an dicht in Töpfen und Kübeln. Er erkannte nur die Umrisse der Blumen und Sträucher, aber die intensiven Aromen der dunkelgrauen Silhouetten waren betörend. Oregano und Lavendel meinte er ausmachen zu können, und so etwas wie Thymian. Einen grünen Daumen hatte sie also auch. Sie oder diese Maria.

Er drehte sich um, um wieder hineinzugehen und sein eigentliches Vorhaben umzusetzen, dann zuckte er zurück.

Die Schiebetür zu Aprils Zimmer stand weit offen. Das erklärte die Hellhörigkeit am Abend.

Ein Schemen hatte sich bewegt, doch es war nur ein identischer bodenlanger Vorhang, der sich mit einer Ecke an einem

Strauch verfangen hatte. Drinnen war alles dunkel und ruhig. Sie schlief hoffentlich, andernfalls würde sie sich zu Tode erschrecken, weil hier draußen jemand herumschlich.

Es war weit nach Mitternacht, und er meinte, sich zu erinnern, dass sie erwähnt hatte, früh aufstehen zu müssen. Irgendwelche Vorlesungen an der Uni, an der sie als Gasthörerin eingeschrieben war. Sie hatte ihm den Wohnungsschlüssel auf das kleine Glastischchen neben dem Sessel gelegt und ihm gesagt, er solle sich wie zu Hause fühlen. Dann war sie rot geworden. Und gegangen.

Ihm war kalt. Er hatte genug frische Luft geschöpft, seine Blase meldete sich jetzt mit Nachdruck, und sein Mund war trocken. Wenn er es vom Bad noch bis dorthin schaffte, würde er sich ein Glas Wasser aus der Küche holen. Langsam hinkte er auf die Tür zu seinem Zimmer zu.

Die Gardine wehte ungehindert, als eine Bö nach ihr fasste. Einen Meter daneben zerrte der Vorhang zu Aprils Schlafgemach weiter an dem Strauch und bauschte sich auf, aber die kleinen Zweige hielten ihn gefangen, vielleicht war es auch umgekehrt. In jedem Fall würde gleich entweder der Stoff reißen, oder die Pflanze, er erkannte den Lavendel an Duft und Form, würde brechen. Storm dachte nicht weiter nach, er humpelte hinüber und nestelte an dem Gewebe herum, bis beide frei waren, achtsam, um weder den einen noch die andere zu beschädigen. Der Vorhang strich um seinen Arm, als wollte er sich für die Hilfe bedanken. Storm streifte ihn ab, gerade, als der Wind drehte, den dünnen Stoff erfasste und mit einer Duftwolke von verblühendem Lavendel zurück ins Innere des Raumes fegte.

Für den Bruchteil einer Sekunde, bevor der Schleier sich wieder legte, gab das fahle Mondlicht den Blick auf April frei, die bäuchlings in ihrem Bett lag, das Kissen im Schlaf umarmt wie einen Liebhaber, ein Bein angewinkelt, das andere gestreckt und bis zur Hüfte freigestrampelt. Die Decke war nur noch um ihre Mitte geschlungen.

Sie schlief nackt.

Storm trat einen hastigen Schritt zurück, dann noch einen, zwei, drei, zutiefst erschrocken. Er stolperte seitwärts, in Richtung der rettenden Öffnung zu seinem Zimmer, und verfing sich in der Gardine. Es kostete ihn Mühe, sich auszubalancieren und das Gleichgewicht zu behalten. Der Schmerz durchzuckte ihn erneut wie ein grausam strafender Blitz. Er kniff die Augen zusammen und hielt sich blind am Türrahmen fest. Schwer atmend. Dann schüttelte er den Vorhangstoff angeekelt ab wie Spinnweben.

Es kostete ihn Kraft und höchste Konzentration, seinen Herzschlag zu beruhigen – und den gestauten Blutfluss in seiner plötzlich punktuell eng gespannten Jeans in andere Bahnen zu lenken. Pinkeln konnte er jedenfalls erst mal vergessen.

Er hoffte nur, dass April wirklich so fest schlief, wie es ausgesehen hatte. Andernfalls durfte er froh sein, wenn sie ihn nicht heute Nacht noch achtkantig rauswarf. Selbst ein verkrüppelter Spanner war immer noch ein Spanner.

Kapitel 6

April

Am nächsten Morgen wache ich von einem leisen Schnarchen auf. Es dringt durch die geschlossene Zimmertür meines ehemaligen Schlafzimmers. Im Halbschlaf überlege ich, ob ich Sky zu Besuch habe. Aber es klingt anders als sonst. Ich wende den Kopf ein wenig und lausche. Nein, ich habe mich geirrt, das Schnarchen kommt … von draußen? Ich hebe den Kopf und lasse ihn gleich wieder ins Kissen sinken. Dann greife ich blitzartig nach der heruntergerutschten Decke und wickele mich darin ein. Ich habe vergessen, die Dachterrassentür zuzumachen!

Das erklärt meine wilden Träume: die Silhouette eines Mannes zwischen den Vorhängen, die sanfte Berührung einer Geisterhand aus der Dunkelheit, die mir zärtlich über den nackten Rücken strich, unter die Laken glitt, über meinen Po …

Ich fühle sie sofort wieder, wie sie lasziv der Außenlinie meiner Beine folgt, bis zur Kniekehle hinunter, sich dann an der Innenseite nach oben tastet, in Wellenlinien, dabei kaum spürbar die Fingernägel aufsetzt und Gänsehaut auslöst. Hauchzart setzen die Finger ihre Reise fort, unendlich langsam, höher hinauf, bis es nicht mehr weitergeht, weil sie von einem Polsterkissen aus gekräuseltem Haar gebremst werden. Das gestutzte, weiche Haar gibt dem Druck nach, die Finger gleiten dazwischen, schmiegen sich an die Hügelkette empfindsamster

Haut, nehmen die Form auf, ahnen mehr, als dass sie es spüren, moosige Feuchte in der Tiefe, dort in der Mitte, wo die vorwitzigste Fingerkuppe ruhend abwartet, bis die Spannung beinahe unerträglich wird. Ich schiebe mich dem Widerstand einladend entgegen, und endlich tasten zwei Wanderer suchend weiter, eröffnen einen Weg in das geheime Tal, wagen sich in die Höhle hinein. Warm und dunkel ist es da, schlüpfrig. Sie forschen tief hinein, tiefer, ziehen sich wieder zurück, wechseln sich mit dem Daumen ab, der draußen bleiben muss und dort seine Kreise zieht, über und um den kleinsten der Hügel, während die anderen beiden Finger wieder vorstoßen. Kräftiger diesmal. Und dann wieder und wieder.

Mein Becken fängt an, sich rhythmisch zu bewegen, kreisend mit dem Daumen zu tanzen, der Hand entgegen und von ihr fort. Ich presse das Gesicht ins Kissen, als sich meiner Kehle ein Stöhnen entringt.

Vor meinen geschlossenen Augen formt sich das Bild eines Mannes mit lockigen braunen Haaren. Er steht im Halbschatten zwischen wehenden Vorhängen. Ich sehe nur sein Profil, ein markantes Kinn, den vorstehenden Adamsapfel, seidige Wimpern und surreal grüne Katzenaugen. Er will mich, und er kommt mir irgendwie bekannt vor, ein Schauspieler vielleicht. Es spielt keine Rolle, es ist nur eine Fantasie.

Ich schiebe auch die rechte Hand unter meinen Körper, sie kennt den Weg. Sie weiß, was zu tun ist … und wie.

Kreisend. Reibend. Teilend.

Der Mann in meiner Vision ist jetzt vollständig nackt. Ich bewundere die Bauchmuskeln, seine gebräunte Brust mit den harten Brustwarzen, klein wie Druckknöpfe, den runden, matt glänzenden Po.

Und als er mir den Körper zuwendet, sehe ich, dass da noch mehr ist, das mir gefällt, sein Glied, das steil aufgerichtet ist und mir entgegenlechzt.

Wie ferne Musik setzt unter meinen Händen elektrisches Pulsieren ein, vibriert stärker, breitet sich konzentrisch aus der Tiefe meiner absoluten Mitte aus.

Ich beiße in das Kissen, um nicht laut aufzustöhnen und weil ich nicht weiß, wohin mit meiner Zunge. Gleich, nur noch ein bisschen. Ich keuche und erhöhe das Tempo.

Endlich ist da, groß und schön, sein hartes, pralles Glied. In mir. Jetzt.

Mein Herz rast, als das vertraute Zucken einsetzt. Die Muskeln meiner Vagina krampfen und öffnen sich in ihrem eigenen Rhythmus um meine Finger, und gerade, als alles nur noch honigsüß und scharf ist, dreht Adonis mir sein Gesicht zu, sodass ich auch die andere Hälfte sehe, die bisher im Schatten lag, und ich erkenne – Storm.

Genau in dieser Zehntelsekunde, mitten im Schock, kollabiert mein Beckenboden. Mir wird schwarz vor Augen, und ich komme – so heftig, dass es Minuten dauert, bis die Wellen so weit abflachen, dass ich mich wieder bewegen kann. Meine Beine zittern, von normaler Atmung oder flachem Puls bin ich meilenweit entfernt.

Erschöpft, erschrocken, zutiefst beunruhigt drehe ich mich auf den Rücken, ziehe mir die Bettdecke bis zum Kinn und starre an die Decke. Ich habe Angst, dass die Bilder zurückkehren, wenn ich die Augen schließe. Die verstörenden Bilder dieses erregten, verdammt gut ausgestatteten Modeltypen – mit Storms vernarbtem Gesicht.

Was war das denn?

Ganz langsam dringen die Geräusche meiner Umgebung wieder an mein Ohr. Das Ticken der Uhr, der Wind in den Blättern der Pflanzen draußen auf der Terrasse, das sanfte Wispern des Vorhangs und – das Schnarchen. Es ist noch da.

Dem Himmel sei Dank. Nicht auszudenken, wenn er wach geworden wäre durch … äh … undefinierbare Geräusche aus dem Nachbarzimmer und womöglich … Ich nehme im Augenwinkel eine Bewegung wahr, schrecke hoch und fixiere die offene Balkontür. Das Herz klopft mir bis zum Hals. Aber da steht niemand. Nur die bodenlange Gardine bauscht sich in einer kühlen Brise und raschelt, weil sie sich wieder einmal im Lavendelstrauch verfangen hat. Ich kippe zurück in meine Kissen. Das Zucken in meinem Becken ebbt immer noch nicht ab.

Die Geschehnisse vom Vortag fallen mir ein. Nein, dieses Schnarchen ist definitiv nicht das von Sky. Mein treuer Freund ist zur Beobachtung in der Tierklinik geblieben. Es ist der andere Patient, mein neuer Mitbewohner, der diese Töne von sich gibt. Ich will nicht an ihn denken. Nicht jetzt. Ich schlinge die Arme um mich selbst und starre träge zum Fenster hinaus.

Eine weitere Windbö bauscht die Vorhänge auf und trägt eine Prise Kräuterduft nach Oregano und Lavendel zu mir herein. Maria hat recht behalten, die kleinen Büsche gedeihen prima hier oben in der geschützten Lage. Sogar das halb vertrocknete Zitronenbäumchen habe ich wieder hinbekommen. Wenn ich lange genug bleibe, komme ich vielleicht sogar in den Genuss eigener Früchte.

Falls ich es aushalte, bis zu ihrer Rückkehr mit einem Schnarcher zusammenzuleben. Ich räkele mich ein wenig und strecke die Beine aus. Sofort rollt ein weiterer Schauer wie eine warme Mittelmeerwelle über meinen Bauch. Nebenan atmet Storm rüffelnd und schnorchelnd ein. Ich angle nach meinem Kissen und ziehe es über meinen Kopf. Verdammt! Ich habe mir einen Baumsägeexperten in die Wohnung geholt! Wusste ich's doch, dass ich eine Frage auf meiner Liste vergessen hatte. Tante Maggie wird sich totlachen.

Ich schrecke auf.

Tante Maggie!

Wir sind nach der Medschool zum Lunch verabredet.

Medschool!

Wie spät ist es? Ich habe noch nie eine Vorlesung versäumt. Selbst im schlimmsten Jan-Liebeskummer habe ich mich in die Uni und zum Krankenhaus gequält, und jetzt das!

Ich werfe das Kissen beiseite, springe aus dem Bett und haste an meine Kommode, um frische Wäsche aus dem Schubfach zu angeln. Hemd, Höschen, Strümpfe. Unterleib ignorieren.

Ich renne zur Tür, weil ich ins Bad will, habe den Knauf in der Hand, lasse ihn wieder los und sehe mich panisch nach meinem Bademantel um. Ich kann doch nicht splitterfasernackt durch die Wohnung rennen. Jetzt nicht mehr! Ich wühle mich durch meinen Wäscheberg, der in dem Minischrank noch keinen Platz gefunden hat, bis mir einfällt, dass mein Bademantel im Bad hängt – wo er hingehört. Ersatzweise greife ich nach einem übergroßen T-Shirt, das ich mir im Laufen überstreife. Die Uhr an der Wand zeigt halb neun. Jetzt ist es auch schon fast egal. Ich flitze ins Bad und stelle die Dusche an, sie braucht immer ein bisschen Vorlauf, um warm zu werden, und springe dann darunter.

Während ich mich abtrockne und anziehe, überschlagen sich meine Gedanken. Kann ich Storm einfach hier allein lassen? Aber was soll er schon klauen?! Ich habe mir noch nicht mal seinen Ausweis zeigen lassen oder die ID abgeschrieben. Vermutlich kann ich froh sein, dass er mir nicht die Kehle aufgeschlitzt hat – aber wenn er das tun wollte, hätte er das schon längst hinter sich bringen können.

Ich muss Mrs. Wolowitz besuchen. Und Sky. Und Tante Lydia das mit den Ringelsocken beichten, die sind vermutlich hinüber. Ich habe ein Loch unter der Ferse entdeckt, ein kleines unterm Zehenballen und eine Laufmasche, wo ich an der blöden Schließkante der Drehtür hängen geblieben bin.

Meine Fußsohlen tun immer noch weh. Aber wenn ich Glück habe und lieb bitte, kann sie mir die Strümpfe ja vielleicht stopfen.

Ich stürze zum Küchentresen und reiße die Kühlschranktür auf, trinke ein Glas Orangensaft und wühle mit der anderen Hand im Gemüsefach nach ein paar Zutaten für einen schnellen Quinoa-Smoothie, den ich mit in die Uni nehmen kann.

Storm schläft. Mein Blick fliegt zu seiner Schlafzimmertür. Der Mixer ist höllenlaut. Ich beiße mir auf die Unterlippe, aber was muss, das muss. Als kleine Wiedergutmachung stopfe ich eine Banane und ein paar vorgeschnittene Selleriestücke mehr in die Höllenapparatur und jage das Ganze bei höchster Stufe durch den Häcksler. Dann fülle ich ein Glas für Storm ab, schreibe eine Notiz und lege den Zettel daneben. Den Rest fülle ich in meine Flasche um und stopfe sie in meinen Rucksack.

Schlüssel einstecken und los. Herrje.

Da wir im Penthouse leben, habe ich das Privileg, mein Fahrrad draußen im Flur stehen lassen zu können. Der Gedanke, ein Rad mit in die Wohnung zu nehmen, widerstrebt mir genauso, wie mit Straßenschuhen im Wohnzimmer zu sitzen. Ist doch eklig, worüber man damit schon alles gelaufen oder gefahren ist …

Es dauert ein bisschen, bis ich den Rucksack, meinen Helm, mich und das Rad so in den Fahrstuhl manövriert habe, dass die Tür schließt. Ich bin schon völlig außer Puste, als ich im Erdgeschoss ankomme.

Luigi grüßt mich freundlich, als das »Ping« ertönt und der Fahrstuhl mich ausspuckt. »Ah, Signora April! Spät dran? Wie geht es? Was gibt es Neues von unseren Patienten? Alles gut?«

Er ist offensichtlich in Plauderlaune, legt die Zeitung beiseite und kommt sogar hinter seinem Tresen hervor, aber ich habe keine Zeit.

»Alles bestens, glaube ich.« Ich schenke ihm ein honigsüßes Lächeln und quetsche mich mitsamt meinem Fahrrad durch das geöffnete Bodenfenster neben der Drehtür.

Dem Drehkreuz im Glaskasten werfe ich einen finsteren Blick zu. Durch dieses fiese Ding kriegen mich keine zehn Pferde, solange es keine deutsche TÜV-Abnahme hat.

»Danke noch mal für gestern!«, rufe ich Luigi zu. »Ich muss los, sonst verpasse ich die Läsionen der Lumbosakralwurzeln. Bis später!«

»Ich wusste gar nicht, dass Pflanzen ein Liebesleben haben«, schreit er mir nach, aber ich bin bereits weit genug weg, sodass ich nicht mehr darauf eingehen muss.

Erst ein paar Blocks weiter dämmert mir, dass seine freundliche Nachfrage nach Storm und meinem Verschlafen und das etwas süffisante Grinsen in direktem Zusammenhang miteinander stehen. Ganz offensichtlich habe ich seine Fantasie zusätzlich befeuert: Ich bin mir sicher, dass er Läsion und Liaison für ein und dasselbe hält. Soll er doch.

Ich bin noch weit davon entfernt, San Franciscos Hügel lässig mit dem Fahrrad zu bezwingen. Aber das Rad bringt mich treu zur nächsten U-Bahn- oder Bushaltestelle, je nachdem, wo ich hinwill. Und es ist allemal leichter, als zu laufen. Auch wenn meine Kondition, Sky sei Dank, schon wesentlich besser geworden ist.

Trotzdem bin ich völlig außer Atem, als ich mich so leise wie möglich durch den Türspalt quetsche, um möglichst unbemerkt in den Hörsaal zu huschen. Unten steht Doc Joe und referiert über mechanische Nervenwurzelreizungen im Bereich der Wirbelsäule.

»Woran erkennt man ein solches Wurzelkompressionssyndrom, Miss Fischer?«

Seine Adleraugen haben mich natürlich sofort entdeckt, da habe ich mich noch nicht einmal vollständig in die Reihe geschoben, geschweige denn eine Sitzfläche heruntergeklappt.

Alle Augen fliegen zu mir herum. Ich lasse mich zögernd nieder und laufe knallrot an wie ein Schulmädchen, während ich das Klapppult vor mir umfasse, um mich zu sammeln.

»Äh.«

Doc Joe hebt missbilligend eine Augenbraue.

»Zu den Leitsymptomen zählt ein positives Lasègue-Zeichen, also wenn die Kompression der Wurzel lumbal ist, eventuell abgeschwächte Eigenreflexe der Muskeln und schlaffe Paresen«, spule ich mein Wissen ab.

Er nickt, und ich atme aus.

Da mir die englischen Fachausdrücke noch immer nicht so leicht von der Zunge gehen, bereite ich mich am Abend vorher auf jede Vorlesung so gründlich vor, wie es mir meine Fachbücher erlauben, und pauke Vokabeln.

»Beeindruckend, Miss Fischer.«

Ich lächle zögernd, aber er lässt mich noch nicht vom Haken.

»Da wir mit unseren Patienten in der Anamnesesituation reden, dürfte uns allerdings vor allem eins als Allererstes auffallen: der charakteristische Rückenschmerz, der direkt ins Dermatom der betroffenen Nervenwurzel ausstrahlt. Zum Beispiel, aber natürlich nicht nur bei einer klassischen Lumboischialgie. Wenn Sie das nicht mitbekommen, war das ganze Studium sein Geld nicht wert.«

Der gesamte Hörsaal lacht, und ich würde am liebsten im Erdboden versinken.

Doc Joe ignoriert mich, so, als wäre mir genau das geglückt, und fährt mit der Vorlesung fort.

»Wenden wir uns also der Therapie eines solchen Wurzelkompressionssyndroms zu …«

Meine Gedanken schweifen zurück zu Storm. Rückenschmerzen. Hat er nicht auch von einschießenden, stechenden Rückenschmerzen erzählt? Was, wenn seine Beschwerden gar nicht vom Knöchel stammen, sondern sich nur bis dorthin auswirken? Vor meinen Augen sehe ich den zerschnittenen Stiefel und den bandagierten Fuß. Also, wenn sie nicht nur von da kommen ...?

Ich erwische mich dabei, wie ich schon wieder auf meinem Karoblock herumkritzele. Ein Männerbein mit groteskem Knöchel, umrahmt von zuckenden Blitzen. Ich skizziere die Wirbelsäule, lateral, von der Seite also, und der Vollständigkeit halber füge ich alles zusammen, wo das Bein in den Torso übergeht, lege ich die Hoden an und einen aufgerichteten Penis. Hastig krickele ich wilde Kugelschreiberkringel darüber, bis man nichts mehr sieht als eine Art Stahlwollknäuel. Holla, das sollte ich besser keinem Psychoanalytiker zeigen.

Ich würde die Seite am liebsten herausreißen, aber da stehen auch sämtliche Vorlesungsnotizen drauf.

Verzweifelt richte ich meine Aufmerksamkeit nach unten, wo Doc Joe gerade anhand eines Torso-Modells erläutert, wo man einwirken muss, um den Bandscheiben Erleichterung zu verschaffen.

»Schmerzmittelgabe, abwarten und klassische Physiotherapie, kombiniert mit osteopathischen Maßnahmen, haben den besten Effekt auf einen Vorfall des *Nucleus pulposus.* Nur bei andauernden, therapieresistenten Schmerzen oder manifesten neurologischen Ausfallerscheinungen würde man heute noch neurochirurgisch intervenieren.« Mit diesen Worten klappt er den Torso zu.

Das Plenum applaudiert, die Vorlesung ist zu Ende.

Neben mir raschelt Papier, und ich begegne dem Gesichtsausdruck meiner Sitznachbarin, die ertappt die Augen von meinen Notizen abwendet und sich nun eilig davonmacht.

Ich starre eine Sekunde lang selbst auf das seltsame Röckchen, das ein blitzumrahmtes Beinchen krönt. Entschieden schlage ich den Block zu. Dann packe auch ich zusammen.

Als ich aufblicke, sehe ich gerade noch den weißen Kittel des Professors zur Tür hinauswehen. Normalerweise wartet er immer auf mich und fragt, ob ich alles verstanden habe. Heute nicht. Anscheinend ist er sauer.

Um mich herum flappen die Klappsitze zurück in ihre Halterungen, Studentenmassen schieben sich murmelnd und gackernd in Richtung Ausgang. Ich presse die Lippen zusammen, warte, bis der größte Pulk vorübergezogen ist, und schultere meinen Rucksack.

»Na? Verschlafen?«

»Oh, hi. Murphy.«

Ich kenne den bebrillten Medizinstudenten mit der Igel-Frisur, der vor mir steht und mich schief anlächelt. Murphy hospitiert wie ich im Krankenhaus. Er fotografiert auch gern, wir sind uns das erste Mal in einem Copyshop über den Weg gelaufen, als ich kolorierte Abzüge vergrößert habe, und ein anderes Mal auf dem alten Friedhof in der Mission Dolores. Seither quatschen wir ab und zu miteinander.

»Sehen wir uns gleich in Anatomie? Ich kann dir einen Platz freihalten.«

Ich nicke abwesend. »Das wäre nett. Aber wir können auch gleich zusammen los.«

Seine Miene hellt sich auf. »Oh. Gehst du heute nicht mit dem Doc rüber?«

Ich starre auf das verwaiste Dozentenpult und ringe mich zu einem Lächeln durch. »Nein, heute nicht.«

»Ah, verstehe. Sag mal, wollen wir vielleicht morgen früh vor der Uni zusammen rausfahren und ein paar Fotos machen? Ich kenne eine Stelle, wo das Licht ganz besonders ist nach Sonnenaufgang.«

Sein abrupter Themawechsel bringt mich eine Sekunde völlig aus der Spur. »Rausfahren?«, frage ich perplex.

»Ja. In die Wüste – oder rüber nach Colma, wenn dir das zu weit ist. Ich dachte … als ich dich neulich auf dem Mission Dolores Cemetery getroffen habe … Du weißt ja, ich fotografiere auch und … ein paar Meilen außerhalb gibt es dieses Geisterdorf aus der Goldgräberzeit … Eine super Location.« Er stottert verlegen herum, und seine Ohrläppchen laufen blutrot an, während seine Augen aufgeregt leuchten.

Ich erinnere mich an den Tag, der inzwischen schon ein paar Wochen zurückliegt. Es war neblig, und ich war mies drauf. Früher, in Deutschland, habe ich dann die Krähen im Stadtpark fotografiert, zwischen den umgestürzten Grabsteinen der alten Klosterruine. Nach meiner Entlassung aus dem Krankenhaus hatte ich damit begonnen. *Memento mori* – um mich an die Toten und meine eigene Sterblichkeit zu erinnern und daran, dass ich leben darf, leben *muss*, um die zu ehren, die es nicht so weit geschafft haben wie ich. Schritt für Schritt. Am Leben bleiben, weitergehen. Rabenvögel ziehen mich phasenweise magisch an. In der Mythologie gelten sie als Mittler zwischen den Welten. Wenn es mir nicht gut geht, suche ich ihre Nähe.

»Ich weiß nicht«, sage ich ausweichend. »Im Moment habe ich ziemlich viel um die Ohren, weißt du?«

»Oh. Okay. Dann vielleicht an einem anderen Tag?«

Er sieht mich an wie ein Dackel, dem man die Wurst geklaut hat.

»Eher nicht, Murphy.« Ich lächle, so lieb ich kann.

Er nickt und packt seine Collegetasche fester. »Wir könnten auch einfach mal einen Kaffee …«, fängt er an und bricht gleich darauf ab. »Oh – du hast einen Freund, stimmt's? Also … das war nicht so … Ich wollte nicht … Also, dass du das nicht falsch …«

»Alles gut, Murphy«, sage ich lächelnd und zwinkere ihm zu. »Schön, dass wir das geklärt haben.«

Das ist ja nun keine direkte Lüge.

Wir gehen stumm ein paar Schritte nebeneinanderher durch den Flur. Der Linoleumboden hat tausend feine Kratzer vom Sand und Staub unter unzähligen Schuhen.

Ich sehe kurz Storms Phönix-Stiefel vor mir und stelle mir vor, wie der Vogel darauf abhebt und in den Himmel steigt, doch seine Silhouette ähnelt dabei immer mehr den Krähen am Alten St.-Nikolai-Friedhof in Hannover, im nebligen Novembergrau, wenn sich alle die Mantelkragen höherziehen, während sie durch die dunklen Straßen hasten.

Nachdenklich betrachte ich den schlaksigen, jungen Mann neben mir. Er ist ein Nerd und macht eigentlich einen netten Eindruck. Vielleicht würde mich ein kleiner Ausflug bei gutem Fotowetter auf andere Gedanken bringen. Momentan kreisen sie mehr um Storm, als mir lieb ist.

»Ach, warum eigentlich nicht?«, höre ich mich sagen und Murphy hebt erstaunt den Kopf.

»Wirklich?«, fragt er.

»Nicht morgen«, bremse ich seine auflodernde Euphorie. »Irgendwann – ich denk drüber nach.«

»Super!«, ruft er und eilt davon.

»Wollten wir nicht zur Vorlesung?«, rufe ich ihm verblüfft hinterher.

Er blickt im Laufen über die Schulter zu mir zurück. Zwei strahlende Augen und im Lachen blitzende Zahnreihen.

»Hab vergessen, dass ich noch in die Patho muss.«

Stirnrunzelnd blicke ich ihm nach, und irgendwas sagt mir, dass meine vage Zusage vielleicht ein Fehler war.

Storm

Die Sonne schien ins Zimmer und kitzelte ihn an der Nase. Etwas war anders. Er brauchte einen Moment, um zu realisieren, was es war.

Eine Biene hatte sich im Raum verflogen und stieß leise summend immer wieder gegen die Fensterscheibe. Dies war das einzige Geräusch, wenn man vom entfernten Rauschen des Straßenverkehrs absah. Und genau das war es: Es war still in der Wohnung. Jegliche Energie war aus ihr verschwunden, luftleerer Raum.

April war fort. Er wusste es, er spürte es, einfach so. Er war allein.

Mühsam schaufelte er sich unter den Laken hervor, in die er sich im Schlaf eingegraben hatte. Nachdem die Tabletten ihre Arbeit getan hatten, hatte er es geschafft, die Jeans abzustreifen und das Hemd auszuziehen.

Er dachte an seinen nächtlichen Ausflug auf die Terrasse, ins Bad und die Küche. Jetzt hatte er einen unangenehm bitteren Geschmack im Mund. Er sehnte sich nach einer heißen Dusche und geputzten Zähnen, ihn ekelte es vor sich selbst, und dieser Teil von ihm war erleichtert, dass die Wohnung wie ausgestorben war.

Er brauchte keine Zeugen dafür, wie er sich ins Bad schleppte, humpelnd auf die dämlichen Gehhilfen gestützt, dicht an der Wand entlang, damit er sich auffangen konnte, falls er das Gleichgewicht verlor, seinen Kulturbeutel zwischen den Zähnen und ein Handtuch um den Hals.

Es ging langsam voran. Die Wirkung der Tabletten hatte nachgelassen. Jeder Schritt bedeutete zunehmend Schmerz, der zwischen Knöchel, Bein und Hüfte hin und her raste. Aber er wollte sich nicht gleich wieder abschießen. Er hatte vor, bei ihrer Rückkehr klar im Kopf zu sein, und wollte außerdem nicht den ganzen Tag verschlafen. Die Nächte waren lang und quälend genug, auch ohne dass er noch zusätzlich wach lag.

Endlich hatte er das Badezimmer erreicht. Er legte seine Sachen ab und lehnte die Krücken an das Waschbecken.

An einem Wandhaken hing Aprils Bademantel. Gedankenverloren strich er über den weichen Plüschstoff.

Die Toilette war durch eine halbhohe Wand abgeteilt. Seine Mundwinkel zuckten. Er konnte sich nicht vorstellen, dass April sich am Spiegel über dem Waschbecken schminken würde, während er auf der anderen Seite saß und …

Er lachte auf und erschrak über das Geräusch. Es erschien ihm unnatürlich laut zwischen den großen anthrazitfarbenen Kacheln. Ungelenk ließ er sich auf einen blau gestrichenen Holzhocker plumpsen und versuchte, den Verband zu lösen. Die Schwester hatte ihn ordentlich verkleistert. Er zupfte und pulte, aber die gummiartige Außenbandage war akribisch um seinen Fuß verklebt. Storm sah sich nach einer Schere um. Auf der Ablage stand nur ein Becher mit einer Zahnbürste und Zahnpasta. Nicht besonders hilfreich. Seinen Kulturbeutel hatte er außer Reichweite abgestellt. Genervt betrachtete er seine Gehhilfen. Er hatte keine Lust auf weitere Angelspiele. Natürlich konnte er aufstehen, hinüberhumpeln und sich bücken …

»Ach, was soll's«, murmelte er und entschied, den hartnäckigen Verband zu lassen, wie er war. Auch wenn Wasser in Schwester Nancys Kunstwerk eindringen sollte, das würde schon wieder trocknen.

Das Badezimmer hatte eine Dusche und eine Wanne. Er überlegte kurz, dann zog er sich am Waschbecken hoch und schob die Duschkabine auf. Versuchsweise stimmte er eine kleine Melodie an. Die Akustik war gut hier drin. Er stellte das Wasser an, stieg vorsichtig in die Dusche und sang ein paar Strophen eines Songs, der ihm gerade in den Sinn kam. So weit war es also mit ihm gekommen, dass er im Badezimmer sang wie ein Teletubby. Fehlte nur noch eine Haarbürste als Mikro.

Als er sich endlich sauber fühlte und jeden Krankenhausgeruch von sich abgeseift hatte, putzte er sich die Zähne, rasierte sich und trug Deo und Aftershave auf, wobei er das zunehmende Pochen unter dem Verband geflissentlich zu ignorieren suchte.

Die Scheibe des Spiegels war beschlagen und zeigte ihm gnädigerweise nur eine unscharfe Silhouette seines Gesichts. Inzwischen waren es die kleinen Dinge, für die er dankbar war. Die großen waren ihm schon lange egal geworden. An die Fratze, die nun sein Gesicht war, würde er sich nie gewöhnen. Er sah es als Strafe eines höheren Gerichts an: lebenslänglich für den Mord an einem Freund. Als solches hatte er den Zustand auch akzeptiert, genau wie das Hinkebein. Daran zog er eine unsichtbare Eisenkugel hinter sich her, bei jedem Schritt, den er tat. Den Erinnerungen und dem, was er getan hatte, würde er nie entkommen.

Und doch spürte er eine leise Veränderung. Sie hatte sich angebahnt mit dem Impuls, nach San Francisco zu kommen und sich ein preisgünstiges Zimmer zu suchen. Keine Absteige, kein Hotelzimmer, sondern ein Zuhause. Wenn er schon kein eigenes hatte, dann wollte er wenigstens in der Nähe von Menschen sein, die ihre Wohnung als solches empfanden. Womöglich würde ein wenig dieser Fähigkeit auf ihn abfärben, ihn zurück ins Leben ziehen – oder, wenn nicht, ihn so weit in die Depression stürzen, dass er es beenden konnte. Beide Varianten waren gut gegen den Schmerz, auf ihre Weise.

Storm war unschlüssig, ob er an einen Gott glauben sollte oder nicht. Aber er glaubte an Marty und daran, dass der sture alte Mann sich nicht von ein bisschen Tod dazu bringen ließ, ihn von der Leine zu lassen.

Er hatte nicht mit einem Menschen wie April als Vermieterin, geschweige denn Mitbewohnerin gerechnet. Das verkomplizierte alles. Er kam sich vor wie der dumme Esel, den man mit einer Angel und einer Möhre, die immer außer Reichweite vor seiner Nase baumelte, dazu kriegte, weiterzugehen. Marty hatte immer schon einen schrägen Humor besessen. Aber diesmal übertrieb er maßlos.

Storm war noch nicht so weit. Das war zu schnell, zu viel, zu grausam.

»Spiel nicht mit mir, alter Mann«, bat er und sah in die Leere hinter dem verschwommenen Spiegelbild.

Dann schlang er sich das Handtuch um die Hüfte und humpelte zurück in den Flur.

Auf halber Strecke zu seinem Zimmer fiel ihm ein, dass er den Kulturbeutel vergessen hatte. Er hielt kurz inne und überlegte, ein Wendemanöver einzuleiten, aber andererseits wohnte er jetzt hier, und sein Fuß tat wirklich höllisch weh und verlangte nach Frühstück in Tablettenform. Und der Rest von ihm hatte auch Hunger. Sein Magen knurrte so laut, dass es eigentlich sogar Luigi im Erdgeschoss hören musste. Das brachte ihn auf eine Idee.

»Nein, das ist kein Scherz … Luigi, hören Sie doch … Ja. Ich weiß, dass Sie kein …« Er hielt das vorsintflutliche Festnetztelefon ein Stück weg von seinem Ohr, als ein Schwall italienischer Verwünschungen aus dem eingebauten Lautsprecher herausschwappte. »Luigi … bitte«, versuchte er es noch einmal. »Ich kann kaum laufen, und April ist nicht hier … Ja, natürlich weiß ich, dass sie in der Medschool ist.«

Okay, das war gelogen, aber er erinnerte sich dunkel, dass sie es am Vorabend erwähnt hatte.

»Möchten Sie wirklich schuld daran sein, dass ich verhungere? Außerdem wollte ich April mit einem kleinen Einstandsmenü überraschen, wenn sie zurück ist … Nein, natürlich koche ich das selbst … Danke, ja, ich finde auch, dass es das Mindeste …« Er verdrehte die Augen und sah aus dem Fenster. Dieser Portier war wirklich eine harte Nuss. »Luigi, es geht mir doch nur darum … Ja, sicher genügt es, wenn Sie in Ihrer Mittagspause zum Supermarkt … Das wäre fantastisch … Wann kommt sie freitags immer …? Natürlich bekommen Sie es in bar … Ja, gleich an der Tür … Nein, wirklich eine Ausnahme … Das habe ich verstanden, ja … Danke.«

Er legte auf und atmete geräuschvoll durch den Mund aus. Dann sah er auf die Uhr. Es war erst kurz nach elf Uhr. Luigi machte um eins Pause, und April würde ihm zufolge nicht vor vier zurück sein.

Storm schwebte ein Drei-Gänge-Menü vor. Ein kleiner gemischter Salat als Vorspeise, dann eine vegane Reispfanne und als Dessert Bananenbrownies mit geschlagener Kokoscreme. Die schmeckten auch mit Schlagsahne, aber da April Hafermilch trank, nahm er an, dass sie die vegane Variante bevorzugen würde. Ihm war beides recht.

Sein Magen fühlte sich inzwischen an, als würde er beginnen, sich selbst zu verdauen. Er brauchte jetzt wirklich dringend etwas Essbares.

Storm nahm das Handy zwischen die Zähne, schnappte sich die Krücken und machte sich auf den Weg in die Küche.

Sie würde es ihm hoffentlich nicht krummnehmen, wenn er den Kühlschrank und die Hängeregale inspizierte und eine kleine Bestandsliste aufnahm.

Er freute sich jetzt schon darauf, Luigi noch einmal anzurufen, falls etwas bei den Basics fehlen sollte. Der Kerl hatte doch tatsächlich die Dreistigkeit besessen, zwanzig Dollar für den »Bringservice« ins Penthouse zu verlangen.

»Halsabschneider«, murmelte Storm, lehnte eine seiner Gehhilfen an den Herd und balancierte sich an der Kühlschranktür aus.

Der Inhalt hätte unbefriedigender sein können. Im Gemüsefach lagerten frische Tomaten, es gab Käse und Balsamico, Hafermilch, Margarine.

Wieso, um Himmels willen, hatte sie die Tomaten in den Kühlschrank gelegt? Er nahm die Tüte heraus und legte sie auf den Küchentresen. Dabei fiel sein Blick auf ein Glas mit einer dickflüssigen beigebraunen Pampe und einem Zettel davor.

Storm.
Das ist ein Selleriebananenshake. Hatte noch was über.
Falls du mich ausrauben willst, mach bitte nichts kaputt dabei. Die Versicherung würde nicht zahlen, weil ich dich freiwillig reingelassen habe.
Danke. Bin gegen fünf wieder da.
April

Gegen fünf. Luigi hatte gesagt, sie käme etwa um vier zurück. Na gut, dann hatte er eine Stunde länger Zeit zum Vorbereiten und Kochen.

Er hob das Glas hoch und betrachtete den Smoothie mit gemischten Gefühlen. Die Flüssigkeit war am Rand schon eingetrocknet, und das einsame Minzblatt war halb in den Brei gesunken. Appetitlich war etwas anderes. Sein Magen gab ihm allerdings deutlich zu verstehen, dass jetzt nicht die Zeit war, wählerisch zu sein. Also setzte er an, schloss die Augen und trank das Glas in einem Zug leer. Es schmeckte gewöhnungsbedürftig, aber nicht schlecht. Anscheinend hatte sie außerdem Gurke beigemischt und noch mehr frische Minze als das Dekoblättchen, das er als Letztes zerkaute.

»Nicht übel«, sagte er leise und hangelte sich zur Spüle, um das Glas zu reinigen.

Anschließend suchte er eine Schale für die Tomaten und beschloss dann, sich die Kräuter auf der Terrasse einmal bei Tageslicht anzusehen. Da war bestimmt etwas Brauchbares dabei.

Im Kühlschrank hatte er reichlich Feta gefunden. Er entschied sich, die Reispfanne damit zu überbacken – nur für den Fall, dass April später oder womöglich früher nach Hause kam als geplant. Die Aromen konnten so in Ruhe durchziehen, und innerhalb von zehn Minuten war das Gericht aufgewärmt und verzehrfertig. Der Salat war geputzt, das Dressing in einem Glas neben der Schüssel vorbereitet und beides abgedeckt, der Nachtisch wartete im Kühlschrank. Seine Arbeitsmaterialien hatte er mit der Hand gespült, weil er – peinlich genug – die Spülmaschine nicht aufbekommen hatte. Was blieb, war warten.

Auch darauf, dass die Schmerzen nachließen.

»… die Gelassenheit, Dinge anzunehmen, die ich nicht ändern kann«, rezitierte er eine Zeile aus dem Gebet, das sie bei den Anonymen Alkoholikern sprachen.

In der Therapie hatte er für sich begriffen, dass er nicht alkoholkrank war, sondern dass es um das Fentanyl ging und die anderen Betäubungsmittel. Er war allgemein suchtgefährdet. Mit den Pillen beamte er sich weg, wenn ihm Dinge über den Kopf wuchsen, der Druck, abzuliefern, in der Öffentlichkeit zu stehen, dass Menschen von ihm abhängig waren. Dazu kamen die Macht und die Dekadenz, die damit einhergingen, alles haben zu können. Einfach alles. Keine gute Kombination. Es gab keine Steigerung mehr, außer in Perversionen, und die lagen ihm nicht. In dem Moment, als er begriffen hatte, dass dies nicht der Sinn im Leben sein konnte, dass er in Wirklichkeit nicht wusste, was er mit sich anfangen sollte, wo er hingehörte, wenn die Lichter auf der Bühne und im Backstage-Bereich erloschen und alle nach Hause gegangen waren – da hatte er systematisch begonnen, sich zugrunde zu richten, damit er die Leere wenigstens nicht unmittelbar spürte.

»Du bist zu intelligent für diesen Zirkus. Du hast durchschaut, dass du ein Gefangener bist, ein Tanzbär, und nicht der Direktor, aber du passt dich nicht an, und darum zerreißt es dich. Es macht dich kaputt, und du verhältst dich wie ein Tier. Weil du nicht weißt, wie du anders durch die Gitterstäbe passen sollst, hast du begonnen, dir die eigenen Knochen zu brechen, dir die Pfote abzunagen wie ein Wolf in der Schlagfalle, stupide hin und her zu streichen wie ein rastloser Puma. Damit sie deine Seele nicht bekommen, zerstörst du dich lieber selbst. Aber das ist unwiederbringlich. Du bist kein Axolotl, dem Gliedmaßen und Organe beliebig wieder nachwachsen. Das ist nicht der Weg, der dich befreien wird. Er wird dich töten, wenn du mich nicht auf dich aufpassen lässt.«

Marty hatte ihm das auf den Kopf zugesagt, und er hatte sich darüber amüsiert, dass er niemanden kannte, der derart viele Tiervergleiche in einer einzigen Predigt unterbringen konnte. Marty. Schon wieder Marty. Es gab noch immer kaum eine Stunde, in der er nicht an ihn dachte. Jeden Tag. Jeden verdammten Tag. Und jede Nacht. Seit einem Jahr, vier Monaten und dreiundzwanzig Tagen.

Marty hatte recht behalten und auch wieder nicht. Denn er war es, der tot war. Und Storm lebte, steckte fest in diesem kaputten Körper. Ernüchtert.

Er ließ den Blick über die Essensvorbereitungen auf der Anrichte schweifen und war kurz davor, mit einer ausladenden Bewegung seiner Krücke alles herunterzufegen und in Scherben zu schlagen.

Sein Atem jagte stoßweise durch seine Brust. Er ballte die Fäuste und zählte leise, so lange, bis der Impuls nachließ.

Storm verließ die Küche, schwang sich mit den Gehhilfen in sein Zimmer, schnappte sich die Gitarre und steuerte das Sofa an, wo er sich ächzend niederließ.

Seine Hände brauchten etwas zu tun, und Musik war das Einzige, was ihm einfiel, um sie zu beschäftigen und den Kopf freizukriegen.

Die Gibson war verstimmt, er hatte sie schon viel zu lange nicht mehr angefasst. Das mochte keine Geliebte, erst recht keine maßangefertigte Königin aus Ahorn und Fichte, die mehr wert war als sein Auto samt Inhalt. Aber im Gegensatz zu Partnerinnen aus Fleisch und Blut war sie bereit, ihm alles zu verzeihen. Er machte ein paar Fingerübungen, dann begann er, ohne nachzudenken eine Tonfolge zu zupfen, die ihm von irgendwoher zuflog. Eine Melodie nahm Formen an, und er begann mitzusummen, folgte den Klängen, die dem wertvollen Resonanzkörper vor seinem Bauch entwichen, und fand schließlich eine zweite Stimme dazu.

Er schloss die Augen, vergaß Zeit und Raum und den Schmerz in seinem Fuß.

Dann drehte jemand den Schlüssel im Schloss um und riss die Tür auf.

»April, holdes Kind. Ich war in der Gegend und dachte, ich schneie mal rein und sehe nach, wie es dir geht. Dein Radio ist zu laut, man hört es bis in die – oh … Hi.«

Eine schlanke Mittfünfzigerin in einem Flower-Power-Batikfummel wehte herein, blieb abrupt stehen und starrte ihn an, als säße ein Mondkalb mit Gitarre auf dem Sofa.

Er kam sich nackt vor. Zwar trug er eine Jogginghose und ein T-Shirt, aber seine Baseballkappen lagen allesamt in seinem Zimmer. Reflexartig strich er sich durch die Haare und schob den überlangen Pony vor die vernarbte Gesichtshälfte.

Die Frau beobachtete ihn dabei, sie hatte sich gefangen, musterte unverhohlen die Gehhilfen, sein bandagiertes Bein und das, was von seinem Gesicht noch übrig war. Sie schien sich über seine Kaschierversuche zu amüsieren.

»Muss ich mir Sorgen machen? Vermutlich nicht, böse Menschen haben keine Lieder, richtig?«

Er sah sie verblüfft an.

Sie nickte ihm zu und trat einen Schritt näher, dann spähte sie durch das Panoramafenster auf die Dachterrasse hinaus und streckte ihm schließlich eine klimpernde, mit mehreren Armreifen behangene Hand hin, wobei sie ihn mit Augen ansah, die zwar offen und freundlich waren, ihn aber gleichzeitig musterten, wie eine Löwin, die abzuschätzen versucht, ob ihren Jungen Gefahr droht.

»Hi, ich bin Maggie. Ist April nicht da? Wir waren zum Essen verabredet, aber in letzter Zeit vergisst sie gerne mal was.«

»Sollen wir versuchen, sie übers Handy zu erreichen?« Er runzelte die Stirn. »Ich weiß allerdings gar nicht, ob ich ihre Nummer …«

Maggie machte eine wegwerfende Handbewegung. Sie schnupperte, und ihren Mund umspielte ein versonnenes Lächeln. »Da geht eh nur die Mailbox ran, wenn sie in der Uni ist oder arbeitet. Das riecht himmlisch. Warst du das etwa?«

Er hob verlegen die Schultern, nickte und legte endlich die Gitarre auf den Oberschenkeln ab, um Maggies Hand zu drücken, die wieder vor ihm in der Luft hing.

»Ich wollte April überraschen.«

Ihr Händedruck war warm und fest, und offenbar stellte seine Reaktion sie zufrieden.

»Na, dann sind wir schon zwei«, sagte Maggie leichthin, während sie sich umdrehte und die wenigen Schritte in den Küchenbereich schwebte, um ihre Tüten auf der Arbeitsplatte abzustellen und auszupacken. »Aber deins riecht besser.« Sie öffnete die Ofenklappe und steckte die Nase hinein. »Oh!«, machte sie verzückt. »Ich liebe Schafskäse.«

»Der lag im Kühlschrank, und das Mindesthaltbarkeitsdatum lief aus. Da dachte ich –«

Sie unterbrach ihn lachend. »Gut mitgedacht, aber sei ihr nicht böse, wenn sie es aussortiert. Der Käse war eigentlich für den Hund gedacht, aber er ist zu salzig.«

»Für den ... Für Sky?« Er zog verwirrt die Augenbrauen in die Höhe.

»Ja. Mit dem Essen ist sie, na, sagen wir ... ein bisschen heikel. Ist da Fleisch drin?« Sie wies mit dem Kopf in Richtung des Ofens. »Oder Sahne?«

»Nein.« Es klang schärfer, als er beabsichtigt hatte.

Aber sie ging darüber hinweg und fuhr mit dem Einräumen der Einkäufe fort.

»Das passt doch schon mal. Sehr gut.«

Sie zwinkerte ihm zu, nahm dabei seine Melodie von vorhin auf und summte leise, während sie Tupperdosen, in denen undefinierbare Bestandteile in einer Soße schwammen, im Kühlschrank verstaute. Aus der zweiten Stofftüte zauberte sie verschiedenes Obst hervor, das sie auf einem Bambusteller drapierte, die Bananen legte sie separat auf einen zweiten. Sie griff zielsicher in Ober- und Unterschränke. Ganz offensichtlich kannte sie sich aus, und er fragte sich, wer sie wohl war, als sie in die Hocke ging, bis zum hochtoupierten, mit einem Baumwolltuch drapierten Haarschopf hinter der Kochinsel verschwand und klappernd in dem seinen Blicken verborgenen Regal kramte. Ihre Wangen waren gerötet, als sie sich wieder aufrichtete und triumphierend ein flaches Flechtkörbchen schwenkte.

»Hab's! Und du bist jetzt noch mal wer?«, fragte sie.

Sie griff nach dem letzten Überbleibsel, einer Papiertüte, und leerte den Inhalt in das Körbchen. Der Duft von frischem Hefegebäck wehte zu ihm herüber.

Storms Magen knurrte wieder. Der Smoothie am Vormittag war seine einzige Mahlzeit geblieben, wenn man von ein paar Probierhäppchen beim Kochen absah.

»Oh, Verzeihung.«

Er machte Anstalten aufzustehen, aber die Frau bremste ihn gestenreich klimpernd aus.

»Lass mal, *hombre*. Bleib bloß sitzen. Auch eins?«

Er nickte und verzog die Mundwinkel zu etwas, das ein dankbares Lächeln ausdrücken sollte.

Sie kam um die Kücheninsel herum und streckte ihm das Körbchen entgegen, in dem nun sechs Zimtschnecken lagen.

»Ich bin Storm. Ich wohne hier«, erklärte er und griff zu.

Maggie setzte sich neben ihn, und der Duft des Gebäcks in seiner Hand vermischte sich mit einem Hauch von Räucherstäbchen und orientalischem Parfüm.

Sie grinste breit und musterte ihn noch einmal in ihrer direkten Art, immer noch sichtlich belustigt. »In der Tat. Na, das hat sie wohl auch vergessen, mir zu erzählen.«

»Das war nicht geplant. Sie hat mir geholfen. Ich bin erst gestern eingezogen.«

Sie hätte es Ihnen bestimmt gesagt, wollte er noch ergänzen. Aber er schluckte den Satz hinunter. Wusste er das denn? Er würde außerdem gern mitlachen, aber dazu bräuchte er ein paar mehr Informationen. Stattdessen stammelte er herum wie ein Schuljunge, den man beim Kreidewerfen erwischt hatte – oder besser: wie ein Schuljunge, der für den heimlichen Kreidewerfer den Kopf hinhielt, obwohl er gar nicht wusste, worum es ging. Storm starrte auf sein Bein. Er ertappte sich dabei, dass er anfing, April vor der Fremden zu verteidigen.

Wer war diese Maggie? Für eine Zugehfrau war sie deutlich zu indiskret und forsch.

Er biss in das Hefeteilchen, damit er etwas zu tun hatte und nicht reden musste. Er wollte April auf keinen Fall in Schwierigkeiten bringen.

»Das schmeckt sehr gut. Danke.«

Die Aromen von Butter, Zimt und Nelken verteilten sich in seinem Mund und besänftigten seinen Magen.

»Ist ein schwedisches Rezept, hat meine Frau gebacken. Viel zu ungesund, wenn es nach April geht. Dabei nehme ich schon extra das Dinkelmehl aus dem Bioladen. Sie hat uns alle gut erzogen. Aber mit Vollkorn schmeckt es nicht.«

Sie wartete offenbar, ob und wie er reagieren würde.

»Ich mag Skandinavien«, sagte er und nahm noch einen Bissen.

Ihre Augen glitzerten noch immer amüsiert. Sie saß auf seiner unversehrten Seite und biss nun ebenfalls herzhaft in eine Zimtschnecke.

»Lecker«, sagte sie, schmatzte begeistert und schloss für einen Moment die Augen.

Dann stellte sie das Körbchen auf dem niedrigen Glastisch ab.

Storm entspannte sich etwas, aber er blieb auf der Hut.

»Du hast eine schöne Stimme«, sagte sie unvermittelt und schluckte letzte Krümel herunter. »Der Gesang, das warst doch du, oder?«

Er nickte, mit vollem Mund kauend und froh, dass er nicht gleich zu antworten brauchte. Die Anspannung kehrte zurück wie eine Welle, die bei auflaufendem Wasser an den Strand schwappte.

Sie lachte. »Einen Moment lang dachte ich wirklich, April hätte das Radio zu laut aufgedreht. Das tut sie nur, wenn sie extrem gut gelaunt oder wütend ist. Hat sie dir verraten, wann sie zurück sein wird?«

»Nein. Also … ja«, korrigierte er sich. »Sie hat mir einen Zettel dagelassen. Darauf stand, dass sie um fünf zurück sein würde. Aber Luigi sagte, sie käme meist schon gegen vier. Darum habe ich mich mit dem Kochen beeilt. Es war wohl gut, dass ich mich für Auflauf entschieden habe.«

Er kratzte sich am Kopf.

»Na, dann decke ich schon mal den Tisch«, sagte Maggie und stand auf. »Hast du nicht Lust, noch ein bisschen was auf der Gitarre zu spielen?«

»Ich wollte eigentlich …« Er wies vage den Flur hinunter in Richtung seines Zimmers.

»Ach, komm schon. Bitte. Tu's für die arme alte Tante Maggie.«

Tante Maggie also, was immer das bedeutete.

Sie legte den Kopf schief, und er gab auf.

»Na gut«, erklärte er. »Wenn ich dafür noch eine Zimtschnecke bekomme …?«

»Greif zu!«, sagte sie. »Auch zwei oder drei. Stopf dir die Dinger in den Mund, und dann leg die Finger ganz schnell auf die Saiten, ja?«

Er lachte. Und dann tat er ihr den Gefallen.

Kapitel 7

April

Es ist ein komisches Gefühl, nach Hause zu kommen und zu wissen, dass jemand da sein wird. Jemand, den ich nicht wirklich kenne und mit dem ich nun trotzdem diese vier Wände teile. Dabei sehne ich mich gerade heute einfach nur danach, mich in Unterwäsche und einem Gammelshirt aufs Sofa zu schmeißen, Netflix anzuwerfen und mir eine vegane Pizza zu bestellen. Manchmal muss man alle Fünfe gerade sein lassen. Aber jetzt bin ich nicht mehr allein in der Wohnung und muss außerdem noch so viel lernen und zumindest kurz nach Mrs. Wolowitz und Sky sehen. Ich fühle mich überfordert.

Während ich die Treppen betont langsam hinaufsteige, damit ich nicht aus dem letzten Loch pfeife, wenn ich oben angekommen bin, wird mir klar, dass das Penthouse zu meinem Refugium geworden ist. Meinem persönlichen Schutzraum, und nun habe ich jemanden hineingelassen, ohne zu wissen, ob das vielleicht die dümmste Entscheidung meines Lebens war. Zumindest die Fernsehabende in Hemd und Höschen sollte ich mir künftig verkneifen – oder den Fernseher abbauen und in mein Zimmer stellen. Habe ich im Atelier eigentlich Kabelanschluss?

Ich seufze. Es ist sowieso Quatsch, ich muss lernen.

Und immerhin – Storm scheint kein Mörder und wohl auch kein Dieb zu sein. Luigi hätte mir sicher brühwarm berichtet, wenn er während meiner Abwesenheit den Fernseher oder die Stereoanlage an ihm vorbeigeschleppt und die Bude ausgeräumt hätte. Wobei – eigentlich ist Luigi eher der Typ Hausmeister, der einem Einbrecher noch tragen helfen würde, solange dabei ein anständiges Trinkgeld herausspringt. Von daher habe ich keine Ahnung, wie ich es deuten soll, dass er mich schon wieder so vielsagend angegrinst hat, als ich das Gebäude betreten habe. Aber ich bin zu müde, als dass es mich wirklich beunruhigen könnte.

Mit gemischten Gefühlen ziehe ich mich am Geländer den letzten Treppenabsatz hoch und fingere nach meinem Wohnungsschlüssel.

Aus dem Innern des Apartments dringen Musik und Gelächter.

Hat Storm den Fernseher an, oder feiert er bereits wilde Partys? Obwohl, nein. Die Stimme kenne ich.

»Oh, Shit.«

Das Lunchdate mit Tante Maggie! Das habe ich total verschwitzt.

Ich stecke den Schlüssel ins Schloss und kann gerade noch meinen Rucksack auffangen, der mir von der Schulter rutscht. Da ich in der anderen Hand eine Tüte trage, stoße ich die Tür mit dem Fuß auf.

»Tante Maggie? Es tut mir so leid, ich habe total vergessen …«

Sie sitzt einträchtig mit Storm auf dem Sofa, sein verletzter Fuß ruht auf ihrem Oberschenkel, und sie ist gerade dabei, den letzten halben Meter Verband abzuwickeln. Storm sieht aus, als wäre er am liebsten ganz weit weg, und da wünsche ich ihn in diesem Augenblick, ehrlich gesagt, auch hin. Die beiden scheinen sich ja super zu verstehen.

»Schwamm drüber, gut, dass du kommst, *Sweetie*. Sieh dir das mal an. Muss das so?«

»Sekunde.«

Ich stelle die Tüte mit Take-away-Essen auf den Tresen und lehne den Rucksack davor. Ich komme um vor Durst und Hunger, und mein Bauchgefühl, das mir sagt, dass mir dieser Untermieter Ärger bescheren wird, bestätigt sich gerade. Mit beiden Händen stütze ich mich auf der Arbeitsplatte ab und sehe durchs Fenster auf die Bay hinaus. Nur einmal kurz durchatmen, ein und aus, dann drehe ich mich um. Es war ein langer Tag.

»Okay, was ist los?« Ich widme beiden einen unwilligen Blick.

»Ist schon gut«, nuschelt Storm und will sein Bein wegziehen, aber Tante Maggie ist unerbittlich.

»Hiergeblieben«, befiehlt sie und wendet sich dann an mich, als ob Storm überhaupt nicht vorhanden wäre. »Dein neuer Mitbewohner mag ja kochen können und eine schöne Stimme hat er auch, aber Lebenstauglichkeit würde ich ihm nicht bescheinigen. Er hat mit Verband geduscht, stell dir das mal vor.«

Ich verdrehe die Augen und sehe entschuldigend zu Storm. »Das ist doch kein großes Ding, dann wechseln wir den und gut.«

Ich mache mich auf den Weg zum Erste-Hilfe-Schubfach und fische Arnika-Salbe, ein paar sterile Kompressen und Mullbinden heraus.

»Ungenügend, würde ich sagen. Jetzt komm schon her und guck erst mal.«

Storm windet sich, und als ich näher komme, begreife ich auch, wieso.

»Autsch«, mache ich und verziehe das Gesicht. »Wie ist das denn passiert?«

Storms Knöchel ist grob geschätzt auf das Doppelte seines normalen Umfangs angewachsen und schillert in allerlei Schattierungen von Rot, Grün und Blau. Zwischen dem frischen Schorf oberflächlicher Abschürfungen, die vermutlich von der gestrigen Begegnung mit der Drehtür stammen, erkenne ich alte Verletzungen, Narben von zahlreichen chirurgischen Stichen, die durch die Schwellung extrem zutage treten. Knapp unterhalb seines Knöchels klafft ein nässendes Loch, darunter sehe ich ein Stück Metall schimmern. Die Verletzung ist getackert worden, vermutlich gestern im Krankenhaus, aber eine Klammer hat sich gelöst, und die Wunde sieht entzündet aus.

»Wie lange ist der Bruch her?«, will ich wissen, mache auf dem Absatz kehrt und ergänze meine Bordapotheke um Desinfektionsmittel und antiseptische Salbe.

Storm zuckt mit den Schultern. »Anderthalb Jahre, schätze ich.«

»Und die Schrauben und Platten sind dringeblieben?«

Er nickt und presst die Lippen zusammen, während ich meine Hände desinfiziere und dann so vorsichtig wie möglich den Knöchel abtaste, um mir ein Bild von der Verletzung machen zu können.

»Wieso hast du mir gestern nicht gesagt, dass du da Metall drin hast?«

»Hätte es etwas geändert? Oder wäre Skys Halsband dann von Zauberhand abgefallen und die Tür hätte ›Sesam, öffne dich‹ gespielt?«

Er sieht mich amüsiert an, und ich weiche betreten seinem Blick aus.

»Haben die das nicht geröntgt?«, schimpfe ich stattdessen.

»Doch.«

»Und dann haben die dich einfach –«

»Ich habe darauf bestanden.«

»Die hätten doch aber wenigstens –«

»Nein.«

»Gut. Dann fahren wir jetzt in die Notaufnahme. Das muss drainiert werden, damit die Lymphe abfließen kann.«

»Nein.«

Wir funkeln uns an.

»Wie du meinst. Ist ja dein Fuß.«

»Korrekt.«

Genervt presse ich die Lippen aufeinander, pflücke die nutzlos gewordene Klammer vom Wundrand und gebe einen großzügigen Klacks des Antiseptikums auf den verletzten Bereich. Tante Maggie assistiert schweigend und nimmt mir die Tube ab. Ohne geeignetes Material kann ich die Wundöffnung nicht verkleinern, und vielleicht wäre das auch gar nicht gut, das Sekret muss ja abfließen können. Also forme ich einen Ring aus einer sterilen Wundauflage, lege ihn um das Loch, decke die Konstruktion mit einer weiteren Auflage ab und umwickele das Ganze mit Mullbinden und einer Bandage, die Maggie mir wortlos anreicht.

»Das sollte über Nacht halten«, verkünde ich schließlich und richte mich auf. »Hast du entzündungshemmende Tabletten?«

Er nickt und nennt das Medikament. Ich wundere mich ein wenig, weil das Zeug verschreibungspflichtig ist und ein ziemlicher Hammer. Aber gut, auch das geht mich nichts an.

»Nimm eine, maximal zwei. Wenn die Schwellung bis morgen früh nicht deutlich zurückgegangen ist, kannst du meckern wie ein alter Ziegenbock, dann fahre ich dich ins Krankenhaus, und wenn ich dich dafür k. o. schlagen muss. Diese Schrauben müssen wirklich dringend raus.«

Er sieht mich eigenartig an und nickt wieder.

»Das Essen wird kalt«, grunze ich und drehe mich zu meinen Tüten um, die immer noch auf der Anrichte stehen.

»Nein, das wird im Ofen warm gehalten.«

Verständnislos starre ich Storm an.

Tante Maggie lacht schallend und klopft sich auf die Schenkel.

»Heißt das etwa, du hast auch was besorgt?«

Ich runzle die Stirn.

»Storm hat gekocht«, verkündet sie und wischt sich mit dem Handrücken Lachtränen aus den Augen. »Und ich auch, nachdem du mich versetzt hast. Ich weiß doch, dass du gerne mal komplett das Essen vergisst, wenn du im Stress bist, und nicht nur Verabredungen. Aber das reicht ohnehin nur für zwei.« Sie zwinkert mir zu. »Ich wusste ja noch nichts von unserem Familienzuwachs. Borschtsch, den könnt ihr morgen essen. Und was hast du gezaubert?«

»Ich war beim Chinesen«, sage ich verwirrt und sehe zu Storm, der erschöpft die Augen geschlossen hat, sie aber gleich wieder öffnet, als er meinen Blick auf sich spürt. »Ich dachte … Chinesisch mag jeder.«

Hat er sich durch meine Vorräte gewühlt, oder war er etwa mit diesem Klumpfuß einkaufen? Dann würde es mich beinahe wundern, dass die Entzündung nicht noch viel schlimmer aussieht. Beide Varianten machen mich sprachlos.

Bevor ich etwas sagen kann, erhebt sich Tante Maggie und nimmt sich meiner Einkäufe an. »Das hält sich im Kühlschrank auch bis übermorgen. Wenn's sein muss, kann man das prima in der Mikrowelle aufwärmen.«

»Ich mag kein Mikrowellenessen. Das ist total ungesund«, widerspreche ich.

Sie hebt lachend die Hände. »Böse Strahlung, ich weiß, vergib mir.«

Sie zwinkert Storm zu, und ihre vertraute Art mit ihm lässt mich beinahe durch die Decke gehen.

»Dann wärm es in einem Topf auf. Aber esst!«, sagt sie lächelnd. »Euch hängt der Magen bestimmt in den Kniekehlen.« Sie zeigt auf den gedeckten Esstisch. »Brauchst du Hilfe, Storm?«

Er schüttelt den Kopf und angelt nach seiner Gehhilfe.

Hinter seinem Rücken macht Tante Maggie mir gestenreich klar, wie zickig sie mich gerade findet.

»Es ist nur für zwei gedeckt«, stelle ich fest.

»Ja, natürlich«, gluckst sie. »Ich wollte ursprünglich auch nur kurz reinschauen und dir den Eintopf bringen. Aber wenn ich unbedingt zum Essen bleiben soll?« Sie grinst frech.

»Nein«, sage ich trotzig.

»Das wäre schön«, antwortet Storm zeitgleich und korrigiert hastig, als er meinen Blick sieht. »Also, wenn …«

Ich zucke mit den Schultern und fahre ihm dazwischen. »Fein, dann bleib. Warum laden wir nicht auch noch Luigi mit ein? Und Mrs. Wolowitz wollte ich sowieso später was rüberbringen.«

»Gar keine schlechte Idee«, behauptet Tante Maggie und übergeht meine Ironie geflissentlich. »Er hat immerhin die Zutaten für Storm besorgt, nicht wahr?«

Der nickt, als er angesprochen wird. Betreten, wie ich mit Genugtuung feststelle.

Ich schnaube. »Luigi sollte besser Diät machen. Der kriegt nichts.«

Storm lacht auf. Zum ersten Mal, seit ich ihn kenne, und nur ganz kurz. Aber ich mag die Art, wie er lacht, kehlig und dunkel. Und das gefällt mir nicht.

»Was gibt es denn überhaupt?«, frage ich, um die Traumbilder aus meinem Kopf zu schieben, die plötzlich darin aufgeploppt sind, der Schatten eines halb nackten Mannes vor wehenden Schlafzimmervorhängen. In meinem Magen kribbelt etwas und südlicher davon auch.

»Möchtest du noch einen Nachschlag?« Storm hält die Auflaufform mit dem Topflappen fest und gräbt mit der Kelle in der anderen Hand nach einer weiteren Portion.

»Nein danke.« Ich schiebe meinen Teller zurück und tupfe mir den Mund mit einer Serviette ab. »Ich platze gleich.«

»Ich auch«, wehrt Tante Maggie ebenfalls ab. »Es war köstlich.«

Ich nicke. »Danke fürs Essen.«

Storm halbiert die Ladung auf dem Schöpflöffel, dann reduziert er sie auf ein Viertel, und schließlich lässt er den Löffel unverrichteter Dinge zurückgleiten. »Nein, ich kann auch nicht mehr.« Er spitzt die Lippen und lugt in die Schüssel. »Das reicht noch für zwei Tage, ich habe mich wohl ein bisschen mit den Mengen verschätzt.«

Tante Maggie nippt an ihrem Weinglas und lacht. »Ja, verhungern werdet ihr erst mal nicht. So, aber jetzt muss ich euch zwei Süßen wirklich verlassen, sonst meldet Lydia mich noch als vermisst.«

»Warte, ich begleite dich raus«, sage ich schnell und schiebe schon meinen Stuhl zurück. »Dabei kann ich Mrs. Wolowitz auch gleich einen Teller mitnehmen.«

»Grüß sie von mir«, bittet Storm, als wir uns auf den Weg machen.

Aus dem Augenwinkel sehe ich, dass er die Teller zusammenschiebt.

»Das kann ich doch machen«, sage ich, aber er winkt ab.

»Was ist da zwischen euch beiden?«, will Tante Maggie wissen, sobald ich die Tür hinter uns zugezogen habe. Sie hakt sich unter und schenkt mir einen ihrer berüchtigten Lauerblicke. Um ihre Augen strahlen tausend verschmitzte Lachfältchen.

»Nichts«, knurre ich, aber das schreckt sie natürlich nicht ab.

»Ja, ja«, flötet sie belustigt. »Was sich liebt, das neckt sich.«

»Garantiert nicht«, fahre ich sie an.

»Ich finde, er hat was«, schwärmt Tante Maggie unverdrossen. »Und wie er singt. Du hättest ihn hören sollen. Er hat wirklich Talent.«

»Na bitte, dann nimm du ihn.«

Sie lacht. »Ich bin schon verheiratet, meine Liebe.«

»Mit einer wunderbaren Frau«, erinnere ich sie.

»Oh ja!« Sie strahlt mich an. »Aber deswegen habe ich trotzdem ein Auge für besondere Männer.«

Ich mache ein undefinierbares Geräusch. »Seit wann hast du ein Faible für das Phantom der Oper?«

Sie sieht mich mit hochgezogenen Augenbrauen an. »Seit wann achtest du so stark auf Äußerlichkeiten?«

Die nächsten Schritte schweigen wir.

»Er war mal richtig hübsch, der Junge«, sagt sie nach einer Weile versonnen.

Ich nicke. »Irgendwer hat das chirurgisch wirklich versaut.«

Sie schüttelt den Kopf. »Da bin ich mir nicht so sicher. Um so herumzulaufen, braucht es eine ganze Menge Selbsthass. Das hätte er nicht nötig, er hat Stil, das sehe ich sofort. Er könnte das ganz leicht korrigieren lassen.«

Jetzt ziehe ich die Brauen hoch.

»Zumindest einen Teil«, insistiert sie. »Das Goldkehlchen schleppt einen Riesenfelsbrocken mit sich herum, wenn du mich fragst. Ein verwundeter Marvel-Held. Wie viele Typen kennst du, die ihren kaputten Fuß für einen fremden Hund in eine Drehtür stecken?«

»Hm.«

Schweigend bleiben wir vor der Tür zu Mrs. Wolowitz' Apartment stehen.

»Sei nicht zu streng mit ihm«, sagt Tante Maggie zum Abschied. »Und gib zu, dass du ihn magst. Du hast nicht mal den Schafskäse aussortiert.«

»Wie, Schafskäse?«

Ich breche ab.

Maggie ist bereits den ersten Treppenabsatz hinuntergehüpft und winkt mir über die Schulter mit einem hoch über den Kopf gehaltenen Arm zu. Ihre Armbänder klirren.

Mit gerunzelter Stirn starre ich auf den Teller in meiner Hand und lüpfe das Wachstuch, mit dem ich ihn abgedeckt habe. Zwischen Paprika, Tomaten, Auberginen und Reis lugen zweifelsohne weiße Vierecke hervor – Feta. Tatsächlich.

Hinter der Tür presst sich eine Hundeschnauze energisch gegen den winzigen Spalt zwischen der Zarge und dem Fußboden. Dem Schnorchelgeräusch folgen Winseln und ungeduldiges Kratzen, noch bevor ich mit dem Finger überhaupt in die Nähe der Klingel gekommen bin. Ich warte einen Moment. Der Lärm, den Sky veranstaltet, sollte mich eigentlich hinreichend ankündigen. Aber in der Wohnung bleibt alles ruhig – soweit ich das in Skys Jaulpausen hören kann.

»Bist du allein zu Hause?«

Skys Antwort ist heiseres Kläffen, das ich leider weder ins Deutsche noch ins Englische zu übersetzen vermag. Ich kann mir allerdings nicht vorstellen, dass Mrs. Wolowitz ihren Liebling nach dem Drama des Vortages alleine lassen würde, um einzukaufen. Sie hätte mich gefragt, entweder, um auf ihn aufzupassen, oder um die Besorgungen für sie zu übernehmen.

Verwundert sehe ich auf meine Armbanduhr. Für einen Mittagsschlaf ist es viel zu spät und gleichzeitig um einiges zu früh, um ins Bett zu gehen, selbst für eine betagte Dame wie meine Nachbarin.

In meinem Magen breitet sich ein mulmiges Gefühl aus. Es war ganz schön viel Aufregung gestern … Und wie hätte sie mich erreichen sollen? Ich war den ganzen Tag in der Uni … *Ganz ruhig, April,* ermahne ich mich, während auf der anderen Seite der Tür der Hund zunehmend verrücktspielt. Mrs. Wolowitz hat meine Handynummer, sie hätte sich melden können, ich hätte zumindest einen Anruf in Abwesenheit gesehen, und wenn … Ich will den Gedanken gar nicht zu Ende bringen, aber neben ihrer Schwägerin bin ich ihr zweiter Notfallkontakt, allein schon wegen Sky.

Schließlich drücke ich doch auf den Klingelknopf. Das Jaulen geht in euphorisches Geheul über. Ich zwinge mich, abzuwarten und nicht gleich gegen die Tür zu hämmern. Anscheinend legt auch Sky zwischendurch Pausen ein, um zu lauschen.

Gerade, als ich den Teller abstellen und zum Apartment zurücklaufen will, um meinen Zweitschlüssel zu holen, höre ich schlurfende Schritte aus dem Wohnungsinneren näher kommen.

»Ist ja gut, Sky. Was hast du denn? Beruhige dich!«

Erleichtert atme ich auf und klopfe, um mich bemerkbar zu machen.

»Ich bin's nur, Mrs. Wolowitz. April.«

Skys Jaulen schwillt auf ein erträgliches Winseln ab, und ich höre, wie meine Nachbarin die Kette vorlegt und sich an der Tür zu schaffen macht. Zögernd öffnet sie und lugt durch den Spalt. Sofort schiebt sich auch Skys braune Schnauze durch den Zwischenraum.

»Ah, April. Sie sind's. Sind Sie allein?«

»Ja, bin ich. Wieso?«

»Dann ist ja gut. Warten Sie kurz, ich habe schon mein Nachthemd an.« Mit einem kräftigen Rumms zieht sie die Tür vor meiner und Skys Nase zu.

Die Schritte entfernen sich, das Hundegebell und Gekratze gehen wieder los.

Ich komme mir ziemlich dämlich vor, wie ich mit dem Teller im Flur stehe und darauf warte, wann sie zurückkommt. Oder ob sie das tut. Sky scheint sich das auch zu fragen.

Ich höre, wie sich das Winseln in der Wohnung verliert,

dann kommt es zurück, und das Fiepen wird wieder lauter. Ein paarmal geht das hin und her, bis ein neuerliches Steigern in seinem Euphorie-Level davon kündet, dass er sein Frauchen im Schlepptau hat.

»Bin ja schon da«, höre ich Mrs. Wolowitz schimpfen. »Du brauchst gar nicht so an meinem Gürtel zu zerren. Aus, lass das! Ungezogenes Ungetüm. Sky! Ich mache nicht auf, wenn du nicht endlich loslässt. Wirst du wohl! Aus! Na also, geht doch, mein *Velvele.*«

Sie macht sich erneut am Schloss zu schaffen, und die Tür öffnet sich einen Spalt, wird aber durch die Kette gebremst.

»Ach ja«, murmelt sie und ruft lauter: »Ich hab's gleich, *Zissele.*«

Noch einmal geht die Wohnungstür zu, aber dann stehen wir uns endlich gegenüber. Sie trägt Lockenwickler, kunstvoll unter einem Kopftuch versteckt, was ihr ein bisschen das Aussehen der Queen verleiht, nur dass die vermutlich nicht im Morgenmantel die Haustür öffnen würde. Anscheinend ist Mrs. Wolowitz sich auch nicht ganz sicher, ob das in Ordnung ist. Fahrig streicht sie eine nicht vorhandene Falte glatt und kontrolliert rasch noch einmal den Sitz ihres Gürtels. Natürlich ist sie gründlich geschminkt, und ich könnte schwören, dass sie das Make-up eben erst für mich aufgelegt hat. Der Lippenstift ist ein wenig verrutscht.

»Der ist für Sie«, rufe ich und drücke ihr hastig den Teller in die Hand, bevor Sky mich in seiner Begrüßungsfreude beinahe umwirft.

Hechelnd und winselnd springt der Rüde an mir hoch, bis ich nachgebe und mich zu ihm hinunterbeuge. Aber das genügt ihm natürlich nicht. Ächzend und jaulend, als hätten wir uns Wochen nicht gesehen, wirft er sich vor mir auf den Rücken und hält mir seinen hellbraunen Bauch und die schmale, dunkle Brust hin. Er gibt sich erst zufrieden, als ich mich hinhocke und ihm ausgiebig mit beiden Händen über die Rippen streichele.

»Wilder Racker«, kichere ich, während Sky mir unermüdlich über Hände, Arme und Hals schleckt und wo immer er meiner durch schlangenhafte, unberechenbare Ausfallbewegungen noch habhaft werden kann. Wüsste ich es nicht besser, würde ich niemals glauben, was er gestern erst mitgemacht hat.

»Wie lieb von Ihnen«, sagt Mrs. Wolowitz, hebt das Wachstuch und schnuppert verträumt. »Das wäre doch nicht nötig gewesen.«

Sie lächelt mich an, und mir fallen dunkle Schatten unter ihren Augen auf.

»Storm hat gekocht, es schmeckt fantastisch, aber wir könnten das ganze Haus davon sattkriegen.«

»Das würde ich nicht zu laut sagen.« Sie zwinkert mir verschwörerisch zu. »Wenn Luigi davon hört, ist es ruckzuck weg, das sage ich Ihnen. Erinnern Sie sich nicht mehr an das Gemeinschaftsbarbecue letzten Sommer im Hof?«

Ich hebe bedauernd die Schultern, und sie schlägt sich mit der freien Hand vor die Stirn.

»Richtig, das war ja vor Ihrer Zeit.«

Ich grinse.

»Ich habe aber davon gehört. Maria hat es erzählt.«

Sie nickt milde und betrachtet Sky und mich versonnen. Der Labradormischling erobert sich meine Aufmerksamkeit nachdrücklich schleckend und pfotenstupsend zurück.

»Was sagt der Tierarzt denn?«, frage ich, sobald ich nicht mehr unmittelbar Gefahr laufe, eine Hundezunge zwischen die Zähne zu bekommen, sowie ich den Mund öffne.

»Alles in Ordnung so weit«, seufzt sie. »Sie sehen ja, seinem Temperament hat das keinen Abbruch getan. Das *Velvele* soll sich ein bisschen schonen und darf in den nächsten Wochen kein Halsband tragen. Ich weiß gar nicht, wie ich ihn dann halten soll, nur mit diesem Geschirr.«

»Das kriegen wir schon hin. Nicht wahr, mein Dickerchen?« Übermütig klopfe ich Sky über die etwas zu prallen Schenkel. »Ich wollte sowieso wieder regelmäßig joggen gehen, ich muss dringend etwas für meine Ausdauer tun.«

»Und das wird Ihnen nicht zu viel?«

»Ach was«, widerspreche ich. »Das ist der perfekte Ausgleich zu dem ganzen Herumstehen und -sitzen in der Klinik. Wenn Sie mögen, kann ich ihn nachher noch auf eine kleine Abendrunde mitnehmen.«

»Jetzt noch?« Erstaunt hebt sie die Augenbrauen.

»Natürlich, es ist doch gerade mal«, ich verdrehe mein Handgelenk so, dass ich einen schiefen Blick auf meine Uhr erhaschen kann, »zehn vor acht.«

Energisch schüttelt sie den Kopf. »Nein, nein, Liebes. Das ist zu spät, um durch irgendwelche Parks zu turnen. Selbst wenn die Ganoven nicht ahnen können, dass das *Velvele* sie nicht auf der Stelle fressen würde, sollte sich Ihnen einer nähern.«

Ich lache. »Machen Sie sich um mich keine Sorgen, Mrs. Wolowitz, aber wie Sie meinen. Dann morgen früh? Passt es Ihnen gegen sieben? Dann habe ich noch genug Zeit vor meiner Schicht im Saint Francis.«

Sie sieht mich skeptisch an. »In Ordnung«, stimmt sie dann zu und hebt den Teller an. »Ich bringe Sky rüber, zusammen mit dem hier. Apropos. Dem Koch geht es gut? Ich habe ihn heute Nachmittag musizieren gehört, das hat mich ein wenig beruhigt, ich habe mir schon Sorgen gemacht, dass diese verflixte Drehtür … Und dann wäre ich ja schuld, oder nicht? Schließlich ist das *Velvele* doch mein Hund.«

Ich verkneife mir ein allzu breites Schmunzeln, damit Mrs. Wolowitz das nicht falsch versteht. Sie ist der einzige Mensch, den ich kenne, der das Wort *musizieren* außerhalb des Kontextes klassischer Musik verwendet. Zwar habe ich Storm noch nicht selbst Gitarre spielen gehört, aber ich bin mir ziemlich sicher, dass seine Künste sich eher in Richtung Heavy Metal oder Punk Rock bewegen.

»Auch alles in Ordnung so weit«, kürze ich die Unterhaltung ab. »Er hat eine alte Verletzung am Fuß, die sollte sich bei Gelegenheit ein Spezialist ansehen. Aber er ist genauso glimpflich davongekommen wie Sky.«

Ich verdränge die Bilder der Entzündung in dem geschwollenen Fuß. Vielleicht hätte ich ein Foto machen sollen, um das Bild Doc Joe zu zeigen.

Sky lenkt mich ab. Als der Hund seinen Namen hört, läutet das eine erneute Schleckattacke ein.

»Dem Himmel sei Dank«, sagt Mrs. Wolowitz und lächelt. »Das arme Jingelchen ist geschlagen genug mit dem Gesicht. Ich dachte wirklich, unsere Medizin wäre schon weiter. Na ja, alles eine Frage des Geldes, nicht wahr?«

»Ja«, sage ich nachdenklich. »Das stimmt wohl.«

Zum Abschied rubbele ich Sky noch einmal kräftig über die Ohren, dann stehe ich auf.

»Gute Nacht, Mrs. Wolowitz.«

Sie nickt mir zu und schließt die Tür. Ihr Lächeln sieht müde aus.

Storm

Sobald die Tür hinter ihnen ins Schloss gefallen war, griff er in seine Jeanstasche und fischte die beiden Tabletten heraus, die er den ganzen Abend darin herumgetragen hatte.

War das schon wieder Suchtverhalten, wenn er nicht wollte,

dass sie sahen, wie viele von den Dingern er tatsächlich einwarf? Er schüttelte unwillig den Kopf. Auf keinen Fall, er wollte sich nur nicht die Blöße geben, wie ein schmerzempfindliches Weichei rüberzukommen. Abhängigkeit war etwas anderes, er passte schon auf, dass er sich nicht an die Schmerzkiller gewöhnte. Er nahm kein Oxycodon mehr, hatte es nie wieder angerührt, nur noch Tramal und Lyrica, das hatte ihm in der Klinik gut geholfen, von dem anderen Scheiß loszukommen. Er hatte es im Blick und sich ja selbst bewiesen, dass es ging, den ganzen Nachmittag lang. Er konnte es kontrollieren. Sie sollten nur nicht auf falsche Gedanken kommen, das war alles. Der erste Eindruck war wichtig, hatte man ihm als Kind eingeschärft. Seine Erfahrung war eine andere, manchmal war es der zweite, mit dem man Dinge geradebügeln konnte, aber niemals der dritte.

Sein erster Eindruck von April war … Es war müßig, darüber nachzudenken. Sie schien ihn nicht besonders zu mögen, und er war sich ziemlich sicher, dass sie ihn nur aus Mitleid und einem diffusen Gefühl von Schuld aufgenommen hatte. Wegen Sky.

Dass er hier wohnen durfte, hatte er einer kaputten Drehtür, einem verrückten Hund und seinen Narben zu verdanken. Welch Ironie. Über die Rangfolge war er sich noch nicht ganz klar, aber die spielte vermutlich auch keine große Rolle.

Er musste sie davon überzeugen, dass ihre Zusage nicht übereilt, sondern goldrichtig gewesen war. Sonst war er schnell wieder hier raus. *So what?* Warum war Bleiben auf einmal wichtig? Er schob die Ergründung dieser Fragestellung auf.

Storm sah auf seine Uhr und schloss die Augen. Zehn Minuten nur, dann würde er aufstehen und mit dem Abräumen anfangen.

Er mochte das Apartment. Er mochte April und den Hund. Und ihre schrullige Tante.

»Verdammt.«

Genau das hatte er vermeiden wollen.

Er war zu müde, um schon wieder wegzulaufen. Sein Bein schmerzte zu sehr – und seine Seele, aber das mochte er nicht an die Oberfläche seines Gedankensumpfes dringen lassen.

Sie hatte recht, genau wie der Doc im Saint Francis. Alle schlugen in dieselbe Kerbe wie sein Hausarzt in Beverly Hills, auch wenn ihm das überhaupt nicht gefiel. Diese Platte und die Schrauben mussten raus. Sonst konnte er sich nicht mal eine neue Bleibe suchen, selbst wenn er es wollte – oder musste.

Er hoffte einfach, dass sie ihn nicht gleich wieder rauswerfen würde.

Sagte man nicht, dass Hunde so was wie Türöffner waren? Irgendwer von den Weichenstellern im Universum hatte eine ausgesprochen schräge Art von Humor, wie es schien.

»Schätze, du hast was gut bei mir, Sky«, murmelte er leise.

Dann gab er sich einen Ruck und läutete den Kraftakt des Aufstehens ein.

Er hatte es immerhin geschafft, das Geschirr abzuräumen und die Gläser abzuspülen, als er das Geräusch der sich öffnenden Wohnungstür hörte. April war zurück.

»Oh, hi. Das musst du nicht tun. Wir haben doch einen Geschirrspüler«, begrüßte sie ihn.

Er drehte sich halb zu ihr um, auf dem gesunden Bein balancierend, und lächelte verkniffen.

»Jetzt bin ich eh schon mittendrin. Außerdem hab ich das blöde Ding nicht aufgekriegt. Wo ist der verflixte Schalter?«

Sie lachte. Honigweich.

»So ging's mir auch, als ich eingezogen bin. Warte, ich zeig's dir. Geh besser ein Stück zur Seite.«

Sie trat neben ihn und schwang ihre rechte Fußspitze in

den Hohlraum unter der Verblendung. Nun standen sie beide nebeneinander, das gesamte Körpergewicht auf ein Bein verlagert, und stützten sich wie Ballettschüler an ihrer Haltestange an der Spüle ab. Ihre Finger lagen sehr dicht beisammen. Er hätte seinen kleinen Finger nur etwas abspreizen müssen, schon hätte er ihren berührt.

Die Luke öffnete sich wie von Zauberhand mit einem leisen Klicken.

»Voilà!« Sie grinste vergnügt. »Frag mich nicht, ob es das in Serie gibt oder der Prototyp eines verrückten Erfinders ist. Ich habe das hier auch zum ersten Mal gesehen. Es gibt keinen Schalter. Nur einen Sensor. Das ist extrem praktisch, wenn man die Hände voll hat.«

»Vorausgesetzt, man hat ein Bein frei«, erwiderte er.

Ihre kindliche Freude wich peinlicher Betroffenheit.

»Oh ja. Verflixt. Sorry. Was macht dein Fuß?«

»Auszuhalten.«

Er hatte es überhaupt nicht so gemeint, aber die Leichtigkeit war verpufft, er spürte erneut die Anspannung zwischen ihnen Form annehmen. Anscheinend nahm sie es auch wahr. Sie wandte sich ab. Mit einem leichten Stoß ihrer Hüfte schob sie die Spülmaschine zu und streckte sich nach einem Geschirrhandtuch, das auf der anderen Seite in Augenhöhe am Türgriff des Backofens hing. Er roch den zarten Duft ihres Deos und ihrer frisch gewaschenen blonden Haare, vermischt mit einem Hauch … Hund. Er räusperte sich.

»Wie geht es Sky?«, fragte er in Richtung ihres schmalen Rückens.

Die Haare an ihrem Hinterkopf und Nacken standen ab wie die Stacheln eines Igels. Manche Strähnen waren länger als andere, gewolltes Chaos?

Als sie sich zu ihm zurückdrehte, strahlten ihre Augen wieder. Er atmete aus.

»Viel besser. Kaum zu glauben, wie gut er das alles weggesteckt hat. Er soll nur eine Weile kein Halsband tragen und sich noch etwas zurückhalten beim Eichhörnchenjagen im Park.«

Storm schmunzelte. »Das dürfte wohl die größte Herausforderung sein. Und das Halsband sollte man ohnehin dringend entsorgen.«

Sie grinste, und er meinte so etwas wie überraschte Anerkennung in ihrem Blick zu lesen.

»Öl in mein Feuer«, bestätigte sie. »Aber Mrs. Wolowitz ist einfach überfordert mit seiner Kraft. Die blöde Flexileine macht mir mehr Kummer.«

»Na, die hat sich ja nun erledigt«, bemerkte er trocken. »Wie alt ist sie?«

»Die Leine?« Sie grinste wieder, und ihre Mundwinkel zuckten. »Ich weiß es nicht genau, ehrlich gesagt. Weit über siebzig auf jeden Fall.«

»Wenn nicht älter.«

Sie war dazu übergegangen, das Geschirr abzutrocknen, das er aus dem Spülwasser fischte und zum Abtropfen kunstvoll neben das Becken schichtete.

»Du kennst dich aus mit Hunden, nicht wahr?«

Es war das erste Mal, dass sie eine Frage an ihn richtete, wenn man mal von dem Katalog ihrer Bewerbungskriterien absah.

»Ich bin mit Hunden aufgewachsen. Meine Eltern hatten meist Schäferhunde – und einen Pudel … Und bevor du etwas sagst: Das ist eine der am meisten unterschätzten Hunderassen, die ich kenne.«

Wieder überraschte sie ihn. Sie nickte.

»Absolut. Sehr intelligente Tiere. Zu schade, dass manche sie als reine Modeaccessoires missbrauchen.«

Er erwiderte ihr Lächeln und schlug schnell die Augen nieder. Dünnes Eis.

»Was ist passiert?«

Ihre Frage bezog sich ganz klar auf die Hundehaltung. Trotzdem stockte ihm einen Moment lang der Atem.

»College«, sagte er ausweichend, aber das schien ihr zu genügen. »Und du?«

»Oh, meine Eltern haben mir nie einen Hund erlaubt. Wir hatten Katzen. Das war auch schön, aber nicht dasselbe.« Sie lächelte wieder, doch ihr Blick verschleierte sich und war auf irgendeinen Punkt in der Vergangenheit gerichtet. »Als ich endlich alt genug war, kam mir das Studium dazwischen, und … ich war eine Zeitlang krank. Tja. Und jetzt bin ich hier.« Sie zuckte mit den Schultern, als wollte sie eine Erinnerung abschütteln.

Es klang, als ob sie nicht darüber reden wollte, also bohrte er nicht weiter nach.

»Jetzt hast du ›das *Velvele*‹«, stellte er fest.

»Ja«, sagte sie, und ein frisches Lächeln umspielte ihren Mund. »Das habe ich, und das kleine Wölfchen ist mein Glück.«

»Und das von Mrs. Wolowitz.«

Sie kicherte. »Auch das. Und? Was machst du beruflich? Du hast studiert?«

»Oh, ich … ich habe die Uni geschmissen, wenn ich ehrlich bin.«

Das war nur die halbe Wahrheit. Marty hatte ihn und seine Band bei einem Auftritt auf einer Studentenparty entdeckt, da waren sie selbst noch auf der Highschool. Er hatte das Potenzial der zusammengewürfelten Truppe erkannt, ihnen Gigs besorgt, darauf bestanden, dass sie sich trotzdem um die Schule kümmerten und später fürs College einschrieben, und nach und nach unauffällig die Jungs ersetzt, die keine Lust mehr hatten, nicht diszipliniert oder unzuverlässig waren – oder einfach zu schlecht. Er hatte nie jemanden offenkundig abserviert, sondern neue Bandmitglieder stets als Ergänzungen präsentiert, als zweite Garde, für den Fall, dass jemand krank würde oder ein wichtiges Examen schrieb. Als Back-up, und das machte er auch den Neuen diplomatisch, aber unmissverständlich klar. So gab es nie böses Blut, und doch kriegte er mittelfristig immer seinen Willen – und ebenfalls immer zum »höheren Wohl der Band«, wie er es nannte. Mit seiner Hilfe kletterten sie die Erfolgsleiter höher und höher hinauf. Die Bühnen wurden größer, genau wie die Zahl ihrer Zuhörer, die Säle und die Gagen – und auch die räumlichen Entfernungen zwischen den einzelnen Gigs. Die zeitlichen Abstände zwischen den Auftritten wurden dagegen kleiner. Sie machten eine erste offizielle Tournee durch die Südstaaten, das waren schon keine Club-Konzerte mehr. Sie studierten Choreografien ein, ließen die Instrumente weg, dafür hatten sie jetzt eigene Bandmitglieder, die sich im Hintergrund hielten. Vorn tanzten und sangen sie zu dritt, aber es war immer klar, dass er, Storm, die Leadvocals und die Mitte der Bühne innehatte. Dann kam der erste Plattenvertrag und gleich darauf ein zweiter. Marty träumte groß. Die Jungs wollten in Europa touren, aber Marty entschied, zuerst in Südamerika durchzustarten. Wenn sie dort durchfielen, bekam es in Europa niemand mit. Wenn sie es dort geschafft hatten, wollte er den asiatischen Markt erobern, dann zurück für eine Nordamerika-Tournee, und dann würde ihnen Europa ohnehin zu Füßen liegen, und so kam es ja auch … bis er es versaute.

April sah ihn mit schief gelegtem Kopf an, als wartete sie auf eine Antwort.

»Entschuldige, was hast du gesagt?«

Sie grinste. »Ob es ein Staatsgeheimnis ist, was du studiert hast, habe ich gefragt.«

Er schüttelte den Kopf. Natürlich nicht.

»Mathematik und … Musik.«

»Cool. Wolltest du Lehrer werden? Und dann hast du einen Realitätscheck gemacht, festgestellt, dass es verdammt schwer werden dürfte, dich gegen Millionen anderer im Paukerbusiness zu behaupten, und bist Straßenmusiker geworden?«

Wenn sie so frech feixte wie jetzt, glitzerten ihre Augen. Verlegen strich sie sich eine der längeren Haarsträhnen hinters Ohr und wandte sich wieder dem Geschirr zu. Er sah ihr dabei zu, wie sie die letzten Gläser in den Schrank räumte, und ließ das Wasser aus dem Spülbecken.

»Ja«, sagte er langsam und sah dem abfließenden Schaumstrudel zu. »Ja, so war es wohl.«

»Die Weinflasche ist noch halb voll. Was meinst du? Wollen wir sie teilen und uns noch ein wenig auf die Terrasse setzen? Und bei der Gelegenheit erzählst du mir alles über die Kunst, mit Straßenmusik so eine Mietsicherheit zu erspielen? Oder gibst mir eine Kostprobe deines Könnens?«

Er schluckte. Und führe mich nicht in Versuchung …

»Danke, das klingt verlockend«, sagte er und räusperte sich. »Aber … ich denke, ich sollte mich besser hinlegen. Ich will keinen Ärger mit meiner Krankenschwester bekommen.« Er stockte. Das würde sie jetzt nicht in den falschen Hals kriegen, oder? »Spaß beiseite«, ergänzte er schnell. »Ich habe letzte Nacht kaum geschlafen, und … du musst sicher noch lernen. Aber das holen wir nach.«

»Versprochen?«

»Deal.«

Sie nickte. »Okay. Sag Bescheid, wenn du was brauchst. Ich gehe morgen früh gegen sieben eine Runde mit Sky, und um neun beginnt meine Schicht im Krankenhaus. Irgendwann dazwischen würde ich mir gern noch mal deinen Fuß ansehen, und im Zweifel nehme ich dich gleich mit. Ein Abwasch.«

»Ein was?« Er sah sie begriffsstutzig an.

Sie verdrehte belustigt die Augen und ließ wieder ihre

Grübchen und ihre Zähne sehen. Die Eckzähne standen ein wenig vor, die unteren Schneidezähne waren ein bisschen schief. Es beruhigte ihn auf seltsame Weise, dass sie nicht perfekt war.

»Entschuldige, das ist eine deutsche Redewendung. Eine von denen, die übersetzt offenbar keinen Sinn ergeben. Macht nichts.«

»Nein. Kein Problem.«

Unschlüssig standen sie voreinander. Dann angelte sie auf Zehenspitzen nach einem neuen Glas aus dem Regal und füllte es mit Zitronenwasser aus einem Krug am Fenster.

»Du auch?«

Er schüttelte den Kopf.

»Okay, dann also bis morgen.« Stirnrunzelnd schob sie sich an ihm vorbei.

Storm balancierte sich mühsam auf seiner Gehhilfe aus und drehte sich, sodass er ihr nachsehen konnte.

Sie nahm den Rucksack vom Boden auf, der noch immer neben dem Küchentresen stand, und ging in Richtung ihres Zimmers. Ihr Gang war federnd und leicht, bestimmt war sie eine gute Tänzerin.

»Ja, bis morgen.«

Ihm fiel auf, dass sie wieder Ringelsocken trug, eine andere Farbkombination heute.

Warum zum Henker hatte er versprochen, für sie Musik zu machen?

Kapitel 8

April

Ich kann nicht einschlafen. Normalerweise kann ich immer einschlafen. Selbst nach der Trennung von Jan konnte ich gut einschlafen.

Ich habe gegrübelt, geheult, eine Liste gemacht von den Dingen, die ich an ihm hasse, denen, die ich an ihm liebe, und denen, die ich an ihm vermisse. Dann habe ich sie gewichtet und in Kategorien eingeteilt: *steuerbar/umlenkbar* – mit einer zusätzlichen Spalte unter dem Vermerk: *wie?* – und: *zu akzeptieren/nicht veränderbar*. Das hat mir geholfen, weil es mich aus der Ohnmacht in die Selbstwirksamkeit zurückholte. Ich konnte etwas tun, mich ablenken von meinem Kummer, das Gefühlschaos auf eine rationale Ebene bringen – und es hat mich müde gemacht, weil ich Stunden dafür gebraucht habe. Okay, der Wein aus Tante Lydias kalifornischer Lieblingskellerei hat auch dazu beigetragen. Zudem hatte ich dann einen vernünftigen Grund, weswegen ich mich nicht mehr aufs Lernen konzentrieren konnte – und anschließend habe ich so friedlich geschlummert wie ein Baby.

Jetzt allerdings bin ich hellwach. Ich wälze mich noch ein paarmal hin und her und wehre mich. Dann gebe ich klein bei. Meine Blase will aufs Klo, mein Kopf will Papier und Stift, und mein Bauch will ein Glas Wein. Alle drei Dinge zusammen werden hoffentlich dazu beitragen, dass ich danach vielleicht doch noch auf ein paar Stunden Nachtruhe komme.

Schlecht gelaunt schlüpfe ich in Bademantel und Hausschuhe und schleiche ins Bad.

Unter dem Türspalt dringt Licht aus Storms Zimmer hervor. Ob er noch wach ist? Um kurz nach zwei? Oder eingeschlafen – bei Festbeleuchtung?

Dieser Fuß sah echt scheiße aus. Ich habe so etwas noch nie gesehen. Und dann diese Entzündung. Wie kommt so was? Und so schnell?

Ich ertappe mich dabei, wie ich im Flur stehen bleibe und lausche. Kein Schnarchen, alles still. Nein, doch nicht. Ich höre leises Rascheln, wie von Papier. Ist er etwa auch ein Listenschreiber?

Ich muss grinsen, und dann geht mir durch den Kopf, wie peinlich es wäre, wenn er mich jetzt entdecken würde, mit nichts an außer Hausschuhen und Bademantel. Obwohl er das ja nicht wüsste. Rasch gehe ich zur Toilette.

Nach dem Händewaschen schöpfe ich mit hohlen Händen kaltes Wasser und spritze es mir ins Gesicht. Vielleicht hilft das gegen seltsame Gedanken.

Tut es nicht.

Ich stelle mir immer noch bildlich vor, wie Storm auf dem fürchterlichen Designerbett sitzt und schreibt. In meiner Vorstellung trägt er nur Boxershorts. Das Licht fällt auf seine gesunde Gesichtsseite, er lächelt mich an und fragt: »Na, willst du über mich auch eine Liste anlegen?« Das wirkt besser als das kalte Wasser.

Ich tapse eilig in die Küche, stürze ein halbes Glas Wein mehr oder weniger auf ex hinunter und pirsche wieder zurück in mein Zimmer.

Im Türrahmen halte ich kurz an. Da ist ein metallenes Quietschen zu hören, das ich zuerst nicht einordnen kann, dazu ein leises Klopfen und heiseres, melodisches Brummen. Dann erkenne ich den Zusammenhang. Storm spielt Gitarre, aber ohne die Saiten tatsächlich zu streichen oder zu zupfen. Dazu gehört das Summen, es nimmt die Gestalt einer Melodie an, flüsterleise, und das Bemühen um Geräuschlosigkeit lässt seine Stimme brechen. Er strengt sich offensichtlich an, mich nicht zu wecken.

Mein dummes Herz schlägt schneller, als es mir lieb ist. Ich rette mich in mein Zimmer. Als ich die Tür hinter mir zuziehe, gerät das heftiger als beabsichtigt, aber es gibt keine Unterbrechung drüben bei der stummen Kammermusik.

Meine schlechte Laune hat sich in ausgesprochene Gereiztheit gewandelt. Missmutig klettere ich zurück ins Bett und starre die Zimmerdecke an. Und ob ich eine Storm-Liste bräuchte! Aber ich habe keine Ahnung, auf welche Seite ich *erotische Anziehungskraft* setzen sollte. Damit geht es schon los.

Ich lösche das Licht, stiere ins Nichts und warte ungeduldig, dass der Wein seine Wirkung tut und mir die Augen zufallen, und zwar hoffentlich, bevor das große Baumsägen wieder einsetzt. Die Lust auf Listen ist mir vergangen.

Als mein Wecker klingelt, fühle ich mich, als wäre ich eben erst eingeschlafen – auf einem Gitterrost oder unter einer Dampfwalze. Mir tun alle Knochen weh.

Es dauert einen Moment, bis ich begreife, dass das Muskelkater ist, und noch einen Augenblick länger, bis ich erfasse, dass die Schmerzen in meinen Schienbeinen, Schultern, Unterarmen und dem Rücken garantiert nicht nur mit stressbedingten Verspannungen, sondern vor allem mit der vermaledeiten Drehtür zu tun haben. Es ist typisch für mich, dass die Übersäuerung der Faszien sich erst mit einem Tag Verspätung bemerkbar macht.

Ich nehme das als Zeichen dafür, dass mein Training ganz allmählich erste Früchte zeigt. Sollen mich die Leute im Park doch anstarren, wenn ich für meine Bodyweight-Übungen

Liegestütze an Parkbänken und Bäumen mache, während Sky um mich herumspringt und mich kläffend anfeuert.

Oh! Sky!

Ich blicke auf die Uhr und gebe Gas, um ins Bad zu kommen. Mrs. Wolowitz muss jeden Moment hier sein!

Allerdings ist die Badezimmertür zu. Abgesperrt, von innen. Ich höre Wasser laufen – und unter der Dusche singt jemand, tiefenentspannt.

»Storm!«, kreische ich und rüttele an der Klinke.

Mir egal, ob das unhöflich ist oder nicht. Ich muss da rein! Warum ist der überhaupt schon so früh auf? Wir brauchen ganz dringend Hausregeln. Und einen Badezimmerplan. Und einen für die Küche. Das geht so nicht. Das …

»Was ist denn los?«, ruft er von drinnen, gefolgt von Prusten und Schnauben. »Ist was passiert?«

Jetzt schnaube *ich*.

»Storm, ich muss ganz dringend ins Bad. Meine Zahnbürste ist da drin, und Mrs. Wolowitz kommt gleich!«

»Entspann dich. Gib mir fünf Minuten.«

Ich schnappe nach Luft. Du bist *mein* Untermieter! Muss ich mich jetzt daran gewöhnen, im Flur Schlange zu stehen wie ein Kindergartenkind am Eiswagen? Energisch rüttle ich noch einmal an der Klinke.

Aus der Dusche klingt das schmatzende Quietschen, wenn jemand mit nassen Händen oder Füßen über Kacheln schrubbt. Ich beiße mir auf die Zunge. Wenn er da drin ausrutscht, habe ich auch nichts gewonnen. Im Gegenteil, das fehlt mir noch, Luigi anrufen zu müssen, damit er die Tür aufbricht und meinen nackten Untermieter aus dem Bad trägt. Ich kann den doch nicht jeden Tag ins Krankenhaus fahren! Nein, das geht so nicht. Ich brauche Struktur, ich brauche Ordnung. Ich …

»Zwei Minuten. Ich hab's gleich. Okay?«

Die Brause wird abgestellt, und ich höre, wie er die Tür der Duschkabine aufschiebt.

»Na bitte, geht doch«, murmele ich vor mich hin.

Trotzdem dauert es noch Ewigkeiten, bis er es zur Tür schafft und den Schlüssel umdreht.

Ich hüpfe von einem Bein aufs andere.

»Wo brennt's denn?«, fragt er und lässt mich endlich rein.

Seine Haare sind tropfnass, er hat sich eins von meinen Handtüchern um die Hüfte gewickelt und balanciert mit angewinkeltem Fuß auf seinen Krücken.

»Hab ich doch gerade erklärt«, zische ich, quetsche mich an ihm vorbei zum Waschbecken und greife nach meiner Zahnbürste.

Zähne putzen kann ich da allerdings schlecht – in der Keramik liegt Storms abgewickelter Verband. Immerhin die Wundauflagen hat er entsorgt, in mein Kosmetikeimerchen, aber okay.

Er folgt meinem angewiderten Blick. »Sorry, ich mache das gleich weg. Aber hey, zumindest habe ich heute den Verband vor dem Duschen abgenommen. Ich bin lernfähig, siehst du? Und es tut auch schon weniger weh.«

»Ja, Tramadol sei Dank.«

Ich schüttele den Kopf und bin drauf und dran, ihm zu sagen, dass er sich eine andere Bleibe suchen soll, und zwar heute noch, da fällt mein Blick auf den ballonartig aufgeschwollenen, glänzenden Elefantenfuß.

»Das geht so nicht«, sage ich hölzern. »War das gestern auch schon?«

»Was jetzt genau?«

Er runzelt die Stirn und versucht, mir zu folgen, aber das Handtuch versperrt ihm die Sicht, und den Fuß anzuheben schmerzt offenbar doch ziemlich. Er versucht es, lässt es aber gleich wieder sein. Kein Wunder. Die Entzündung ist über

Nacht kein Stück besser geworden, sondern weiter fortgeschritten und sieht sogar auf die Entfernung nicht besonders appetitlich aus. Weiß der Kuckuck, wie und was für Dreck er da reinbekommen hat. Der Hund, die ollen Lederstiefel, die Drehtür – tausend Möglichkeiten.

»Ich nehm dich nachher mit in die Chirurgie«, bestimme ich. »Du musst unters Messer oder brauchst zumindest ein ordentlich abgestimmtes Antibiotikum. Wenn sich diese Entzündung bis zum Knochen durchfrisst, wird's eklig.«

Storm wird blass. »Aber kannst *du* nicht –«

Ich würge ihn ab. »Nein, auf keinen Fall. Sorry, aber das wird mir zu heiß. Die Verantwortung kann und will ich nicht tragen. Und apropos tragen: Das ist mein Handtuch, frag nächstes Mal bitte vorher. Jetzt hätte ich gern ein bisschen Privatsphäre, und dann mache ich dir einen neuen Verband.«

Damit stecke ich mir die Zahnbürste in den Mund.

Storm blitzt mich an, holt Schwung, und im nächsten Moment habe ich das Handtuch auf dem Kopf. Ich pruste empört los, aber bis ich es mir vom Gesicht gezogen habe, hat er sich bereits umgedreht und humpelt splitterfasernackt auf seine Krücken gestützt in Richtung seines Zimmers.

»Idiot!«, wüte ich mit vollem Zahnpastamund und sprühe Schaum.

Er grunzt irgendwas Unverständliches, und ausgerechnet jetzt klingelt es auch noch, und ich höre Sky an der Tür kratzen.

»Soll ich aufmachen?«, fragt Storm zynisch und dreht sich um.

»Untersteh dich«, kreische ich und halte mir die Hand unters Kinn, weil mir buchstäblich der Sabber aus dem Mund läuft – Zahnpastaschaum, ganz toll. Ich tropfe alles voll, und ich bin unendlich genervt.

So schnell ich kann, spüle ich mir den Mund aus und renne zur Tür. Storm versucht, die zu seinem Zimmer zuzuschmeißen, aber wegen der Gehstöcke klappt das nicht richtig. Aus dem Augenwinkel sehe ich, dass er Mühe hat, sein Gleichgewicht zu halten. Aber in diesem Moment verspüre ich kein Stück Mitleid, sondern reinste Genugtuung.

»Karma ist mein Bruder«, murmele ich und lasse Sky herein.

»Er hat was?« Tante Maggie will sich schier ausschütten vor Lachen. »Hast du das wenigstens gefilmt? Oh, ich würde meine Korallenkette dafür geben, hätte ich das mit ansehen dürfen. Und? Ist er gut gebaut?«

Ich reiße die Augen auf. »Darauf habe ich in dem Moment wirklich nicht geachtet!«

Was eine glatte Lüge ist, und Tante Maggie weiß das, so breit, wie sie grinst.

»Seit wann interessierst ausgerechnet du dich für männliche Anatomie?«

Kichernd wischt sie meinen Einwand beiseite. »Und dann?«

Ich zucke mit den Schultern. »Nichts und dann. Deswegen habe ich dich ja angerufen. Was soll ich denn jetzt tun?«

Wir sitzen auf einer Bank im Golden Gate Park, der genauso rechteckig, aber noch größer ist als der Central Park in New York. Es gibt einen künstlichen Wasserfall und mehrere Seen, die von einer »echten« holländischen Windmühle versorgt werden, unzählige Sport- und Freizeitangebote, Spielplätze und Picknickzonen, ein Museum und die Akademie der Wissenschaften. Der ursprüngliche Verwalter des japanischen Teegartens soll die Glückskekse erfunden haben.

Sky interessiert so was nicht. Er buddelt mit Inbrunst ein Loch im Rosenbeet hinter unserer Bank. Das schütte ich gleich wieder zu, aber so ist er wenigstens beschäftigt, und es sieht ja keiner.

Wir sind die Einzigen, die sich an diesem Morgen an die

nordwestliche Hundefreilauffläche verirrt haben, und es ist so still, dass ich bis hierher die sich träge im Wind drehenden Flügel der Mühle nicht nur sehe, sondern auch höre, aber das kann sich schnell ändern.

Wenn ich nicht schon wieder zu spät kommen will, muss ich in zehn Minuten zurück in meiner Wohnung sein, und dann bleiben mir noch weitere zwanzig, um mich umzuziehen und Storm so was wie einen reisefähigen Verband umzulegen.

»Am besten, ich werfe ihn raus, oder? Wenn das schon so losgeht!«

Nervös knibbele ich am Deckel meines Coffee-to-go-Bechers herum. Ich will doch einfach nur ihre Absolution für diese Entscheidung. Und gleichzeitig fürchte ich mich davor, dass Maggie sie mir gibt. Aber mit dieser Reaktion hätte ich nicht gerechnet: Tante Maggie lacht schallend.

»Und deswegen hast du mich notfallmäßig in den Park zitiert? Das kriegst du auch alleine hin, Süße. Aber wenn du mich fragst: Behalt ihn noch ein wenig. Männer, die deinen Launen mit Humor begegnen, sind ausgesprochen selten.«

Ich sprühe Funken. »Humor? Das war nicht witzig!«

Meine Patentante kugelt sich so sehr, dass sie fast von der Parkbank rutscht.

Sogar Sky hebt irritiert die krümelige Schnauze aus seinem Erdkrater. Aber dann ist Was-auch-immer-in-der-Tiefe doch spannender als eine hyperventilierende Mittfünfzigerin.

»Doch, und zwar sehr! Und dafür hat er meinen vollen Respekt. Woher soll der arme Kerl denn wissen, wann du ins Bad willst? Ganz abgesehen davon, dass er durchaus das Recht hat zu duschen, wann er will. Für dringende Geschäfte gibt es ja auch noch das Gäste-WC.«

»Da steht aber nicht meine Zahnbürste.«

Sie zuckt mit den Schultern und wischt sich Lachtränen aus den Augenwinkeln. »Dann änder das, oder gewöhn dich daran zu teilen. Das hat doch auch funktioniert, als du bei uns untergeschlüpft bist. Und mit Jan und Maria …«

»Unter Frauen«, murre ich. »Und in einer Beziehung. Das ist ganz was anderes.«

»Na ja. Gesehen hast du ja nun schon alles. Von seiner Seite gibt's also nichts mehr zu verbergen.« Sie kichert immer noch.

»Das ist nicht hilfreich«, beschwere ich mich. »Was soll ich denn jetzt tun?«

»Du wirst dich entschuldigen müssen, meine Liebe. Ganz ehrlich, du hast überreagiert.«

»Weiß ich«, gebe ich kleinlaut zu.

Sky lässt urplötzlich seine Ausgrabung im Stich und jagt einem Eichhörnchen nach, das wütend keckernd auf den nächsten Baum flitzt. Auf den Hinterbeinen an den Stamm gestützt kläfft er ihm hinterher.

»Verdammt«, knurre ich und springe auf, um ihn einzufangen, bevor er noch mehr Unheil anrichtet.

Die Freilauffläche ist nicht eingezäunt, und ich will keinen Ärger kriegen, wenn er seine Jagd quer durch den Park fortsetzt.

Als ich mit dem aufgedrehten Sky zurückkehre, der sich spielerisch immer wieder in der Leine verbeißt, hat Tante Maggie sich bereits des Lochs angenommen und tritt mit ihren Sneakern gerade die verstreuten letzten Krumen fest.

»Danke«, japse ich leicht außer Atem.

»Dafür nicht, Liebes.« Sie zwinkert mir zu und tippt auf ihre Armbanduhr. »Und jetzt spute dich! Ich möchte Joe nicht erklären müssen, weswegen du jetzt plötzlich schon zum zweiten Mal kurz hintereinander zu spät kommst, nachdem du in der ganzen Trennungsphase von Jan nahezu überirdisch diszipliniert warst.«

»Woher weißt du das denn schon wieder?« Ich stutze. »Sprecht ihr etwa über mich?«

Meine Tante grinst und versiegelt ihre Lippen mit einer

Geste, als würde sie ihren Mund abschließen und den Schlüssel wegwerfen.

Sky folgt ihrer Armbewegung mit dem Kopf. Zum Glück habe ich ihn fest an der Leine, sonst würde er glatt auch einem unsichtbaren Flugobjekt hinterherjagen.

»Untersteh dich«, zische ich leise.

Wir erreichen den Rand des Parks. Tante Maggie nimmt mich zum Abschied fest in den Arm und kneift mir mit Daumen und Zeigefinger in die Wange. Seit ich fünf Jahre alt bin, ist sie der einzige Mensch, dem ich das grade so durchgehen lasse. Sie weiß, dass ich es hasse, und das bereitet ihr geradezu diebische Freude.

»Bring das in Ordnung, Kind. Spring über deinen Schatten. Du schaffst das.«

Sie nimmt mir meinen leer getrunkenen Kaffeebecher ab und steckt ihn ein. Ich grunze irgendwas Unverständliches und quetsche ein »Danke« hinterher. Wofür kann sie sich aussuchen, aber sie kennt mich eh lange genug.

Auf dem Nachhauseweg gehe ich mit Sky verschiedene Gesprächseinstiege durch, die ich letztlich alle wieder verwerfe.

»Sind eigentlich alle amerikanischen Männer beschnitten?«, frage ich den Rüden.

Irgendein Aktentaschenträger, der uns entgegenkommt, bezieht das auf sich und ruft mir im Weitergehen grinsend zu, dass ich gern nachschauen dürfte. Ich werde knallrot und starre stur geradeaus. Sky kann so was wesentlich besser händeln. Er kläfft dem Typen grollend nach, und dass er immer noch ein wenig heiser ist, macht den Effekt noch wirkungsvoller, so Marlon-Brando-*Der-Pate*-mäßig.

»Du gibst immer gut acht auf die Familie«, ahme ich den krächzenden Tonfall des Schauspielers nach.

Dann stehen wir vor dem Gebäude, und ich atme noch einmal tief durch, bevor wir hineingehen.

Ich denke mir nichts dabei, als ich das Taxi mit dem laufenden Motor wahrnehme, das neben dem Bordstein hält. Es spiegelt sich in den Glasscheiben, der Fahrer liest Zeitung, und ich frage mich kurz, wieso er diesen Luftverpester nicht einfach abschaltet, wenn er sich schon darauf einstellt, dass es länger dauern könnte.

Luigi telefoniert, also komme ich mit einem knappen Winken davon, und das kommt mir angesichts meines straffen Zeitplans sehr gelegen. Ich bin schon sieben Minuten im Minus, die Dusche ist gedanklich bereits durch eine Katzenwäsche mit dem Waschlappen ersetzt und auf nach der Schicht verschoben worden, aber ich brauche vier Minuten für meinen Smoothie, denn ohne den geht gar nichts.

Ohne viele Worte drücke ich Mrs. Wolowitz Sky in die Hand und wappne mich für den nächsten Schritt. Im Geist gehe ich die Utensilien durch, die ich für Storms Knöchel benötigen werde. Vorbereitung ist alles. Blöd ist dann nur, wenn man feststellen muss, dass man die Rechnung ohne den Wirt gemacht hat.

Als ich die Tür öffne, sitzt er buchstäblich auf gepackten Koffern am Esszimmertisch.

»Gut«, sagt Storm und sieht mich mit undurchsichtiger Miene an. »Ich wollte nicht verschwinden, ohne mich zu verabschieden.«

»Äh«, sage ich wenig eloquent. »Wie meinst du das?«

Er weist mit dem Kinn in Richtung Tisch. »Ich habe dir einen Scheck ausgestellt, der den ganzen Monat abdeckt. Das gibt dir genug Vorlauf, jemand Geeigneteren zu finden.«

»Geeigneter?«, wiederhole ich verblüfft.

»Sieh mal, wir passen einfach nicht zusammen. Du weißt es, ich weiß es, wir haben's versucht. Passt nicht. Kein Drama.«

»Du hast wirklich die Hosen voll bei dem Gedanken, ins Krankenhaus zu gehen, oder?«, feuere ich komplett ins Blaue.

»Was?« Entgeistert starrt er mich an.

»Na, ich denke ja mal nicht, dass du der Typ Mann bist, der vor WG-Konflikten einfach so davonläuft, oder?« Sicherheitshalber lasse ich ihn nicht zu Wort kommen. »Also kann es ja nur das sein. Aber es ist wirklich wichtig, dass wir jemanden auf deinen Fuß schauen lassen. Und zufällig kenne ich einen der besten Chirurgen in der Stadt.«

Im Geist entschuldige ich mich tausendfach bei Doc Joe für diese Untertreibung.

»Wir?«, hakt Storm prompt ein.

»Ja, natürlich. Was dachtest du denn?« Ich stemme die Hände in die Hüfte.

»Nun, es ist immerhin mein Fuß, also habe ich ja wohl das Recht, selbst zu entscheiden, was ich damit tue und was nicht.«

Okay, das driftet in die falsche Richtung.

»Storm«, versuche ich es noch einmal anders. »Hör mal, es tut mir leid. Ich habe vorhin extrem überreagiert. Ich möchte nicht, dass du gehst. Ich würde es wirklich gern mit dir probieren. Also als Mieter, meine ich.«

Schon wieder werde ich rot. Er wird das doch jetzt nicht falsch verstehen, oder?

Er macht ein undefinierbares Geräusch, das alles und nichts bedeuten könnte, dann schüttelt er langsam den Kopf. »Ich glaube, es ist keine gute Idee, wenn ich bleibe.«

»Und wo willst du hin, von jetzt auf gleich? Du kannst dich ja kaum auf den Beinen halten.«

»Vielleicht irrst du dich in mir«, sagt er und sieht nachdenklich aus. »Vielleicht bin ich genau der Typ, der schon immer vor Konflikten weggelaufen ist.«

»Dann ist doch heute ein guter Tag, um damit aufzuhören!«, spule ich eine Kalenderweisheit ab. »Wir können Regeln aufstellen. Fürs Bad, für die Küche, den Haushalt. Wir können Pläne machen, fürs Putzen oder Kochen – du kannst aber natürlich auch einfach dein Ding durchziehen, und ich mache meins. Zur Not gibt es ja auch noch das Gästeklo. Wir kommen uns schon nicht in die Quere.«

Moment mal, was rede ich da eigentlich? Wollte ich den Typen vor fünf Minuten nicht noch loswerden?

»Aber wenn du unbedingt gehen willst, bitte schön. Reisende soll man nicht aufhalten.« Noch ein Kalenderspruch. Das Niveau unserer Unterhaltung steigt.

Ich verschränke die Arme vor der Brust, damit er mein klopfendes Herz nicht sieht.

»Mein Taxi wartet unten.«

Ich zucke mit den Schultern und spiele weiter die Coole. »Wenn du mir fünf Minuten gibst, bin ich abmarschbereit. Dann komme ich nicht mal zu spät zu meiner Schicht und kann dich trotzdem noch meinem Professor vorstellen. Hör dir an, was er sagt. Eine zweite Meinung, mehr nicht.«

Er kneift die Augen zusammen wie jemand, der auch die dritte und vierte Meinung bereits gehört hat, aber sie deswegen noch lange nicht gut findet.

»Warum willst du mich unbedingt retten?«

»Wer sagt, dass ich dich retten will? Du hast mir noch nichts auf der Gitarre vorgespielt.«

Er lacht auf, es klingt eher wie ein heiseres Bellen. Da erst sehe ich den Schweißfilm auf seiner Stirn und dass seine Augen glasig sind.

»Hast du Fieber?«, will ich wissen und mache einen unsicheren Schritt auf ihn zu.

Er hebt abwehrend die rechte Hand.

»Probezeit«, sagt er kaum hörbar, räuspert sich und wiederholt es dann noch einmal mit fester Stimme, aber dem gleichen verkniffenen Gesichtsausdruck. »Gut, fahren wir. Mein Fuß gehört dir. Ich bin es leid. Aber wir legen eine Probezeit fest – und Regeln. Vier Wochen. Und dann treffen wir eine Entscheidung.«

Eine Sekunde lang bin ich überrascht. Bin nicht ich seine Vermieterin? Diejenige, die Regeln aufstellt und Bewährungszeiten festlegt? Nein, ich rege mich nicht auf, ich hab's versprochen, und ich stehe dazu, wenn ich einen Fehler gemacht habe.

»Okay«, sage ich und halte ihm meine Hand zum Einschlagen hin.

Er sieht wirklich extrem blass aus.

»Ach, was soll's«, sage ich. »Weißt du was? Lass uns sofort fahren. So ein Taxi im Standmodus ist weder billig noch gut für die Umwelt. Smoothies und frische Verbände, das wird so was von überbewertet.«

Ich deute auf den Stapel mit seinen Sachen. »Nach welchem System hast du gepackt? Ist in einer der Taschen was Krankenhaustaugliches drin?«

Storm

»Mein Kulturbeutel ist im Rucksack. Ein frisches T-Shirt auch – und was zu lesen.«

Irgendetwas verunsicherte sie. Er sah es in ihrem Blick.

»Hör mal, ich will nicht einfach deine Sachen durchwühlen, aber du wirst auch frische Wäsche benötigen und –«

»Dann tu's auch nicht«, unterbrach er sie und versuchte aufzustehen, aber gleichzeitig sein Bein zu entlasten. Ging schief. Der Schmerz raste inzwischen durch ihn hindurch wie eine Flipperkugel, schlug wahllos irgendwo an und wurde immer weiterkatapultiert, ohne Geschwindigkeit oder Heftigkeit einzubüßen. Sein Knöchel fühlte sich an, als würde er in einem Fass mit glühendem Stacheldraht langsam durchgegart. »Die werden mich sowieso nicht dort behalten. Du machst unnötig Stress«, behauptete er unverdrossen und tat, als habe er nur seine Sitzposition verlagern wollen.

Sie schnappte nach Luft. »Wie naiv bist du eigentlich?«

Ihre Stirn kräuselte sich in drei waagerechte Wellenlinien und zwei senkrechte Zornesfalten. Er nahm es nebenbei wahr, und doch brannte sich das Bild tief ein. So sah sie also aus, wenn sie sich aufregte, weil jemand in ihren Augen Schwachsinn erzählte. Er mochte ihr hitziges Temperament.

Er redete schnell weiter, bevor sie wieder die falschen Schlüsse zog. »Unkraut vergeht nicht, richtig? Und ich bin so was wie ein Fußballfeld aus Brennnesseln und Dornengestrüpp – mit hervorragendem Heilfleisch. Du machst dir doch nicht etwa Sorgen, oder?«

Sein hervorragendes Heilfleisch sah er jeden Morgen im Spiegel, wenn er sich rasierte. Vielleicht hätte er sich diesen Satz besser verkniffen.

»Wieso sollte ich?«, schnappte sie prompt.

Wie eine Schildkröte, der man einen Löwenzahnstängel vor das Reptilienmäulchen hielt. Eine sehr hübsche Schildkröte allerdings. Wobei, nein, das passte nicht. Sie hatte sich zwar einen Panzer zugelegt, aber der war nicht besonders dick, und sie hatte keinen faltigen Hals. Ihm fiel auf, dass sie überhaupt keine Fältchen hatte, außer denen auf der Stirn, wenn sie sich aufregte, so wie jetzt gerade. Und wenn sie lachte. Dann entstanden feinste Linien in dem perfekten Alabasterteint. Sie war verdammt hübsch.

Und er hatte Fieber. Womöglich würden sie ihn wirklich dabehalten. Vor ein paar Tagen hatte er diese Psychopillen abgesetzt. Vielleicht war das ein Fehler gewesen. Er hatte doch wohl keine Entzugserscheinungen, oder? Das fehlte ihm noch.

»Gott, ich hasse Krankenhäuser«, stöhnte er.

April lachte, aber es klang ein bisschen schrill. Sie war nervös. Dafür kamen ihm drei mögliche Erklärungen in den Sinn. Entweder war sie wirklich beunruhigt, oder dies war ein geschicktes Manöver, ihn loszuwerden, ohne das Gesicht zu verlieren. Und trotzdem … Moment, das waren nur zwei Gründe, was war noch mal Nummer drei? Himmel, wieso fiel es ihm so schwer, sich zu konzentrieren?

»Da waren wir schon, aber das spielt jetzt keine Rolle.«

Ihre Stimme drang wie durch eine dicke Schicht Watte zu ihm. Sein Kopf dröhnte, und hinter seinen geschlossenen Lidern wurde die Welt wieder dunkelrot.

»Schaffst du es bis zum Aufzug? Ich würde wirklich ungern zu spät kommen.«

Sie bewegte sich wie durch einen Schleier auf ihn zu.

»Zu spät ins Krankenhaus?«

Er versuchte, ihr Gesicht scharf zu stellen, aber es gelang ihm nur teilweise.

»Mein Praktikum?«, half sie ihm auf die Sprünge.

Er nickte. Richtig, sie arbeitete da. Jetzt fiel ihm auch wieder eine plausible Nummer drei ein: dass sie in ihm einfach nur ein perfektes Forschungsobjekt sah, eine Homeschooling-Fallstudie.

Sie hatte wieder die Stirn gerunzelt und beugte sich nun mit dem wissenschaftlich interessierten Ausdruck zu ihm herunter, den ein kleiner Junge hat, der fasziniert einer in die Limonade gefallenen Wespe zusieht. Höchstwahrscheinlich wird er sie retten, aber vor allem beschäftigt ihn die Frage, wieso sie immer links herum schwimmt. Und wie macht sie das überhaupt mit diesen haardünnen Beinchen? Er wich diesem Blick aus.

»Nimm einfach den Rucksack mit, okay? So, wie er ist.«

»Die Gitarre auch?« Sie war zu seinen Sachen hinübergegangen und hatte ihre Hand schon am Griff.

»Nein! Bloß nicht! Ich will nicht riskieren, dass sie da geklaut wird. Lass sie hier.«

Hinter seinen Augen verschwamm das Esszimmer und gab einer Poolanlage in Beverly Hills Raum. Er hörte das Gurgeln der Filteranlage, die entschlossen um den Fremdkörper kämpfte, der sich strampelnd aus ihr befreien wollte.

»Alles gut, keine Panik.«

Ihre Stimme riss ihn aus der verstörenden Vision. Flashbacks. Sie suchten ihn wieder häufiger heim, seit er hier war.

April drehte sich zurück zu ihm, und ihre Stimme nahm jetzt den geschulten Ton einer Pflegekraft an. »Schaffst du es aufzustehen?«

Er nickte entschlossen und drängte die Bilder zurück in den Kerker seiner Erinnerungen.

»Heute Abend bist du dran mit Kochen, okay?«

»Geht klar. Wobei wir auch noch das Essen von Maggie im Kühlschrank haben.«

Sie lächelte. Er hörte es an der Färbung ihrer Stimme. Seine Augen waren darauf konzentriert, die Griffe der Gehstützen zu packen und die Dinger so auf den Boden aufzusetzen, dass sie ihn wirklich halten würden, wenn er es noch einmal versuchte. Warum nur musste er vor ihr wie ein Idiot dastehen? Und wieso zum Henker störte ihn das so? Sie spielte in der Oberliga. Und er … er wurde überhaupt nicht mehr aufgestellt. Es wurde Zeit, das zu akzeptieren.

Natürlich behielten sie ihn da.

April lieferte ihn nicht in der Notaufnahme ab, sondern setzte ihn in einen Rollstuhl, murmelte mit ein paar Weißkitteln und schob ihn gleich weiter in die Chirurgie. Er fragte sich, wie das ging, und er fragte auch sie. Aber sie zuckte nur mit den Schultern und sagte, sie hätte Beziehungen. Die dürfe sie sich allerdings nicht verscherzen und deswegen müsse er sie jetzt entschuldigen. Weg war sie und lieferte ihn emsigen Pflegekräften und Assistenzärzten aus, die ihn untersuchten, befragten, röntgten, durch Abteilungen schoben und schließlich in ein Einzelzimmer verfrachteten. Letzteres hatte er sich allerdings selbst erkauft – genau wie das Schweigen einer kolumbianischen Schwester namens Fernanda, die darauf beharrte, ihn wiedererkannt zu haben.

Er versicherte ihr, dass er nicht ihr Mann sei. Aber früher, vor seinem Unfall, da sei er tatsächlich öfter mal als Doppelgänger engagiert worden. Nach all den Ereignissen wollte er nicht mehr mit diesem Typen in einen Topf geworfen werden, und das verstünde Fernanda doch sicher. Fernanda nickte. Sie sah geschockt aus, und sie wischte sich ein Tränchen aus dem Augenwinkel, murmelte »Dios mio!« und bekreuzigte sich.

Sie hatten ihm einen Zugang gelegt und ließen Schmerzmittel, ein Antibiotikum und einen entzündungshemmenden Fiebersenker direkt in seine Vene laufen.

Die Operation war für den nächsten Morgen angesetzt, vorausgesetzt, er war bis dahin fieberfrei, stabil und die Schwellung auf ein vertretbares Maß zurückgegangen.

Natürlich hatten sie die Wunde drainiert, genau wie April vorhergesagt hatte.

Und da lag er nun, in einem Schnürhemdchen, das hinten offen stand, und versuchte, seine Würde zu bewahren, als die Tür aufging und April hereinwehte, mit einem älteren schwarzen Arzt an ihrer Seite, den sie ihm als Dr. Jonathan Roberts, D.O., vorstellte.

Ihr triumphales Grinsen konnte sie sich einrahmen.

Der Mediziner streckte ihm eine Hand entgegen und griff gleich darauf nach der Krankenakte, die am Fußende des Bettes in einer Halterung steckte. Er überflog sie, blätterte und sah Storm flüchtig über den Rand seiner Brille an. Dann nahm er sie ab, schob sie in die Brusttasche seines Kittels und lächelte ihn aufmerksam an.

»Bitte entschuldigen Sie«, sagte er und zwinkerte ihm zu. »Unsere Praktikantinnen sind angehalten, uns mit interessanten Patienten zu versorgen, das fließt in ihre Beurteilung ein, und sie bekommen dafür einen Coupon für einen Automatenkaffee nach Schichtende. Wie fühlen Sie sich?«

»Stets zu Diensten«, krächzte Storm heiser. »Ich habe mir schon gedacht, dass ich ihr Versuchskaninchen bin. Sie ist ein Kaffeejunkie, wissen Sie.«

Er legte den Kopf schief und all seine Willenskraft in ein möglichst wenig fratzenhaftes Grinsen, das vor allem April galt. Aber insgeheim fühlte er sich nackt und ausgeliefert, er hatte nicht einmal seine Cap.

Der Arzt schmunzelte. »Deutscher Kaffee. Verständlich. Ab und an komme ich auch in den Genuss … Aber da kennen Sie sie anscheinend besser als ich.«

April wand sich.

»Nun, immerhin weiß ich jetzt, weswegen meine Musterstudentin gestern zu spät in meiner Vorlesung erschienen ist. Ich hätte ahnen müssen, dass es medizinische Gründe waren. Haben Sie Fragen bezüglich der Operation?«

Storm schüttelte den Kopf.

Er war versunken in Aprils Gesicht, bemüht, sich jedes Detail einzuprägen, damit er damit einschlafen und hoffentlich auch wieder aufwachen konnte. Die sommersprossige Nasenspitze, die verlegen herumflackernden Augen, weil sie sich von ihm beobachtet fühlte, die rosafarbenen, ungeschminkten Lippen und die Art, wie sie sich die honigblonden Haarsträhnen hinters Ohr zu klemmen versuchte, die dafür einfach noch zu kurz waren und gleich wieder hervorsprangen.

»Meine Kollegin hat Sie bereits über die Risiken aufgeklärt?«

Er nickte abwesend.

Vermutlich waren ihre Haare früher länger gewesen. Er fragte sich, weshalb sie sie nach der Trennung abgeschnitten hatte, wenn sie sie doch so offensichtlich vermisste. Nun, jeder machte mal Fehler.

Seine waren um einiges schlimmer gewesen. Haare wuchsen nach.

Der Doc war um das Bett herumgegangen und hatte die Bettdecke am Fußende angehoben. Prüfend tastete er die Verletzung ab, setzte seine Brille wieder auf und untersuchte das zertrümmerte Sprunggelenk noch einmal von der anderen Seite. Sie hatten den Knöchel gereinigt und desinfiziert, aber nicht wieder verbunden, sondern nur in einer Art U-förmigen Schale fixiert.

Storm biss die Zähne zusammen, aber er konnte nicht verhindern, dass ihm der Schweiß ausbrach.

»Die Platte ist gebrochen«, erklärte der Doc.

»Ich weiß. Ich kann damit leben.«

»Ist das so?«, fragte der Arzt und zog die Brauen in die Höhe. »Und wissen Sie auch, dass sich dabei ein Knochensplitter gelöst hat, der munter durch Ihren Fuß wandert? Ich würde gern verhindern, dass er Ihnen die Bänder durchtrennt, sobald Sie das nächste Mal auftreten. Und bei der Gelegenheit kümmere ich mich dann auch gleich um die alten Narben«, sagte er und richtete sich wieder auf. »Das geht schöner, aber vor allem wird es Ihnen Erleichterung und mit ein bisschen Glück auch mehr Bewegungsfreiheit bringen. Ich würde Ihnen nach der Entlassung dringend zu Physiotherapie und ein paar osteopathischen Behandlungen raten, aber Sie sind ja bei April in den besten Händen.«

»Ich brauche keine –«

Der Doc wehrte seinen Einwand ab wie einen schlecht gespielten Tennisball. »Dafür ist es jetzt noch viel zu früh, eins nach dem anderen. Wir sehen uns morgen um sechs Uhr. Ach, und nicht wieder kneifen!«

Storm zog die Augenbrauen zusammen. Das sprach sich ja schnell rum. April sah ihn für einen Moment flehentlich an, dann wich sie seinem Blickkontakt aus und fixierte ihre Schuhspitze.

»Schon gut. Ich bleibe«, sagte er leise, und Dr. Roberts nickte zufrieden.

»Fein. Ich bin nämlich zu alt, um Patienten hinterherzulaufen, und mein OP-Plan ist auch zu voll dafür. Bedanken Sie sich bei der jungen Dame hier, dass ich für Sie eine Stunde früher aufstehe und eine Hüft-TEP an meinen Kollegen abgegeben habe.«

»Hauptsache, der Kollege ist nicht böse auf den kaputten Knöchel«, versuchte Storm einen Scherz.

»Nein«, versicherte ihm der Chirurg, während er die Krankenakte zurücksteckte. »Nein, ist er nicht.« Er lächelte und sah ihn über die Ränder seiner Brille an wie eine Eule, die auf Beute lauert. »Wie ist die Verletzung ursprünglich entstanden?«

»Das …« Storm sah bewusst an April vorbei und starrte aus dem Fenster. »Es war ein Unfall, vor etwa anderthalb Jahren. In einem Pool. Mit Chlorwasser. Ich war ziemlich lange da drin.«

»Und wer hat damals operiert?«

Storm sah ihm kurz in die Augen und suchte dann Aprils Blick.

»Die haben einen guten Job gemacht. Ich war es, der's versaut hat … Aber nicht erst gestern.«

»Hm.« Der Chirurg wirkte, als ob er nachhaken wollte, überlegte es sich aber anders. »Gut. Wir sehen uns morgen.« Er warf ihm die Fernbedienung zu.

Storm fing sie mit der linken Hand auf.

»Lassen Sie sich den Tag nicht zu lang werden. Das Nüchternbleiben ist der unangenehmste Teil, um den Rest kümmern wir uns. Ich habe mir sagen lassen, es gibt ganz gute Serien auf dem Streamingdienst von unserem Kanal 4, aber versuchen Sie, zwischendurch zu schlafen.«

»Ich schau nachher noch mal rein«, versprach April, dann eilte sie hinter ihrem Chef zur Tür hinaus.

Storm fiel in sich zusammen wie eine dieser aufblasbaren Werbefiguren, denen man das Helium abgestellt hat. Konnte es sein, dass April zu seinem Helium wurde? Er schüttelte den Kopf. Nicht gut. Immer noch nicht gut.

Sobald er die Augen schloss, tauchte ihr Bild vor ihm auf. Er stellte sich vor, dass sie neben ihm säße, an seiner Bettkante. Er meinte zu spüren, wie ihr Federgewicht in die Matratze drückte. Damals wäre das vielleicht möglich gewesen, als er noch ein vorzeigbarer Typ gewesen war. Er grunzte abfällig und murmelte im Halbschlaf.

»Als ob.«

Damals wäre sie ihm niemals aufgefallen, er war den Umgang mit austauschbaren Silikonbräuten gewohnt gewesen, bis Laureen kam. Und das hatte er auch verkackt, als der Typ, der er damals war: hübsche Schale, verschimmelter Kern. Jetzt war es umgekehrt, außen pfui und innen – na ja, auch nicht viel besser.

Tatsache blieb, dass sie niemals in derselben Liga spielten. *So what.*

Er stellte sich trotzdem vor, wie sie nach seiner Hand griff, spürte beinahe ihre Zerbrechlichkeit und die Wärme ihrer zarten Haut.

»Storm? Bist du wieder bei uns?«

Ihre Stimme drang von weit her an sein Ohr.

»April?«, murmelte er.

Sein Hals fühlte sich an wie Schmirgelpapier, seine Brust

schmerzte, als hätte ihm jemand die Rippen gebrochen. Es war gleißend hell im Raum, er kniff die Augen zusammen und griff sich an die Stirn, um sie zu beschatten. In seinem Handrücken steckte ein Schlauch, wie bei einer Marionette, fuhr ihm durch den Kopf.

Dann setzte die Erinnerung ein. Er lag im Krankenhaus. Sie hatten ihn operiert. Oder noch nicht? Doch. Anscheinend. Irgendwie fehlte ihm der Mittelteil. Er fühlte sich benommen, verkatert. Aber er hatte nichts getrunken, da war er sich sicher. Sein letzter Rausch lag lange zurück.

»Möchtest du etwas trinken?«

Die verschwommenen Farben setzten sich zu Umrissen zusammen, wurden klarer, nahmen Formen und Tiefe an.

»April«, murmelte er ein zweites Mal. »Ja, gern. Wasser.«

»Was anderes bekommst du eh nicht.«

In ihrem bis eben fürsorglichen Ton schwang nun noch etwas anderes mit, Kühle. Er konnte es noch nicht zuordnen.

Mit routinierten Handgriffen stellte sie das Kopfteil seines Bettes höher, sodass er sich nicht verschluckte. Er trank in gierigen Zügen.

Sie trug keinen Kittel mehr. Wie spät war es? Welcher Tag? Er wollte sich keine Blöße geben, danach zu fragen.

»Ist es gut gelaufen?«

Sie nickte, presste aber dabei die Lippen zusammen. »Doc Joe, also Doctor Roberts, ist einfach der Beste.«

Bei der Erwähnung ihres Mentors sprühten ihre Augen in schwärmerischem Glanz. Er las in ihnen, sie waren ein offenes Buch.

»Ich durfte von oben zusehen. Faszinierend!«, holte sie aus. »Und eine schöne Abwechslung zu Babygeschrei und vollen Windeln.«

Er erinnerte sich dunkel, dass sie etwas darüber erzählt hatte, dass sie in der Säuglingsstation eingeteilt war.

In Gedanken ging sie ganz offensichtlich die spektakulärsten Sequenzen der Operation noch einmal durch. Aber irgendetwas kämpfte in ihr. Was verheimlichte sie ihm?

Jetzt wurde ihr bewusst, dass er sie immer noch ansah, und sie biss sich verlegen auf die Lippe.

»Also, ja … es lief wunderbar. Wir machen ein paar Übungen zusammen, und du wirst besser gehen können als vorher.«

Sie verzog die Mundwinkel nach oben. Aber etwas daran war falsch. Er kannte diesen Gesichtsausdruck, und April beherrschte ihn nicht einmal besonders gut. Es war diese Art Lächeln, das einem nur vorgaukeln sollte, dass alles in Ordnung war, doch dahinter lauerten schlimme Nachrichten auf einen pseudorichtigen Zeitpunkt, den es nun einmal nicht gab.

Aus dem Dickicht von Storms Erinnerungen schnellte so ein Satz hervor, heimtückisch wie ein Guerillero. Ein anderer Arzt, einer von der richtig teuren Sorte, in einem anderen Krankenhaus, gute sechshundert Kilometer von hier, in Beverly Hills: »Sie werden wohl nie wieder tanzen können.«

»Warten wir ab«, sagte er tonlos. »Wenn die Schmerzen erträglicher werden, bin ich schon zufrieden. Jetzt spuck schon das andere aus, es ist okay. Also? Was ist passiert?«

»Oh, das.«

Sie wirkte kein bisschen überrascht, dass er sie durchschaut hatte, eher erleichtert, dass sie ihm die Wackersteine vor die Füße knallen konnte, die sie mit sich herumgeschleppt hatte. Ihre Miene verfinsterte sich. Dann schoss sie drauflos.

»Du wärst fast auf dem Tisch geblieben, du Idiot! Du hättest angeben müssen, dass du dir schon seit Ewigkeiten massenhaft Tramadol und Pregabalin reinpfeifst und weiß der Geier was noch! Kein Kreislauf findet das lustig, so plötzlich auf Entzug gesetzt zu werden. Wir hatten selbst im Aufwachraum noch ganz schön mit dir zu tun. Du hättest es mir sagen müssen!«

»Hätte ich? Weil du meine Mutter bist? Vielleicht wäre es das Beste gewesen, wenn ich in der Narkose verreckt wäre. Aber so einfach komme ich wohl nicht davon.«

Seine Mundwinkel wackelten, es hätte ein Frotzeln werden sollen, aber anscheinend kam es nicht so an.

»Arsch.«

Ruckartig zog sie ihre Hand fort, und erst da realisierte er, dass er nicht geträumt hatte. Ihm fehlte wirklich irgendwo ein Stück in seinen Erinnerungen. Sie saß tatsächlich neben ihm. Jetzt allerdings sprang sie auf, als wäre das Bett ein Nadelkissen.

»Ich hab ja versucht, das Zeug auszuschleichen. Ich weiß selber, dass es mir auf Dauer nicht guttut.«

»Du machst es einem wirklich nicht leicht, weißt du? Du hättest draufgehen können, damit scherzt man nicht, und einen Entzug macht man nicht allein. Aber wie du ja selbst so treffend gesagt hast, Unkraut vergeht nicht. Da ist wohl was dran. Wir sehen uns morgen. Ich zeige dir dann, welche Übungen du jetzt schon machen musst.«

»Warte!«, rief er ihr hinterher. »Wie lange wollen die mich denn hierbehalten?«

Sie streckte ihren Kopf noch einmal durch die Tür. »Das hängt davon ab, wie kooperativ du bist. Wenn's nach mir ginge, bis du schwarz wirst. Der Doc sagt, eine Woche … Und dann bist du vermutlich auch clean. Aber auch wenn es mich nichts angeht: Du brauchst eine begleitende Psychotherapie, Storm. So oder so. Nur fürs Protokoll, und das meine ich wörtlich: Was hast du genommen, wie lange und wie viel?«

Er sagte es ihr.

Sie nickte, dann verschwand sie wie die Fee Morgana. Was noch eine ganze Weile im Raum verweilte, war ihr zarter Duft nach Seife und Blütenshampoo, der im krassen Gegensatz zu dem heiligen Zorn stand, der sie beim Hinauswehen umwölkt hatte.

Storm ließ sich erschöpft in die Kissen zurückfallen. Die Nadel in seinem Handrücken nervte. Auf dem Beistelltischchen standen eine Flasche Wasser und sein halb volles Glas, daneben ein Tablett mit Essen, der Teller war abgedeckt, also musste er raten, was es gab.

Sein Bein brannte ein wenig und pochte dumpf, sie hatten ihm weiße Thrombosestrümpfe angezogen und es hoch gelagert, in einer Art Kissenrampe, die es ihm unmöglich machte, sich auf die Seite zu drehen, geschweige denn aufzustehen.

Verkniffen betrachtete er das Wasserglas. Den Rest zu trinken würde er sich besser noch ein bisschen verkneifen, wenn er … Ein unangenehmes Ziehen machte ihm in diesem Moment klar, dass er sich zumindest übers Pinkeln keine Gedanken machen musste. Erst jetzt fiel ihm der kleine gelbe Schlauch auf, der dezent unter der Bettdecke hervorlugte und irgendwo außerhalb seiner Sicht in einen Urinbeutel mündete. Na bravo, das hieß, auf die Schwester war er nur für andere Geschäfte angewiesen. Er hasste Krankenhäuser.

Kapitel 9

Storm

Nach acht Tagen hatten sie die Nase so voll von ihm wie er von den täglichen Thrombosespritzen und den eleganten Strümpfen. Zumindest hatte der Chefarzt das augenzwinkernd behauptet. Er nannte ihm Ausweichmedikamente und legte ihm außerdem nahe, seinen Schmerzmittelkonsum insgesamt drastisch zurückzufahren, wenn er sich nicht ein weiteres Mal in der Suchtklinik wiederfinden wollte, und dass er wegen der posttraumatischen Belastungsstörung eine Therapie machen sollte. Storm hatte trocken geschluckt, als der Chirurg es so einfach aussprach, als hätte er einen Schnupfen – und er war klug genug gewesen, es nicht abzustreiten. Dr. Roberts hatte sich die Akte aus der Klinik in Beverly Hills kommen lassen. Wozu dann noch lügen?

»Weiß April davon? Von der Suchtklinik und … dem anderen?«

»Nur, was sie wissen muss«, versicherte ihm der Arzt und musterte ihn aus dunkelbraunen Augen, die so undurchdringlich waren wie gebrannter Ton. Er versicherte sich, dass niemand in der Nähe war, dann beugte sich der Doc ein Stück vor, sodass sein Gesicht ganz dicht vor seinem war. »Maggie und Lydia sind die besten Nachbarinnen, die ich mir wünschen könnte. Sie singen mit meiner Frau im Chor, sonntags spielen wir zusammen Bridge und grillen. Und wenn wir im Urlaub sind, versorgen sie die Katzen und mähen den Rasen.

April ist Familie. Wenn Sie dem Mädchen wehtun, breche ich Ihnen sämtliche Knochen.«

»Verstößt das nicht gegen den hippokratischen Eid?«

»Lassen Sie's nicht drauf ankommen.«

»Hab ich nicht vor, Doc. Ehrlich.«

»Gut. Dieser Teil des Gesprächs hat nie stattgefunden.«

Sie nickten einander zu wie zwei Ringer, die sich nach ein paar taxierenden Umrundungen stumm geeinigt hatten, den anderen nicht herauszufordern – allerdings war der Kampf nur auf unbestimmte Zeit vertagt, nicht abgeblasen.

Dr. Roberts zog ihm persönlich die Braunüle aus dem Handrücken und klebte ein Pflaster auf den Einstich. Dann unterschrieb er die Entlassungspapiere und drückte sie Storm in die Hand.

»Ich lasse mich von April auf dem Laufenden halten«, verkündete er im Hinausgehen.

Und damit meinte er nicht nur die Übungen für den Knöchel und die osteopathischen Sitzungen für seine Hüfte, die April vorgeschlagen hatte, auch das war ihm klar.

Storm fühlte sich extrem unwohl bei dem Gedanken, dass sie ihn in ihrer Wohnung weiterbehandeln würde. Wie sollte das gehen? Selbst im Krankenhaus war es schwer genug, ihre Hände auf Rücken, Schultern, Nacken und an den Beinen auszuhalten, ohne sie anzufassen. Es drängte ihn, ihre Handgelenke mit seinen Fingern zu umschließen und zu anderen Körperregionen zu führen, die ohne Zweifel mit weit mehr als Gänsehaut und Kribbeln auf ihre sanften Berührungen reagieren würden. Wenn er schwach wurde, stellte er sich vor, wie es war, sie zu küssen, ihre Brüste zu berühren, sanft zu umkreisen, bis die Spitzen sich zusammenzogen wie Rosenknospen an kühlen Abenden. Er wollte ihren Duft einatmen, die Töne hören, die sie von sich gab, wenn sie erregt war, ihre Atmung unter seinen Händen spüren, wenn er tiefer glitt, sich abwärts streichelte und küsste, von ihrem Mund über den schlanken, zurückgebogenen Hals, das Dekolleté. Er fragte sich, wie ihr Busen sich anfühlte, die dünne Haut über ihren Rippen, die Form ihres Bauchnabels und wie ihr Magen beben würde, wenn er sich noch tiefer wagen würde, wenn sie ihn zu sich heranzog und unter seinen Händen aufbäumte, ihm entgegen …

»Verdammt.«

Er fasste sich zwischen die Beine und stöhnte. Wenn er nicht gleich in der nächsten Institution weggesperrt werden wollte, konnte er damit auf keinen Fall in die Öffentlichkeit gehen.

Schritte näherten sich von draußen. Sein erster Impuls war, sich das Kissen über die ägyptische Pyramide zu ziehen, die sich durch magische Gedankenkraft im Schritt seiner Jogginghose erhoben hatte. Aber erstens würde das extrem schmerzhaft sein, bei dem Druck, der dort pochte, und zweitens würde die Erektion davon auch nicht zeitnah verschwinden. Er suchte sein Heil in der Flucht und rettete sich wackelig auf einem Bein hüpfend ins Bad, um sich Erleichterung zu verschaffen. Gerade noch rechtzeitig.

»Storm? Bist du da drin?« April klopfte an die Tür.

»Ja … ich … Gib mir eine Minute, okay? Ich komme … gleich.«

Er verdrehte die Augen und tastete blind nach der Toilettenspülung, damit das Rauschen sein schweres Atmen übertönte, als er das Hier und Jetzt verlor und ein Teil von ihm ins All katapultiert wurde, während der Rest von ihm ihn einen armseligen Wichser nannte.

Zitternd presste er seine Stirn gegen den Spiegel über dem Waschbecken.

»Ist wirklich alles in Ordnung?«

Er drehte den Wasserhahn auf und wusch sich die Hände. Dabei betrachtete er sein Gesicht. Nicht zum ersten Mal erinnerte es ihn an die beiden Hälften von Dr. Jekyll und Mr. Hyde. Er bespritzte beide mit kühlem Nass und trocknete sie ab. Dann kontrollierte er den Sitz seiner Hose und atmete tief durch, bevor er die Tür öffnete. Sein Herz klopfte immer noch doppelt so schnell wie normal.

»Wenn du … ähm … Verdauungsprobleme hast, ich könnte …«, stotterte April, dann griff sie schnell nach seinem Rucksack, der gepackt auf dem Bett stand.

»Nein, alles super«, antwortete er langsam und verkniff sich verzweifelt ein Grinsen. »Wenn alles so gut funktionieren würde wie meine Mitte, hätte ich keine Probleme.«

Oder erst recht, fügte er im Stillen hinzu. Aber das ging sie nun wirklich nichts an.

Was ihm jetzt helfen würde, wäre diese wallende mexikanische Schwester, die es jedes Mal genossen hatte, wenn seine Thrombosespritzen in ihre Schicht gefallen waren. Die Art, wie sie sich eine Bauchfalte griff und zusammenquetschte, war eine Wunderwaffe gegen jegliche Form von Gelüsten.

»Dann ist ja gut«, sagte April skeptisch, hielt dann aber kurz in der Bewegung inne und stutzte, so als ob sie gerade eben begriffen hätte, was es noch für Möglichkeiten gab, die einen Mann im Bad zu seltsamen Geräuschen hinrissen.

Erstaunt über sich selbst schloss er kurz die Augen und betete, dass dem nicht so war. Es wäre ihm tatsächlich höchst unangenehm. Und auch das war neu.

April schulterte seinen Rucksack, damit er die Hände frei hatte für die Unterarmgehstützen. Die würde er noch ein paar Wochen brauchen, hatte man ihm eingeschärft. Bloß nicht zu früh belasten.

Sie räusperte sich.

Er nickte ergeben und öffnete die Augen wieder. Wenn sie sich etwas zusammengereimt hatte, ließ sie es sich jedenfalls nicht anmerken. Oder war ihre Miene distanzierter als sonst?

Kühl? Er hatte sie durch seine Schroffheit nicht verletzen wollen, sah sich aber auch außer Stande, ihr zu erklären, was er da drin getrieben hatte, ohne sich selbst wie ein sexbesessenes Monstrum vorzukommen. Dass sie sein Äußeres abscheulich fand, damit konnte er leben, er musste es ja. Aber charakterlich …

»Wollen wir?«

Storm nickte eilig, doch sobald sie sich zur Tür drehte, um sie zu öffnen, griff er sich brutal in den Schritt, um dem zuckenden Kobold klarzumachen, dass er nicht gemeint war mit ihrer Frage – auch keine Tätigkeit, die ihn in irgendeiner Weise involvierte – und dass er sich unterstehen sollte, sich noch einmal ungebeten so selbstherrlich aufzuplustern.

Die Tage schlichen dahin. April verschwand morgens entweder in die Klinik oder an die Uni. Sie folgte dem Rhythmus ihrer Alltagsroutine, und er beneidete sie darum. Immerhin versuchte er, sich im Haushalt nützlich zu machen, so gut er das auf einem Bein konnte. Und, was ihn selbst am meisten erstaunte, er hatte tatsächlich wieder angefangen, Gitarre zu spielen und neue Songs zu schreiben. Einigermaßen regelmäßig sogar.

Sie sprachen sich ab, was das Essen betraf, und er hatte stillschweigend akzeptiert, dass sie Zettel aufgehängt hatte: an der Badezimmertür mit Zeiten, an denen sie ihn höflich bat, die Dusche nicht zu blockieren, am Kühlschrank mit den übrigen Hausregeln. Es amüsierte ihn in gewisser Weise, dass sie es offenbar nicht über sich brachte, ihn direkt auf Dinge anzusprechen, die sie störten. Als er sich das Zimmer angesehen hatte (was er ja streng genommen nicht wirklich getan hatte), am Tag, als er eingezogen war also, war sie in ihrer Klarheit brüsk und klar gewesen. Jetzt wich sie ihm aus, wo sie konnte, nur um ihn eine halbe Stunde später hingebungsvoll zu massieren oder ihm die Hände ins Kreuz oder in die schmerzhafte Fuge zwischen Schien- und Wadenbein zu schieben. Oder mit angezogenen Knien auf dem Küchenhocker zu kauern und ihm zuzuhören, wenn er verlegen unvollständige Riffs zupfte oder Harmoniefolgen ausprobierte und dazu summte, weil er noch keine Worte zu den Melodien hatte, die er ihr präsentieren mochte.

Er war überrascht, wie viel Vertrauen er bereits zu ihr entwickelt hatte, aber umgekehrt konnte er ihr widersprüchliches Verhalten nicht einordnen. Sie gab ihm Rätsel auf, und das faszinierte ihn mehr, als ihm lieb war. Das und die Tatsache, dass seine Rückenschmerzen zum ersten Mal seit Monaten phasenweise völlig verschwunden waren und er innerhalb kürzester Zeit beinahe lahmfrei gehen konnte – auch wenn er das Bein noch nicht wieder belasten sollte.

April

Ich schrecke hoch. Alles ist still, nur mein Daunenkissen knistert, als ich mich in Zeitlupe zu meinem Wecker drehe. Jetzt erst nehme ich sein leises elektrisches Surren wahr und ebenso regelmäßig die Atemzüge eines schlafenden Hundes. Sky verbringt die Nacht bei mir, Mrs. Wolowitz musste zu ihrer Schwägerin ins Valley.

Es ist noch lange nicht Morgen, gerade halb vier vorbei. Ich könnte noch zwei Stunden weiterschlafen bis zum Alarm. Aber irgendetwas hat mich brutal aus Morpheus' Armen gerissen und hält mich davon ab, einfach mit ihm weiterzukuscheln.

Das Zimmer schweigt. Meine Augen gewöhnen sich langsam an das Zwielicht im Raum. Die Möbel stehen an ihrem Platz, nichts bewegt sich, nicht einmal die Gardine. Ich hatte gegen Mitternacht das Fenster geschlossen, weil irgendwer unten im Hof eine lautstarke Poolparty gefeiert hat, aber auch draußen ist inzwischen alles ruhig.

Was war es dann? Ich lausche. Nichts. Nicht mal ein Schnarchen von Storm. Vermutlich habe ich mir die Störung nur eingebildet, wenn selbst Sky einfach weiterschläft.

Ich rolle mich auf die andere Seite und ziehe die Bettdecke fest über mich.

Doch kaum schließe ich die Augen, ist es wieder da, ein seltsames Gurgeln, und es kommt aus Storms Zimmer.

Mir fällt die Episode im Krankenhaus wieder ein, am Tag seiner Entlassung, als ich ihn abgeholt habe. Während ich alles stehen und liegen gelassen habe, um wie verabredet pünktlich da zu sein, holt der Kerl sich in aller Seelenruhe im Bad einen runter – und ich mache mir Sorgen, ob er Verdauungsprobleme hat, und frage ihn das auch noch. Nun, diesmal erspare ich mir solche peinlichen Stilblüten. Soll er doch Spaß haben, geht mich nichts an und sei ihm gegönnt, ich will einfach nur schlafen. Mit geschlossenen Augen strecke ich einen Arm unter der warmen Decke hervor, taste nach dem Griff meines Nachttischschubfachs und ziehe es auf.

Ein Knarzen aus Skys Korb verrät mir, dass er auch wach geworden ist und die Lage checkt. Er schnuppert hörbar und beschließt offenbar, dass er sich wieder zusammenrollen kann. Tretgeräusche und erneutes Knarren, gefolgt von einem zufriedenen Grunzen verraten mir, dass er die ideale Position gefunden und sich wieder hingelegt hat.

Das werde ich auch gleich, ich brauche nur noch diese Ohrstöpsel. Meine Finger bekommen ein flaches Schächtelchen zu fassen. »Hab sie«, murmele ich zufrieden, schiebe die Lade wieder zu und fummele mir die Ruhespender in die

Ohrmuscheln – eine der besten Investitionen, seit Storm und sein Schnarchen bei mir eingezogen sind.

Ich würde ihm wirklich zu gern *die Hände auflegen*, wie er das nennt, um dieses Baumsägen einzudämmen, aber er erlaubt mir nur eine Baustelle zurzeit. Sturer Kerl, doch ich bin ja schon froh, dass er mich überhaupt an sich arbeiten lässt.

Ein markerschütternder Schrei durchschneidet die Stille, und ich sitze senkrecht im Bett. Sky bellt auf, rennt zur Tür und sieht mich auffordernd an.

»Was war das?«, flüstere ich und ziehe mir die Stöpsel aus den Ohren.

Dabei verwünsche ich den Umstand, dass Hunde nicht sprechen können, zumindest nicht mit Worten. Sky sieht von mir zur Tür und kratzt daran. Sein Wunsch ist eindeutig, aber ich bleibe skeptisch.

»Würdest du Einbrecher eigentlich pflichtschuldig fressen oder nur mit ihnen spielen?«, frage ich zögerlich und scanne mein Zimmer nach einer potenziellen Waffe ab. Warum nur habe ich mich nie für Baseball begeistern können?

Nebenan stöhnt Storm, nein, streng genommen ist es kein Stöhnen, sondern ein lang gezogenes, unmenschliches Heulen. Und da dringt es endlich in meine Gehirnzellen, dass es hier weder um Einbrecher noch um Sex geht. Irgendwas anderes ist da drüben nicht in Ordnung, und es klingt bedrohlich.

»Verdammter Mist«, knurre ich, schlage die Decke zurück und knipse die Nachttischlampe an.

Während ich in meine Hausschuhe schlüpfe und mir den Bademantel überstreife, ergänze ich im Geist einen Strich auf der Kontraseite meiner imaginären Liste über die Vor- und Nachteile des Zusammenlebens mit Storm. Im Moment kippt die Waage in Richtung: Ohne ihn war es wesentlich ruhiger, entspannter … Wieso nur geht es keine Woche ohne Drama?

»Storm?« Ich bleibe an seiner Tür stehen, klopfe und warte auf Antwort.

Sky hat da weniger Skrupel. Er bellt und kratzt.

Auf der anderen Seite fällt krachend irgendwas um, also vergesse ich meine Zurückhaltung und stürme hinein. Storms Bett ist leer, aber aus einer Zimmerecke dringt wieder dieses röchelnde Gurgeln. Sky stürzt an mir vorbei, genau auf die Quelle dieser seltsamen Laute zu, da taste ich noch nach dem Lichtschalter an der Wand. Als ich ihn endlich gefunden habe, ist das Röcheln in leises Wimmern umgeschlagen. Storm kauert an der Wand, in die Decke verschlungen, als würde er mit einer Boa ringen, die vorhat, ihn zu erdrosseln. Die Haare stehen ihm wirr zu Berge, seine Augen sind geschlossen, das Gesicht tränenüberströmt, vielleicht ist es auch Schweiß, und Sky tut sein Bestes, ihn trocken zu schlecken. Storm macht keine Abwehrbewegungen, er wirkt ganz weit weg.

»Storm?«, frage ich noch einmal.

Ich gehe ein paar Schritte auf ihn zu, stelle reflexartig den umgestürzten Sessel wieder hin und lese herabgefallene Musikzeitschriften und Kleidungsstücke auf.

Er reagiert nicht, als ob sein Bewusstsein in einer anderen Dimension gefangen ist.

»Was hast du?«

Sinnlose Frage.

Ich gehe vor ihm auf die Knie und berühre ihn vorsichtig am Arm. Panisch schlägt er um sich, trifft Sky an der Schulter, und der Rüde jault überrascht auf, schleckt aber unbeirrt weiter über Storms Gesicht und Hals.

Die schreckliche Narbe wirft im Lampenlicht bizarre Schatten. Unwillkürlich muss ich an alberne Zombistreifen denken und schäme mich dafür.

Ich greife sanft nach seinen Händen und umklammere sie dann fest. Unter normalen Umständen hätte ich keine

Chance gegen Storms Kraft, aber was immer gerade mit ihm los ist, lässt seine Muskeln zu Pudding mutieren.

»Storm! Wach auf!«, schreie ich ihn jetzt an, zunehmend panisch, und erschrecke vor mir selbst. *Was soll man niemals tun mit Schlafwandlern, du Erstsemester?!*

Aber erstaunlicherweise gibt er Ruhe, seine Hände finden Skys Fell und fangen an zu kraulen. Ich lasse ihn noch nicht los, mache einfach seine Bewegungen mit, nur um sicherzugehen, denn ich will ihn wegreißen können, falls er Sky noch einmal wehtut. Aber das geschieht nicht.

Endlich verändert sich seine Körperspannung. Er blinzelt und schlägt die Augen auf, aber er blickt geradewegs durch mich hindurch.

Ich löse meine Finger von seinen Händen und schnipse vor seinem Gesicht herum. Er zeigt Reflexe, aber noch immer keine bewusste Reaktion.

»April«, flüstert er und streicht mir wie ein Blinder übers Haar.

Nicht so, als hätte er realisiert, dass ich hier vor ihm sitze, sondern eher, als würde seine Vision von mir zufällig mit meiner körperlichen Präsenz übereinstimmen.

Sky leckt unablässig an ihm herum. Abwesend greift Storm ihm ins Fell und streichelt ihn weiter. Hunde müssen nicht Medizin studieren, sie wissen einfach instinktiv, was richtig ist und hilft.

»Es tut mir so leid«, wimmert Storm plötzlich klar und deutlich. Dann rollt er sich auf dem Fußboden zusammen.

Der Hund weicht ihm mit der Eleganz und Reaktionsschnelligkeit von vier Pfoten aus und setzt sich ein paar Zentimeter entfernt vor ihn hin.

Ich finde das alles mehr als gruselig. Somnambulismus kenne ich nur aus Erzählungen und medizinischer Fachliteratur. Gesehen habe ich so etwas noch nie, schon gar nicht in so krasser Form und bei einem Erwachsenen. Mein Hirn rattert mir vor, was es darüber abgespeichert hat: *Zählt zu den Schlafstörungen, Ursachen weitgehend unerforscht, genetische Faktoren vermutet. Auslöser reichen von Stress über Schichtarbeit bis zum Konsum von Medikamenten, Drogen und Alkohol – oder Erkrankungen wie Depressionen, Fieber, Schlafentzug oder neurologischen Störungen wie Epilepsie.*

Manchmal ist Nichtwissen beruhigender. Ratlos, hilflos, machtlos betrachte ich Storm.

Seine Atemzüge sind jetzt tief und gleichmäßig.

»Er schläft«, erzähle ich völlig verdattert Sky oder vielleicht auch mir selbst – dabei sehen wir es ja beide.

Ausschlussdiagnose? Ich überwinde mich und strecke meine zitternde Hand nach seiner Stirn aus.

Nicht heiß, kein Fieber, und glücklicherweise springt er mich auch nicht an. Dieser Albtraum, Flashback oder was immer es war, scheint vorüber. Ich atme aus.

Es gelingt mir, die verknäulte Bettdecke unter ihm hervorzuziehen und ihn damit zuzudecken. Mehr kann ich gerade nicht tun, also wende ich mich zum Gehen. Mir ist kalt.

Sky dagegen hat offensichtlich vor zu bleiben. Der Labradormischling rollt sich direkt vor Storms Bauch zusammen und schmiegt sich mit seinem Rücken an ihn. Löffelchenstellung mit Hund, bei mir macht er das nie, ich kriege höchstens Besuch am Fußende. Doc Sky verschreibt *mir* warme Füße immer nur als Kurzanwendung. Sobald ich mich bewege, springt er sofort vom Bett.

Seufzend schlucke ich den Anflug von Eifersucht hinunter und lösche das Licht. Die Tür zu Storms Zimmer jedoch lehne ich nur an. Und meine auch. Falls Sky es sich anders überlegen sollte. Das Geschnarche werde ich schon überleben.

Am nächsten Morgen ist Storm schon vor mir auf. Er pfeift ein Lied und backt Pancakes.

»Auch einen?«, begrüßt er mich gut gelaunt und blickt über die Schulter.

Ich starre ihn wortlos an.

»Ist was? Hab ich was falsch gemacht?« Seine Augen fliegen zur Liste am Kühlschrank.

»Du kannst dich an nichts erinnern, oder?«

Er kehrt Herd und Pfanne den Rücken zu und balanciert sich am Tresen aus, wobei er sein Gewicht tunlichst auf dem gesunden Fuß lässt. Dann dreht er sich mit zerknirschtem Gesichtsausdruck zu mir um. »Oje, ich habe geschnarcht, oder? Tut mir leid!«

Ich schüttle den Kopf.

»Tut der Fuß heute wieder mehr weh?«

»Etwas«, gibt er zu. »Keine Ahnung, wieso.«

»Ich aber«, behaupte ich. »Du schlafwandelst, Storm. Und ich wüsste gern, ob das eine einmalige Aktion war oder ob ich jetzt Fenster und Türen verriegeln und alles Scharfkantige wegschließen muss, damit du dir nicht wehtust oder uns die Bude überm Kopf anzündest, falls du mitten in der Nacht auf die Idee kommst zu kochen und den Herd anlässt.«

Sein anfängliches Schmunzeln wandelt sich von Unglauben über Staunen hin zu einem Ausdruck von Betroffenheit.

»Was habe ich denn angestellt?«, will er wissen.

»Du hast geschrien. Davon bin ich wach geworden. Als ich nach dem Rechten gesehen habe, hast du neben dem Bett gelegen und versucht, deine Decke zu erwürgen. Der Sessel war umgestürzt, anscheinend hast du Möbelweitwurf geübt«, fasse ich zusammen.

»Vermutlich bin ich einfach drüber gestolpert«, wehrt er ab. »Ich … ich habe manchmal Albträume.«

»Hm«, mache ich vielsagend.

»War das … Ist sonst noch was passiert, außer dass ich mich in der Decke verheddert habe?«

Ich schürze die Lippen. Verheddert – so kann man's auch sehen. Einen Moment lang wäge ich ab, ob ich ihm erzählen soll, dass er meinen Namen gesagt und mich berührt hat. Aber das verwerfe ich ganz schnell wieder, nicht, dass er das in den falschen Hals bekommt, und auf seine Sprüche kann ich verzichten.

Aufmerksam verfolgt er mein Mienenspiel.

»Es tut mir leid. Ich … ich wollte dich nicht erschrecken.«

Jetzt sieht er ehrlich zerknirscht aus, das Fenster zu seiner Seele öffnet sich einen Spaltbreit.

»Schon okay.«

Wobei: Nein, nicht okay.

Ich blähe die Nasenflügel. »Du hast mir immer noch nicht geantwortet, ob du solche Episoden öfter hast.«

»Das war keine Episode«, wischt er meine Bedenken weg.

»Menschen mit posttraumatischer Belastungsstörung haben manchmal solche Attacken«, bohre ich weiter.

Schon geht das Fenster wieder zu und der Vorhang gleich hinterher. Er wendet mir erneut den Rücken zu und konzentriert sich auf brutzelnde Pancakes, die Rührschüssel und heißes Öl.

»Kann sein. Mir gehts gut.«

»Wirklich?«, fasse ich nach, während er mit dem Spüllappen ein paar Fettspritzer vom Herd wischt.

Schwungvoll wirft er den Lappen zurück in die Spüle.

»Menschen haben Albträume, April. Mach doch nicht aus allem, was um dich herum geschieht, eine Fallstudie.«

Er atmet tief durch, angelt nach einem Teller, schiebt einen frischen Pancake darauf und hält ihn mir hin.

»Mit Ahornsirup oder Honig?«, fragt er mit butterweicher Stimme.

Gut, dann also Themawechsel. Wie jedes Mal, wenn es heikel wird.

»Weder noch«, erwidere ich schnippisch, schnappe nach dem herrlich duftenden Pancake-Teller und greife ins Regal über ihm. »Apfelmus. Und wann ist eigentlich die Probezeit vorbei?«

Er zieht die Augenbrauen hoch. »Wenn du mich hier nicht haben willst, kann ich gleich ausziehen. Du brauchst es nur zu sagen.«

Er streckt seine Hand nach meinem Teller aus. Verblüfft zucke ich zurück und schiebe die Unterlippe vor.

»War nicht so gemeint. Sorry. Ich … Es ist nicht leicht für mich, über meinen Schatten zu springen, verstehst du? Ich mache mir eben Sorgen. Berufskrankheit. Manchmal überschreite ich da wohl Grenzen.«

»Was du nicht sagst«, grunzt er und greift ins Besteckschubfach.

»Waffelfrieden?«, frage ich vorsichtig.

Seine Mundwinkel zucken verhalten, dann lässt er sich zu einem Grinsen hinreißen und reicht mir Messer und Gabel.

»Waffelstillstand, solange wir essen. Und nachher spiele ich dir meinen neuen Song vor.«

Ich blicke auf die Uhr und schneide eine Grimasse, weil ich das ehrlich schade finde. »Das muss leider bis heute Abend warten.«

»Sag doch einfach, wenn dir meine Musik nicht gefällt.« Grinsend schiebt er sich ein Stück Pancake in den Mund.

»Idiot.«

Ich kann ihm nie lange böse sein, das gehört leider auf die Plus-Seite, genau wie seine Kochkunst und dass er eine Stimme hat, die mir Gänsehaut macht. Also, wenn er singt, meine ich – wo habe ich eigentlich schon wieder meinen Rucksack hingestellt? Suchend drehe ich den Kopf.

»Garderobe«, antwortet Storm auf meine stumme Frage und zeigt in den Flur.

»Danke.« Ich stelle den leeren Teller auf der Spüle ab und laufe los. »Hast du schon mal über Auftritte nachgedacht?«, rufe ich in die Küche und höre, wie Storm sich prompt verschluckt und loshustet. »Findest du das so abwegig?«, frage ich erstaunt.

»Nein, ich …« Seine Antwort wird von einem neuerlichen Hustenanfall unterbrochen. »Ich habe tatsächlich schon mal …«

»Drüber nachgedacht?«, falle ich ihm strahlend ins Wort. »Du solltest das auf jeden Fall tun!«

Gedankenverloren räumt er das Frühstücksgeschirr zusammen.

»Ich weiß nicht, April. Früher habe ich schon auf Bühnen gestanden, weißt du. Aber mit *dem* Gesicht …« Er schüttelt bedächtig den Kopf. »Die Zeiten sind vorbei. So was wollen die Leute nicht sehen, es sei denn in einer Freakshow. Und das möchte ich erst recht nicht bedienen.«

»Bullshit«, widerspreche ich. »Du musst einfach nur einen Schritt nach dem nächsten planen, dann erschreckt dich der Berg nicht. Beachte ihn gar nicht, behalte den Gipfel im Fokus. Guck dir die Typen an, die bei *America's Got Talent* gewinnen. Oder hast du schon mal von Cro gehört?« Ich reiße meine Jacke vom Haken und bücke mich nach meinen Schuhen. Mist, ich muss jetzt wirklich los. »Vermutlich nicht, egal. Deutscher Künstler, der tritt nur mit Maske auf. Denk drüber nach, uns fällt schon was ein! Wir reden heute Abend! Und denk an deine Übungen!« Plötzlich habe ich eine Eingebung. Atemlos richte ich mich auf und grinse ihn an. »Ha! So geht der Deal. Von mir aus kannst du bleiben, Probezeit beendet. Aber wir nehmen ein Demotape auf und bereiten einen Gig für dich vor. Irgendein Club hier im Viertel. Du darfst ihn dir sogar aussuchen.« Ich halte ihm meine Getto-Faust hin oder was ich dafür halte. »Was sagst du? Bämm?!«

Storm

Er starrte noch minutenlang auf die hinter ihr ins Schloss gefallene Wohnungstür, auf jeden Fall weit länger, als es dauerte, bis ihre Schritte im Treppenhaus verhallt waren. Wie machte sie das? Innerhalb von zwei Sekunden brachte sie ihn von null auf hundert, reizte ihn bis aufs Blut, und zwei Minuten später hatte sie ihn so weit, dass er sie einfach nur in den Arm nehmen wollte, aus Demut vor ihrer Energie und aus Dankbarkeit für ihren Willen, ihm etwas Gutes zu tun.

Er wollte gern mehr Zeit mit ihr verbringen, mit ihr lachen und reden. Aber worüber? Früher war alles leichter gewesen. Heute fiel ihm schon Small Talk unendlich schwer. Dabei gab es so viel, wovon er ihr erzählen wollte. Aber den einen Teil seiner Vergangenheit konnte er ihr nicht enthüllen, ohne den anderen preiszugeben. Und davor hatte er Angst. Eine Heidenangst, wie sie reagieren würde, wenn sie wüsste, wer er war und was er getan hatte.

Seine Finger zitterten, als er sie in Richtung der vernarbten Gesichtshälfte bewegte. Wie jemand, der nicht weiß, wie heiß die Herdplatte noch ist, berührte er die geschundene Haut, auf Schmerz eingestellt, extrem vorsichtig. Er überwand sich und zeichnete die breite, aufgeworfene Linie nach, die sich mehrfach verzweigte und verjüngte, bis sie unter der schützenden Deckung seiner Haare wieder Kraft schöpfte. Dort im Verborgenen schien sie sich so sicher zu fühlen, dass sie sich noch einmal teilte, so, als ob sie einen angewiderten Bogen um ein paar hartnäckige Haarwirbel machte, die sich ihr trotzig entgegenstellten. Er hörte wieder das Gurgeln der Poolpumpe, der Filteranlage, das gierige Schlürfen des nimmersatten Monsters. Er roch das Chlorwasser und die süßliche Metallnote von Blut, und hinter seinen geschlossenen Augen färbte sich der Himmel rot.

Nein.

Schweiß brach ihm aus, kalt und klebrig kroch er über seine Poren.

Nein. Diesmal nicht!

Von ganz tief in seinen Eingeweiden bahnte sich ein Ton den Weg in die Freiheit, der dem grollenden Knurren eines Werwolfs zur Ehre gereicht hätte. Er heulte auf und drängte die Farben zurück, die Geräusche und Gerüche – und den grellen Schmerz.

Es endete immer mit dem Schmerz.

Mit beiden Händen fuhr er sich durch das Gesicht, rieb über Haut und Narben, um gesundes und krankes Gewebe miteinander zu verbinden, die Trennung aufzulösen und die Erinnerung.

Aber es genügte noch nicht, ihn vollständig ins Hier und Jetzt zurückzuholen.

Getrieben humpelte Storm hinüber zur Spüle, öffnete den Wasserhahn und hielt seinen Kopf unter die Armatur.

Eiskalt. Das tat gut.

Es schmerzte, aber dieser Schmerz ließ sich beherrschen, wie alles, was im Außen war. Die innere Qual, die war es, die ihn in den Wahnsinn trieb.

Er war ein Wrack. Und ein Idiot. Das stimmte absolut.

Und jetzt hatte er tropfnasse Haare und kein Handtuch griffbereit. Er wrang die nassen Strähnen über dem Spülbecken aus und angelte halb blind nach einem Geschirrhandtuch.

Vielleicht hatte April auch damit recht? Er musste mit dem Selbstmitleid aufhören, etwas Neues beginnen, es endlich angehen. Wofür Musik schreiben, wenn man sie nicht vor Publikum spielte? Das machte sie doch erst wirklich lebendig und füllte sie mit Energie. Es war längst überfällig.

Und April … Ihre bloße Präsenz war Ansporn genug, es drauf ankommen zu lassen, sich zu stellen und womöglich irgendwann wieder einzulassen … auf das Leben.

Er sah ihr Bild vor sich, und die letzten Schleier des roten Nebels lösten sich auf.

Er war ihr dankbar. Sie hatte keine Ahnung, wie sehr.

Und wenn sie unrecht hatte? Nun, er hatte Schlimmeres überlebt, was sollte das noch toppen können, was bereits hinter ihm lag?

Storm starrte auf das feuchte Geschirrhandtuch in seiner Hand und trug es ins Bad, um es in der Wäschetonne zu entsorgen.

Dort blieb er stehen und betrachtete das fremde Gesicht im Spiegel. Wenn er den Kopf drehte, sah er zwei verschiedene Menschen. Bewegte er ihn nach rechts, konnte er beinahe die Illusion heraufbeschwören, immer noch ganz der Alte zu sein. Betrachtete er allerdings seine linke Seite im Profil, verspürte er nach wie vor den Impuls zu rennen – oder mit der Faust in den Spiegel zu schlagen. Gedankenverloren rieb er seine Hand. Er hatte es ein paarmal tatsächlich getan: noch mehr Narben, sonst hatte es ihm nichts gebracht.

Musik hatte ihm immer dabei geholfen klarzukommen, sich zu sortieren, Lösungen zu finden. Diesmal jedoch genügte das nicht. Er erinnerte sich an eine Zeichnung des Künstlers Charlie Mackesy. »Was ist das Tapferste, das du je getan hast?«, fragte darin ein Junge ein Pferd. Und das Pferd antwortete: »Um Hilfe bitten.«

Er atmete tief durch. Dann griff er in die Tasche seiner Jeansjacke und holte den zerknitterten Zettel heraus, auf den Doc Roberts eine Telefonnummer geschrieben hatte. Es war Zeit, endlich dort anzurufen.

Storm kehrte ins Wohnzimmer zurück, setzte sich aufs Sofa und legte Notiz und Telefon vor sich auf den Glastisch. Sein Puls hatte sich beruhigt. Dennoch brauchte er eine halbe Stunde, in der er einfach in die Unschärfe des Raumes starrte. Er wartete, bis die Bilder ihn beinahe eingeholt hatten, die ihn in den Strudel hinabziehen wollten, in die vertraute rote Hölle. Der alte Wettlauf. Dann kämpfte er sich nach oben, holte tief Luft, griff nach seinem Smartphone und wählte.

Seine Lungen brannten, als wäre er wieder auf dem Grund des Pools gewesen, und in gewisser Weise war er das ja auch. Aber anders hätte er nicht die Notwendigkeit gespürt und die Kraft gefunden, das hier zu tun.

Das Freizeichen ertönte. Jemand hob ab.

»Hallo. Mein Name ist Storm Walker. Ich brauche Hilfe. Diagnostizierte PTBS … und ich schätze, ich bin medikamentensüchtig. Wann haben Sie den nächsten Termin frei? Ich zahle bar … Ob ich im Krieg war?« Er lachte bitter auf. »Nein … wobei … in gewisser Weise vielleicht – ja.«

Kapitel 10

Storm

Storm goss die Pflanzen auf der Dachterrasse. Er betrachtete eine gefräßige Raupe, die sich durch die Blätter einer gelben Blume zwischen den Tomatenpflanzen fraß.

Mit Insekten ging die Natur gnädiger um als mit Menschen, dachte er. Verpuppte sich so ein fetter, vollgefressener Engerling, dann schlüpfte er nach einer ordentlichen Mütze Schlaf als Schmetterling aus seinem Kokon. Er hingegen würde immer hässlich bleiben.

»Wovor haben Sie Angst?«, hatte Dr. Hershey gefragt, der Psychotherapeut, den ihm Doc Roberts empfohlen hatte. Er ging heimlich zu ihm, zweimal die Woche, seit vier Wochen inzwischen. Der Doc hatte recht behalten. Der Typ war gut. Er stellte unbequeme Fragen. »Was ist das Schlimmste, das passieren könnte?« Das war noch so eine vom selben Kaliber.

Nachdenklich wanderte Storm zum nächsten Blumenkasten. Der Lavendel hatte ein paar vertrocknete Zweige, er brauchte die Gartenschere, und dann konnte er auch gleich noch ein paar Kräuter fürs Abendessen schneiden.

»Ich habe verdammte Angst davor, gesehen zu werden«, sagte er leise.

Hinter ihm ertönte das laute Tschilpen zweier sich streitender Vögel. Als er sich umdrehte, sah er gerade noch, wie eine selbstbewusste Meise die Raupe aufspießte und hinunterschlang.

Er seufzte. Es war nicht alles Gold, was glänzte. Auch nicht für Raupen.

War es also doch kompletter Irrsinn, sich zu zeigen?

Vielleicht hatte April recht, und er sollte es mit einer Maske versuchen. Er wollte keinen Behindertenbonus als Star der Freakshow. Außerdem wollte er nicht erkannt werden. Selbst wenn da nicht diese scheußlichen Narben wären. Es würde niemals genug Gras über die Sache gewachsen sein, das war ihm sonnenklar. Aber er musste Paparazzi und Pressefuzzis nicht die Lätzchen umbinden, sie mit der Nase in ein derart gefundenes Fressen stoßen und ihnen danach noch die Mundwinkel abtupfen.

Und dann war da April. Auch wenn sie nur seine Mitbewohnerin war: Sie würden sie mit hineinziehen, ihr ganzes Leben durch den Dreck wälzen, sie brutal darin untertunken und hinterher schreiben, sie wäre nass und voller Schmutz.

Spätestens dann würde sie weglaufen. Um ihre Haut zu retten – das wäre das einzig Vernünftige. Und er wäre wieder allein.

Er verspürte den plötzlichen Impuls, die volle Gießkanne weit von sich zu schleudern. Er holte Schwung, drehte sich um die eigene Achse wie ein Diskuswerfer in der Leichtathletik, die Kanne am ausgestreckten Arm, aber er konnte sich gerade noch beherrschen und ließ nicht los. In seinem Arm knirschte etwas und brachte ihn für einen Moment aus dem Takt. Er bremste die Bewegung aus. Wasser schwappte aus der Tülle und dem großen Einfüllloch und hinterließ nasse, kalte Flecken auf seiner Jeans und dem T-Shirt.

»Fuck!«, schrie er und stellte die Kanne so heftig ab, dass ihm das Wasser jetzt auch noch über die Füße lief. Schwer atmend blieb er stehen.

»Funktioniert die Dusche nicht, oder wolltest du dir den Arm auskugeln?«

Storm fuhr herum. Er musste blinzeln, weil ihn das Sonnenlicht blendete.

April lehnte mit verschränkten Armen im Türrahmen. Wie lange stand sie schon da und beobachtete ihn?

Sie bewegte sich ins Freie, und das Gegenlicht verlieh ihr eine fast überirdische Aura, malte einen gleißenden hellen Rahmen um ihre Silhouette, der so gar nicht zu dem spöttischen Grinsen in ihrem Gesicht passen wollte – oder vielleicht gerade. Wer auch immer da oben am Hebel saß, bewies wirklich einen ausgesprochen trockenen Humor, ihm einen solchen Engel zu schicken.

Er fragte sich, wie lange er sich noch gegen ihre Anziehungskraft zu wehren vermochte.

»Ich feile noch an meiner Technik«, sagte er zerknirscht.

»Ah.« Sie schmunzelte. »Choreografie für deinen ersten Auftritt? Tanzen hat Doc Joe aber noch eine ganze Weile verboten, das ist dir schon klar, oder?« Mit langsamen Schritten kam sie auf ihn zu. »Es sei denn, du würdest einen sehr, sehr langsamen Blues spielen. Das würde er vielleicht erlauben, wenn ich ein gutes Wort für dich einlege.« Sie lächelte.

Direkt vor ihm blieb sie stehen und reckte provozierend ihr Kinn zu ihm hinauf. Flirtete sie etwa mit ihm?

»Du brauchst Geduld, Storm. Du machst wirklich gute Fortschritte.«

Er schüttelte bedächtig den Kopf. »Sorry. Ich …«

Er raufte sich die Haare, und sie wich einen Schritt zurück. Wo war seine Mütze? Er hatte sie abgenommen, verdammt.

»Ich habe nicht geflucht, weil ich nicht tanzen kann. Ich werde mich auf der Bühne nicht zum Affen machen. Eine Gitarre, ein Barhocker, ein Mikro. Das muss reichen. Mehr gibt es nicht. Ich war nur …«

Sie strahlte, und er brach ab. Er hätte ohnehin nicht gewusst, wie er ihr das Durcheinander seiner Gefühle erklären könnte.

»Das heißt, du machst es? Fantastisch! Wann geht's los?«

Ihre Begeisterung löste ein Kribbeln in seinem Magen aus, das sich warm und prickelnd durch seinen ganzen Körper verbreitete.

»Deal ist Deal«, sagte er schulterzuckend. »Wenn ich etwas verspreche, dann halte ich das. Aber ich setze mir keine Panda-Maske auf.«

April schüttelte den Kopf. »Die ist ja eh schon vergeben. Und ich habe eine andere Idee.«

»Dann kann es von mir aus nächste Woche losgehen.«

Himmel. Wo hatte er sich da nur hineingeritten? Er würde es also tatsächlich tun, oder? Das war doch Wahnsinn!

Sie fiel ihm stürmisch um den Hals, und ab da war alles andere egal.

»Oh Storm, das ist großartig! Ich freu mich so!«

Zögernd, ganz sachte schloss er seine Arme um sie. Spürte ihren Herzschlag dicht an seinem, atmete den Duft ihres honigblonden Haares, das ihr strähnchenweise inzwischen bis auf die Schultern stieß, tauchte ein in den Moment. Beinahe hätte er ihren Nacken geküsst, der leicht gebräunt zwischen dem Blond hervorlugte.

Da löste sie sich, zappelig und aufgeregt.

»Ich rufe gleich im *Sam's* an und mache den Gig klar, okay? Das ist die perfekte Location für dich!«

Er nickte, und sie drehte um und rannte hinein.

Ein Lächeln umspielte seinen Mund, als er ihr hinterherblickte.

»Riskieren wir's, Keks«, sagte er leise.

Sie wusste nichts von diesem Spitznamen. Er hatte sie heimlich so getauft, nachdem er Shortbread gebacken hatte und sie sich die letzten Reste aus der Dose mit der hohlen

Hand eingeschaufelt hatte wie das Krümelmonster aus der Sesamstraße.

Leben also.

Okay.

April

Mit fliegenden Fingern wähle ich die Nummer der Bar, die ich schon vor Wochen zu meinem absoluten Favoriten erklärt habe.

»Hier ist April. Es geht los! Ich hab ihn so weit!«, jauchze ich, als Sam abnimmt.

Musikläden sind in San Francisco dicht gesät. Allein in unserem Viertel gibt es eine unüberschaubare Anzahl an Karaokebars, Nachtclubs, Szeneläden und Kneipen mit kleinen oder größeren Bühnen.

Gefühlt habe ich sie damals schon alle gesehen. In meiner Anfangszeit hier in San Francisco, wenn mein Ex wieder mal verschwunden war und um die Häuser zog, während ich büffelte oder arbeitete – und mich dann spätnachts anrief und wahlweise bat, nachzukommen oder ihn abzuholen.

Viele dieser Läden, vor allem am Fisherman's Wharf, waren grauenhaft, bedienten ein feiersüchtiges, betrunkenes Publikum, das johlend und krakeelend am meisten Freude hatte, wenn es nach dem dritten Bier oder Tequila jeden Fehler in der Technik, jede noch so kleine Unsicherheit in der Performance eines Kleinkünstlers ausbuhen konnte.

Einige dieser Clubs, vor allem die am North Beach, waren durchaus okay: gute Stimmung, nettes Personal, und dazu ausgeglichene, zufriedene Gäste – im Grunde langweilig.

Aber ich will etwas anderes für Storm. Etwas Besonderes. Und mit dem *Sam's* bin ich fündig geworden, gleich im Nachbarstadtteil, dem Fillmore District. Der Laden versprüht den Charme einer in die Jahre gekommenen Hippie-Kneipe, aber ohne den Schmuddelmief. Im Publikum sitzen Banker einträchtig neben Studenten, Rocker neben Hausfrauen. Wenn auf der Bühne jemand sein Bestes gibt, erntet er anerkennenden, bisweilen ermutigenden Applaus – der sich ins Frenetische steigern kann, wenn es jemand wirklich draufhat.

Maggie und Lydia haben mir den Laden gezeigt, keine Touristenbude, eher ein Geheimtipp unter Einheimischen, versteckt in zweiter Reihe, ein Trüffel in einem Wald voller Stinkmorcheln und Schwefelköpfe.

Für Nachwuchskünstler hat das *Sam's* dienstags eine Open Stage. Jeden Dienstag von 19 bis 22 Uhr bekommen Musiker, Bauchredner, Zauberer und andere Performer ein Zeitfenster von einer halben Stunde für ihre Darbietungen. Wer es da bringt, darf an einem Freitag oder Samstag wiederkommen und als Solo-Künstler den Abend bestreiten. Dann sogar mit einer kleinen Gage – Sam, der Inhaber, geht am Ende der Show höchstpersönlich mit dem Hut rum – und mit Freigetränken.

Das will ich für Storm. Ganz großes Kino!

»Okay, dann buche ich deinen Freund ein. Dienstag in zwei Wochen, passt das? Vorher ist der Laden voll.«

Einen Moment lang bin ich enttäuscht. Aber ein bisschen Vorlauf wird ihm guttun, nicht zu lang und nicht zu kurz. Ich will Storm nicht total überrumpeln, gleichzeitig soll er auch nicht zu viel Zeit haben und es sich womöglich anders überlegen. Er soll bloß nicht kneifen!

»Zwei Wochen sind perfekt«, erkläre ich Sam im Brustton der Überzeugung.

»Okay. Was braucht er an Equipment? Bringt er alles mit,

oder benötigt er was von uns? Dann wären das zweihundert Dollar Kaution, die ihr bezahlt, wenn ihr den Vertrag unterschreibt. Komm einfach die Tage noch mal rum. Wie war der Name noch mal?«

»Storm. Storm Walker. Und nein, er braucht nichts, denke ich. Ein Mann, eine Gitarre.« Ich grinse wie ein Breitmaulfrosch. Dann fällt mir doch noch was ein. »Oh halt, warte. Einen Barhocker. Er braucht einen Barhocker! Und ich weiß nicht, ob er ein Mikro hat. Das wird er haben müssen, oder?«

Sam gluckst verhalten. »Ein Mikro haben wir. Barhocker auch, jede Menge. Und einen Verstärker für seine Gitarre kann er auch kriegen.«

Ach ja. An was man alles denken muss!

»Oh, aber das ist keine E-Gitarre, sondern eine … normale.«

Himmel, ich weiß nicht mal, wie man seine Spezialdings korrekt bezeichnet, eine tolle Agentin bin ich!

Sam lacht. »Am besten, du bringst ihn mit, und dann kläre ich mit ihm direkt, was fehlt und was er hat, *Honey*. Okay?«

»Jepp.« Ich nicke. »Das klingt gut. Dann bis dann. Und … Sam?«

»Was ist, *Sugar*?«

»Gib bloß niemand anderem das Zeitfenster, versprochen?«

»Ist seins, wenn er bis Samstag unterschreibt.«

Ich lege auf, und mein Herz klopft mir immer noch bis zum Hals und will mir schier aus der Kehle hüpfen. Cool, ich habe eben meinen ersten Gig klargemacht. Also – Storms ersten Gig. Jetzt bin ich wohl offiziell eine Bookerin.

Na, wenn das kein Grund zum Feiern ist! Und ich habe noch eine Überraschung für ihn. Die kann ich heute Nachmittag in Chinatown abholen – perfektes Timing! Lang genug hat die Reparatur ja gedauert.

Ich halte ihm die Augen zu. »Nicht blinzeln«, mahne ich und nehme langsam eine Hand weg. Damit greife ich unter meinen Stuhl und ziehe die Papiertüte dichter heran, Storm immer im Blick. »Wehe, du mogelst!«

»Versprochen«, sagt er, und seine Stimme klingt seltsam rau und kehlig.

Beruhigt löse ich auch meine zweite Hand. Die brauche ich jetzt.

Etwas fahrig schiebe ich die Teller zur Seite und schaffe Platz auf dem Tisch für Storms Stiefel.

Es hat ein Vermögen gekostet, sie reparieren zu lassen. Dreihundert Dollar wollte der chinesische Meisternäher dafür haben. Vorkasse natürlich. Tante Maggie ist es gelungen, den Fuchs auf zweihundertsiebzig herunterzuhandeln.

»Hören Sie, die gehören einem echten Marvel-Helden, der ohne diese Dinger nicht die Welt retten kann. Weder Ihre noch meine noch die der jungen Dame hier. Aber haben Sie schon jemals gehört, dass Super-Heroes im Geld schwimmen? Außer Tony Stark vielleicht. Aber glauben Sie mir, das sind alles Hollywood-Legenden, *Iron Man* ist tot, und hier geht es ums wahre Leben …«

Unter Zetern und Klagen hat der Mann schließlich zugestimmt – wahrscheinlich vor allem, um ihren Redeschwall zu unterbinden –, aber nicht, ohne uns vorher seine mittlere Tochter mit der teuren Zahnspange zu präsentieren, den jüngsten Sohn mit einem Stapel nagelneuer Schulbücher und seine beinahe zahnlose Schwiegermutter, die wegen Kunden wie uns nun weiter auf der Felge kauen müsse.

»Dann kann sie Sie wenigstens nicht beißen«, gab Tante Maggie zu bedenken, woraufhin der Kunstschuster kopfschüttelnd mit den Stiefeln in der Hand und dicht gefolgt von der alten Dame hinter einem Plastikstreifenvorhang verschwand.

Die mittlere Tochter nahm uns hinter vorgehaltener Hand kichernd das Geld ab und bemühte sich, ihre drahtumspannten Zähne nicht zu sehr hervorblitzen zu lassen.

Als ich die Stiefel vor drei Stunden abgeholt habe, strahlte sie mich mit blendend weißem Perlenschnurlächeln an. Und als ich das Ergebnis begutachtete, schloss ich mich an, mit einem nicht ganz so perfekten, aber umso breiteren Strahlen.

»Der Phönix ist auferstanden. Er hat sich aus der Asche erhoben und den Staub aus seinem Gefieder geschüttelt. Auf dass es nun wieder so glänzt und schimmert wie vorher – oder noch schöner.«

Ich nehme meine Hände von dem kunstvoll bestickten und reparierten Leder und beiße mir erwartungsvoll auf die Unterlippe. »Mach auf«, sage ich leise.

Storm blinzelt. In seinen Ausdruck mischen sich totale Überraschung, Unglauben und etwas Wehmütiges, das ich nicht einordnen kann.

Oh Gott, ich hoffe, er freut sich! Ich habe das überhaupt nicht auf dem Schirm gehabt, aber was, wenn er die Idee scheiße findet?! *Er wollte die Dinger wegwerfen, April. Du dumme Kuh, was hast du getan?*

»Ich … War das ein Fehler?«

Storm starrt mich an, dann wieder die Stiefel.

»Was ist … Wie hast du …?«, stottert er, und eine Träne rollt über die vernarbte Wange.

Er schüttelt den Kopf, mustert mich, schluckt. Seine Augen flirren über mein Gesicht. Ich taste hinter mich und lasse mich auf meinen Stuhl sinken.

Storms Hand zittert, als er sie ausstreckt, nach den Stiefeln tastet, behutsam, ungläubig wie der biblische Thomas, und über die verheilten Wunden des mythischen Vogels streicht.

»Wie hast du das gemacht?«

»Freust du dich?«, frage ich nervös.

»Ob ich …?«

Er nimmt die Stiefel in die Hand, erst den einen, dann den anderen, untersucht sie prüfend, knetet sie durch und findet ganz offensichtlich keinen Makel. Verblüfft sieht er zu mir.

»Wenn du ganz genau hinsiehst, erkennst du, dass die Schwinge an der einen Stelle geflickt wurde. Da sieht der Flügel jetzt ein bisschen dicker aus, anders ging es nicht. Die haben im Krankenhaus ganze Arbeit geleistet, als sie dir den Schuh vom Fuß gesäbelt haben.«

»Sie sind perfekt«, murmelt er und streichelt wieder und wieder über den reparierten Vogel. »April, was hat dich …? Warum …? Das ist doch …« Seine Brust hebt und senkt sich, und er ringt sichtlich um Fassung.

»Danke genügt«, sage ich heiser und höre auf, auf meinem Daumennagel herumzukauen.

Endlich hebt er den Kopf und sieht mich an. »Danke, Keks.«

»Probier mal, ob sie noch passen!«

Storm beugt sich hinunter, um genau das zu tun.

Verwirrt betrachte ich seinen Hinterkopf mit der kahlen Stelle, an deren Rand eine breite graue Haarsträhne nachgewachsen ist. Hat er mich eben *Keks* genannt?

Storm steht auf, macht ein paar vorsichtige Schritte, und dann geht in seinem Gesicht buchstäblich die Sonne auf. Ganz langsam schieben sich seine Mundwinkel auseinander, bis sie fast die Ohrläppchen erreichen. Seine Augen strahlen umkränzt von tausend Fältchen, und dann stürzt er auf mich zu, hebt mich hoch und wirbelt mich herum, bis wir beide keine Luft mehr kriegen.

»Lass mich sofort wieder runter«, japse ich lachend. »Denk an deinen Fuß, du Idiot!«

Gehorsam setzt er mich ab und drückt mich noch einmal an sich.

»Danke«, wiederholt er ganz dicht an meinem Ohr, und ich kann seinen warmen Atem an meinem Hals spüren.

»Gern geschehen«, sage ich leise und lege meine Hände auf seine Oberarme, um mich loszumachen.

Es ist das erste Mal, dass mich ein Mann so in den Arm nimmt, seit … Ich will jetzt nicht an Jan denken. Der hat auch nie dieses Temperament besessen. Für einen kurzen Moment habe ich Storms unbändige Kraft gespürt, eine winzige Ahnung davon bekommen, was für eine wilde, ungezügelte und liebevolle Energie hinter dieser dicken Mauer aus Selbsthass, Schmerz und Trauer angekettet vor sich hin vegetiert. Es macht mir Angst, dieses Feuer.

Und es erregt mich.

»Ich würde ihm so gern helfen!«

Ich sitze mit Lydia und Tante Maggie im Schatten eines Trompetenbaums in ihrem Garten und stopfe das zweite Stück frischen Himbeerkuchen mit veganer Schlagsahne in mich hinein, während über uns in den orangegoldenen Blüten die Bienen summen.

Die beiden tauschen amüsierte Blicke von der Art zweier innig vertrauter Menschen aus, die keiner Worte bedürfen, um zu wissen, was die andere denkt oder fühlt.

»Kann ich bitte mitlachen?«, frage ich das Duo auf der Hollywoodschaukel beleidigt.

Tante Maggie sieht mich über den goldenen Rand ihrer Kaffeetasse hinweg an, nimmt noch einen Schluck und lehnt sich dann genüsslich zurück. Die Schaukel quietscht.

»Weißt du, Liebes, du solltest als Allererstes eine grundsätzliche Entscheidung treffen. Willst du den Mann therapieren oder mit ihm ins Bett?«

»Tante Maggie!« Vor lauter Entrüstung rutscht mir beinahe mein Kuchen vom Teller. »Weder noch natürlich!«

»Natürlich«, sagt Lydia und kichert.

Mein Kopf fliegt zu ihr hinüber, und sie presst immerhin pflichtschuldig die Lippen aufeinander, was dem Glucksen aber nur wenig Einhalt gebietet.

Als wären sie an allem schuld, starre ich auf die Finger, mit denen ich den Kuchen ausgebremst habe, und schlecke die rosafarbenen Sahnekleckse ab.

»Ihr seid gemein«, murmle ich.

»Schätzchen«, sagt Tante Maggie, beugt sich zu mir vor und tätschelt meinen Unterarm. »Entweder, du lässt dich als seine Therapeutin engagieren, oder du nimmst ihn so, wie er ist.«

»Ich will ihn doch nicht verändern!«, beschwere ich mich. »Aus dem Alter bin ich lange raus, das könnt ihr mir glauben.«

Lydia versteckt einen erneuten Kicheranfall hinter ihrer Serviette und gibt vor, sich verschluckt zu haben.

Tante Maggie besitzt nicht so viel Anstand, sie grinst so breit wie die San Francisco Bay und gibt der Hollywoodschaukel mit den Füßen ordentlich Schwung. »Dann will ich natürlich nichts gesagt haben. Noch ein Stück Himbeerkuchen?«

»Ein halbes«, erwidere ich beleidigt.

»Herrlich, wie die Sonne scheint, oder?« Lydia legt den Kopf in den Nacken und sieht den wenigen Schäfchenwolken am tiefblauen Sommerhimmel zu, die sich von der leichten Brise landeinwärts pusten lassen.

Ich hasse es, wenn die beiden so eingespielt und gut gelaunt das Thema auf Belanglosigkeiten lenken.

»Er ist überhaupt nicht mein Typ!«, versuche ich es noch einmal.

»Hat Marilyn Monroe das nicht über JFK gesagt?«, fragt Lydia.

Tante Maggie zieht die Stirn kraus. »Nein, warte, ich glaube, das war Elvis über Priscilla, oder?«

»Moment, ich googele das eben schnell.«

»Haha. Ich bin wirklich nicht in ihn verliebt. Kein Stück! Er ist nett. Er hat ganz offensichtlich ein ziemlich großes Päckchen zu tragen, und er ist super mit Sky. Es macht einfach Spaß, den beiden zuzuschauen, und es tut mir eben leid, wenn ich mitbekomme, dass er …« Ich breche ab.

Lydia kramt ihr Handy aus der Brusttasche ihrer aufgekrempelten Latzhose, und die beiden stecken die Köpfe zusammen, schaukeln und mümmeln ihren Kuchen, als wäre ich überhaupt nicht mehr vorhanden.

»Ihr seid unmöglich! Kann ich noch Kaffee haben?«

»Aber sicher doch, Liebes!«

Als ich nach Hause komme, liegt Storm auf dem Sofa, Sky sitzt zu seinen Füßen und himmelt ihn an. Das könnte allerdings auch an dem Wurstzipfel liegen, den mein Mitbewohner vor dem Hund in die Höhe hält.

»Waaaaaarte«, sagt Storm gerade an den Hund gerichtet.

Sky ist sichtlich hin- und hergerissen zwischen der kulinarischen Verlockung und dem dringenden Bedürfnis, mich jetzt und gleich und unbedingt zu begrüßen. Der Ärmste winselt herzzerreißend und hibbelt mit den Vorderpfoten herum, der ganze massige Hundekörper ist ein sprungbereiter Flummi. Sein Blick fliegt ein paarmal von der Wurst zu mir, dann fällt er die einzig richtige Entscheidung, sprintet los und rennt mich beinahe um vor Begrüßungsfreude. Jaulend und hechelnd wirft er sich auf mich und dann vor mir auf den Rücken, springt wieder auf und hüpft an mir hoch. Mit schlabbernder Zunge tanzt er um mich herum und durch meine Beine hindurch, bis ich mich erbarme. Den Teller mit vier ergaunerten Himbeersahnestücken kann ich gerade so eben einigermaßen heil auf dem Küchentisch abstellen. Lachend lasse ich mich auf die Knie herunter und knuddele das quirlige, um sich schleckende Bündel Hund gebührend durch.

»Wieso wird eigentlich derjenige, der die Wohnung dreckig macht, die Kübel auf der Dachterrasse durchwühlt und überall Haare, Erde und Spucke hinterlässt, so viel enthusiastischer begrüßt als derjenige, der den Staubsauger geschwungen, draußen alle Blumentöpfe gerettet und wieder befüllt, Unkraut gejätet und gegossen hat?« Storm baut sich grinsend vor mir auf und schlenkert beiläufig mit der Brühwurst herum.

Inzwischen hat sich Sky so weit beruhigt, dass der Piranha in ihm die Oberhand gewinnt. Mit einem schnellen Schnappen ist das Wurstende Vergangenheit. Doch gleich darauf ist der Labradormix wieder ganz bei mir und lässt sich genüsslich das Fell durchwalken.

»Ganz einfach«, behaupte ich. »Wie man in den Wald hineinruft, so schallt es zurück.«

Storms Mundwinkel zucken. Wahrscheinlich hat er jetzt ähnliche Bilder im Kopf wie ich. Will ich wirklich, dass der Mann mich anspringt oder sich vor mir auf den Rücken wirft, damit ich ihn so richtig durchknuddele?

»Zweitens«, sage ich schnell, richte mich auf und gehe über die ansteigende Röte hinweg, die in meinen Ohrläppchen zu kochen beginnt, indem ich mir unsichtbare Flusen von der Hose klopfe, »für einen Labradormischling muss das die schwerste Entscheidung überhaupt gewesen sein. Ein Wurstende für einen Menschen aufzugeben, das ist geradezu altruistisch.«

»Ein Riesenkompliment für dich«, gibt Storm mir recht. »Wobei er das Wurstende ja trotzdem bekommen hat. Und was kriege nun ich?«

»Himbeerkuchen von Maggie und Lydia«, trumpfe ich auf

und weise mit dem Kinn zur Anrichte hinüber. »Was macht der Hund überhaupt schon wieder hier? Und was hat er mit den Blumen angestellt?«

»Oh, es waren nicht die Blumen, auf die er es abgesehen hatte. Anscheinend fand er, dass der Koriander ein hervorragendes Versteck für eine leere Klopapierrolle ist – allerdings hat er, um es zu finden, fünf verschiedene Anläufe gebraucht. Der Lavendel, die Paprikapflanzen, das Zitronenbäumchen und die Kapstachelbeeren waren wohl doch nicht so ideal. Bei Letzteren ist übrigens der Topf zerbrochen. Aber wir haben umgehend für Ersatz gesorgt, nicht wahr, Kumpel?« Er beugt sich zu Sky hinunter und tätschelt dem begeisterten Rüden den Kopf.

»Du warst mit ihm draußen?«, frage ich. »Allein?«

Storm zuckt mit den Schultern. »Du warst ja nicht da, und er musste ohnehin mal raus. Mrs. Wolowitz ging es nicht so gut. Sie war mehr als erleichtert, dass er auch ohne dich für ein paar Stunden bei mir bleiben durfte.«

Ein leiser Anflug von Eifersucht versetzt mir einen Stich, aber eine Nanosekunde später glaube ich, mir bleibt aus einem ganz anderen Grund das Herz stehen. »Und dann hast du ihn vor dem Hardwarestore angebunden? Und ihn allein draußen sitzen lassen? Und wenn ihn jemand geklaut hätte?« Mühsam schlucke ich die schillernden Bezeichnungen, für wie hirnverbrannt und denkamputiert ich das halte, hinunter. Meine Halsschlagader schwillt dafür gefühlt auf das Dreifache ihrer normalen Größe an.

Storm richtet sich ächzend auf und stützt sich an der Spüle ab. »Ganz ruhig, April. Es ist nichts passiert, okay? Ich habe Vorkehrungen getroffen, ich bin doch nicht blöd. Ich kenne mich mit Hunden aus und weiß, dass dieses herzensgute und ebenso verfressene Exemplar mit jedem *Schmock* mitgehen würde – um mit Mrs. Wolowitz' Worten zu sprechen –, der auch nur so tut, als hätte er irgendwo Wurst oder Kekse versteckt.«

»So jemand wie du also?«, rutscht es mir nun doch heraus.

Storm schließt eine Sekunde lang die Augen und atmet durch. »Glaubst du ernsthaft, ich wäre so blöd, ihn vor einem Laden anzubinden und allein zu lassen?«

Ich knete meine Fäuste und zwinge mich, ruhig zu antworten. »Hast du etwa nicht?«

»Nein! Herrgott noch mal! Ich habe ihn im kochend heißen Auto gelassen, das ich in der prallen Sonne geparkt habe, mit geschlossenen Fenstern natürlich, damit ihn nur ja keiner klaut!«

Ich reiße die Augen auf. Dann begreife ich, dass er wieder einmal seinen Humor auf den Trockenheitsgrad eines Wüstensturms hochgefahren hat. »Nicht witzig!«, schimpfe ich.

»Mensch, April.« Storm bläht die Nasenflügel, aber er beherrscht sich weiter. »Ich habe eine der Servicekräfte vom Packtisch nach draußen gewunken und gebeten, fünf Minuten auf ihn aufzupassen. Das hat mich zehn Dollar und ein Lächeln gekostet, und das war es mir wert. Trau doch anderen Leuten auch mal zu, dass sie ihr Hirn zu benutzen wissen.«

»Wuff«, macht Sky, als ob er Storms Worten Nachdruck verleihen will. Er blickt hechelnd von mir zu ihm und sieht dabei aus wie die Grinsekatze aus *Alice im Wunderland.*

In Wirklichkeit will er nur einen Keks, aber er erreicht es doch, dass ich lachen muss und mich vorbeuge, um ihn zu streicheln.

Dummerweise bückt sich auch Storm im selben Augenblick, und so krachen wir mit einem satten Geräusch Stirn an Stirn zusammen.

Ich lande auf dem Hosenboden und schieße mit der Hand an die Stelle, die offenbar in der magischen Lage ist, Sternchen in mein Sehzentrum zu projizieren. »Au!«, kreische ich.

Sky springt winselnd zur Seite, als auch Storm sich auf den Boden plumpsen lässt.

»Himmel, du bist ein ganz schöner Dickschädel, Ke- … April.«

»Ich bin nicht dein Keks!«

Er ignoriert den Einwand und umschließt sanft meine Hand, um sie von meinem Schädel zu lösen. »Lass mal sehen.«

Widerstrebend lasse ich los, damit er prüfen kann, ob ich noch heil bin. Seine Hand ist angenehm warm, seine Fingerspitzen sind ein wenig rau, das muss die Hornhaut vom Gitarrespielen sein.

Er hat den Kopf schief gelegt und studiert mit zusammengekniffenen Augen meine *Regio frontalis*, als ob er mit Röntgenblick bis zum *Os frontale*, dem Stirnbein, hindurchdringen möchte.

Sein Gesicht schwebt ganz nah vor meinem. Viel zu nah. Mir fallen die seidigen Wimpern auf, unverschämt lang für einen Mann. Seine gebräunte Haut ist feinporig und frisch rasiert, ich atme einen Hauch von Seife und Rasierwasser ein, der mich ein bisschen schwindelig macht, oder liegt das an dem Zusammenprall? Ganz sicher jedenfalls nicht an dem Mund mit den fein geschwungenen Lippen, der so schöne Melodien hervorbringen kann. Oder? Mein Puls klopft laut hinter meinen Schläfen. Schnell verlagere ich meine Aufmerksamkeit höher hinauf, betrachte die gerötete Stelle knapp oberhalb seines *Os zygomaticums* – offenkundig habe ich ihn seitlich, zwischen Stirn- und Jochbein erwischt. Direkt dort, wo unter der Haut die Nahtstelle der beiden Schädelknochen verborgen liegt, hat sich eine kreisrunde rote Stelle gebildet. Ich würde ihn gern anfassen, vorsichtig palpieren, abtasten und vielleicht wie zufällig auch über die Schläfen weitergleiten, in die Haare hinein. Die Narben stören mich nicht. Er riecht so gut.

»Autsch!« Ich ziehe scharf die Luft ein, als er die schmerzende Stelle erwischt.

Bei mir dürfte die Schwellung ganz ähnlich aussehen, nur eben mitten auf der Stirn, da, wo er immer noch vorsichtig, beinahe zärtlich herumdrückt. Oder streichelt?

»Das wird eine Beule geben, aber es blutet nicht«, stellt er fachkundig fest.

Er lässt ganz langsam los, entfernt sich millimeterweise, und ich muss mich beherrschen, ihn nicht wieder zu mir zurückzuziehen.

»Ach was«, grummele ich und rappele mich hastig auf, um mich erst mal auf Knie und Fersen zu setzen und selbst das Malheur zu befühlen.

Die Sternchen weichen einem dröhnenden Kopfschmerz, perfekt gegen dumme, gefährliche Gedanken.

»Dickschädel«, konstatiert Storm erneut und weiß gar nicht, wie recht er hat.

»Selber. Ich wollte schon immer mal ein Einhorn sein.«

»Soso.«

Er klingt mal wieder so, als ob er sich köstlich über mich amüsiert. Ich setze an, um etwas zu sagen, aber Sky hat sich von seinem Schrecken erholt und drängt sich schwanzwedelnd zwischen uns, um uns tröstend abzuschlecken.

Storm grinst und zieht sich an Hund und Schrank in die Höhe. Dann hält er mir eine Hand hin.

»Geht schon«, behaupte ich.

Der Kopfschmerz ist das eine, aber das Kribbeln, als seine Finger meine Stirn berührten, beunruhigt mich viel mehr.

Kapitel 11

April

»Was hast du? Ist dir nicht gut?« Storms hellgrüne Augen ruhen nach dem Zusammenprall besorgt auf mir und verfolgen jede meiner Bewegungen.

Ich reibe mir über die Stirn und wende mich schnell ab, um im Küchenschrank nach dem Kästchen mit meiner homöopathischen Hausapotheke zu wühlen.

»Wieso ist das denn hier schon wieder alles so vollgestellt?«, schimpfe ich und lasse um ein Haar ein Schraubglas mit Kräutertee fallen.

Storm fängt es gerade noch auf.

Er tritt ganz nah hinter mich, ich kann ihn spüren, und die Spannung zwischen uns wächst auf ein beinahe unerträgliches Maß. Ich sehe seine linke Hand, die flach auf der Arbeitsplatte liegt, aber die Muskeln darin arbeiten – so, als würde er versuchen, sich in das Holz einzugraben.

Spürt er diese Elektrizität etwa auch? Oder bilde ich mir das alles nur ein?

Wenn ich mich jetzt umdrehe, dann werde ich ihn küssen, läuft es mir plötzlich wie eine Leuchtbandreklame durch den schmerzenden Schädel, und ich bewege meinen Kopf verweigernd von links nach rechts. Denn das will ich nicht, das kann ich nicht. Das wäre nicht gut.

Nicht gut, nicht gut, echot es hohl und dumpf in meinem Kopf: *Mitbewohner! Nicht therapieren! Nicht verlieben! Nicht aufmachen! Nein! Die Schotten bleiben dicht,* mahnt mein Verstand. *Alle Schotten.*

Das Blöde ist nur, dass ich mich irgendwann umdrehen muss.

»Ich habe diesen Schrank noch nicht einmal geöffnet, seit ich hier wohne«, sagt Storm in meinem Rücken.

Ich höre das leise Glucksen in seiner Stimme, und es krabbelt mir wie liebkosende Fingerspitzen den Nacken hinauf und unter die Haare.

Ich schlucke und hole tief Luft. Mein Mund fühlt sich trocken an.

»Tut mir leid«, sage ich und fische mit bebenden Fingern das Arnika-Fläschchen aus dem Kistchen heraus. »Ich bin heute irgendwie gereizt. Nicht deine Schuld.«

Als ich mich ihm zuwende, lässt er die Arbeitsfläche los und gibt mir Raum. Beinahe bin ich enttäuscht.

Als er meinen Blick sieht, weicht er noch eine halbe Fußlänge zurück. Seine Augen verdunkeln sich. »Habe ich etwas falsch gemacht?«

Ich kann nichts anderes tun, als stumm den Kopf zu schütteln, weil ich grade keine Stimme habe, und mich an dem kleinen braunen Glasfläschchen festzuklammern.

»Das habe ich aus Deutschland mitgebracht«, plappere ich so stumpfsinnig wie eine dieser sogenannten »Arztfrauen« in der Fernsehwerbung. »Arnika-Globuli. Die helfen super bei Prellungen und blauen Flecken, und … sie verhindern … Beulen«, flüstere ich und lehne mich mit dem Becken an die Arbeitsfläche. Halt, ich brauche Halt.

Zwischen uns braut sich irgendwas zusammen, irgendwas, das ich heranrollen spüre. Wie fernes Donnergrollen vor einem Gewitter. Wenn die Vögel in den Bäumen auffliegen, die Luft anfängt zu knistern und man noch nicht weiß, ob sich das Gewitter entladen wird oder vorüberzieht. Lange bevor es wirklich blitzt und donnert und der erlösende Regen fällt – oder eben nicht, falscher Alarm, die trockene Erde seufzt, die Luft bleibt schwül.

»Mir ist immer noch schwummerig«, krächze ich heiser.

Storm schluckt.

Ich starre wie gebannt auf seinen hüpfenden Adamsapfel, alles, um zu vermeiden, in diese Augen zu sehen und darin zu ertrinken.

In Zeitlupe kommt er wieder ein paar Zentimeter näher, hebt zögernd eine Hand, um meine Stirn zu berühren, hält in der Bewegung inne, schluckt noch einmal.

Und die Fenster zu seiner Seele sind so türkisgrün wie Bergseen.

»Muss man kühlen«, murmelt er.

»Was?«, frage ich und registriere nur halb, dass ich mich tatsächlich in diesem Grün verliere.

Ich recke mein Kinn, warum, weiß ich nicht, vielleicht macht es das auch von allein, Tatsache ist, dass er seinen Kopf senkt, und dabei bewegen wir uns aufeinander zu wie zwei Planeten auf Kollisionskurs. *Nicht wieder wehtun*, denke ich noch, da berühren sich unsere Lippen bereits.

Hauchzart, ganz vorsichtig kosten wir einander, lösen unsere Lippen für einen erstaunten Atemzug, ganz dicht am Mund des anderen, verwerfen offenbar beide die Idee, dass man Atem bräuchte, und tauchen wieder ein in unser eigenes Universum, miteinander verwoben und verflochten in der Umarmung dieses Kusses.

Storm hakt sich mit zwei Fingern in die Schlaufen meiner Jeans und zieht mich näher zu sich heran.

Zähne, Zunge, Lippen, Umrisse lösen sich auf, ebenso wie Form und jede Ahnung davon, wo ich ende oder anfange und wo Storm beginnt und aufhört. Wir sind eins, und das lediglich, weil unsere Münder miteinander verbunden sind. Siamesische Zwillinge auf Zeit, und doch empfinde ich es als unvorstellbar, mich je wieder zu trennen, denn solange ich ihn spüre, sind die Gesetze von Zeit und Raum aufgehoben.

Er zieht mich ganz eng an sich, ich spüre sein rasendes Herz. Oder ist es mein Herzschlag, der so wild galoppiert?

Um uns herum geht brausend das Gewitter nieder, aber ich sehe weder den Blitz, noch höre ich den Donner, ich fühle nur den lauwarmen Sommerregen auf meiner Haut, ich kann die Regentropfen förmlich riechen, frisch und erdig. Und Storm schmeckt nach barfuß im Park durch Pfützen springen, im Regen tanzen, nach Sex unter einer Brücke in einer lauen Sommernacht, wenn Sternschnuppen durch das tiefe Blau flirren und Herzen überlaufen.

Atemlos löse ich mich aus seiner Umarmung, schiebe ihn ein Stück weg von mir und schnappe nach Luft. »Storm … ich … ich weiß nicht, ob das gut ist?«

»Ein kalter Waschlappen hätte auch genügt«, murmelt er leise, macht einen Schritt neben mich und stützt sich ebenfalls an der Arbeitsplatte ab. Mit einem schiefen Lächeln sieht er mich von der Seite an. »Ich fand das … verblüffend.«

Unsere Hände sind immer noch ineinander verhakt. Ich spüre wieder diese Resonanz, diesen Austausch von Botenstoffen unter der Oberfläche unserer Haut, Rezeptoren, die sich Chemiecocktails reichen. Genau wie bei unserer ersten Berührung, als wir – als Storm Sky gerettet hat.

Ungläubig starre ich hin, aber ich bringe es nicht übers Herz, meine Finger zu lösen. Das gelingt mir erst, als mein Verstand wieder ganz die Kontrolle übernimmt.

Verblüffend. Verblüffend ist gar kein Ausdruck!

»Ich … hör mal … Also, das sollte nicht … Ich weiß auch nicht, wie das … Es tut mir leid.«

Storm sieht mich fragend an, verwundert darüber, wie ich reagiere. Verletzt?

»Nein, nein. Alles gut, ich ... Mein Fehler. Vergessen wir es einfach, ja?«

»Vergessen«, wiederholt er tonlos und räuspert sich. »Ja. Ähm ... klar. Natürlich. Was wolltest du vorhin ...? Oder soll ich ...? Ich hole was zum Kühlen, ja?« Er stößt sich von der Arbeitsplatte ab, macht einen Schritt, dreht sich zurück zu mir, bleibt stehen, wieder diese Frage im Blick, und hebt dann hilflos die Schultern. »Hatte ich dich unterbrochen ...? Vorhin? Wolltest du nicht ...? Also, bevor ...«

Ich schüttle schwach den Kopf.

Storm deutet mit der Nasenspitze auf die Arnika-Globuli, die ich noch immer mit einer Hand umklammere. »Wie muss man die denn einnehmen?«

In mir geht alles durcheinander. Wo waren noch mal oben und unten angeordnet und warum?

Das war nicht geplant. Nicht vorhersehbar. Nicht ... richtig!

Verblüffend ist gar kein Ausdruck.

Ich fühle mich wie nach einem Wolkenguss und der dazugehörigen unfreiwilligen Dusche in Klamotten, die nun klamm und kalt auf meiner Haut kleben. Ein Windzug lässt mich frösteln. Ich habe tatsächlich Gänsehaut und muss mich beherrschen, nicht mit den Zähnen zu klappern.

Sky winselt leise und lenkt mich ab. Irritiert sehe ich mich nach ihm um. Er liegt keine zwei Meter entfernt auf dem Boden und sieht mich an, mit einem so seelenvoll traurigen Hundeblick, als hätte ich eben ein ganzes Steak im Klo runtergespült.

»Fünf Stück im Mund zergehen lassen«, murmele ich, die Augen immer noch bei Sky, der seinen quadratischen Schädel auf die Vorderpfoten gelegt hat und leise fiepend stumpf geradeaus glotzt. »Ich möchte dir das erklären«, sage ich in dem Wissen, dass alles – einfach alles, was ich jetzt tun oder sagen werde, die Situation zwangsläufig schlimmer machen wird. Aber ich kann nicht anders. Ich kann nicht schweigend darüber hinweggehen, mir einen kalten Waschlappen auf die Beule legen und zur Tagesordnung übergehen, als ob gerade eben nichts geschehen wäre.

Immer muss ich über solche Dinge reden, sie zerreden, zerkauen, zerpflücken, wiederkäuen und am Ende ausspucken und mich über das schale Gefühl wundern, das bleibt, wenn der andere sich umdreht und mich verlässt. Denn das ist die logische Konsequenz.

»Bitte geh nicht«, rufe ich Storm idiotischerweise zu, denn ich sehe ihn sich schon entfernen, obwohl er direkt neben mir steht, keine fünfzig Zentimeter entfernt. Noch.

Meine Hand fühlt sich kalt an, seit er sie losgelassen hat, mein Herz pocht wie verrückt, und meine Lippen prickeln noch von diesem sonderbaren, einzigartigen Kuss.

»Es hat nichts mit dir zu tun. Es ist nur …«

Er hat die Kühlschranktür in der Hand und starrt stocksteif in das geöffnete Innere, als würde da drin zwischen Zucchini und Käse eine Klapperschlange auf eine falsche Bewegung von ihm lauern, während ich einfach nicht die Klappe halten kann, immer weiterplappere und alles kaputtmache.

»Ich glaube, es ist keine gute Idee, wenn wir an diesem Punkt …«

Er macht ein undefinierbares Geräusch, holt ein Kühlpad und eine verschweißte Tofu-Packung heraus und schließt die Kühlschranktür.

Ich setze noch mal neu an. »Ich möchte nicht, dass das hier irgendwas kaputtmacht. Das würde nur kompliziert werden. In dem Moment, wenn Gefühle ins Spiel kommen –«

»Oder Sex?«, unterbricht er mich, und seine Augen glitzern zynisch.

»Oder Sex«, wiederhole ich und versuche, ruhig zu bleiben. »Ich möchte das jetzt nicht riskieren. Ich muss so viel lernen, der Stoff ist wirklich kompliziert und das alles dann auch noch in der Fremdsprache. Ich kann es mir nicht erlauben, dass mir was dazwischenkommt. Sieh mal, es läuft doch grade so gut zwischen uns. Lass uns einfach nur Mitbewohner sein, okay? Freundschaft?«

Er hält mir das Kühlpad hin und drückt sich selbst den Tofu gegen die Stirn.

»*Vor* dem Sex hat mir das auch noch niemand gesagt«, grunzt er kopfschüttelnd. »Leben lässt sich doch nicht komplett durchplanen. Gefühle lassen sich nicht steuern.«

»Doch, wohl«, behaupte ich stur und halte kurz die Luft an, als der Kältereiz die einsetzende Schwellung auf meiner Stirn trifft. »Das ist sogar dringend notwendig, weil …«

»Weil was?«, will er wissen und kommt wieder ein paar Schritte auf mich zu.

»Ich werde mich nicht mehr verlieben.« Mit einer Hand drücke ich weiter das Pad fest gegen meinen Kopf, die andere balle ich zur Faust und recke mein Kinn. »Und natürlich kann man das steuern. Das ist reiner Selbsterhaltungstrieb.«

»Das ist Bullshit. Und das weißt du. Du machst dir was vor, April Fischer. Dabei hast du einfach nur Angst.«

»Angst? Wovor denn Angst? *Ich* brauche keine Maske, um mich auf eine Bühne zu trauen.«

»Nein, deine Maske ist eine unsichtbare Mauer, und Gnade dem, der es wagt, auch nur am Mörtel zu kratzen!«

»Du hast ja keine Ahnung von meinem Leben!«

Mein Kinn zittert, und das macht mich nur noch wütender. Ich stampfe mit dem Fuß auf und werfe das Kühlpad in die Spüle. Bringt jetzt sowieso nichts mehr.

»Wie denn auch? Du lässt mich ja nicht rein.«

Storm wirft seine Tofu-Packung hinterher.

Zum Glück bleibt sie heil. Ich hasse Lebensmittelverschwendung, und für heute hatte ich Pfannkuchen geplant – und ich hasse mich dafür, dass mir in solchen Momenten die unpassendsten Gedanken durch den Kopf rauschen.

»Dann rede mit mir, April!«

»Kontrolle ist wichtig. Ich muss die Kontrolle behalten, verstehst du denn nicht? Sonst gehe ich unter!«

»Nein, das tust du nicht, wenn du jemandem erlaubst, bei dir zu sein und dich zu halten. Das ist besser als Listen und Mauern.«

»Und dieser Jemand willst ausgerechnet du sein?«

»Vielleicht verstehe ich dich besser als jeder andere?«

Ich schüttle den Kopf, und jetzt schießen mir Tränen aus den Augen. »Nein, nein, das tust du nicht. Du bist nicht der Einzige mit einer scheiß Geschichte, Storm, okay?«

»Du hast so große Angst davor, allein zu sein, dass du sogar einen abgewrackten Fremden, den du überhaupt nicht kennst, bei dir einziehen lässt! Aber ich will dich kennenlernen, April! Ich will kein Fremder für dich sein!«

Er macht einen weiteren Schritt auf mich zu und streckt die Arme nach mir aus. Ich hebe abwehrend die Hände, trete zurück und stoße gegen die Anrichte.

Bilder von Toten kommen in mir hoch, meine Schwester, Freundinnen von der Krebsstation, leere Betten. Bekannte, Freunde, die gingen und nicht mehr zurückkamen, die Kinder bekamen oder Karriere machten, die weiterlebten, statt mir beim Sterben zuzusehen. Sätze formen sich in meiner Erinnerung, die schmerzten wie Messer. Nicht nur von Jan. Es waren viele, die mich unter fadenscheinigen Ausreden verlassen haben, weil sie mein verändertes Ich nicht händeln konnten. Der Krebs wollte mich für sich haben wie ein eifersüchtiger Liebhaber, ein perverser Geiselnehmer. Mit Ausnahme meiner engsten Familie hat er alle vergrault. Ich habe schnell gelernt. Dass ich eine Aussätzige war, dass ich jetzt ein Stigma habe. Auch wenn ich ihn überlebt habe, diesen schlimmsten meiner ehemaligen Gefährten. Er hat mir ein baumelndes Damoklesschwert dagelassen als Ersatz für meine Freunde. Ich habe es immer über mir, genau wie diese Angst, die mich immer begleiten wird. Ich bin gebrandmarkt, damit ich es nie vergesse. Verstohlen berühre ich mich knapp unterhalb meines Schlüsselbeins, wo unter der Haut noch immer mein Portkatheter ruht, ein kreisrundes Implantat, das sich ein wenig anfühlt wie ein vergessener Limonadendeckel. Stillgelegt, sodass er im Fall eines Falles schnell reaktiviert werden kann, als Zugang für Chemos, Transfusionen und Schmerzmittel. Und mich erinnert an das, was ich immer sein werde. Eine Überlebende – auf Bewährung.

»Ich kann nicht. Bitte akzeptier das doch. Ich kann nicht. Nicht jetzt.« *Und vermutlich niemals.*

»Ich weiß nicht, ob ich das kann, April.«

»Dann zieh besser aus.«

»Was?« Erschüttert starrt er mich an. »Ist das dein Ernst?«

Ich starre genauso erschrocken zurück. Das war er, der gesprochen hat, mein eifersüchtiger Begleiter, das war nicht wirklich ich.

»Nein, nein, natürlich nicht, Storm. Das ist mir so herausgerutscht. Nur hör bitte auf, mich therapieren zu wollen, ich therapiere dich doch auch nicht.«

»Nicht?« Wieder ist da dieses zynische Glitzern in seinem Blick. Er wühlt sich durch die Haare, streicht sie nach hinten und schüttelt den Kopf. »Ich brauche Luft. Ich muss hier raus. Nachdenken.« Er greift seine dämliche orangefarbene Jacke vom Haken, setzt sich die Baseballcap auf und knallt die Tür so heftig hinter sich zu, dass das Glas in den Fensterscheiben zur Dachterrasse klirrt.

Vom Küchentisch her klirrt es auch. Sky hat den unbemerkten Moment genutzt und den Teller mit Himbeerkuchen geräubert.

»Dein Glück, dass du sowieso nicht mein Typ bist«, ruft Storm von draußen.

»Arschloch«, sage ich leise zur Tür und mache schniefend kehrt, um mich nach dem Handfeger zu bücken.

Eine salzige Träne plitscht auf den Boden. Genervt wische ich mir mit dem Handrücken durchs Gesicht und ziehe die Nase hoch.

Dann gehe ich zu Sky hinüber, der schuldbewusst neben dem Scherbenhaufen sitzt.

Das Telefon klingelt, garantiert ein reumütiger Storm.

»Vergiss es«, knurre ich, schiebe den Hund zur Seite und fange an, die Scherben mit dem Besen zusammenzusammeln und einzelne Stücke aufzulesen.

Nicht, dass sich zu allem Übel auch noch der Hund verletzt.

Jetzt klingelt auch mein Handy. Ich ignoriere es und unterziehe den Esszimmerfußboden einer gründlichen Inspektion auf allen vieren.

Sky meint, das sei ein lustiges Spiel, und versucht, mich umzuwerfen und auf meinen Rücken zu klettern. Natürlich kippt er dabei die Kehrschaufel aus, und ich fange wieder von vorn an.

Immerhin hört endlich das blöde Telefongebimmel auf.

Ich habe die Überbleibsel von Tante Maggies Kuchenteller gerade in den Mülleimer entleert, da bollert jemand heftig gegen die Wohnungstür.

»April? Sind Sie da?«

»Luigi!«, stelle ich verwundert fest.

Sky bellt und läuft schwanzwedelnd zur Tür voraus.

Wenn unser Portier freiwillig bis in die oberste Etage steigt, muss etwas Außergewöhnliches passiert sein. Im Schnelldurchlauf gehe ich alle möglichen Szenarien durch. Das Erste, was mir in den Sinn kommt, ist das düstere Bild eines verletzten Storms, der beim Überqueren der Straße nicht aufgepasst hat und angefahren wurde. Diesen Horrorgedanken wische ich gleich wieder beiseite. Quietschende Reifen direkt vor der Haustür hätte ich bis hier oben gehört, die Fenster sind fast alle einen Spalt aufgeschoben. Ich mag keine Klimaanlagen. Wann immer es geht, setze ich auf die frische Meeresbrise, und hier weht eigentlich ständig ein leichter Wind. Nächste Idee: Ein schmerzfreier Patient aus dem Krankenhaus hat meine Adresse herausgefunden und lässt mir per Boten einen Riesenstrauß Blumen liefern. Oder noch mal Storm – in einer harmlosen und sehr typischen Variante –, er hat seinen Schlüssel vergessen und will sich nicht die Blöße geben, selbst zu klingeln.

Ich riskiere einen schnellen Blick in den Garderobenspiegel. Sieht man mir an, dass ich geheult habe?

Luigi hämmert weiter gegen die Tür. »Machen Sie auf, schnell!«

»Ich komme ja schon«, rufe ich.

Luigi kann kein Blut sehen, fällt mir ein. Vielleicht hat er sich mit seinem Apfelsinenschälmesser geschnitten und braucht ein Pflaster? Aber dann hätte er den ollen AB benutzt.

Ich zwinge mich zu lächeln und reiße die Tür auf. »Was gibt's denn?«

Luigi ist käseweiß, dennoch strömt ihm der Schweiß über das Gesicht.

»Wieso gehen Sie denn nicht an Ihr Telefon? Dieser Fahrstuhl«, ächzt er. »Auf nichts ist mehr Verlass heutzutage.«

Die Antwort auf die erste Frage schenke ich mir und verkneife mir außerdem, ihn daran zu erinnern, dass er für die Wartung der Technik in diesem Haus zuständig ist. Zu angespannt tupft er sich mit einem hellblau gemusterten Stofftaschentuch über Stirn und Nacken.

Sein Blick fällt auf Sky. »Madonna mia«, murmelt er leise.

»Gut, dass er bei Ihnen ist. Ich dachte schon, ich muss bei Mrs. Wolowitz die Tür aufbrechen, aber Sie haben ja ohnehin einen Schlüssel, oder? Bis ich mir den Generalschlüssel besorgt hätte …« Er hält sich am Türrahmen fest und schnappt kurzatmig nach Luft.

»Was ist denn los, um Himmels willen?«, frage ich alarmiert und schnuppere. »Brennt es irgendwo?« Ich rieche nichts.

»Das kann man wohl sagen«, antwortet Luigi düster. »Mrs. Wolowitz ist mit der Notfallambulanz ins Krankenhaus eingeliefert worden.«

»Was?!«

»Sie sagte, es wäre ihr Herz.«

Die nackte Angst schnürt mir die Kehle zu, meine Knie fühlen sich an wie Butter. Sie wird doch nicht etwa …? Ich wage es nicht, den Gedanken zu Ende zu bringen. Dann realisiere ich, was Luigi gesagt hat. *Sie sagte.* Also kann es nicht so schlimm um die alte Dame stehen.

»Sie haben mit ihr telefoniert? Wann?«

»Ja, eben noch.« Erstaunt sieht er mich an. »Deswegen bin ich doch hier. Sie hat aus dem Krankenwagen angerufen und gesagt, ich soll Sie persönlich fragen, ob Sie sich um Sky kümmern können. Sie hatte unglaubliche Angst, dass der Hund allein in der Wohnung ist.«

»Aus dem Krankenwagen? Aber sie hat ihn doch selbst vorbeigebracht?«

Ich schüttle den Kopf. In der Aufregung muss Mrs. Wolowitz vergessen haben, dass sie Storm den Hund anvertraut hat. Mir fällt wieder ein, was er gesagt hatte, als ich nach Hause kam. Dass es ihr nicht so gut ginge und sie ihm deswegen den Racker überlassen hatte. Am Vormittag schon.

»Verdammt«, rutscht es mir heraus, und Luigi bekreuzigt sich. »Und hat sie sonst noch was gesagt?«

Luigi kraust die Stirn. »Na, ist das nicht genug? Sie kennen sie doch. Sie will uns keine Umstände machen, und wir sollen uns nicht sorgen. Und ihre Schwägerin … Moment, was war mit ihrer Schwägerin? Ich hab's gleich. Wir sollen … Mamma mia! Die Aufregung!« Zerknirscht sieht er mich an und tupft die nächsten Sturzbäche von seinen Schläfen und der Stirn.

»Alles gut, Luigi. Sollen wir ihr Bescheid sagen?«

Er reißt die Augen auf. »Nein, bloß nicht, sie würde sich nur unnötige Sorgen machen.«

Seine Miene hellt sich auf. Das war es offenbar, was er ausrichten sollte.

Ich lasse mich gedankenverloren auf meine Knie nieder und nehme den Hund in den Arm, der leise fiept und an Luigis stämmigen Uniformbeinen vorbei ins Treppenhaus lugt – als ob er spürt, dass mit seinem Frauchen etwas nicht in Ordnung ist.

»Aber wenn Sie so nett wären und ihr ein paar Kleinigkeiten einpacken? Sie wissen schon, Sachen fürs Krankenhaus.«

Ich löse meinen Blick und die Hände aus Skys Fell und sehe zu Luigi hinauf, dessen Gesichtsfarbe gerade in einen kräftigen Rotton wechselt.

»Natürlich.«

Ich nicke abwesend und ziehe Sky wieder sanft zu mir heran. Der Rüde hat sich halb an dem Concierge vorbeigepirscht und lauscht mit schief gelegtem Kopf und lauteren Winseltönen ins Treppenhaus. Dann höre auch ich die schweren Schritte, die etwas ungleichmäßig belastet, immer zwei Stufen auf einmal nehmend und von einem Prusten begleitet höher kommen.

Storm.

Als er am letzten Treppenabsatz auftaucht, ist Sky nicht mehr zu halten, oder ich bin einfach eine Sekunde zu langsam. Er reißt sich los und stürzt auf meinen Mitbewohner zu, als hätte er ihn tagelang nicht gesehen.

»Schlüssel vergessen«, brummt Storm an mich gerichtet. Dann fängt er mit seinen zugegebenermaßen feinen Antennen die Stimmung auf, die zwischen Luigi und mir schwelt. »Was ist los?«, fragt er und sieht argwöhnisch von Luigi zu mir. »Tauscht ihr schon das Schloss aus?«

Storm

Hatte er sie bedrängt? Hatte sie ihn geküsst oder er sie? Wie war es dazu gekommen? Warum hatte sie es getan, wenn sie sich so sicher war, dass sie sich nicht verlieben konnte? Hatte er das alles falsch interpretiert, was sich in den letzten Wochen an Spannung zwischen ihnen aufgebaut hatte? Die kleinen Aufmerksamkeiten? Die verstohlenen Berührungen, wie nebenbei? Das Riesengeschenk mit seinen Stiefeln? Wie viel Mühe sie sich gemacht hatte, ihn damit zu überraschen. Aber anscheinend war sie einfach nur nett gewesen – freundschaftlich nett –, und er hatte fälschlicherweise gedacht, sie würde mehr in ihm sehen. Nein, nein, nein. Er schüttelte den Kopf.

»Du hirnverbrannter Idiot, kapier doch, dass du es einfach nicht für sie bist«, sagte er laut, und ein älteres Ehepaar drehte sich nach ihm um.

Was sahen sie? Einen entstellten Mann, der mit geballten Fäusten in den Jackentaschen Selbstgespräche führte. Einen Freak aus Frankensteins Labor. Einen von der Sorte, um die man auf der Straße einen großen Bogen machte. Wegen dem man Kinder an die Hand nahm und die Straßenseite wechselte. Kein Wunder, dass sie Reißaus nahmen. Jeder ergriff vor ihm die Flucht. Wenn er klug war. Oder sie. Und April war sehr klug. Klug und sexy.

Er blieb stehen, lehnte sich an einen Mauervorsprung und befühlte mit zitternden Fingern seine Lippen. Sie vibrierten immer noch von diesem Kuss. Selbst der Nachklang haute ihn beinahe um. Wenn es einen Gott gab, dann war er verdammt grausam.

Er schloss die Augen und sah sofort ihr Gesicht vor sich. Ihr Rehblick, die kraus gezogene Nase mit den leicht geblähten Nasenflügeln, wenn ihr etwas gegen den Strich ging oder sie nicht seiner Meinung war. Wie sie den Kopf neigte und halb die Augen schloss, wenn sie seiner Musik zuhörte und sich dabei sacht im Takt wiegte. Er sah sich auf dem Sofa draußen auf der Dachterrasse sitzen, die Gibson auf dem Oberschenkel, und sie auf einem dieser dicken Bodenkissen, im Schneidersitz, ganz Ohr, ein Glas Rotweinschorle mit Eiswürfeln in der Hand. Sie war der einzige Mensch, den er kannte, der Rotwein mit Ginger Ale derart verwässerte. Aber es schmeckte gut. Und wenn eine Bridge nicht funktionierte oder eine Liedzeile nicht passte, verzog sie das Gesicht auf diese bezaubernde Art.

Er kniff die Lider zusammen und hielt sich für einen Moment an der nächsten Straßenlaterne fest. Dann rannte er los. Es war ihm egal, ob sein Knöchel das aushielt oder nicht. Er musste rennen, also rannte er, wie Forrest Gump, so lange, bis seine Lunge brannte, er Seitenstechen hatte und sein Sprunggelenk sich anfühlte, als wäre der Knochen aus Stacheldraht. Es stand armselig um seine Kondition. Er fand sich im Park wieder, keine fünf Gehminuten von der Wohnung entfernt – wo sie vor ein paar Tagen Stöckchen für Sky geworfen hatten und sie ihm gezeigt hatte, wie er mit einer simplen Parkbank Übungen für seine verkürzten Beinmuskeln machen konnte. Sie halfen enorm gegen den einseitigen Rückenschmerz, der sich bis tief in die Hüfte zog.

Storm steuerte die leere Parkbank unter dem Eukalyptusbaum an, er humpelte jetzt wieder. Und als er dort war, fiel er auf die Knie, krallte die Hände in die trockene Erde und fing an zu weinen wie ein kleines Kind. Er kauerte sich auf den Boden und wartete, bis der Anfall vorbei war. Ein paar Jogger kamen vorbei, eine Mutter mit Kinderwagen. Er nahm es aus dem Augenwinkel wahr. Unbeteiligt. Niemand blieb stehen. Wahrscheinlich hielten sie ihn für einen Junkie. Es kümmerte ihn nicht.

Was ihn kümmerte, war April. Er wollte sie nicht verlieren. Nie mehr.

Das Ganze war ein Missverständnis, eins von der Sorte, über die man gemeinsam lachen konnte, wenn man heil war und wenn Zeit verging, viel Zeit. Aber die hatte er nicht.

Sie hatte gesagt, es läge nicht an ihm, sondern an ihr. Er stöhnte, und das volle Programm der Selbstzerfleischung ging weiter.

Dich *will sie nicht.* Dich *kann sie nicht lieben. Niemand kann das. Du bist ein Monster. Außen wie innen. Sie sieht es, sie spürt es. Und dabei kennt sie noch nicht einmal deine Geschichte, deinen zweiten Makel, das unsichtbare Kainsmal, deine untilgbare Schuld.*

Er musste laut geschrien haben, denn als er seine nassen Augen öffnete und sich mühsam aufrichtete, kam ein junger Schwarzer auf ihn zugelaufen. Storm signalisierte ihm, dass alles in Ordnung sei, und der junge Mann drehte ab.

Storm hangelte sich auf die Parkbank und stierte leer vor sich hin. Als er die Augen wieder schloss, hatte er das Gefühl, Marty würde neben ihm sitzen. Marty Freeman, wie er leibte und lebte. Der beste Freund, den er je gehabt hatte, in seinen albernen bunten Designerhosen und dem obligatorischen lässigen weißen Hemd dazu.

»Ein weißes Hemd kannst du zu allem tragen, Junge. Das hat Stil.«

Er hatte Martys Stimme noch im Ohr, das war eine der ersten Lektionen gewesen, die er ihm mit auf den Weg gegeben hatte, damals, zu Beginn seiner Karriere.

Aber jetzt sagte dieser vertraute, immer etwas kratzige Bariton etwas anderes zu ihm.

»Reiß dich zusammen und komm klar damit, Junge! Du kannst nicht ewig davonlaufen. Hör auf, dich in Selbstmitleid zu suhlen und vor der Wahrheit wegzurennen. Akzeptiere, wer du bist und was du bist, und dann geh den entscheidenden Schritt weiter. Spring über deinen Schatten. Stolpere von mir aus, zieh dich an deinen dämlichen Krücken hinüber, klettere auf allen vieren drüber oder robbe auf dem Bauch, aber tu es endlich: Überwinde diese Hürde! Und dann steh auf und sag ihr, dass sie dir wichtig ist und du das, was ihr habt, nicht aufs Spiel setzt für dein verletztes Ego.«

»Verletztes Ego?«

Er hob den Kopf. Er wusste, dass die Bank neben ihm leer war. Er führte Selbstgespräche. Aber das war drittrangig.

»Ja, natürlich«, sagte Martys Stimme in seinem Kopf, und sie klang ungeduldig. »Du machst mich nicht wieder lebendig dadurch, dass du deine Narben nicht operieren lässt, einen auf Glöckner von Notre-Dame machst und dich in deinem Elfenbeinturm verkriechst.«

»Ich hab ihr versprochen, dass ich auf die Bühne gehe. Du bist nicht auf dem Laufenden, Marty.«

Er meinte fast, das vertraute Lachen zu hören.

»Ja. Das hat sie geschafft. Aber was du deinem Publikum geben willst, ist eine Freakshow. Du bist immer noch davon überzeugt, dass die Musik das Einzige an dir ist, das einen gewissen Wert besitzt. Erinnere dich an deine Anfänge, Storm. Du hast für die Musik gelebt. Sie ist eine Gabe, ein Gottesgeschenk. Der Himmel weiß, warum du damit gesegnet worden bist und wieso ausgerechnet ich dir über den Weg gelaufen bin, um diesen Rohdiamanten zu entdecken und zu schleifen.

Du wolltest gar nicht auf eine große Bühne. Scheinwerferlicht, der ganze Starrummel, das habe ich dir eingebrockt. Es war dir so verhasst, dass du angefangen hast, dich selbst zu hassen. Lange vor der Tragödie. Ich habe das viel zu spät begriffen. Es tut mir unendlich leid.«

Storm grunzte. »Dir tut es leid?«

Er wandte den Kopf und betrachtete verwirrt ein paar Blätter, die vom Baum geweht waren und mit denen der Wind auf der leeren Sitzfläche neben ihm spielte. Er sah geradeaus und beobachtete zwei Hunde, die am anderen Ende der Wiese miteinander herumtollten.

»Schwachsinn«, murmelte er.

»Dein Selbsthass ist Schwachsinn. Ändere deine Einstellung. Lass mich endlich in Frieden ruhen und leb dein Leben. Mach was draus. Damit mein Tod wenigstens für irgendwas nütze war.«

Eine Faust schloss sich unbarmherzig um sein Herz und drückte zu. Der nächste Atemzug fiel ihm unendlich schwer. Mit Gewalt presste er Luft in seine Lungen, atmete ein, atmete aus, bis es endlich leichter wurde.

»Es ist nie zu spät, Junge. Vorbei ist es nicht einmal, wenn du aufhörst zu atmen. Dann fängt ein neues Spiel an, glaub mir. Und jetzt nimm die Beine in die Hand und geh. Geh zu ihr, mein Freund. Lebe!«

Es raschelte. Die Eukalyptusblätter trudelten langsam kreisend auf den Boden.

Storm stöhnte. Dann stand er auf, belastete vorsichtig den verletzten Fuß und tat einen Schritt. Dann noch einen. Und dann eilte er zurück zum Apartment. Nach Hause. Er musste mit April reden.

Es war okay. Sie war okay, so, wie sie war, und mehr als das – perfekt sogar. Er wollte keine Nuance an ihr verändern. Sie war absolut sein Typ, aber es war völlig in Ordnung, wenn sie Zeit brauchte. Oder was auch immer das eigentliche Problem war. Er hatte die Chemie zwischen ihnen gespürt. Aber wie sollte sie sich denn auf ihn einlassen können, wenn er sich selbst nicht ausstehen konnte? Das würde er ändern. Das war die Baustelle, an die er ranmusste. Und das musste er ihr sagen. Und zwar sofort. Marty hatte recht. Der alte Scheißkerl hatte immer recht. Sogar noch, wenn er tot war.

Sein Fuß stach und wütete, und er ignorierte ihn, so gut er konnte. Aber diesmal nicht aus Masochismus und weil er sich selbst immer noch bestrafen wollte für alles, was passiert war, sondern weil er ein Ziel hatte. Ein wichtiges Ziel. Und weil sein Körper verdammt noch mal wieder anfangen durfte zu funktionieren.

Die letzten Meter zog er sich mehr mit den Armen das Treppengeländer hinauf, als dass ihn seine Beine wirklich noch getragen hätten. Er nahm zwei Stufen auf einmal und keuchte wie ein Walross, weil er nicht auf den dämlichen Lift warten wollte, der seit Tagen nur noch nach dem Zufallsprinzip fuhr. Aber er hatte es geschafft, und auf dem ganzen Weg nach oben hatte er sich die Worte zurechtgelegt, die er April sagen wollte: nämlich was für ein Idiot er war, dass er bereits mit Therapiesitzungen angefangen hatte, wie viel sie ihm bedeutete – und dass er diesen Kuss nicht vergessen wollte, auf keinen Fall sogar, es aber selbstverständlich akzeptierte und respektierte, wenn sie Zeit brauchte. Und selbst, wenn sie ihn wirklich nicht wollte, dann wäre das auch in Ordnung. Aber diesen Kuss würde er in seinem Herzen bewahren, ganz egal, was weiter geschehen würde. Alles, was er von ihr wollte, war, Zeit mit ihr zu verbringen. Er würde ehrlich mit ihr sein und sagen, dass er sich mehr erhoffte, dass er Gefühle für sie hatte, dass er versucht hatte, dagegen anzukämpfen, vom ersten Moment an. Und er würde es weiter tun, wenn sie es von ihm verlangte. Was er sich wünschte, war Hoffnung, war eine Chance, die er nutzen konnte, und wenn sie noch so verschwindend gering war. All das würde er ihr sagen, wenn er nur erst wieder Luft bekam. Keine Spielchen mehr. Keine Maskerade. Nicht für sie. Sie hatte die Wahrheit verdient, und er musste ihr vertrauen, dass sie sie zu nehmen wusste.

Und dann stand sie mit Luigi im Türrahmen, und er spürte, dass etwas passiert war. Luigi kam nie freiwillig bis in den obersten Stock – und er war so in Gedanken gewesen, dass ihm der verwaiste Tresen des Portiers nicht einmal aufgefallen war.

Fuck!, dachte er, als er Aprils Gesicht sah, und vergaß alles, was er hatte sagen wollen.

Im nächsten Moment schoss Sky an ihren Beinen vorbei auf ihn zu. Zumindest einer, der nicht nachtragend war. Der Hund freute sich derart ihn zu sehen, dass es ihm fast peinlich war. Das würde Aprils Stimmung nicht gerade verbessern. Sie schien nicht gut auf ihn zu sprechen zu sein, und er konnte es ihr nicht verdenken, so wie er abgerauscht war. Aber vielleicht war das auch aus anderen Gründen ein mieser Augenblick? Sie sah mehr oder weniger durch ihn hindurch, aber nicht auf die verärgerte, schneidende Art, sondern eher, als ob sie im Kopf die ersten zwanzig Kommastellen von Pi in die richtige Reihenfolge bringen wollte – nein, falsch, das hier war April: sämtliche sechsundzwanzig Fußknochen alphabetisch ordnen. Auf Latein natürlich.

»Schlüssel vergessen«, murmelte er, um sich Luft zu verschaffen und ein wenig Zeit, um die Lage besser einzuordnen. Irgendwas stimmte nicht. Sein Bauchgefühl sagte ihm ganz klar, dass das hier nichts mit ihm zu tun hatte. Aber worum ging es dann? »Was ist los?«, fragte er und frotzelte: »Tauscht ihr bereits das Schloss aus?«

April wandte in Zeitlupe den Kopf in seine Richtung und

sah ihn zum ersten Mal direkt an. »Mrs. Wolowitz ist ins Krankenhaus eingeliefert worden«, sagte sie blechern. Sie war so blass, dass ihre Sommersprossen wie von Kinderhand aufgeschminkt wirkten.

»Scheiße«, fluchte er und hätte sich am liebsten die Zunge abgebissen für den dummen Spruch. »Was kann ich tun?«

Luigi murmelte irgendetwas davon, dass er wieder nach unten müsse, April und er wüssten jetzt Bescheid, und wenn er noch bei irgendwas helfen könne, würden sie ja wissen, wo er zu finden war. Er tupfte sich mit einem gigantischen Stofftaschentuch Schweiß vom Gesicht und trollte sich. Mission erfüllt. Weg war er.

Storm sah ihm verblüfft hinterher und fragte sich kurz, wieso der Portier nicht einfach angerufen hatte, um seine Botschaft zu übermitteln, aber er verfolgte den Gedanken nicht weiter.

April machte ein Geräusch und tastete nach dem Türrahmen. Sie sah wieder durch ihn hindurch. Ihr Blick wirkte verwundert, glasig – und dann sackte sie weg.

Er war mit zwei Schritten bei ihr und konnte sie gerade noch auffangen.

Sie hing in seinen Armen wie eine knochenlose Gummihülle und drohte, ihm einfach wegzurutschen. Irgendwie schaffte er es dennoch, weder über ihre noch über seine eigenen Beine zu stolpern und sie, ihren Arm über seine Schulter geklemmt und seinen Arm um ihre Taille gelegt, nach drinnen und bis zum Sofa zu schleifen. Sie war wieder ansprechbar, bevor er sie dort ablegte.

Sky wuselte winselnd um sie herum und schleckte abwechselnd seine und ihre Hände ab.

»Mrs. Wolowitz«, brabbelte April, streichelte dem Hund über den Kopf und versuchte, sich hochzustemmen. »Ich muss ihr ein paar Sachen zusammenpacken.«

»Das kann ich übernehmen«, bot er an und musterte sie skeptisch.

Sie bedachte ihn mit dem gleichen zweifelnden Gesichtsausdruck, lediglich ergänzt um einen belustigten Zug um den Mund. »Ach, du weißt also, wo Mrs. Wolowitz ihre Schlüpfer aufbewahrt?«

»Vermutlich genauso wenig wie du«, konterte er. »Dann gehen wir eben gemeinsam rüber. Und streite nicht mit mir, ich denke, wir haben es eilig.«

Sie nickte. Anscheinend hatte sie eingesehen, dass er nicht mit sich diskutieren lassen würde. Immerhin war mit ihrem Humor auch ihre Gesichtsfarbe zurückgekehrt.

»Geht's wieder? Bist du okay?«

Sie nickte noch einmal. Heftiger jetzt. »Ja. Mir geht's gut. Ich habe nur ein bisschen zu wenig getrunken heute. Und dann die ganze Aufregung …«

Er musterte sie neugierig, verkniff sich aber jede Nachfrage. Hinter ihrem coolen Auftreten war sie zartbesaiteter, als sie je zugeben würde.

»Ich hol dir was zu trinken.«

Er starrte auf den Wasserkocher, als könnte er ihn dadurch schneller zum Sieden bringen, und schnitt eine Zitrone, als er einsah, dass das nichts brachte.

Gehorsam leerte sie ein großes Glas Leitungswasser, das er mit einem Schuss heißem Wasser handwarm gemacht hatte. Sie vertrug keine eiskalten Getränke. Selbst alkoholfreies Bier trank sie am liebsten bei Zimmertemperatur. Ringelsocken und lauwarmes Bier – er mochte ihre verrückten Marotten, aber jetzt war nicht die Zeit, darüber nachzudenken.

Er ging zur Spüle, um das Glas noch einmal aufzufüllen, und betrachtete den Hund, der sich auf den kühlen Fliesen lang ausgestreckt hatte.

»Was machen wir mit Sky? Ins Krankenhaus können wir ihn nicht mitnehmen.«

Der Rüde hob sofort die Ohren, als er seinen Namen hörte.

April zögerte kurz, bevor sie antwortete: »Ich denke, wir bringen ihn rüber in Mrs. Wolowitz' Wohnung. In der vertrauten Umgebung fühlt er sich bestimmt geborgener, als wenn wir ihn alleine hierlassen. Außerdem bin ich mir nicht sicher, was er alles zerlegen würde, falls ihm langweilig wird.«

Er folgte Aprils Blick durch die Wohnung. Seine Augen streiften das Inventar und blieben für einen Wimpernschlag an den Stiefeln mit dem aufgestickten Phönix kleben.

Er nickte.

April trank aus und stellte das Glas ab. »Dann komm, du verkrachter Marvel-Held in Jeans und Leder.«

Kapitel 12

April

Der arme Sky reagiert völlig verwirrt. Nachdem ich die Tür zu seinem Zuhause aufgeschlossen habe, schießt er an mir vorbei und trabt suchend durch jeden Raum.

»Frauchen ist nicht hier«, erkläre ich automatisch. »Aber sie kommt ganz bald wieder, versprochen.«

Mir ist immer noch ein wenig flau. Dass ich einfach so umkippe, ist eigentlich nicht meine Art, abgesehen von der heftigsten Phase meiner Leukämie. Aber das ist lange her, die Erhaltungstherapie ist abgeschlossen, ich bin stabil und komplett in Remission – keinerlei Krebszellen mehr nachweisbar. Es ist so, wie ich Storm gesagt habe, einfach ein bisschen viel grade: zu viel Stress, zu wenig Schlaf, dann unser Streit und jetzt auch noch Mrs. Wolowitz.

»Alles ist gut«, murmle ich, halb zum Hund, halb zu mir selbst, und reibe gedankenverloren über meinen Port, als wäre er Aladins Wunderlampe.

Sky winselt und setzt seine Suche fort. Er kratzt sogar an der Badezimmertür.

Storm sieht mich mit einem dieser seltsam langen Blicke an, die stumm sind, aber Bände sprechen. *Versprich nichts, was du nicht halten kannst*, sagen seine hellgrünen Augen.

Dann dreht er sich schwerfällig um und geht dem Hund nach. Er hinkt wieder. Sein Iliosakralgelenk macht mir Kummer. Aber heute scheint ihn auch der Fuß zu schmerzen. Ich vermute, dass er ihn nicht besonders geschont hat bei seiner kleinen Flucht vorhin. Wie kann man sich nur selbst so mutwillig sabotieren?

»Da drin ist sie auch nicht, Kumpel«, sagt Storm sanft und öffnet die Tür, damit Sky sich selbst davon überzeugen kann.

Meine Unterlippe fängt an zu zittern, und ich drehe mich schleunigst um, eile ins Schlafzimmer und reiße das oberste Schubfach der erstbesten Kommode auf. Mit beiden Händen fliege ich so vorsichtig und rasch wie möglich durch sauber zusammengefaltete Baumwollhemdchen und Höschen. Weiter hinten lagert in zweiter und dritter Reihe zwischen Lavendelsäckchen und Seifenstücken hübsch mit Samtbändern zu Päckchen gebündelte feinere Wäsche, Seide und Satin, gewebte Spitze, teils noch originalverpackt. Der Anblick stimmt mich traurig. Für welche besonderen Gelegenheiten mag sie sich das aufgehoben haben?

Mein Blick fällt auf ein gerahmtes Foto, das auf einem gehäkelten Deckchen auf der Kommode steht. Die Farben sind ein wenig verblichen, es zeigt eine wesentlich jüngere Mrs. Wolowitz, strahlend, Arm in Arm mit einem rundlichen Mann, zwischen ihnen ein Mädchen mit zahnlückigem Milchzahngrinsen. Sie hat mir nie erzählt, dass sie Kinder hat.

»April!«

Storm unterbricht meine trüben Gedanken.

»Ich habe Sky gefüttert, und im Wohnzimmer habe ich das hier gefunden.«

Er schwenkt Mrs. Wolowitz' Lesebrille und ein paar Kreuzworträtselhefte, als wäre es der Ring der Nibelungen.

»Gute Idee«, sage ich und bringe ein wackeliges Lächeln zustande. »Vielleicht noch ein bisschen Obst und …« Ich sehe mich im Schlafzimmer um. Auf dem Nachtkästchen liegt ein angefangener Roman.

»Seh' schon«, erwidert Storm und geht hinüber, um das Buch zu holen.

»Hast du ein Köfferchen oder so was gefunden?«

Ich halte eine gemischte Auswahl Schlüpfer und BHs in meinen Händen und komme mir ziemlich planlos vor.

Storm legt wortlos seine Beute auf die gequiltete Tagesdecke des Bettes und öffnet den Kleiderschrank. Auf einem Bord ganz oben liegt eine Auswahl Reisetaschen. Er zieht eine mittelgroße heraus und stellt sie neben die Sachen aufs Bett. Daneben legt er einen geblümten Morgenrock, der auf der Innenseite der Schranktür hing.

»Was hältst du davon, wenn ich das hier schon mal einpacke und du im Bad einen Kulturbeutel zusammenstellst? Du hast ... ähm ... sicher mehr Ahnung als ich davon, was sie von all diesen Fläschchen und Tuben als nützlich erachten würde.« Er grinst verhalten.

Ich nicke. »Dann überlasse ich dir die Auswahl der passenden Nachtkleidung. Aber denk auch an warme Socken und eine Strickjacke oder so was.« Suchend sehe ich mich um. »Und Hausschuhe.«

»Wird erledigt, Keks.«

Diesmal widerspreche ich nicht, als er mich so nennt.

Zwanzig Minuten später stehen wir am Infoschalter des Saint Francis Memorial.

Mrs. Wolowitz ist nicht mehr in der Notfallambulanz, und sie haben sie nicht in die Intensivstation gebracht, sondern auf die Innere verlegt. Das beruhigt mich halbwegs. Aber diagnostisch kann es alles oder nichts bedeuten – von Herz-Kreislauf über Lunge, Magen-Darm-Trakt, Leber und Oberbauch ... Ich mag gar nicht daran denken, was alles hinter ihren Beschwerden stecken könnte. Das Sammelsurium an Herzmedikamenten in ihrem Badezimmerschrank gefällt mir nämlich gar nicht.

»Und Sie können mir wirklich nichts darüber verraten, wie es ihr geht?«

Die Schwester hinter dem Tresen verzieht keine Miene. »Sind Sie eine Angehörige?«

Ich verneine wahrheitsgemäß und mache einen neuen Anlauf. »Wir sind Nachbarn. Ich, also wir passen auf den Hund auf, und ich habe Sachen für sie dabei.« Ich halte demonstrativ die Reisetasche hoch. »Sie hat uns von unterwegs darum gebeten«, ergänze ich lahm. »Ich mag sie wirklich sehr. Und außerdem mache ich hier ein Praktikum, bei Dr. Jonathan Roberts.«

»Das kann ja alles sein, *Honey*, aber ich darf Ihnen trotzdem keine Auskunft geben. Das sollten Sie wissen, wenn Sie hier arbeiten.« Sie lächelt ebenso mitfühlend wie stur.

Storm fasst nach meiner Hand. Der Druck seiner Finger ist warm und kräftig. Er bringt meinen Blutdruck dazu, halbwegs konstant seinen Dienst zu verrichten und aufzuhören, herumzuflattern wie ein hysterischer Vogel, der sich in einem Netz verfangen hat.

»Warum gehen Sie nicht hoch und bringen ihr die Sachen selbst vorbei?«

»Das dürfen wir?«

Die Schwester sieht noch einmal in ihren Computer. »Ich wüsste nicht, was dagegenspricht. Dritter Stock, Zimmer 312.«

»Danke!«, strahle ich sie an und ziehe Storm hinter mir her in Richtung der Fahrstühle.

»Es sieht schlimmer aus, als es ist«, behauptet Mrs. Wolowitz, als sie mich erblickt.

Sie ist an eine Vielzahl Monitore angeschlossen, die Sauerstoffsättigung, Herzschlag, Puls und alle möglichen anderen Werte überwachen.

Als Storm sich dicht hinter mir durch den Türspalt schiebt,

mobilisiert sie all ihre Kräfte und zieht sich die Bettdecke bis fast unters Kinn.

»Was ist denn passiert?«, will ich wissen.

»Ach, *Zissele*«, seufzt sie ausweichend und lächelt matt. »Die Pumpe altert mit, wissen Sie? Ob man will oder nicht. Haben Sie mir was Anständiges zum Anziehen mitgebracht? Und mein Eau de Cologne? Es gibt nichts Schlimmeres als alte Leute, die so muffig riechen, wie sie aussehen, finden Sie nicht?« Verschwörerisch blinzelt sie mir zu.

Solange sie Witzchen macht, kann es ihr ja gar nicht so schlecht gehen, zumindest hoffe ich das inständig. Ihre Gesichtsfarbe reicht ziemlich nah an die Farbe der weißen Kissen heran, und sie sieht unendlich klein aus in dem monströsen Pflegebett.

»Natürlich«, erwidere ich lächelnd und zeige auf die Tasche. »Alles dabei. Sogar Ihre Lesebrille, etwas zu lesen und zu rätseln.«

Storm beugt sich vor, legt sich eine Hand um den Mund und flüstert gerade so laut, dass sie es auch gut hören kann: »Und ein Fläschchen von dem selbst gemachten Kirschlikör habe ich in der Tasche Ihres Morgenmantels versteckt.«

Schockiert sehe ich von Mrs. Wolowitz zu Storm und wieder zurück. »Was denn für ein Fläschchen?«, frage ich entsetzt. Er wird doch wohl nicht ernsthaft Alkohol hierhergeschmuggelt haben?

Storm zwinkert mir zu und schüttelt fast unmerklich den Kopf.

Mrs. Wolowitz errötet wie ein Teenager und wischt meinen halb ausgesprochenen Einwand mit einer lapidaren Bewegung aus ihrem Handgelenk fort. Ihre Haut wirkt wächsern und dünn wie Pergament. »Gönnen Sie Storm und mir doch unsere kleinen Geheimnisse«, flötet sie fröhlich. Dann muss sie husten.

Ich richte ihr die Kissen und stelle das Kopfteil des Bettes ein wenig höher, um den Druck auf ihre Gefäße zu verringern. »Besser?«

Sie nickt und knetet unablässig ihre Bettdecke mit den Fingern. Irgendetwas hat sie auf dem Herzen.

»Sky geht es übrigens hervorragend. Wir kümmern uns um ihn, machen Sie sich bloß keine Sorgen um den Schlawiner.«

»Mein *Velvele.*« Ihre Miene hellt sich kurz auf, sie lächelt.

Dann sehe ich, wie ein Gedanke über das Gesicht der alten Dame huscht. Ihre Fingerspitzen krabbeln über die Bettdecke und suchen meine Hand. Als ich sie ihr reiche, drückt sie erstaunlich fest zu.

»April, wenn mir etwas passieren sollte … Nein! Unterbrechen Sie mich jetzt bitte nicht!«

Sie holt tief Luft und sieht zum Fenster hinaus, in den strahlend blauen Sommerhimmel, der nur durch ein paar Kondensstreifen von Flugzeugen durchzogen wird und von zwei Möwen, die sich um irgendetwas kabbeln.

»Ich bin in einem Alter, wo man sich Gedanken machen muss, und es ist wichtig, darüber zu reden. Bitte hören Sie jetzt einfach nur zu. In meinem Sekretär im Flur, ganz oben hinter den Wörterbüchern, da steckt ein Umschlag. Darin sind die wichtigsten Papiere. Versicherungen, die Telefonnummer des Notars, bei dem mein Testament liegt, meine Geburtsurkunde, all so was. Meine Schwägerin ist zu tüdelig und macht immer so einen Buhei um alles.« Sie schnauft angestrengt und versucht, sich in den Kissen ein Stückchen höherzuschieben.

Ich würde ihr gern helfen, aber sie bremst schon den Ansatz meiner Bewegung mit einem unwilligen Stirnrunzeln aus.

»Ich habe ihr das schon hundertmal gesagt«, setzt sie erneut an. »Aber sie wird es wieder vergessen haben, wenn es so weit ist, und über irgendwelchen Schmonzes mosern. Sie dürfen ihr dann aber nicht böse sein. Man ist in solchen Situationen ja aufgeregt, nicht wahr? Und meine Tachrichim, die Totenkleider, liegen oben im Schrank. Ganz hinten. Ein weißes Leinenbündel.«

Ich nicke und versuche verzweifelt, den Kloß in meinem Hals herunterzuschlucken, der mit jedem ihrer Worte weiter anschwillt. Ich suche Storms Blick und sehe, dass er ebenfalls mit seinen Emotionen kämpft.

»Das ist wie mit dem Regenschirm«, sagt er mit rauer Stimme und räuspert sich schnell. »Wenn man einen dabeihat, fängt es nicht an zu regnen, richtig?«

Ein Lächeln huscht über das faltige Gesicht von Mrs. Wolowitz. »Genau, mein Freund. Sie haben es verstanden. Erklären Sie es April später noch mal, ja?« Sie zwinkert ihm zu. »Bei einem Glas Kirschlikör. Sie wissen ja, wo er steht.«

Sie streckt ihre Hand aus, und Storm löst sich von dem Infusionsständer, an dem er sich die ganze Zeit festgehalten hat, und kommt einen Schritt näher ans Bett, damit sie ihm den Handrücken tätscheln kann.

Es klopft, und ein Pfleger betritt zusammen mit einer Ärztin das Zimmer. Ich kenne leider beide nicht.

»Sie müssten jetzt bitte gehen«, hebt die Pflegekraft an. »Die Patientin braucht dringend Ruhe.«

Weiter kommt er nicht.

»Einen Augenblick noch«, poltert Mrs. Wolowitz resolut. »Ich werde demnächst mehr von Ihrer sogenannten Ruhe haben, als mir lieb ist.« Ihre wässrigen Augen funkeln wie Mondlicht in einer nebligen Nacht. »Wegen Sky«, wendet sie sich unverdrossen an mich. »Wenn mir etwas zustoßen sollte … Bitte versprechen Sie mir, dass Sie sich um ihn kümmern werden. Sie beide! Ich will nicht, dass mein *Velvele* sonst wo landet.«

»Aber Mrs. Wolowitz! Ich …« Hilflos sehe ich zu Storm.

»Geben Sie sich einen Ruck, und versprechen Sie es mir«,

beharrt Mrs. Wolowitz stur. »Sonst stehen sich der Pfleger und die Ärztin wegen Ihnen ewig die Beine in den Bauch. Ich lasse Sie hier nicht eher weg, bis für meinen Sky gesorgt ist.«

Ich höre, wie Storm hinter mir langsam um das Bett herumkommt. Unsicher legt er mir den Arm um die Schultern und hält mich dann etwas mutiger. Dabei reicht er der alten Dame die Hand und schiebt mich mit einer unauffälligen Geste ein Stückchen nach vorn, um dasselbe zu tun.

Die Finger von Mrs. Wolowitz sind eiskalt, und ich habe Angst, sie zu zerquetschen, aber sie drückt nur umso fester zu, als ob sie das ausgleichen wollte. Eine stumme Bitte liegt in ihrem unnachgiebigen Griff, eine Forderung sogar.

Ich kann nicht sprechen. Dieser Kloß in meinem Hals hat inzwischen den Umfang eines Golfballs.

»Wir versprechen es. Großes Ehrenwort«, springt Storm für mich ein. »Aber nur so lange, bis Sie wieder gesund sind. Abgemacht?«

Mit einem zufriedenen Seufzen lässt Mrs. Wolowitz sich in die Kissen zurücksinken. »Ich wusste, dass auf Sie Verlass ist, Mr. Walker. Und auf Sie auch, *Zissele*. Sie sind ein gutes Team, wissen Sie das? Sie holen das Beste aus dem anderen raus. Das ist ein großes Geschenk in einer Beziehung.«

»Wir sind nicht. Also wir …«, stammele ich hilflos herum.

»Papperlapapp!«

Ich schnappe nach Luft, und sie kichert wie ein kleines Mädchen, das genau weiß, dass man ihm nicht böse sein kann.

»Alles gut, April«, sagt sie leise und drückt noch einmal meine Hand. »Das wird!«

Dann lösen sich ihre knorrigen Finger und driften davon wie schmelzende Schollen im Treibeis. Sie lächelt. Alles an ihr sieht müde aus. Unser Besuch hat sie viel zu sehr angestrengt, als dass ich widersprechen würde.

Die Ärztin räuspert sich dezent.

Ich trete in stummem Gehorsam einen Schritt vom Bett zurück und ziehe Storm automatisch mit.

An der Tür drehe ich mich noch einmal um. »Wir sehen uns morgen«, zwinge ich krächzend zwischen meinen *Plicae vocales*, den Stimmlippen, hervor.

Mrs. Wolowitz lächelt mich gutmütig an, reckt langsam den Daumen in die Höhe und schafft es knapp zehn Zentimeter über die Bettdecke, bevor ihr Unterarm kraftlos in die stützende Hand des Pflegers fällt, der ihr gerade die Manschette anlegt, um ihren Blutdruck zu messen.

Und so werde ich sie in Erinnerung behalten.

Der Anruf kommt am nächsten Morgen um zwanzig nach sieben. Ich bin gerade mit Sky im Park. Ihre Schwägerin ist dran. Mrs. Wolowitz hatte mich als Notfallkontakt angegeben, aber irgendwo wurde das anscheinend übersehen. Sie ist noch in der vergangenen Nacht gestorben. Nun, objektiv betrachtet hätte ich ohnehin nichts mehr tun können.

Es sei ganz schnell gegangen mit Mabel, sagt Margie Wolowitz.

Es ist das erste Mal, dass ich ihren Vornamen bewusst höre. Mrs. Wolowitz hieß also Mabel. Wie kann es sein, dass ich mir nie Gedanken über ihren Vornamen gemacht habe? Und warum tue ich es jetzt? Sind das Anzeichen für einen Schock?

Ihr Herz habe einfach aufgehört zu schlagen. Sie sei friedlich eingeschlafen, hätte das Krankenhaus mitgeteilt.

»Können wir uns treffen? Heute Nachmittag vielleicht, in Mabels Wohnung? Ich muss jetzt all die Dinge ordnen für die Beerdigung und die Versicherungen und …«

Mrs. Wolowitz ist tot.

Ich bekomme nur noch halb mit, was ihre Schwägerin am anderen Ende der Leitung alles heraussprudelt. Von Wohnungsauflösung und dass sie die Tachrichim für die Bestattung bräuchte und den Gebetsschal, obwohl sie es ja gar nicht gut fände, dass ihre Schwester einen Tallit benutzt hätte, so als Frau, und wenn ich möchte, könnte ich mir die Lebensmittel aus dem Kühlschrank nehmen, ich hätte ja den Schlüssel.

»So wie ich Mabel kenne, hat sie da Vorräte für den ganzen Block gelagert. – Herrje, der Hund! Ach, ich muss mich um alles gleichzeitig kümmern. Dabei habe ich weiß Gott genug zu tun, eine Chewra Kadischa wäre jetzt gut, aber sie hat sich ja aus der jüdischen Gemeinde komplett zurückgezogen. Haben Sie die Telefonnummer vom Tierheim?«

Mein Blick fällt auf Sky, der meine Ablenkung durch das Telefonat schamlos ausgenutzt hat, um in den Blumenrabatten ein Loch zu buddeln, in dem man ohne Probleme ein Wildschwein fangen könnte.

»Tierheim?«, wiederhole ich alarmiert. »Was? Nein! Auf keinen Fall! Hören Sie zu, Mrs. …« Es will mir nicht über die Lippen, ich kann sie nicht mit dem Nachnamen ihrer Schwägerin ansprechen. »Margie«, setze ich neu an. »Das hat Ihre Schwägerin bereits alles organisiert. Sky bleibt bei uns. Bei mir. Und ich weiß auch, wo ihre Totenkleider liegen.«

Himmel, Storm weiß es noch gar nicht. Ich muss Storm Bescheid geben, schießt mir durch den Kopf – aber er ist gar nicht zu Hause. Er wollte sich später am Vormittag mit Sam für eine erste Bühnenprobe treffen, und davor hat er einen Arzttermin auf der anderen Seite der Stadt. Darum ist er noch vor mir aufgebrochen.

Mir wird schwindelig. Ich zwinge mich, tief durchzuatmen, während Margie am anderen Ende der Leitung über Beerdigungskosten und ihren Ekel vor tiefgekühlten Leichen schwadroniert.

»Ob sie ihr die Augen zukleben? Mit Sekundenkleber, habe ich gehört. Die arme Mabel, na ja, es erwischt uns alle, nicht wahr? *B'ezrat Hashem.*«

»Machen Sie sich nicht so viele Gedanken. Wir treffen uns heute Nachmittag in der Wohnung. Ich kann Ihnen helfen, die Dinge zusammenzustellen, die Sie brauchen. Ich weiß, wo die Papiere sind. Sie hat das alles geregelt.«

Meine Unterlippe zittert. Wütend wische ich mir mit dem Handrücken über die überlaufenden Augen.

»Passt Ihnen sechzehn Uhr? … Gut. Dann halten wir das fest. Bis dahin, Margie, und … mein herzliches Beileid.«

Meine Stimme bricht, aber ich bin mir sicher, dass sie das nicht mehr mitbekommen hat.

Sky ist beleidigt, als ich ihn abrufe und an die kurze Leine nehme, aber entgegen seiner sonst sehr selbstbestimmten Art kommt er schon auf den ersten Pfiff angelaufen.

Mit den Innenkanten meiner Schuhe schaufele ich den Erdaushub wieder in das Loch und lasse meinen Schluchzern freien Lauf, bis ich heiser bin.

Sky zerrt mich hechelnd nach Hause. Er hat Hunger, seine Frühstückszeit ist überschritten, und da kennt ein Labrador kein Pardon, auch wenn er nur ein halber ist.

In unserer Straße zieht gerade der kleine Hardwarestore das Gitter auf. Wie jeden Morgen. Der Inhaber des indischen Delis kippt Wischwasser in den Gully. Wie jeden Tag. Sky pinkelt noch einmal geflissentlich gegen den Eukalyptusbaum vor unserem Gebäude. Auch das wie jedes Mal, bevor wir reingehen.

Luigi hat bereits seinen Dienst angetreten. Gähnend sitzt er mit einem Becher Kaffee vor seinem kleinen Minifernseher und sieht italienisches Frühstücksfernsehen.

Alles wie jeden verdammten Morgen. Aber heute ist kein normaler Morgen. Es ist der erste Morgen, den Mrs. Wolowitz nicht mehr erlebt. An dem sie nicht mehr die Sonne hat aufgehen sehen, keine getrockneten Hühnerfüße aus ihrer Strickjacke zerren wird, um Sky damit zu belohnen, wenn ich ihn ihr zurückbringe.

Himmel, muss der Hund nicht eigentlich auch Abschied nehmen dürfen? Noch vermisst er sie nicht, aber er wird anfangen, sich zu wundern, und …

Ich zögere kurz und frage mich, ob ich Luigi die schreckliche Nachricht überbringen soll, aber ich weiß, dass ich dann sofort wieder in Tränen ausbrechen würde, und er kann es außerdem nicht leiden, wenn man ihn während der Nachrichten und vor seinem zweiten Kaffee stört. Also schleiche ich mich, so leise das mit einem hechelnden Labbimischling möglich ist, zum Fahrstuhl.

Wie erwartet ist die Wohnung leer, als ich das Apartment betrete.

Sky tapst auf der Suche nach Storm – und Futter – durch jedes Zimmer. Es ist nie leicht vorherzusagen, wo er gerade seine Prioritäten hat.

Mechanisch setze ich Wasser auf, um die Getreideflocken für den Hund zu überbrühen, und hole eine Dose Fleisch aus dem Vorratsschrank.

Ich bin versucht, Storm anzurufen. Er sitzt vermutlich im Auto oder bereits im Wartezimmer des Orthopäden, also verwerfe ich den Gedanken. Ich möchte nicht, dass er den Termin sausen lässt. Er kann ja ohnehin nichts tun.

Doch gerade, als ich mich für meine Krankenhausschicht umgezogen habe und Sky sein Futter schlabbert, wird der Schlüssel im Schloss gedreht, und Storm stürzt herein. Er sieht mich nur an, selbst leichenblass, und ich erkenne, dass er Bescheid weiß.

»Mrs. Wolowitz, also die Schwägerin …«, sagt er leise und breitet die Arme aus.

Ohne ein Wort flüchte ich hinein.

»Weiß der Geier, woher sie meine Telefonnummer hatte«, murmelt er in mein Haar. »Sie dachte, es wäre deine Nummer, und … ich habe sofort umgedreht und bin zurückgekommen, aber ich war schon auf der anderen Seite der Stadt. Es tut mir so leid.«

»Bitte halt mich einfach nur fest«, flüstere ich tränenerstickt.

Und das tut er. Eine ganze Weile.

Ganz sanft streichelt er mein Haar und wiegt mich. In mir geht alles durcheinander, Bilder, Gesprächsfetzen, Erinnerungen. Nur ganz allmählich beruhigt sich mein Atem, meine Gedanken verschwimmen zu einer diffusen grauen Masse. Das Einzige, was von ihnen bleibt, ist dieser gemeine Druck hinter den Schläfen und im Herzen. Es tut so weh. Und es tut so gut, einfach nur gehalten zu werden.

Ich wünschte, ich wäre einmal noch drei Jahre alt, säße bei meiner Mutter auf dem Schoß und würde ihr unerschütterlich glauben, dass morgen alles wieder gut sei. Aber das ist nicht so. Schon lange nicht mehr. Und erst recht nicht in diesem Fall.

Alles, was ich tun kann, ist, mit meinem ganzen Sein Storms Händen zu folgen, seiner Körperwärme und dem stetigen Klopfen gegen meine Brust, das sich mit meinem eigenen Herzschlag synchronisiert. Es ist, als ob unsere Energiehülle eine Art Schutzraum aufbaut und alles, was sich außerhalb davon befindet, in unwirkliche Distanz rückt, immer weiter weg, so wie es ein Albtraum nach dem Zähneputzen und dem ersten Kaffee tut.

Doch dann rollt die nächste Welle aus Schmerz und Kummer an, schiebt sich aus meinem Herzen nach oben durch die Kehle und raubt mir die Luft, bis ich mit einem lauten Schluchzen die Schleuse öffne und neue Tränen fließen.

»Lass es raus, Keks«, sagt Storm gedämpft und drückt mich an sich, bis die Woge langsam verebbt.

Ich angele einhändig nach einem Taschentuch in meiner Jeanstasche und putze mir verstohlen die Nase.

»Ich mochte … sie … so schrecklich … gern«, wimmere ich und muss nach jedem zweiten Wort atmen und schlucken, weil dieser elende Kloß nicht kleiner wird. »Jetzt ist sie tot. Und … es ist … das … erste Mal, dass hier in den USA jemand stirbt, den ich … wirklich … richtig liebhatte, weißt du?«

Seine Antwort ist ein sanftes Verstärken seiner Umarmung.

Ich war schon auf zu vielen Beerdigungen, während meines Studiums habe ich Leichen seziert, frisch verstorbene Patienten in der Klinik gesehen, dann als ich selbst im Krankenhaus lag – nicht jede von uns hat es geschafft. Aber das war etwas anderes. Komplett anders. Weil wir ja alle … Hier sollte doch alles anders werden.

Ich hebe ein wenig den Kopf und sehe zu ihm hoch. Seine Wangen sind feucht, aber er lächelt.

»Hast du schon mal … Ich meine … ist schon mal jemand gestorben, den du richtig gernhattest?«

Sein Adamsapfel hebt und senkt sich. Dann nickt er. »Ja, ja, das habe ich. Er war mein bester Freund.«

»Das tut mir sehr leid«, sage ich leise und lege den Kopf wieder an seine Brust, die Arme um seinen Rücken verschränkt. »Das muss schrecklich gewesen sein.«

Er atmet tief durch. »Ja. Ja, das war es.«

Ich merke, wie er sich verspannt, die warmen, sanften Hände lösen sich von mir, sein ganzer Körper wird steif. In Zeitlupe löst er sich aus meiner Umarmung, schiebt mich von sich.

»Es ist zehn nach acht. Musst du nicht los? Oder willst du dich krankmelden? Dein Doc hätte sicher Verständnis dafür.«

Ich schüttle sachte den Kopf. »Nein, nein, ich fahre.«

Etwas ist anders. Verwirrt wische ich mir mit den Fingern über die Augen. Mein Blick ist immer noch verschleiert, als ob er sich weigert, die Welt scharf zu stellen und ungefiltert in meine Seele dringen zu lassen. Liegt das an dem, was ich gesagt habe – oder erinnert er sich gerade an meine Abfuhr von gestern? Mir fällt sie jedenfalls eben wieder ein. War das wirklich erst vor einem Tag? Das Türenknallen, die Scherben? Von da an wurde alles minütlich schlimmer. Ich habe ihn verletzt und jetzt noch mal heftig in der frischen Wunde gestochert. Ich bin ein egoistisches Trampeltier.

»Bitte entschuldige«, sage ich. »Ich hätte das nicht tun dürfen … Ich …«

Er vergräbt seine Hände in der Jeans und sieht mich an.

»Die Arbeit wird mir guttun«, setze ich schnell hinterher und wische mir noch mal über die Augen.

Er nickt langsam. »Ja. Das wird sie sicher.«

Leise winselnd bringt sich Sky in Erinnerung. Er liegt auf dem Boden, den Kopf auf den Pfoten, und sieht uns aufmerksam an.

»Was machen wir mit ihm? Kannst du vielleicht –« Erschrocken breche ich ab. »Oh Himmel, dein Arzttermin! Hast du ihn jetzt meinetwegen verpasst? Und was ist mit Sam?«

»Das passt schon«, sagt Storm, und ein bitteres Lächeln spielt ganz kurz um seine Lippen, seine Augen sehen mich traurig und müde an. »Ich bleib noch ein bisschen bei meinem Kumpel hier, und dann bring ich ihn rüber. Da ist er wahrscheinlich am besten aufgehoben.«

»Nein!«, kreische ich auf.

Mein Herzschlag hat sich aus dem Stand verdoppelt.

Mit hochgezogenen Augenbrauen sieht Storm mich an.

»Es ist nur, weil die andere Mrs. Wolowitz, Margie, vorhin am Telefon gleich nach dem Tierheim gefragt hat. Ich habe ihr versichert, dass alles geregelt ist, aber ich möchte nicht, dass Sky alleine in der Wohnung ist. Nicht, solange sie dort herumwuselt. Also, wenn sie nachher …« Ich verdrehe die Augen und setze noch mal neu an. »Ich treffe mich um vier mit ihr. Drüben in der Wohnung.« Ich deute mit dem Kinn vage Richtung Eingangstür. »Und ich habe einfach kein gutes Gefühl dabei, wenn sie früher kommen sollte und er dann allein dort auf sie treffen würde.«

Storm versteht.

»Ich nehme ihn mit. Lust auf einen Ausflug, Sky?«

Sofort springt der Rüde auf und hechelt, es sieht aus wie ein breites Hundelachen, und es steckt uns beide an.

»Mach dir keine Sorgen, Keks, okay?«

Ich nicke rasch und drehe mich schnell weg von seinem narbigen Gesicht und dem besorgten Ausdruck darin, damit ich nicht gleich wieder losheule.

»Ich muss schnell meine Sachen packen, und dann bin ich weg.«

»Wir sind hier, wenn du zurückkommst.«

Irgendwie schleppe ich mich durch den Tag. Werdende Mütter kommen und gehen in die Klinik-Sprechstunde. Ihre Zipperlein rauschen an mir ebenso vorbei wie die Visite auf der Säuglingsstation. Es tut aber gut, die Kleinen schreien zu sehen, die roten, runden Gesichtchen voll mit der ganzen wütenden Energie jungen, frisch entbundenen Lebens. Was für ein Kontrast.

Im Kreißsaal steht eine Entbindung an, und meine Vorgesetzte fragt mich, ob ich dabei sein möchte. Es heißt ja immer, dass es hilft, wenn man ein Leben ankommen sieht, nachdem man eines verabschieden musste, also stimme ich dankbar zu.

Als wir vor der verschlossenen Schiebetür stehen und uns die Hände noch einmal nachdesinfizieren, fängt die werdende Mutter im Kreißsaal dahinter an zu schreien, so laut und urgewaltig, wie ich noch nie jemanden gehört habe.

»Sie schreit ihre Presswehen weg«, sagt die Ärztin und schmunzelt, als sie mein erschrockenes Gesicht sieht.

Da breche ich in Tränen aus. Sie nimmt mich zur Seite, und als sie erfährt, was passiert ist, schickt sie mich nach Hause.

»Wie viel hast du in der letzten Nacht geschlafen?«, will sie vorher noch wissen.

Ich zucke mit den Schultern. »Zwei Stunden vielleicht?«, antworte ich schniefend.

»Am Stück?« Ihre gezupften Augenbrauen bilden einen geraden Strich.

»Hochgerechnet«, gebe ich zu. »Alles zusammen.«

Sie schüttelt missbilligend den Kopf und drückt mir mit einer kollegialen Geste die Muskeln überm Schlüsselbein.

»Geh nach Hause, April. Trink eine halbe Flasche Rotwein, und schlaf dich aus. Und morgen nimmst du dir frei.«

»Ich möchte … ich … Kann ich sie noch einmal sehen?«, schluchze ich.

Sie zögert. Drin bei der Gebärenden setzt die nächste Wehe ein. Ihre klare Altstimme schwillt zu einem Löwengebrüll an, das mir Gänsehaut auf die Arme zeichnet.

»Willst du das wirklich?«

Ich nicke tapfer und versuche, nicht sofort wieder loszuheulen.

Die Ärztin seufzt. »Ruf nachher den Doc an. Ich sehe, was ich tun kann. Aber mach dir nicht zu viel Hoffnung. Im Judentum wird sehr schnell bestattet.«

Storm

Die Leuchtreklame des *Sam's* war ausgeschaltet, die Fenster des Ladens waren dunkel, fast schwarz. Man konnte das Innere der Musik-Kneipe nur erahnen.

Storm legte sich die Schlaufe der Hundeleine um das Handgelenk und formte mit den Händen einen Trichter um seine Augen, um hineinzusehen, aber das hätte er sich sparen können. Hinter einem tiefen, leeren Fensterbrett verbarg ein schwerer grauvioletter Samtvorhang jeden Einblick.

»Suchst du was Bestimmtes?«

Storm drehte sich um. Sky kläffte einmal fröhlich und wedelte mit dem Schwanz.

Vor ihnen stand ein Typ in Lederjacke, blond, Anfang vierzig, mit Koteletten und einem kleinen Ziegenbärtchen, das er zu einem Minizopf geflochten hatte. Die Haare trug er schulterlang und offen.

»Ich bin Storm«, stellte er sich vor. »Und ich nehme an, du bist Sam, richtig?«

»Korrekt«, antwortete der Mann.

Er musterte Storm von oben bis unten, sein Blick blieb an den Narben hängen, und Storm widerstand mit Mühe dem Reflex, sich die Baseballcap noch tiefer als gewöhnlich ins Gesicht zu ziehen. Die wegen der Sonne zu schmalen Schlitzen zusammengekniffenen Augen des Barbesitzers glitten weiter an ihm hinunter, streiften scheinbar desinteressiert das weiße Hemd, die Jeans und verweilten noch einmal kurz bei den Stiefeln, bevor sie direkt nach oben schossen und Augenkontakt zu ihm herstellten.

Sam schob seinen Kaugummi auf die andere Seite seines Mundes und nickte in Richtung des Hundes. »Du bist aber keiner von denen, die mit dem Hund auf die Bühne kommen und bauchreden, oder? Die kann ich für eine Weile nicht mehr sehen. Der letzte hat mir gegen den Monitor gepinkelt.«

Storm grinste. »Der Mann oder sein Hund?«

Sam lachte schallend und schnalzte anerkennend. »Deine Freundin hat was von Songwriter gesagt.«

Storm nickte. »Richtig. Und keine Angst, ich bin stubenrein.«

Er überlegte hinzuzufügen, dass April nicht seine Freundin

war, aber das würde nur zu Nachfragen führen, und letztlich ging das diesen Kerl überhaupt nichts an – auch wenn er ihm sympathisch war. Es ging um einen Abend, einen Gig, und dann würde er schneller wieder aus dem Leben dieses Kneipiers verschwunden sein, als er hineingeplatzt war.

Sam neigte den Kopf und runzelte die Brauen. Er schien über etwas nachzudenken. »Hat dir schon mal jemand gesagt, dass du Ähnlichkeit hast mit diesem –«

»Dutzende«, fiel Storm ihm ins Wort. »Allerdings die meisten vor dem Unfall.«

»Hm«, machte Sam und nickte noch einmal zum Zeichen, dass er den Seitenhieb wohl verstanden hatte. »Vor deinem oder seinem?«

Storm grinste. Damit war das Eis gebrochen. Vorläufig. Er blieb auf der Hut. Das hatte er sich in den vielen Jahren im Business angewöhnt. Es war eine Schlangengrube.

»Tja, dann kommt mal rein in die gute Stube«, schlug Sam vor, sperrte das Gitter vor der breiten Tür auf und schob es weit genug zur Seite, dass sie beide eintreten konnten. »Wasser für den Kleinen, schätze ich. Und was nimmst du?«

»Das Gleiche.«

Storm war dankbar für das Chromgeländer, als sie ein paar steile Stufen hinunterstiegen.

Die Künstler-Kneipe war tiefergelegt wie ein teurer Sportcruiser und erstaunlich lang gezogen. Links lagen Barbereich und die Küche, in der Sam gerade durch eine Saloon-Tür verschwand. Vermutlich, um einen Wassernapf für Sky zu holen – zumindest ließen die klappernden Geräusche von Metallschüsseln darauf schließen.

Storm sah sich anerkennend um. Die Raummitte war mit rustikalen Bänken, Stühlen und Tischen gefüllt, aber nicht um jeden Preis vollgeknallt, rechts gab es ein paar Loungeecken und separéeartige Buchten mit Sofas an den Wänden und gemütlichen Sesseln davor – die Logen, wie es schien – und mit perfektem Blick auf das Geschehen. Links und rechts neben der Bühne befanden sich Notausgänge, einer davon war mit dem Schild *Backstage* versehen, der andere mit dem Schild *Toiletten*. An den Wänden hingen gerahmte Autogramme und signierte Poster zahlreicher Künstler, dazwischen ein paar Gitarren, eine Panflöte, mehrere bekritzelte Drumsticks und Bühnenfotos mit Schiebereglern.

Neugierig trat Storm näher. Die Regler verfügten über eine Farbskala von Rot bis Grün, je weiter man sie nach links oder rechts bewegte. Am jeweils äußeren Ende prangte ein Daumen nach oben – oder nach unten.

Storm hörte Schritte hinter sich, dann das Abstellen eines Napfs, dicht gefolgt von Skys gierigem Schlabbern.

Sam reichte Storm ein Wasserglas und prostete ihm mit einem Kaffeebecher zu. »Das sind unsere Recall-Regler. Damit entscheidet das Publikum, wen wir auf die Samstagsbühne einladen. In den Waschräumen hängen die gleichen. Manchmal traut man sich ja nicht in der Öffentlichkeit, ehrlich zu sein, nicht wahr?«

»Coole Idee«, sagte Storm.

Der Laden gefiel ihm, April hatte ein gutes Händchen bei der Auswahl der Location bewiesen, und dieser Sam schien geradeaus zu sein.

Seine innere Anspannung ließ ein wenig nach. Er nahm einen Schluck Wasser, kühl und erfrischend lief es ihm durch die Kehle, während er den Blick weiter über die Wände schweifen ließ. Ganz kurz nur stockte er, eine Schrecksekunde lang verengten sich seine Augen, und er blinzelte, um das nervöse Zucken zu kaschieren.

Aber Sam hatte es bemerkt. Neugierig betrachtete er das von mehreren Bandmitgliedern unterschriebene Plakat, an dem Storms Blick gestolpert war, als hätte er sich in unsichtbaren Drähten verfangen. Im unteren Drittel prangte eine abgewetzte Klebespur, dort, wo jemand den nachträglich angebrachten Sticker mit dem Leadsänger abgerissen hatte, war das Papier hauchdünn.

»Ach. Da isser ja, dein verschollener Doppelgänger. Boybands«, grinste er. »Nicht so dein Fall, wie? Na, kein Wunder, bei der Vorgeschichte.«

Storms Schulterblätter hatten sich verkrampft, er hob langsam die Schultern, spürte die brettharten Kiefermuskeln und konzentrierte sich darauf, weder mit den Backenzähnen zu knirschen, noch sein Glas so wuchtig auf den Tresen zu knallen, dass es brach – oder es Sam quer über den Kopf zu schlagen. Unter seinen Armen drängte scharfer Schweiß aus den Poren. Er ging schweigend über die Bemerkung hinweg. Der Verstand sagte ihm, dass Sam sie ganz anders gemeint hatte, als sein Reptiliengehirn sie aufgenommen hatte. Ruhig bleiben, Thema wechseln, mahnte er sich und wandte sich entschlossen von dem Plakat ab.

Die Unterschriften auf dem Poster waren ihm so vertraut wie die vier Gesichter. Nur eins fehlte, Nummer fünf, der Frontmann. Sie hatten ihn später hineinretuschiert und für die ersten Konzert-Ankündigungen einfach einen Sticker draufgeklebt. Der Idiot war zum Shooting nicht erschienen, zu breit gewesen. Sein millionenfach gedrucktes Autogramm war ein krakeliger Strich, der nach den ersten Buchstaben kraftlos abgerutscht war, eine senkrechte Linie im freien Fall. Die Geschichte dahinter war zu einer von Martys ewig mahnenden Predigt-Anekdoten geworden.

Storm räusperte sich, um die Erinnerung und alle damit verknüpften Emotionen herunterzuschlucken.

»Wo muss ich unterschreiben?«

Sam wies mit dem Kopf in Richtung des Tresens, wo die vorbereiteten Papiere lagen.

Storm übersprang das Kleingedruckte und unterschrieb beide Ausfertigungen. Mit gemischten Gefühlen betrachtete er seinen Namenszug in glänzendem Kugelschreiberblau. Das »R« in Walker machte einen eleganten Aufwärtsschwung.

Er musste kurz an Mrs. Wolowitz denken. An ihre Feststellung, dass April und er ein gutes Team seien. Er wusste, dass die alte Dame heute stolz auf ihn wäre. Und er hätte heute Abend wirklich gern mit April und ihr und einem Kirschlikör auf den Vertrag angestoßen. Mrs. Wolowitz hatte ein verdammt gutes Gefühl für Menschen gehabt.

Storm schluckte. Seine Kehle war trocken. Er sah kurz zu Sky und trank noch einen Schluck Wasser.

Ab und zu hatte er in den vergangenen Wochen auf ein Schwätzchen drüben bei ihr gesessen, wenn April nicht da war. Mrs. Wolowitz hatte immer einen Vorwand gefunden, ihn hinüberzubitten, und sich nicht abwimmeln lassen, egal, wie lange er für die paar Meter in ihre Wohnung brauchte. Einen tropfenden Wasserhahn, wegen dem sie Luigi angeblich nicht behelligen mochte, Ohrentropfen für Sky, deren Verabreichung nicht auf April warten konnte, eine Schüssel aus dem obersten Regal … In Wirklichkeit hatte sie dafür gesorgt, dass er sich bewegte und nützlich vorkam, während er zu Hause festsaß und seinen Fuß schonen musste. Dafür, dass ihm die Decke nicht auf den Kopf fiel. Und ganz nebenbei hatte sie ihn ein wenig unter die Lupe genommen.

Storm schmunzelte wehmütig, während er seine Ausfertigung des Papiers zusammenfaltete, damit sie in seine Jeansjacke passte.

»Dann also bis Dienstagabend«, sagte Sam. »Zwei Stunden vorher da sein zum Soundcheck. Hast du schon mal auf einer Bühne gestanden? Was ich mir wegen des Equipments notiert habe, stimmt? Barhocker, Mikro, Monitor?«

Storm scannte mit einem schnellen Blick die Bühne ab und nickte. »Ich bringe meine eigenen Mikros mit.«

Als er aufsah, sah er ein breites Grinsen in Sams Gesicht.

»Cool, Mann. Hab ich's mir doch gedacht. Und äh … alles cool, Mann, nur eine Frage, aber …« Er machte eine wischende Aufwärtsbewegung über sein Gesicht. »Das bleibt so? Beim Auftritt?«

Er sah ihm dabei offen in die Augen, es war weder eine Beleidigung noch sonstige Anmache. Storm hielt den Blick, genauso ruhig. Er überlegte. Sam war Profi, genau wie er auch. Die Frage war so fair wie berechtigt. Er wollte keinen Freakbonus beim Publikum und erst recht keine Mitleidspunkte.

Er zuckte mit den Schultern. »Kann ich dir noch nicht sagen. Ich arbeite dran.«

Sam nickte. »Deine Show. Deine Bühne.«

Wie aufs Stichwort klopfte es an die Tür, und zwei Mädchen, die sich mit einem Keyboard abmühten, traten ein.

»Stellt das Ding ab, herrje. Heute gibt's keine Audition«, rief Sam und verdrehte in gespielter Verzweiflung die Augen in Storms Richtung.

Storm tippte sich lächelnd an die Mütze und schnalzte nach Sky, der zwischen zwei Barhockern lag und den Kopf gehoben hatte, als die jungen Frauen hereingepoltert waren.

»Ach, was soll's. Habt ihr schon mal auf einer Bühne gestanden?«, fragte Sam, und seine Stimme klang leidend.

Storm quetschte sich hinter Sky an dem Keyboard vorbei und ignorierte die Blicke der beiden. Er war es gewohnt, dass manche Menschen ihn verstohlen oder sogar ganz offen anstarrten. Sie bildeten keine Ausnahme. Aber was es mit ihm machte, war neu. Es war ihm egal. Wirklich egal, und das nicht nur, weil er in Gedanken noch einmal zu Mrs. Wolowitz schweifte und körperlich von ihrem Hund mit Beschlag belegt wurde. Zum ersten Mal seit Langem war es ihm tatsächlich gleichgültig, wen oder was sie in ihm sahen. Die Vorstellung, bald auf einer Bühne zu stehen, und möchte diese auch noch so klein sein und der Auftritt noch so kurz, gab ihm Auftrieb. Er hatte einen zaghaften, aber entscheidenden Schritt getan, und ein wenig kam er sich vor wie Neil Armstrong auf dem Mond, nur nicht so schwerelos.

Es war noch ein weiter Weg, bis er sich wieder als gleichwertiger Mensch fühlen würde, aber er hatte eine Berechtigung, hier zu sein. Der Gedanke schien immer noch unerhört und fremd.

Es war ein Anfang.

Und er hatte bereits eine kleine Setlist im Kopf. Und April …

Er fasste prüfend nach dem Vertrag in seiner Tasche.

Er war noch da. Greifbar. Real.

Und da war noch etwas völlig Absurdes.

Hoffnung.

Kapitel 13

April

Margie Wolowitz ist das krasse Gegenteil ihrer verstorbenen Schwägerin. Natürlich habe ich im Hinterkopf, dass sie gerade einen furchtbaren Schicksalsschlag erlitten hat. Aber das gleicht lange nicht die Minuspunkte aus, die sie bereits auf meiner gedanklichen Liste stehen hat.

Dem Blick, mit dem sie die Wohnung abscannt, den Bewegungen, mit denen sie prüfend Porzellanfigürchen in die Hand nimmt und über die antiken Lackkommoden streicht, wohnt etwas Abschätziges inne.

Vielleicht tue ich dem alten Besen aber auch unrecht, immerhin hat Mrs. Wolowitz ihre Schwägerin geliebt.

»Die Grundausstattung gehört ja zur Wohnung, wenn ich richtig informiert bin. Das Übrige werde ich wohl an die Wohlfahrt spenden«, sagt sie plötzlich.

Ich schäme mich fürchterlich, weil ich so falschgelegen habe mit meiner Einschätzung, und nehme das mit dem alten Besen zurück – auch wenn Margies rot geränderte Augen nicht Kummer und Trauer geschuldet sind, sondern ihrer Hundehaarallergie. Und wenn es etwas gibt, das nicht zu den Stärken von Mrs. Wolowitz zählte, dann war es staubsaugen, sicherlich auch wegen ihres körperlichen Befindens. Sie hat nie ein Wort darüber verloren, ich hätte ihr doch zur Hand gehen können …

»Gibt es eine Sache, die Sie gern als Erinnerungsstück haben möchten?«

Margie Wolowitz reißt mich abrupt aus meinen Gedanken. Jetzt wandert ihr prüfender Blick wieder über mich, zum x-ten Mal in der vergangenen halben Stunde.

»Sie sind aus Deutschland, nicht wahr?«

Ich nicke.

»Mabel hat so oft von Ihnen gesprochen. Sie hat Sie lieb gewonnen, trotz der kurzen Zeit, die Sie einander ja erst kannten.«

Ihr verkniffener Mund bemüht sich um ein Lächeln, und ihr Kinn zittert ein wenig. Geräuschvoll putzt sie sich die Nase, bevor sie weiterspricht.

Wir sind im Schlafzimmer angekommen. Sie nimmt das Foto in die Hand, das mir bei meinem letzten Besuch hier ins Auge gefallen war. Ist das wirklich erst gestern gewesen? Ich muss heftig blinzeln, damit ich nicht schon wieder losheule.

»Mabel war nicht mehr dieselbe, nachdem sie Homer und Ellie verloren hatte. Hat sie Ihnen davon erzählt?« Sie schüttelt den Kopf, als ob sie sich selbst die Antwort gibt und meine gar nicht abzuwarten braucht. »Vermutlich nicht.«

Befangen betrachte ich noch einmal das Bild im Silberrahmen, das einen Ehrenplatz auf einem handgearbeiteten Spitzendeckchen hat.

»Das kleine Mädchen, Ellie. War das ihre Tochter?«

Margie Wolowitz sieht mich erstaunt an. »Oh, nein! Ellie war *mein* kleines Mädchen. Sie liebte es, Mabel und Homer zu besuchen, und die beiden haben sie vergöttert. Sie hatten keine Kinder, es war ihnen wohl nicht vergönnt.«

Ihr Blick verliert sich in der Vergangenheit, und ihre harschen Züge werden für einen Augenblick ganz weich. Dann schnappt sie nach Luft wie jemand, der unvermittelt mit Eiswasser übergossen wird, und fasst an ihren Busen.

»Möchten Sie etwas trinken?«, frage ich mitfühlend.

Sie sieht mich verwundert an, als bräuchte sie einen Moment, um die Orientierung ins Hier und Jetzt wiederzufinden.

»Mancher Schmerz vergeht nie«, sagt sie leise. »Die Zeit heilt nicht alle Wunden.«

Ich nicke langsam, mir fällt nichts Tröstendes ein, was ich darauf erwidern könnte.

»Sie war sofort tot, wissen Sie. Ein schrecklicher Unfall. Ellie war mit Homer im Park. Er hatte Mabel und mir Kinokarten geschenkt – ›Mädelsabend‹, wie er sagte, es war so ein liebes Angebot. Ellie hat sich von seiner Hand losgerissen. Sie war ein Wirbelwind, wissen Sie? Sie meinte, uns auf der anderen Straßenseite gesehen zu haben … Er konnte wirklich nichts dafür. Der Lastwagenfahrer schon eher, aber mit dem war Mabel nicht verheiratet. Sie hat es Homer nie verziehen. Er starb zwei Jahre nach der Scheidung.« Sie stellt den silbernen Bilderrahmen zurück auf die Kommode, klatscht in die Hände, als ob sie die Geister der Vergangenheit vertreiben will, und wirbelt zu mir herum.

In diesem Moment ähnelt sie ganz kurz ihrer energiegeladenen Schwägerin, keine Spur von Zerstreutheit.

»Also? Was meinen Sie? Ist es zu früh für einen Kirschlikör?«

Ich muss mich räuspern, bevor ich antworten kann.

Jetzt ist mir klar, weswegen Mrs. Wolowitz so eine Angst davor hatte, dass Sky sich losreißen könnte. Es ging niemals allein um ihre körperliche Kraft.

»Ich denke, besondere Tage rechtfertigen besondere Maßnahmen.«

»Schön gesagt, Kindchen. Und jetzt müssen Sie mir suchen helfen. Wo bewahrt sie ihn auf?«

Als Storm zu uns stößt, sitzen wir am Küchentisch. Ich habe gerade die wichtigsten Papiere sortiert. Margie Wolowitz knetet stumm das weiße Leinenbündel des ordentlich zusammengelegten Totenkleides ihrer Schwägerin.

Sie hat längst zu ihrer strengen Kühle zurückgefunden. Vielleicht bereut sie es sogar, das Fenster ihrer Seele für eine Fremde so weit aufgestoßen zu haben. Ich weiß es nicht.

Eben noch wühlt sie planlos durch die privatesten Sachen von Mabel, schimpft über deren Unvernunft, ihre Wollpullover nicht mit Mottenpapier geschützt zu haben, und macht sich über die enormen Papiertaschentuchvorräte lustig, mit denen man die Heilsarmee durch den Winter bringen könnte. Dann hält sie wieder inne und fasst sich keuchend ans Herz oder tupft sich wütend ein paar Tränen weg. Dazwischen fragt sie mich dreimal, ob ich nicht wüsste, wo Mabel das Mottenpapier verwahrt haben könnte, und setzt sich schließlich erschöpft zu mir.

Nun schiebt sie das Bündel weißen Stoffs in eine Tüte. »Ich weiß gar nicht, wieso ihr dieses Totenhemd jetzt wieder wichtig war, sie hat seit fünfzig Jahren keine Synagoge von innen gesehen. Wenn sie die Gemeinde nicht so verprellt hätte, säße ich jetzt auch nicht allein da mit all diesen Dingen.«

Vor meinem geistigen Auge sehe ich Mabel Wolowitz geduldig lächelnd in ihrem Ohrensessel am Fenster sitzen und häkelnd die Vorwürfe und Fragen an sich abprallen lassen. Ich frage mich, wie oft sie sich derlei Ansprachen angehört hat, wie oft sie sich ihrer Schwägerin erklären musste, wie viele Vorwürfe sie sich selbst jeden Tag gemacht haben mag – und was sie wohl alles auf sich genommen hat, um eine Schuld wiedergutzumachen, die keine war und die das Leben von mindestens drei Menschen von Grund auf verändert hat.

»Ich hätte gern den Quilt«, platze ich heraus, bevor der Sermon weitergeht.

»Das ist alles?«, fragt Margie Wolowitz mit hochgezogenen Augenbrauen, hält in der Bewegung inne, mit der sie gerade den fertig sortierten Stapel mit Versicherungen wieder durcheinanderbringt, und zeigt vage in Richtung Schlafzimmer. »Das olle Ding?«

Ich nicke.

Sie schüttelt resolut den Kopf, und im ersten Moment fürchte ich, dass sie mir meinen Wunsch verweigern wird.

»Sie behalten bis auf Weiteres Ihren Schlüssel, April. Der Mietvertrag läuft noch bis Ende des nächsten Monats. Vorher komme ich da nicht raus. Nehmen Sie sich, was Sie möchten, suchen Sie in aller Ruhe aus, woran Ihr Herz hängt, aber schaffen Sie um Himmels willen schnellstmöglich die ganzen Hundesachen zu sich rüber, und saugen Sie einmal durch, bevor ich das nächste Mal komme. Würden Sie das für mich tun? Für heute ist es genug. Ich habe keine Kraft mehr.«

Sie erhebt sich schwerfällig, nimmt die Tüte und sieht argwöhnisch zu Storm, der sich nicht zu uns gesetzt hat, sondern mit leerem Blick Skys Hundefutter für den Abend vorbereitet. Er ist ihr offensichtlich unheimlich.

»Möchten Sie Sky vielleicht kurz sehen?«, frage ich vorsichtig.

Sie sieht mich an, als hätte ich ihr vorgeschlagen, sich die Haare grün zu färben.

»Nein, danke, Kindchen. Es ist besser so, glauben Sie mir.«

Sie rafft die Papiere zusammen, stopft sie in ihre Handtasche und wendet sich zur Garderobe.

»Kann ich Ihnen sonst mit irgendwas helfen? Vorbereitungen für die …« Das Wort *Beerdigung* will mir nicht über die Lippen kommen.

»Es wird morgen nur eine sehr schlichte Bestattung im kleinsten Kreis geben. Mabel wollte das so. Bitte haben Sie Verständnis, dass ich Sie nicht zur Trauerfeier einladen werde. Das ist nichts Persönliches, wirklich nicht. Es ist nur …«

»Familie«, springt Storm hilfreich ein.

Es ist das erste Mal, dass er etwas sagt, seit er die Wohnung betreten hat.

»Familie«, wiederholt Margie Wolowitz, lässt sich von ihm

in ihre hellgraue Sommerjacke helfen und nickt, aber sie sieht ihn nicht an, und mich auch nicht.

Ich bin mir sicher, dass sie seinen zynischen Unterton überhört hat.

»Danke, dass Sie sich so rührend kümmern.« Sie strafft die Schultern und pausiert einen Moment, dann stützt sie sich an der Wand ab, um sich die blauen Plastiküberzieher von den Schuhen zu streifen. »Sie beide, meine ich … Ich weiß das zu schätzen.«

Storm macht einen Schritt auf sie zu, weil ihre Aktion ganz schön wackelig aussieht, doch sofort hebt sie abwehrend die Hände.

»Machen Sie sich keine Mühe, ich finde allein raus.« Sie stopft die Füßlinge in ihre Jackentaschen, lächelt wehmütig und sieht wieder zu mir. »Wir telefonieren wegen der nächsten Schritte. Ich muss Ihnen den Hund ja noch offiziell überschreiben.«

Die Tür schnappt mit einem lauten Klacken hinter ihr ins Schloss. Ich zucke zusammen.

Storm atmet laut aus und zieht die Augenbrauen hoch. »Das war … nicht ganz einfach. Wie geht's dir?«

Ich hebe mühevoll die Schultern, es fühlt sich an, als hätte jemand meine Schultern mit Zement eingekleistert. »Keine Ahnung«, murmele ich und drehe das halb leere Glas Kirschlikör in meiner Hand.

»Willst du«, Storm zögert, »den Quilt gleich mitnehmen?«

Ich gleite mit den Augen über die Einrichtung, die liebevollen Details. Die Trauer um meine alte Nachbarin überfällt mich mit dem Holzhammer. Tränen schießen mir in die Augen, als ich den Ohrensessel am Fenster betrachte, in dem sie nie wieder sitzen und häkeln wird. An jeder Ecke sehe ich Mrs. Wolowitz etwas zurechtzupfen, arrangieren, mit Leben füllen. Und nun ist alles, was ihr so viel bedeutet hat, herrenlos, von gestern auf heute wohnt niemand mehr hier. Das sind nur noch tote Dinge – Ballast für die Hinterbliebenen, zu kategorisieren in Behalten oder Wegwerfen, in Spende, Sperrmüll, Wertgegenstand. Ich habe keine Ahnung, wer das alles hier durchsehen und abwickeln soll. Ihre Schwägerin scheint ja diesbezüglich keine großen Ambitionen zu haben. Wenn die Wohlfahrt das ihre bekommen hat, wird sie die Wohnung über die Hausverwaltung entrümpeln lassen. Dann kommt alles in die Tonne, was einem Menschen wichtig war, den es nun nicht mehr gibt. Vielleicht sollte ich vorher …

Zum ersten Mal in meinem Leben hasse ich Listen, meine Augen füllen sich mit Tränen.

»Das alles ist so leichenfleddernd, findest du nicht?«

»Ich wollte sicher nicht …« Erschrocken sieht er mich an.

Schnell schüttle ich den Kopf und stütze mich wie eine alte Frau am Tisch ab, um aufzustehen. »Nein, dich meinte ich nicht. Natürlich können wir die Decke mitnehmen. Sky freut sich sicher über den vertrauten Geruch und –« Meine Stimme versagt.

Ich greife nach den benutzten Likörgläsern und Teetassen und stelle sie in die Spüle.

Storm packt die Tüten mit Skys Zubehör zusammen und bringt sie und seinen Futternapf in den Flur. Dann kommt er mit langsamen Schritten auf mich zu.

Er hinkt immer noch ein bisschen, aber es ist deutlich besser im Vergleich zu gestern. Ich stelle fest, dass ich die Narben in seinem Gesicht kaum noch bemerke, aber die Art, wie Margie Wolowitz ihn vorhin angesehen hat, wenn sie sich unbeobachtet wähnte – ich bemühe mich, an etwas anderes zu denken, damit ich nicht doch noch platze. Mein Schädel dröhnt, ich muss wirklich daran denken, mehr zu trinken.

»Wie war dein Treffen mit Sam?«, frage ich ein wenig hölzern und versuche ein Lächeln.

Seines fällt ähnlich wackelig aus. »Läuft. Ich schätze, wir ziehen das also durch.«

Er stülpt die Lippen nach innen. Ich vermute, er denkt das Gleiche wie ich: dass Mrs. Wolowitz sein Ehrengast hätte sein sollen.

»Gut«, behaupte ich starr.

Ich weiche ihm aus und gehe ins Schlafzimmer hinüber, um die Tagesdecke abzuziehen.

Mein Blick fällt noch einmal auf das Familienbild im silbernen Rahmen. Ich schlucke trocken. Was für eine Tragödie …

Der Kloß in meinem Hals ist wieder da. Wie ein unscheinbares Maiskorn in heißem Fett ploppt er urplötzlich auf das Zehnfache seiner Ursprungsgröße an und schnürt mir die Kehle ab. Es kostet mich all meine Willenskraft, einzuatmen und die überschüssige Luft wieder ausströmen zu lassen. Dieser scheinbar so simple Vorgang, bei dem man Luft in den Brustkorb saugt und Abermillionen kleiner Lungenbläschen sich emsig daranmachen, den Sauerstoff aus dem gasförmigen Chemiecocktail zu extrahieren, der uns umgibt – ich habe vergessen, was ich dafür tun muss. Und als es mir wieder einfällt, will es mir nicht gelingen. Entsetzt lasse ich die Tagesdecke fallen. Ich will nach Storm rufen, aber meine Stimme ist weg. Einfach weg.

Ich habe noch nie eine Panikattacke gehabt, aber ich glaube, so fängt es an.

Kalter Schweiß bricht aus allen Poren, klebrig und klamm steht er auf meiner Stirn und der Unterlippe. Ich kann mich nicht bewegen. Ich versuche, durch Zement zu atmen, und es geht nicht, es geht einfach nicht. Und dann geht es doch, zumindest kann ich einatmen, und das tue ich auch, aber Ausatmen ist ein Kraftakt. Ich presse den zusammengerafften Überwurf vor meinen Bauch und hole Luft, so gut ich kann.

»April?«

Storm steht plötzlich vor mir und hält meine Hände, die ich zu Fäusten geballt habe.

Seine grünen Augen ziehen sich sorgenvoll zusammen. »Was ist los mit dir?«

Und da gehen meine Schleusen auf, und alles bricht unkontrolliert aus mir heraus, was ich den ganzen Tag mühsam zurückgehalten habe.

Storm

»Sie ist tot! Verstehst du? Tot! Mausetot! Sie liegt in der Krankenhauskühlung, in einem klitzekleinen Schiebefach, und ihre Schwägerin regt sich über Mottenpapier, Hundehaare und abgelaufenen Joghurt im Kühlschrank auf. Man kann den aber noch essen, wenn er nur ein paar Trage drüber ist, und das hatte sie bestimmt auch vor. Gestern hat sie noch geatmet. Vor ein paar Stunden noch. Da ging sie durch diese Tür.« April zeigte in den Flur hinaus. »Mit Sky. Aber jetzt wird sie nie wieder hier hereinkommen! Sie hat mir Sky vermacht, einfach so. Wir kannten uns doch kaum. Ich meine …« April schnappte angestrengt nach Luft. »Ich … hnii … Ich kann das nicht. Ich kann mich ja nicht mal um mich selbst kümmern. Verstehst du? Ich … hnii … Ich wäre auch beinahe in so einer Krankenhauskühlung gelandet … Das war verdammt knapp. Ich hätte dann auch … hnii … Ich …«

Ihre Augen weiteten sich immer mehr. Sie starrte geradeaus, als versuchte sie, sich zu erinnern, wie man Luft in die Lungen bekam und was man danach tun musste. Aber es schien ihr nicht einzufallen.

»Beruhig dich, April. Atme.«

Er nahm die winzigen Äderchen wahr, die ihren weißen Augäpfeln eine bizarre Maserung verliehen und in seltsamem Kontrast zum Rot ihrer verweinten Lidränder standen.

»Schhh!«, machte er hilflos, wie bei einem kleinen Kind. Er ließ ihre Fäuste los, nahm ihr Gesicht in beide Hände und redete weiter auf sie ein. »Es wird alles gut, okay? Bleib ruhig, atme aus!«

April wand sich und schüttelte den Kopf. Tränen liefen ihr übers Gesicht. »Sie … hniiii … Ich soll mich um Sky … hniii … kümmern. Wir! … Sie hat mich … hniii … Aber wie soll ich denn … hniiii … Ich kann das … hniii … nicht!«, keuchte sie mühsam und kämpfte sich frei.

Es schien ihr immer schwerer zu fallen, genug Atem zu holen, und sie atmete kaum noch aus.

»Hniii … hniiii.«

Jeder neue Versuch war von dem angestrengten leisen Geräusch begleitet, das ein Blasebalg macht, wenn er nicht genug Luft ziehen kann.

»Hniiiii.«

Sie kämpfte und bemühte sich in immer kürzeren Abständen, zwang Luft in ihre Lungen, aber sie atmete nicht genug aus, nicht tief genug.

»Hniiiii … hniiiii … hniiiiiii.«

Immer schneller pumpte sie, flach und ergebnislos, versuchte zu sprechen, aber da kam nichts mehr außer diesem schrecklichen Keuchen.

»Hniiiii!«

Mit leeren Augen krallte sie sich an seine Brust, ein Fisch auf dem Trockenen.

»Hniiiiii!«

»Ist das ein Asthmaanfall? April, hast du so was öfter? Gibt es hier irgendwo einen Inhalator? Drüben in unserer Wohnung? Du musst ausatmen! Bleib ruhig!«

Sie antwortete nicht. Stattdessen schlug sie wütend seine Hände weg, nur um sich gleich darauf an ihm festzukrallen, damit er nicht weglief.

Storm sah sich um. Er löste mit Gewalt ihre Finger von seiner Jacke und riss die Küchenschubläden auf. Hier musste es doch irgendwo eine Tüte geben. Alte Menschen hoben alles auf! Verdammt, warum nur hatte er bei ihren Teenachmittagen nie darauf geachtet, was wo in diesen blöden Schränken verstaut war?

»April! Wo sind Tüten? Papiertüten! Mrs. Wolowitz muss doch so was gehabt haben?«

»Hnnniiiii!«

April verdrehte die Augen. Ihre Lider flatterten, die Lippen waren blauviolett, ihre Wangen blass und wächsern. Sie sah nicht aus wie April, sondern wie die billige Kopie einer Aprilpuppe. Sie hyperventilierte.

»Hniii?«

»Verdammte Scheiße.« Storm schnappte sich einen Bogen Zeitungspapier vom Altpapierstapel neben dem Küchenschrank, knüllte mit fliegenden Fingern eine Art hohle Kugel daraus und hielt April die improvisierte Tüte vor die Nase. »Atme da hinein, los.«

April griff wie eine Ertrinkende nach seinen Händen und führte sie zusammen mit dem Papier vor ihren Mund. »Hnnnhhh …«

Er zählte ihre Atemzüge mit und befreite eine Hand, um sie auf ihren Bauch zu legen. »Hierhin atmen, April, versuch's. Du kannst das. Atme aus!«

Sie krallte sich schmerzhaft in seinen Handrücken, aber sie tat, was er forderte. Er spürte den Gegendruck ihrer warmen Haut unter seinen Fingern.

Storm hatte keine Ahnung, ob das richtig war, er bezog sein Halbwissen aus Fernsehshows und einem Trip durch Peru mit der Band, bei dem eine junge Frau in der dünnen Luft panisch geworden war. Das hier hatten die Roadies damals getan – und der Busfahrer hatte Sauerstoff dabeigehabt. Nach allem, was er über Hyperventilation wusste, hatte April allerdings eher ein Problem mit zu viel Sauerstoff als mit zu wenig.

Die behelfsmäßige Tüte schien zu funktionieren. April atmete endlich etwas langsamer, ihr Klammergriff lockerte sich.

Dann sackte sie in seinen Armen zusammen.

»Fuck!«, rief Storm.

Er warf die Tüte beiseite, ließ die bewusstlose Frau halbwegs kontrolliert auf den Boden gleiten und begann wie in Trance damit, sie zu beatmen. Sein Mund auf ihrem, so wie sie es in diesen Krankenhausserien im Fernsehen immer machten. Dann richtete er sich auf. Das war ja Blödsinn. Sie atmete doch, allerdings immer noch zu schnell und zu flach. Was sollte er tun? Wenn er jetzt auch noch panisch wurde, nutzte er ihr gar nichts. Ihre Lider zuckten. Sie kam wieder zu sich. Er zog sie hoch, stützte sie mit seinen Oberschenkeln und drehte ihr Gesicht zu sich.

Tausend unausgesprochene Dinge gingen ihm durch den Kopf. Dinge, die zwischen ihnen standen, Ereignisse, Vorwürfe, Geheimnisse. Da war so vieles, was er ihr längst schon hatte anvertrauen wollen, Offenbarungen, Erklärungen, Geständnisse. Er hatte auf den richtigen Augenblick gehofft. Aber was, wenn der nie kam? Wenn er bereits unwiederbringlich, ungenutzt verstrichen war? Was, wenn Mrs. Wolowitz sie einfach mitnahm? April gehörte doch zu ihm. Ihm allein. Und vielleicht diesem bescheuerten, liebenswerten Fresssack auf vier Pfoten. *Lass uns nicht im Stich, April! Wir brauchen dich*, flehte er in Gedanken. *Wie sollen wir denn ohne dich leben?* Was für ein hysterischer Blödsinn. Niemand starb an einer Panikattacke!

»Hör mir zu, April. Wir machen das jetzt wie die Taucher,

okay? Ich gebe dir von meiner Luft ab.« Er sah sie eindringlich an und drückte seine Lippen wieder auf ihre, hauchte ihr bewusst langsam Atemluft ein und brachte sie dazu, seinem Rhythmus zu folgen.

Er spürte, dass sie wieder da war, doch sie hielt die Augen immer noch geschlossen.

Eine zarte Regung unter seiner Hand, eine Veränderung des Herzschlags, eine Bewegung. Sie drückte sanft seine Finger, ihre Augen waren geöffnet, sie sah ihn einfach nur an. Gläsern. Stumm. Ein bisschen erstaunt vielleicht.

Verlegen löste er seinen Mund von ihrem und griff blind nach der Tüte, die irgendwo hinter ihm liegen musste.

Sie atmete aus, blies mit gespitzten Lippen langsam die Luft aus. Selbständig. Sah ihn fragend an.

Er nickte. Noch einmal drückte er seine Lippen auf ihre. Nur zur Sicherheit. Zart, so sanft er konnte. Atmete in sie hinein und sie in ihn. Sie erwiderte sanft den Druck seiner Lippen, wie zur Bestätigung, dass sie ihn gehört hatte. Dann hustete sie und richtete sich aus eigener Kraft auf.

Er ließ sich neben sie auf den Teppich fallen, rollte auf den Rücken, schnappte nach Luft. Sein Herz hämmerte. Er wurde sich bewusst, dass seine Hand noch immer auf ihrem Bauch lag.

April griff danach. Ihre Finger flatterten, aber sie ließ nicht los, drückte ihn an ihr Herz, das wütend hämmerte und bebte. Nein, das war nicht nur ihr Herz, das war ihr ganzer Körper.

Er richtete sich wieder auf, zog das zitternde Bündel April an sich, schlang seine Arme um ihr bebendes Schluchzen, hielt das Weinen aus und drückte ihr zart einen Kuss auf die Stirn.

Lange hielten sie einander einfach nur fest. Bis das Weinen irgendwann in leiseres Wimmern überging, lange nachdem ihre Tränen sein Hemd komplett durchnässt hatten. Sie klammerte sich an ihn, und er streichelte sie, wiegte sie, hielt sie fest und lauschte dem leisen Summen, das irgendwo in seiner Kehle gebildet wurde. Er wusste nicht, woher er es nahm. Ein Kinderlied, er kannte den Text nicht mehr, aber die Melodie war in ihm und spendete Trost. April beruhigte sich unter den Moll-Akkorden und schwebenden Harmonien. Und so saßen sie da, ein Mann und eine Frau, auf dem Fußboden des Apartments einer verstorbenen alten Dame, in den Hügeln von San Francisco. Draußen hatte der Nebel die Bucht voll im Griff, und hier drin hüllte ein trauriges Lied zwei Gestrandete ein, deren Seelen nackt waren und verletzlich. Er küsste ihr Haar, wiegte und streichelte sie beständig weiter, bis ihr Zittern schließlich verebbte.

Irgendwann hörten sie nebenan den Hund heulen und mussten beide lachen. Sein Jaulen war wie ein Echo auf Storms Gesumme.

»Geht's wieder?«, fragte er leise und half ihr hoch, als sie nickte.

»Der arme Kerl glaubt bestimmt, wir haben ihn vergessen«, sagte sie und bückte sich nach dem Quilt.

Sie war noch etwas wackelig auf den Beinen, aber der Anfall war vorüber, und sie wirkte stabil.

»Es war ein langer Tag«, sagte er leise. »Gehen wir nach Hause.«

Kapitel 14

April

Meine Rippenbögen fühlen sich so an, als hätte jemand versucht, mir das Brustbein einzudrücken, und es dann mit einem Spreizer gewaltsam wiederaufgerichtet. Meine Augen sind rot geheult und brennen bei jedem Lidschlag. Ich bin komplett leer geweint und nehme die Welt um mich herum wie durch einen Wattenebel wahr, geräuschgedämpft, unwirklich. Als ob ich jeden Moment aufwachen müsste und mich nach einem ganz schlechten Film, über den ich eingeschlafen bin, mit verstimmtem Magen auf dem Sofa wiederfinden würde. Aber tief in mir drin weiß ich, dass das nicht so sein wird. Ich werde heute Nacht einschlafen und morgen wieder aufwachen, und Mrs. Wolowitz wird immer noch tot sein und ihre Schwägerin eine blöde Kuh. Nein, das ist ungerecht, jeder trauert anders, ich bin mir sicher, dass sie einfach genauso überfordert ist wie ich. Trotzdem. Storm verhält sich ja auch nicht wie ein Idiot, sondern eher wie … das totale Gegenteil.

Storm.

Ich muss blinzeln, als meine Augen zu diesem grotesk entstellten Menschen mit dem riesengroßen Herzen hinüberhüpfen, der Spaghetti für uns kocht und mit dem Rücken zu mir am Herd steht.

Mein Herz schlägt schneller. Wenn ich an ihn denke. Wenn ich ihn heimlich betrachte.

Ich wette, er hat Sport getrieben. Sein Bauchansatz hat sich in den letzten Wochen erheblich reduziert, die kleinen Röllchen über den Beckenknochen sind beinahe verschwunden. Das weiße Hemd zu der eng sitzenden, hellblau verwaschenen Jeans steht ihm ausgesprochen gut. Er sieht sexy aus. Es kribbelt in meiner Magenkuhle, als ich mir eingestehe, dass ich ihn tatsächlich sexy finde.

Unser Kuss … Als ich daran denke, huschen meine Fingerspitzen sofort an meine Lippen, versuchen, das Echo der Berührung zu erhaschen. Und dann eben, wie er mich angesehen hat, die Furcht in seinen Augen, als ich hyperventiliert habe. Voller Angst und Sorge.

Ich schüttle mich. Das war wirklich unheimlich. Panikattacken kannte ich bisher nur aus Büchern, und es darf gern bei dieser einmaligen Erfahrung bleiben.

Sky winselt leise im Schlaf. Er liegt zu meinen Füßen unterm Tisch und wärmt mir die Zehen. Für ihn war es auch ein harter Tag. Armer, kleiner Kerl.

Storm dreht sich mit Nudeltopf und Zange in der Hand zu mir um und verteilt die Pasta auf unsere Teller.

Sofort hebt Sky witternd den Kopf.

»Woran denkst du?«, fragt er.

Seine Mundwinkel lächeln, aber das Lächeln ist fragil, und um seine Augen liegt derselbe melancholische Zug.

»Wie gut, dass Hunde kein Konzept von ›nie mehr wieder‹ haben«, platze ich wahrheitsgemäß heraus.

Storm nickt, ein kleines Nicken, kein kraftvolles, beinahe unmerklich.

Ich ziehe mich am Tisch hoch, um den veganen Parmesan aus dem Kühlschrank zu holen, aber Storm fängt mich ab, bevor ich auch nur einen Schritt weit gekommen bin.

»Bleib sitzen, sag mir, was fehlt«, sagt er, dreht sich aus der Hüfte und stellt den Topf so schwungvoll zurück, dass er über die Induktionsfläche schlittert.

»Nichts, ich wollte nur …« Grinsend breche ich ab.

Als er sich zurückdreht, steht er so dicht vor mir, dass meine Brust seine streift. Er fährt zurück, als hätte er sich verbrannt. Ich blähe die Nasenflügel, um die kleine Aromawolke seines Geruchs nach Mann, Deo und frischen Kräutern zu inhalieren. Ich rieche ihn gern. Das ist ein gutes Zeichen, würde Tante Maggie kichernd bemerken. Ich finde es eher alarmierend. Aber auch spannend. Beunruhigend spannend sozusagen.

»Äh … also der Parmesan«, stammle ich.

Storm hetzt an den Kühlschrank, offenbar froh, der Chemie unserer Körper zu entrinnen.

»Hast du Durst?«

»Wie bitte?«

Er stellt das Schälchen mit dem geriebenen italienischen Hartkäse ab und sieht einen Augenblick irritiert in meine Augen, bevor er meinem Blick ausweicht.

Ich deute auf die Wasserkaraffe. »Soll ich dir einschenken?«

Storm nickt. Hektisch diesmal, schnell. Er sieht mir dabei zu, wie ich nach seinem Glas greife.

Meine Hand zittert beim Einschütten ein wenig, und ich kleckere, als ich die Kanne zurückstelle.

Storm stürzt zum Herd und kommt mit der kleinen Kasserolle zurück, aus der es blubbert und dampft. »Viel oder wenig Soße?«

»Du entscheidest«, sage ich leise und halte ihm meinen Teller hin.

Er füllt die Schöpfkelle und verteilt die Beigabe kreisend über die Nudeln, konzentriert wie ein Künstler, der rote Farbe auf die Leinwand bringt, zweimal, dreimal legt er nach, bis er zufrieden ist, und gießt dann erst Soße über seine Mahlzeit.

Ich greife zum geriebenen Käse und ahme, ohne nachzudenken, die Bewegungsfolge nach. Hellgelbe Sprenkel auf sattem Rot mit frischgrünen Kräuterinseln.

»Du auch?«

Er nimmt mir wortlos Löffel und Schale ab. Unsere Finger berühren sich flüchtig, und um ein Haar fällt mir das Gefäß aus der Hand, aber Storm fängt es auf, umschließt kurz meine Finger. Warm und kribbelnd laufen Riesenameisen unter meiner Haut entlang. Wieso hat er beide Hände frei?, schießt es mir durch den Kopf. Verwirrt sehe ich zum Herd. Ich habe gar nicht mitbekommen, wie der Soßentopf zurück dorthin gekommen ist.

»Danke«, sagt er heiser.

Dann essen wir und weichen dabei unseren Blicken aus – genau wie zufälligen Berührungen am Parmesan oder am Pfefferstreuer –, als ob wir uns davor fürchten, mit einer elektrostatischen Aufladung auf den anderen zu reagieren.

Aber vielleicht kommt es mir auch nur so vor. Ich bin müde und tatsächlich wesentlich hungriger, als ich gedacht hatte.

Storm besteht darauf, allein abzuräumen.

In meinem Magen poltert und gluckert es, mir ist nach einem Digestif.

Während er die Töpfe spült, von denen er keinen in der Spülmaschine wissen will, fülle ich uns einen Kräuterbitter in Marias peruanische Schnapsgläser.

»Das ist aber kein Kirschlikör«, sagt Storm verhalten schmunzelnd und lässt sich schwerfällig zurück auf seinen Stuhl sinken.

»Nein, aber nötig«, behaupte ich und hebe mein Glas. »Auf Mrs. Wolowitz!«

Es fühlt sich nicht richtig an.

Vor meinem inneren Auge ploppen kurz wieder die stählernen Auszichschubladen in der Krankenhauskühlung auf, und ein Schauer rieselt mir über den Rücken. Sie hat so klein und zerbrechlich darin ausgesehen. Ihre Stirn und die Wangen waren so kalt, so wächsern. Ob sie mich gehört hat, als ich meinen Schwur erneuert habe?

Storm sieht mich mit gerunzelter Stirn an, seine grünen Augen finden einen Weg in meine Seele, er sieht direkt in mich hinein, steht plötzlich auf, bedeutet mir mit einem Finger, sitzen zu bleiben, und geht in sein Zimmer. Als er zurückkehrt, hat er eine Limonadenflasche mit einer dunkelroten Flüssigkeit in der Hand.

»Das haben wir ihr versprochen«, erklärt er verlegen. »Wenn, dann richtig.«

Stumm nippen wir an dem selbst gemachten Kirschlikör. Er ist wirklich gut, und ich vermisse die alte Dame ganz schrecklich.

Storms feingliedrige Finger halten sein Glas umschlossen. Abwesend streicht er mit dem Daumen über die aufgeprägten farbenfrohen Ornamente und stiert ins Leere.

Ich ertappe mich bei dem Impuls, meine Hand auszustrecken und seine zu ergreifen. Ich möchte menschliche Nähe spüren, ihn spüren, aber ich halte mich zurück. Was, wenn er das falsch versteht? Und … so falsch wäre das vermutlich gar nicht. Wir waren uns noch nie so nah wie in den letzten Tagen. Ich …

Entschieden stelle ich mein Glas ab. »Ich geh noch mal kurz mit Sky raus.«

Storm schrickt auf. »Das kann *ich* doch –«

»Nein«, sage ich bestimmt und eine Spur harscher als beabsichtigt. »Ich brauche ein bisschen frische Luft, und Sky auch. Es geht mir gut.«

»Bist du sicher?«

Natürlich bin ich das nicht. Der Likör macht sich bemerkbar und legt mir Bleigewichte an die Füße, quasi zusätzlich zu dem, was gestern und heute passiert ist. Aber ich muss hier raus, damit ich nicht durchdrehe. Und zwar allein. Wie soll ich sonst einen klaren Kopf kriegen?

»Sky passt auf mich auf. Ich bleib nicht lang. Nur um den Block«, verkünde ich entschlossen.

Sky hebt schläfrig den Kopf, als ich zur Leine greife. Dieser Hund möchte ganz sicher nicht noch mal vor die Tür gezerrt werden, aber da muss er jetzt durch.

»Okay«, sagt Storm leise. »Soll ich auf dich warten, oder ...?« Er deutet mit dem Kopf in Richtung seines Zimmers.

»Mir geht es wirklich gut«, betone ich noch einmal und bücke mich schnell zu Sky, um ihm das Geschirr anzuziehen.

Gnädigerweise erhebt er sich nun doch, streckt sich ausgiebig und gähnt so hemmungslos, wie das nur Hunde tun – und Pferde vielleicht.

»Leg dich ruhig hin. Es war ein langer Tag«, murmle ich.

Ich spüre Storms prüfenden Blick noch immer auf mir ruhen und vermeide es, ihn anzusehen. Mein Kopf brummt ein wenig, aber das liegt eher am Kirschlikör als an den Nachwehen meines Nervenzusammenbruchs. Die frische Luft wird mir guttun.

Als ich zurückkehre, sehe ich einen schmalen Lichtstreifen unter Storms Tür hindurchschimmern, doch als ich im Flur das Licht anknipse, wird es dunkel in seinem Zimmer. Er hat also auf mich gewartet. Mein Herz macht einen kleinen Galoppsprung, bevor es ein bisschen zu schnell, aber brav weitertrabt. Ich bin angenehm außer Puste. Mir war nicht nach Fahrstuhl und engen Räumen, wir haben die Treppe genommen. Oben angekommen hat Sky kurz in Richtung der Wohnungstür von Mrs. Wolowitz gesehen und einmal gewinselt. Dann sah er zu mir, und sein hechelndes Hundemaul wirkte, als ob er mich anlächelt, bevor er ohne zu zögern mit mir mitkam. Ob er es schon begriffen hat? Dass ich sein neues Zuhause bin? Ich nämlich nicht. Und es macht mir immer noch Angst, Verantwortung für jemand anderen als mich selbst zu tragen. Aber ich liebe diesen Hund, und ich halte meine Versprechen.

»Es ist nur alles ein bisschen viel grade«, erkläre ich Sky, der mich erwartungsvoll ansieht, als wir vor meiner Zimmertür stehen bleiben.

Ich lade ihn wie immer zu mir ein, aber heute Nacht zieht er sich in sein Körbchen im Flur zurück. Jeder hat seine Art zu trauern. Vielleicht braucht er heute Nacht Zeit für sich.

»Wir schaffen das, Großer«, sage ich leise, knie mich noch einen Moment zu ihm und wuschle ihm durch die üppige Halskrause, als er ins Körbchen steigt, sich zweimal um die eigene Achse dreht und dann mit einem wohligen Stöhnen ablegt.

Er leckt mir übers Ohrläppchen, und das kitzelige Gefühl lässt mich kichern. Beinahe erschrecke ich mich über meine eigene Stimme.

»Ich lasse die Tür auf!«, verspreche ich flüsternd und richte mich wieder auf. »Falls du es dir anders überlegst.«

Eine halbe Stunde später wälze ich mich immer noch hellwach herum. Sobald ich die Augen schließe, tauchen Bilder vor mir auf, Erinnerungsfetzen an ein paar Tage auf der Intensivstation, an meine Krebsfreundin Mia, die es nicht geschafft hat, an Eva, die nach ihr starb … An Mrs. Wolowitz und ihre Schwägerin. Meine Eltern, so weit weg. Tante Maggie …

Tante Maggie! Ich schrecke hoch. Dann fällt mir wieder ein, dass sie und Lydia für ein paar Tage rauf ins Napa Valley gefahren sind, Wein kaufen und entspannen. Sie weiß noch gar nicht, was passiert ist – ich muss sie morgen dringend anrufen.

Und dann ist da Storm. Mit seinem spröden Charme, seiner warmen Haut, der Cappuccino-Stimme und den vielen

Geheimnissen. Storm, zu dem ich mich mehr und mehr hingezogen fühle. Tausend Gedanken umschwirren mich wie Mückennebel, und ich kann ihnen einfach nicht Herr werden.

Aus Storms Schlafzimmer klingt leise Gitarrenmusik. Anscheinend kann er auch nicht schlafen, trotz des teuren Boxspringbettes, das gestern endlich geliefert worden ist. Die Melodie kommt mir irgendwie bekannt vor, aber durch die Wand kann ich nur Wortfetzen verstehen, als er anfängt zu singen. Brüchig zunächst, dann immer klarer und voller. Irgendwas mit *ring the bells* höre ich heraus und *crack in everything*. Es klingt sehr traurig, und in mir schwillt eine solche Sehnsucht nach menschlicher Wärme an, dass ich platzen könnte.

Entschlossen schlage ich die Bettdecke zurück und stehe auf.

Er hört in dem Moment auf zu spielen, als ich die Terrassentür öffne.

Ich wollte ihm nur ein wenig zuhören, lüge ich mir vor und tapse enttäuscht wieder zu meinem Bett. Es kommt mir schrecklich groß und kalt und leer vor. Ich kann hier nicht bleiben. Nicht allein, nicht heute Nacht. Da sind zu viele Gespenster um mich herum.

Was soll ich nur tun? Ich streife mir Gänsehaut von den Armen, sie fühlen sich eiskalt an, dabei ist mir mehr als warm.

Entnervt schalte ich das Licht an und greife mein pädiatrisches Osteopathiebuch vom Nachttisch. Aber ich kann mich nicht konzentrieren auf Schreibabys und kopfgelenkinduzierte Symmetriestörungen. Als ich am Ende des Absatzes angelangt bin, weiß ich schon nicht mehr, was am Anfang gestanden hat. Das hat also auch keinen Sinn. Frustriert lege ich das Buch zur Seite. Lernen hilft mir sonst immer.

Vom Flur her dringt Skys leises Schnarchen herein. Aber nicht einmal das vermag es, dieses Gefühl von Getriebenheit in mir zu beruhigen.

Unentschlossen starre ich ins Halbdunkel, da höre ich nebenan das metallische Ratschen der Ringe an der Vorhangstange.

Storm.

Er kämpft auch mit dieser Nacht.

Ich spüre mehr, als dass ich es höre, wie er auf die Terrasse hinaustritt.

Als ich die Augen schließe, sehe ich mich selbst in einer dieser Schubläden im Krankenhauskeller liegen. Mir ist eiskalt, ich hämmere von innen gegen das Blech, ich will raus, aber niemand hört mich, es ist ein Albtraum, obwohl ich wach bin. Aber bin ich das? Wirklich? Ich weiß nicht mehr, ob ich nicht auch schon lange tot bin. Ich denke an Storm und sehe dabei zu, wie er die Tür zu meiner Kühlkammer öffnet.

Und das ist es: Ich kann mich nur fühlen, wenn ich ihn fühle. Ich muss wissen, ob ich noch lebendig bin.

Meine Hände zappeln unruhig in meinem Schoß, sie ringen miteinander, genau wie der Rest von mir. Ich greife nach der Bettdecke und halte einen Moment inne. Soll ich das wirklich tun? Kann ich das? Will ich es?

Dann gebe ich mir einen Ruck, stehe auf und tappe barfuß hinaus, so, wie ich bin.

Storms Berührungen vom Nachmittag hallen in mir nach. Sie sind wie ein Sirenengesang auf Körperebene, der mich lockt und zieht. Ich möchte mehr davon. Mehr … Storm.

Die Grillen zirpen, der Himmel ist verhangen, die Wolken ziehen so schnell, als ob sie noch etwas vorhätten. Durch den leichten Wind sieht es so aus, als ob Glühwürmchen über die Bay tanzen würden, doch es sind nur die Lichter der Stadt. Im diffusen Grau der Dachterrasse zeichnen Blumentöpfe und Büsche bizarre Schatten. Der Betonboden ist kühl unter meinen nackten Fußsohlen, die Wärme des Tages hat sich längst verloren, nur die Hauswand reflektiert noch ein wenig von der vergangenen Hitze. Der Mond kommt wieder hinter vorbeihuschenden Wolkenfetzen hervor.

Zuerst sehe ich nur einen Schemen. Storm steht in den Türrahmen seines Zimmers gelehnt, der dünne Vorhangstoff, den er zur Hälfte auf die Seite geschoben hat, schmeichelt ihm um die Beine wie eine Katze, die sich nach Streicheleinheiten sehnt.

Zitternd bleibe ich dicht vor ihm stehen, aber er ist so in Gedanken verloren, dass er mich nicht sofort wahrnimmt. Als er mich entdeckt, wirkt er einen Moment lang unschlüssig, als frage er sich, ob er es wagen kann hinauszutreten oder doch lieber im Schutz des Zimmers verharren soll.

»Ich kann nicht schlafen«, sage ich leise, und mein Herz klopft so laut, dass ich die Grillen nicht mehr hören kann. »Und du?«

Storm

Plötzlich stand sie vor ihm, barfuß und nichts am Körper als ein dünnes Seidennachthemd. Er fragte sich, ob ihr bewusst war, wie deutlich sich ihre Konturen im Licht des zunehmenden Mondes abzeichneten. Ihre Brustwarzen, kleine gefrostete Himbeeren unter einer hauchdünnen Lage Stoff, süß und lockend und unglaublich erotisch.

»Ich kann nicht schlafen«, sagte sie schlicht. »Und du?«

Er schluckte trocken und schämte sich, weil er sich vorgestellt hatte, wie es wohl war, diese Beeren in den Mund zu nehmen und vorsichtig, ganz zart mit der Zunge zu umkreisen, sie anzuwärmen mit seinem Atem, zum Schmelzen zu bringen.

Kriechstrom floss durch seinen Körper, pulsierte glimmend

in seinem Schritt. Er trug nur seine Boxershorts, und wenn sie jetzt nach unten sah, würde sie eine sehr viel direktere Antwort auf ihre Frage erhalten, als sie sich ausgemalt hatte.

Sie machte einen Schritt auf ihn zu, und er wich einen halben zurück.

Er musste mit ihr reden, wollte ihr endgültig seine Gefühle gestehen. Nur nicht heute Abend, um keinen Preis wollte er sie überrumpeln oder den Eindruck vermitteln, dass er die traurigen Umstände, diesen Ausnahmezustand ausnutzte. Und herrje, er war selbst viel zu aufgewühlt, um einen einzigen klaren Gedanken fassen zu können.

»Willst du reden?«, fragte er rau und schluckte. »Ich hole uns was zu trinken.«

Sie hielt ihn am Arm zurück, als er sich abwenden wollte, und die unerwartete Berührung war wie ein elektrisches Flackern. Es kribbelte überall, und tausend kleine Funken krochen unter seine Haut, sprangen über und verteilten sich wie ein Buschfeuer, stiegen empor und rieselten ihm mit sanften, kühlen Schauern über den Rücken wieder hinunter.

»Warte«, bat sie leise, kaum lauter als das Zirpen der Grillen.

Es mussten Hunderte sein, die sich heute Abend auf der Dachterrasse zusammengefunden hatten, um gemeinsam ihr sphärisches Mond-Konzert zu geben.

April reckte ihren Kopf, hob das Gesicht und suchte seine Augen. Er wusste nicht, was sie da las, aber es schien ihr zu gefallen, denn als er sie fragen wollte, was sie nun tun sollten, mit Mrs. Wolowitz, mit Sky und der Wohnung, da verschloss sie seinen Mund mit ihren Lippen.

Diesmal nicht, um sich Atem spenden zu lassen. Diesmal, um ihn zu rauben. Verstohlen zuerst, unsicher. Wie eine Diebin, die zum ersten Mal stiehlt und auf den Schutz der Dunkelheit hofft.

Er erwiderte ihren Kuss. Überrascht. Zärtlich. Übervorsichtig. Ihre Lippen berührten sich kaum.

Was wusste er denn, wie viel Atem sie entbehren konnte, nach so einer Attacke wie am Nachmittag? Noch nie hatte er sie so zerbrechlich erlebt.

Dabei war er es, der jetzt um Luft rang, um Kontrolle, um Sicherheitsabstand, damit er nicht lichterloh in Flammen aufging wie eine Wunderkerze. Er schob sie ein paar Zentimeter weg von sich – ihr Becken und seins, dazwischen musste ganz dringend Luft zirkulieren können. Er zwang sich, an etwas anderes zu denken. An Margie Wolowitz, an einen leeren Kühlschrank, an Röntgenbilder und Blutabnahmen, aber das Einzige, was er vor sich sah, war sie.

»Himmel, du hast mir Angst eingejagt vorhin! Mach das nie wieder, April, okay?«

Ihre Antwort war ein weiterer Kuss. Bittend. »Lass mich nicht allein heute Nacht!«

Sie presste sich eng an ihn, und er wusste, dass sie ihn fühlte. Genauso deutlich, wie er ihre Brüste an seinem Körper spüren konnte, so weich. Seine Hände streiften hilflos über ihren Rücken. Da waren nur die Träger ihres Nachthemds. Sie trug nichts darunter. Gar nichts. Er schluckte trocken. Nicht daran denken, wie nah sie ihm war. Und dass sie sich noch näher an ihn schmiegte.

»Spiel nicht mit mir, April«, flüsterte er an ihrem Ohr und schloss seine Finger um ihre Handgelenke, um sie von seinem Rücken zu lösen. Seine Stimme war heiser.

»Willst du mich denn nicht?«

Er gab einen kehligen Laut von sich. »Mehr als du dir vorstellen kannst. Aber ich will nicht einfach nur Sex. Und vor allem will ich nicht, dass du das hier bereust. Ich möchte, dass wir uns immer noch in die Augen schauen können, wenn die Sonne morgen früh wieder aufgeht, verstehst du?«

Ihr verwunderter Blick unter den seidigen, feucht glänzenden Wimpern, ein Träger des Hemds verrutscht.

Es kostete ihn mehr Anstrengung und Willenskraft, sie von sich zu schieben, als die ersten Schritte in der Reha und die verdammten Pillen im Klo runterzuspülen zusammen.

Sie nickte. »Nur zusammen einschlafen, ist das okay? Ich … ich halte die Leere nicht aus. Nicht heute Nacht. Ich kriege kein Auge zu. Kommst du?«

Er nickte langsam und ließ sich von ihr in ihr Zimmer ziehen.

Aprils Bett war schmaler als seines und die Matratze viel zu weich. Aber um keinen Preis der Welt wäre er wieder aufgestanden, nachdem sie sich vertrauensvoll in seinen Arm geschmiegt hatte, ihren runden Po an seinen Bauch gekuschelt. Er griff blind nach der Bettdecke und stopfte eine Barriere zwischen sie, nur um sicherzugehen. Gewisse Körperteile verfolgten manchmal ebenso hartnäckig wie selbständig eigene Interessen.

»Ich pass auf dich auf«, flüsterte er in ihr samtweiches Haar. »Schlaf.«

Sie murmelte etwas Unhörbares und wurde schwer in seinem Arm. Immerhin würde sie also Schlaf finden, ganz im Gegensatz zu ihm.

April

Irgendwann, noch viel später in dieser Nacht, wache ich wieder von dem Bild dieser langen, schmalen Metallschublade auf. Aber diesmal ist Storm da. Er hat den Arm um mich gelegt, mein Kopf ruht auf seiner Schulter, und sein Atem geht tief und ruhig. Ich sehe, wie sein nackter Brustkorb sich gleichmäßig hebt und senkt, doch er schläft nicht. Neben ihm fühle ich mich wie ein Boot, das von sanften Wellen geschaukelt wird, sicher vertäut und geborgen im Schilf. Ich weiß, dass er wach ist, auch wenn ich seine Augen nicht sehen kann.

Er wacht für mich.

Sein Körper strahlt Wärme und Lebendigkeit aus, und ich möchte ihn noch inniger spüren. Ich muss! Damit ich nicht doch noch ertrinke.

So langsam und behutsam, als gelte es, eine scheue Wildkatze, die zum Trinken ans Wasser gekommen ist, nicht zu verscheuchen, rücke ich ein Stückchen dichter an ihn heran, schmiege mein Bein an seins und lege ihm die Hand auf den Oberkörper, nur die dünne Sommerdecke ist zwischen meiner und seiner Haut.

»Zusammen sind wir stärker als die Nacht«, rutscht mir heraus, was ich denke, und dann warte ich erstarrt auf seine Reaktion.

»Was?« Sein Kopf dreht sich fragend zu mir.

Storms Raubtieraugen schimmern wie hellgrünes Glas und fangen das Mondlicht ein.

»Diese Nacht«, wiederhole ich leise mit klopfendem Herzen. »Sie nagt an mir. Frisst sie dich denn nicht auf?«

Er sieht mich nachdenklich an.

»Sie versucht es«, gibt er nach einer ganzen Weile zu. »Aber ich wehre mich nach Kräften.«

»Dann gib mir etwas von deiner Kraft ab«, bitte ich ihn, lege mein Knie auf seinen Oberschenkel und presse mich an ihn, so nah ich kann. »Halt mich fest.«

»April, ich …«

Er nimmt meine Hand, die immer noch auf seiner Brust ruht, und hält sie dort fest, wo sein Herz heftig gegen die Rippen trommelt. Ich spüre, wie er zögert, mir ausweicht. Im ersten Moment verstehe ich seine Reaktion als Ablehnung, doch dann spricht sein Körper zu mir und klärt das Missverständnis auf.

Ich stütze mich auf den Ellbogen, damit ich ihm in die Augen sehen kann. Er will vor meinem Blick fliehen, ich sehe einen inneren Kampf hinter seiner Stirn toben, und ich spüre warm und drängend an meinem Bein, dass sein Verstand gerade die schwächeren Argumente hat.

»Hey, es ist gut …«, raune ich heiser.

»April, was tust du?«, fragt er mit belegter Stimme.

In Zeitlupe schiebe ich meinen ganzen Körper ein Stück höher hinauf und berühre seinen Mund sanft mit den Lippen. Mein Oberschenkel streift, was da unter der Decke freigelassen werden will. Sein Glied bäumt sich auf, als es den Kontakt fühlt, und reißt an seinen Fesseln. Mein Unterleib geht mit seinem direkt in Resonanz, meine Mitte kribbelt und pulsiert, aber ich weiß nicht, wie weit ich gehen darf, mein Herz rennt schneller als seins. Es will. Ich will …

»Bitte küss mich, Storm. Fass mich an … Ich …« Mühsam beherrscht beiße ich mir auf die Unterlippe und schiebe hinterher: »Also … wenn du es auch willst …«

»Ob ich …?«

Storm hebt seinen Kopf, mir entgegen. Er verschränkt seine Finger in meine und sieht mich an. So küsse ich ihn ein zweites Mal.

Auge in Auge begegne ich dem Raubtier an der Wasserstelle. Es nimmt meine Witterung auf. Storm bewegt sich unter mir. Es ist, als ob ein Puma sich duckt und taxiert, ob er Anlauf nehmen soll. Kann er es wagen? Wird er gewinnen oder verlieren? Er sieht verwundet aus und hungrig, aber ich bin keine Beute, ich bin ihm ebenbürtig.

Seine Hand wandert auf meinen Rücken, streichelt so

sanft über meine Gänsehaut, als fürchte er sich davor, kostbares Porzellan zu zerbrechen, aber ich bin aus Fleisch und Blut, nicht aus Keramik.

Ich gleite mit der Zungenspitze sanft über Storms Lippen, und er öffnet mit einem erstickten Stöhnen den Mund.

»Ich brauche dich heute Nacht«, wispere ich in die dunkle Wärme, tanze über Zahnreihen und in den feinen Spalt dazwischen, bevor seine Zunge mich erst bremst und dann lockend umgarnt, mit meiner spielt und das beginnende Glühen zwischen uns immer weiter befeuert.

Seine freie Hand wandert jetzt begehrlich über meinen Rücken, knüllt die Seide des dünnen Stoffs, tastet forschend über Rippen und den Ansatz meiner Brust.

Ich presse meine Lippen fordernder auf seine, und ohne mich von ihm zu lösen, verlagere ich mein Gewicht, gleite über ihn und weiß, dass ich das Raubtier herausfordere. Vielleicht auch das in mir. Ich fühle ihn wachsen zwischen meinen Schenkeln, und seine Erregung macht mich feucht.

Mein Schamhaar streift den Baumwollstoff, der uns trennt. Wieder. Und wieder. Ich bewege mich über ihm, kreise mit den Hüften und erlaube ihm, die Melodie meines Beckens mit beiden Händen nachzuvollziehen.

Seine Finger schieben vorsichtig das Seidenhemd höher, gleiten sanft darunter und drücken sich in die zarte Haut an meinem Beckenkamm. Er keucht und atmet heiß an meinem Hals, als ich seine Handgelenke umfasse und zu meinen Brüsten führe. Seine Zärtlichkeit lässt mich erschauern.

Ich ziehe mir das Hemd über den Kopf, schleudere es irgendwo hinter mich in den Raum. Lächelnd beuge ich mich vor und stütze mich mit den Armen auf seiner Brust ab.

Er sieht mich aufmerksam an, als er mit den Fingerspitzen langsam weiterwandert, meine Brüste behutsam umschließt und dann die kleinen Zentren umspielt, bis sie hart und rund werden und ich aufstöhne, weil das kribbelnde Ziehen von dort direkt in meinen Unterleib schießt.

Ich kralle mich in seine Brustmuskeln. Auch hier ist eine Narbe. Ich spüre die silbrige Linie unter meinem Zeigefinger und fahre kurz ihren Verlauf nach, aber seine Brustwarzen sind aufregender. Sie haben sich ebenso zusammengezogen wie meine, so wie es Blütenknospen tun, wenn die Sonne untergeht und sie die Nacht erwarten. Ich möchte mich an ihnen reiben, sie sich begegnen lassen, also beuge ich mich zu ihm hinab, bis die Kelche sich berühren. Das Prickeln steigert sich beinahe ins Unerträgliche, loderndes Feuer, mein Atem wird heftiger. Ich spüre meine Bauchschlagader pochen und auch das Pochen in Storms Glied, so dicht unter mir, ich bräuchte nur mein Becken ein klein wenig kippen, und das tue ich auch, streiche deutlicher über ihm vor und zurück, wie der Wind in die Blätter eines Baums fährt.

Storm keucht und will, dass ich mich setze, aber noch ist diese Hose im Weg. Ich helfe ihm, sie loszuwerden, und dann sind wir beide nackt.

»Ich will dich spüren, Storm. Ich will dich in mir, ganz und gar. Hörst du? Ich will leben. Willst du es auch?«

Meine Lippen berühren fordernd die seinen, dann küsse ich mich tiefer, den Hals hinunter, über den Adamsapfel, die kleine Kuhle zwischen den Schlüsselbeinen, zwischen den Brustmuskeln, den Magen. Ich spüre, wie er schluckt, als er begreift, wohin ich unterwegs bin. Seine Hände vergraben sich in meinen Haaren, da habe ich bereits die feinen, drahtigen Härchen erreicht, die in schmaler Linie wie ein Pfeil die Richtung vorgeben. Mir gefällt sehr, was ich da vor mir sehe – kerzengerade aufgerichtet, wohlproportioniert. Beinahe ehrfürchtig streiche ich mit dem Fingernagel um den schimmernden Ring, gleite zart an seinem Glied hinab und wieder hinauf, dann angle ich blind mit einer Hand nach meinem Nachttischschubfach und fische zitternd ein Kondom heraus, während Storms Finger mir das Denken bereits nahezu unmöglich machen.

Meinen Positionswechsel ausnutzend gleitet er über meine Schenkel und meine Brüste, fährt zwischen ihnen tiefer, bis zu meinem Bauchnabel und seitlich über meinen Po. Er neckt mich, spielt mit mir, mit meinem Haar, gleitet hauchend über empfindliche, samtige Haut, dort, wo Bein und Scham einander begegnen, kommt meiner Mitte gefährlich nah und spart sie doch genüsslich aus. Ich sehne mich seinen Händen entgegen, aber er lässt mich zappeln und fast vergehen in tropischer Feuchtigkeit.

Endlich habe ich das Kondom aus der Packung gelöst. Mit fliegenden Fingern streife ich es ihm über, er muss mir helfen, aber dann habe ich ihn und bin entschlossen, ihn ebenfalls um den Verstand zu bringen.

Storms Antwort, als meine Finger und mein Mund ihn umschließen, ist ein Stöhnen aus tiefster Kehle. Als er mich wieder zu sich hochzieht, sind seine Augen dunkel geworden, lodernd, und dann wispert er: »Ich brauche dich auch, April. Du hast keine Ahnung, wie sehr.«

»Zeig es mir«, sage ich und schiebe mich auf ihn.

Die Erregung flutet mich, eine explosive Mischung, glühend und prickelnd zugleich. Ich will, dass er mich nimmt, damit diese Energie ihren Kanal findet und strömen kann, bevor sie mich von innen heraus zerreißt.

Er küsste ihr Schlüsselbein und die erhabene Verwachsung darunter und zog sie eng an sich. Noch nie war sie so sexy gewesen.

»Ich brauche dich auch, April. Du hast keine Ahnung wie sehr.«

»Zeig es mir.«

Ihr nächster Kuss war fordernd. Sie biss ihn in die Unterlippe, fuhr durch seine Haare und krallte ihre Finger in seinen Rücken, während sie selbstbewusst wie eine Piratin, aufgewühlt wie die See im Sturm auf seinen Schoß kletterte, um ihr Becken langsam, quälend langsam über ihm abzusenken. Einen Moment lang hielt sie inne, als er ihr entgegendrängte.

»Zeig mir, dass wir leben. Ich will leben, Storm. Leben.«

Ihre Stimme war nicht mehr als ein ersticktes Wispern auf seinen Lippen.

Unvermittelt nahm sie seinen Penis, führte ihn direkt dorthin, wo sie ihn haben wollte. Sie ließ ihn ihre schwüle Hitze dippen, entzog sich wieder, spielte mit dem Widerstand, der sich ihr entgegenwölbte. Diesmal hinderte er sie nicht daran.

Seine Gedanken formten sich zu Songzeilen, doch er konnte sie nicht halten.

Und als sie ihre Beine noch weiter für ihn öffnete, sich mit einem Geräusch niederließ, das irgendwo zwischen Seufzen und Fauchen lag, da begriff er, was sie ihm rauben würde: seinen Atem, seinen Körper, seine Seele.

Sie küssten sich mit einer Leidenschaft, die er April noch vor wenigen Stunden niemals zugetraut hätte. Und umgekehrt war auch er sich sicher, dass er noch nie eine Frau so schmerzhaft gewollt hatte wie sie.

Ihre Hände waren überall. In seinen Haaren, an seinem Hals, seiner Brust, seinem Rücken. Ihre Zunge berührte seine

Zähne, forderte Raum in seinem Mund, verlangte, versprach, lockte. Und er vergaß alle Worte, löste sich auf, wurde zu ihrem Instrument.

Eine neue Melodie brandete wie ein Rausch durch seinen Körper, als sie begann, sich ganz langsam auf ihm zu bewegen. Er wollte sie sich merken, diese Tonfolge, zusammen mit den Worten, er wollte ein Lied daraus formen, aber ihre Hände, ihre miteinander verwobenen Finger waren alles, was er erfassen konnte, Schweißperlen auf nackter Haut, wollüstiger Schmerz in seinem Herzen – wenn sie jetzt einmal zudrückte, würde es zerbersten. Und nicht nur sein Herz. Sie kreiste lasziv mit dem Becken auf seinem Schoß, ließ ihn beinahe auftauchen und stürzte ihn dann mit geschlossenen Augen ins nächste Wellental. Piratin? Seejungfrau? Die Meeresgöttin selbst? Die Wellen schlugen über ihm zusammen. Er stöhnte. Jetzt war er es, der Atem brauchte. Oder auch nicht. Er wollte ertrinken. Mit ihr. In ihr. Wenn sie es auch wollte. Und bei Gott, es fühlte sich so an.

Sie war so wunderschön. Ihre Brüste waren leicht asymmetrisch, die Brustwarzen schielten etwas, für ihn waren sie vollkommen. So behutsam er es noch vermochte, nahm er sie in seine Hände, ahmte mit den Fingern ihre Form nach, zusätzlich erregt von ihrem zitternden Atem und den kleinen, harten Spitzen, die seine Handteller kitzelten und an ihnen rieben. Sie zog ihn hoch, hob seinen Kopf zwischen ihre Brüste, und er bedeckte sie mit Küssen, liebkoste ihren Busen mit seinem Mund, umkreiste die harten Spitzen mit der Zunge, saugte sich fest, bis sie leise stöhnte und sich in sein Haar krallte, glitt ihren Hals hinauf, wo die Arterie heftig pulsierte.

Er stockte kurz, als er erneut die runde Erhebung unter der dünnen Haut an ihrem Schlüsselbein spürte, aber dies war nicht die Zeit, Fragen zu stellen.

Ihre Hände glitten seinen Rücken hinab, strichen über

seine Taille und seine Hüfte, zogen ihn immer wieder an sich, in sich, noch tiefer hinein. Er hatte keine Chance, das Tempo zu kontrollieren, er würde explodieren, wenn sie so weitermachte. Er wollte sich wehren, aber gleichzeitig wollte er es auch nicht. Sie riss ihn mit sich fort, in unbekannte Gewässer, ihren Kopf an seine Schulter gedrückt. Er fragte sich kurz, was geschehen würde, wenn sie je wieder Land unter die Füße bekämen – oder ob –, und dann war es ihm bereits egal.

Süßer Schmerz durchzuckte ihn, alles steuerte auf diesen einen Punkt zu, in dem sich alles auflöste, das Zentrum aller Energie des Universums. Es summte und pochte.

Er begehrte sie so sehr, er verlor jede Beherrschung.

Keuchend warf er sie herum, auf den Rücken, sodass er ihr Gesicht wieder sehen konnte und was seine Stöße mit ihr machten. Sie hieß ihn willkommen, schlang die Beine um ihn und verschränkte sie, fordernd trieb sie seinen Rhythmus an, hungrig, gierig. Er wollte es hinauszögern, er hatte sich ihr erstes Mal anders vorgestellt, langsamer, zärtlicher, aber April schien davon nichts wissen zu wollen. Nicht jetzt. Sie war entfesselt. Sie nahm sich, was sie wollte, und das war er. Wütend. Keuchend. Schreiend stieß sie ihn von sich und holte ihn zurück. Jedes Mal stieß er ein Stück tiefer. Ihre Urgewalt überrollte ihn wie ein Rausch. Sie würde ihn ertränken, mit sich in die Tiefe reißen, hemmungslos, ohne Netz und Anker, ohne Sauerstoff. Es faszinierte ihn und machte ihm Angst. Er würde unter Wasser atmen lernen müssen.

Rasend vor Erregung legte er sich ihre Beine auf die Schultern, aber das wollte sie nicht, und sie erlaubte ihm auch nicht, sie zuerst kommen zu lassen. Sie umklammerte ihn, verschränkte die Schenkel hinter seinem Rücken und ließ ihn nicht gehen, bevor er stöhnend und schreiend und schweißnass über ihr zusammenbrach.

Nach einer ganzen Weile, als er sie freigegeben und ihr Atem sich halbwegs beruhigt hatte, kroch sie wieder zurück in seine Armbeuge, ein Bein angewinkelt über seinem. Er lag auf dem Rücken, hielt sie im Arm und streichelte ihr sanft über den flachen Bauch. Sie versuchte, das leichte Zittern ihrer Beine zu verbergen, aber als er nach einigem Tasten die Decke fand und über sie breitete, schmiegte sie sich dankbar hinein.

Er fühlte die feuchte Hitze, die von ihrer Scham ausging, und wie dies eine neue Welle der Erregung auslöste.

Dann kam ihm ein schrecklicher Gedanke. Er bemühte sich, die letzten Minuten zu rekapitulieren. Sie hatte ihn so durch den Sturm gepeitscht, er war so mit seinem eigenen Gipfel beschäftigt gewesen, dass er sich mit einem Mal unsicher war, ob er sie hatte erlösen können, so wie sie es sich gewünscht hatte. Leben. Hatte er ihr zeigen können, wie lebendig sie war? Wie zauberhaft und begehrenswert?

Sachte ließ er seine Hand abwärtswandern, verstohlen am Bauchnabel vorbei, in Richtung der feuchten Wärme, die ihn jenseits der glatten, zarten Hautfalte umfing, die ihre Scham vom Oberschenkel abgrenzte. Sie hielt ihn nicht auf. Ihr Atem stockte, abwartend, dann hob sie ihr Bein und ließ ihn passieren. Sein Mittelfinger folgte der Spur, passte sich den Konturen der weichen Hautübergänge an. Seine Fingerkuppe rutschte wie von selbst in die Vertiefung. Sie war noch immer so schlüpfrig, so feucht und heiß. April stöhnte leise an seinem Ohr, umklammerte ihn, drängte seiner Hand entgegen. Sie wand sich und keuchte, als er ihre Mitte berührte, in sie glitt, Feuchtigkeit aufnahm, seine Finger bewegte, die kleine Knospe liebkoste. Sie war so warm und weich und nass und umklammerte sein Handgelenk mit solcher Kraft, dirigierte, kommandierte seine Finger. Dann plötzlich hielt sie ihn fest.

»Soll ich aufhören?«, flüsterte er leise.

Sie schüttelte den Kopf, zögerte, gab wieder nach, robbte

ein wenig höher – um ihn erst stürmisch zu küssen, dann nachdenklich, verwundert.

Er küsste sie zurück, dann entzog er sich ihr, wanderte mit seinem Kopf zwischen ihre Beine, glitt behutsam mit der Zunge in ihre Feuchtigkeit, saugte vorsichtig, ganz zart an der kleinen Perle, widmete sich einzig ihrer Lust, und diesmal ließ er sich Zeit. Viel Zeit. Er hörte, wie sie dann und wann aufstöhnte, ihrem Inneren und seinen Bewegungen lauschte, völlig auf sich konzentriert und auf das, was seine Finger und sein Mund mit ihr taten. Jetzt ließ sie endlich los, kommunizierte einzig durch die Bewegungen ihres Beckens mit ihm, durch die Geräusche und den Rhythmus ihres Atems und der Spannung ihrer Muskeln. Er spürte, wie sie sich um ihn herum zusammenzog, ein leises Zucken zuerst, das anschwoll, stärkere Kontraktionen ankündigte, er fühlte und schmeckte, wie das Gewebe sich veränderte, prall wurde und schließlich nachgab wie eine reife, saftige Frucht, von der er trinken konnte.

Sie bat ihn stumm, seine Hand dort liegen zu lassen, bis die Wellen abebbten und das Zittern ihrer Beine nachließ.

Sein Penis schmerzte vor Erregung. Er hätte am liebsten auf der Stelle noch einmal mit ihr geschlafen, aber das kam nicht infrage. Nicht jetzt.

»Kannst du jetzt wieder spüren, wie lebendig du bist?«, fragte er leise und küsste sie sanft.

Sie nickte.

»Stärker als die Nacht«, wisperte sie und küsste ihn zurück. »Ich wusste es.«

Er schmeckte das Salz, bevor er sah, dass ihr Tränen über das Gesicht liefen. Aber er las in ihren Augen auch den Wunsch, sie nicht darauf anzusprechen. Also hielt er sie einfach nur stirnrunzelnd fest und nahm dankbar an, wie sie sich erschöpft an ihn klammerte, allmählich ihren Griff lockerte und ihr Atem ruhiger wurde, als der Gott des Schlafs ihn darin ablöste, sie zu bewachen, zu beschützen und für sie da zu sein.

Dann fielen auch ihm die Augen zu.

Es war noch immer dunkel, als er von ihrem Weinen wach wurde. Sie saß am Fenster, die schlanke Silhouette wunderschön angestrahlt vom fahlen Licht des Mondes. Alles, was sie trug, war eine ausgeleierte, uralte Strickjacke. Sie bemühte sich so sehr, leise zu sein, und zuckte zusammen, als er sie an der Schulter berührte, weil sie nicht bemerkt hatte, dass er wach geworden und aufgestanden war.

»Was kann ich tun?«, fragte er.

Ihre Augen wirkten so groß wie die eines Kindes, als sie ihn verzweifelt ansah.

»Es ist nur … Das alles ist einfach so viel. Ich liebe Sky. Du weißt das! Ich will nicht, dass er ins Tierheim muss. Auf gar keinen Fall. Aber wie soll ich das alles schaffen? Bevor du kamst, hatte ich keine Ahnung, wie ich das Geld für die Miete zusammenbringen soll! Ich zerreiße mich zwischen den Kursen, der Uni und dem Praktikum …«

»Aber jetzt bin ich da. Eine Sorge weniger, okay?«

Sie schüttelte den Kopf, und ihre Augen füllten sich wieder mit Tränen, die wie Mondseen schimmerten.

»Die Verantwortung. Was ist, wenn mir etwas passiert? Ich bin … Ich kann …«

Schluchzend brach sie ab. Er zog sie zu sich, und sie vergrub ihr Gesicht an seinem Hals.

»Lass uns einen Pakt schließen«, sagte er leise. »Wir kümmern uns gemeinsam um Sky, egal, was geschieht.«

»Versprochen?«

Er legte sich ihre Hand auf die nackte Brust, unter der sein Herz heftig klopfte. »Versprochen«, schwor er feierlich. »Aber nur, wenn du jetzt wieder ins Bett kommst. In mein Bett. In diesem hier bekommen wir beide nur fürchterliche Rückenschmerzen.«

Er trug sie hinüber in sein Zimmer, splitterfasernackt, wie er war, und sie schmiegte sich an ihn, als sei es ihr angestammter Platz in dieser Welt.

Sie liebten sich ein zweites Mal in dieser langen Nacht. Zärtlicher, achtsamer als zuvor. Langsamer. So, als hätten sie tatsächlich alle Zeit der Welt.

Und am Morgen war sie verschwunden.

Kapitel 15

April

Ich wache vom lang gezogenen Heulen eines einsamen Hundes auf.

»Sky?«, murmle ich und öffne die Augen.

Ich brauche einen Moment, um zu realisieren, wo ich bin. Mein Blick fällt auf die Zimmerdecke. Da ist dieser Riss im Beton, den ich mit Goldfarbe ausgespachtelt habe, so wie die Japaner es mit Keramik tun. Diese Zimmerdecke befindet sich in meinem alten Schlafzimmer. Was tue ich hier? Neben mir atmet jemand. *Jan?* Mein Herz setzt einen Schlag aus. Nein. Es ist Storm – ich liege nackt in seinem Arm, in seinem neuen Bett. Mein Körper fühlt sich angenehm zerschlagen an, als wäre ich einen Halbmarathon gelaufen, erschöpft, stressfrei, mein Unterleib prickelt. Dann kehrt die Erinnerung zurück, und ich weiß plötzlich allzu deutlich, wieso das so ist. Ich schiebe die Bilder beiseite und mit ihnen Storms Umarmung.

Er sieht friedlich aus, wie er so daliegt, verwundbar. Die Haare, die er sonst sorgfältig vor die Narbe frisiert, sind zur Seite gefallen und geben die Spuren seiner schlimmen Verletzung preis. Ich würde gern wissen, was ihm passiert ist. Und will es gleichzeitig auch nicht. Zu nah. Viel zu nah. Es geht mich nichts an. Ich will nicht, dass es mich etwas angeht. Nie wieder, hatte ich mir geschworen. Liebe macht verletzlich, verwundbar und dumm.

Ich muss hier raus. Wo sind meine Sachen? Ich fühle mich nackt, schrecklich nackt, berührbar, schutzlos. Und das hat nichts damit zu tun, dass ich kein einziges Kleidungsstück trage. Ich muss meinen Panzer wiederhaben, meinen Schutzschild. Was habe ich getan? Bin ich völlig verrückt geworden? *Lebendig sein?!* Das habe ich erreicht, schätze ich. Ich friere, und ich bin mir ziemlich sicher, Tote tun das nicht.

Ich bücke mich, um unterm Bett nach meinem Slip zu suchen, nach Socken, meinem Hemdchen, irgendwas. Aber dort liegt nur ein benutztes Kondom, halb eingewickelt in ein Papiertaschentuch. Genervt richte ich mich wieder auf. Wir waren zuerst drüben. Bei mir. Verdammt.

Die Matratze knarzt leicht. Storm bewegt sich im Schlaf, und ich friere in der Bewegung ein.

Ich habe keine Ahnung, wie das mit uns gestern passieren konnte. Doch, ich weiß es genau. Ich habe es drauf angelegt. Mrs. Wolowitz ist schuld daran. Sie wollte uns immer zusammenbringen, und nun hat sie es geschafft – auf gewisse, sehr eindeutige Weise jedenfalls – und wird es nie erfahren. Was für eine Ironie.

Und wie soll das jetzt weitergehen? Das funktioniert nicht! Das kann nicht gut gehen! In keiner der verschiedenen Varianten, die mir gerade durch den Kopf jagen. Was habe ich mir nur dabei gedacht?

Ich weiß nur, dass ich hier rausmuss, weil ich sonst den Verstand verliere. Meine alte Strickjacke, die hatte ich an. Wo ist sie nur?

Und warum jault dieser Hund so herzzerreißend?

Bringen Panikattacken Gedächtnislücken mit sich? Ich muss das dringend nachlesen. Oder den Doc fragen. Himmel, ich muss in die Klinik. Bin ich zu spät? Ich habe keine Ahnung, wie spät es ist. Auch mein Handgelenk ist nackt. In dem Augenblick fällt mir ein, dass es mein freier Tag ist. Immerhin ein Problem weniger.

Skys Gejaule durchdringt die Wände.

Ich bekomme Kopfschmerzen und habe einen schalen Geschmack im Mund. Mit einem Schlag ist auch der Rest meiner Erinnerung wieder da.

Margie Wolowitz. Kirschlikör. Die Tagesdecke. Albtraumfratzen von eiskalten Metallschubladen. Ein warmer Männerkörper, Moschusduft und Pfefferminzatem, Storms Finger in meine verschränkt. *Stärker als die Nacht.* Vielleicht. Aber was ist mit dem folgenden Tag? Mit heute und all den blendend helllichten Tagen, die noch kommen werden? Ich vergrabe meinen schmerzenden Kopf in den Händen und stütze die Ellbogen auf den Knien auf.

Mrs. Wolowitz. Ich sehe das Gesicht der alten Dame vor mir, fröhlich und optimistisch, als ihre Hand um meine sich löste, mein Versprechen in ihrem Ohr, das ich ihr nie hätte geben dürfen. Und dann ist sie einfach gestorben. Sie hat es nicht mit mir abgesprochen, hat niemanden um Erlaubnis gefragt, nicht einmal ihre besitzergreifende Schwägerin. Ich stelle mir den Moment vor, als sie für immer die Augen schloss, die Sekunde, als sie ein letztes Mal seufzend ausatmete. Im Reinen mit sich selbst, in der trügerischen Sicherheit, dass für alle und alles gesorgt ist. Ich komme mir hintergangen vor. Im Stich gelassen.

»Oh Himmel, Sky! Was mach ich nur mit dir?«

Erschrocken über meine eigene Stimme drehe ich mich um. Die Matratze knarzt erneut. Storm regt sich im Schlaf und tastet auf der leeren Bettseite nach mir. Ich muss hier raus. Jetzt. Sofort.

Es gibt nichts Alberneres, als sich darüber Gedanken zu machen, wie der eigene nackte Körper bei Tageslicht auf den Mann wirkt, mit dem man in der Nacht zuvor wilden Sex hatte. Noch dazu, wenn man seit Wochen eine Wohnung und ein Badezimmer miteinander teilt, beide keine zwanzig mehr sind, einer vielleicht ein bisschen mehr vermackelt als der andere – und der Typ immer noch schläft.

Mühsam stehe ich auf, zwinge mich dazu, in normalem Tempo zu gehen, und verlasse den Raum so würdevoll und langsam wie möglich. Leise ziehe ich die Tür hinter mir zu. Dabei möchte ich einfach nur schreien und rennen.

Im Flur lehne ich mich einen Augenblick lang mit dem Rücken an die Wand.

Sky sieht ganz kurz zu mir und wedelt der Form halber einmal kurz mit dem Schwanz. Entgegen seiner sonstigen Art macht er keine Anstalten, auf mich zuzustürzen, mir die Leine zu bringen, Streicheleinheiten oder wenigstens Futter einzufordern. Der Arme kauert hechelnd vor der Wohnungstür und heult. Ein Inbegriff von Traurigkeit und Einsamkeit. Ich wusste gar nicht, dass er das kann. Wie lange sitzt er da schon, ganz allein?

»Ich bin gleich bei dir, Großer. Wir schaffen das, okay?«

Ich habe geschworen, mich um ihn zu kümmern. Sky braucht mich. Und ich brauche Tante Maggie. Das ist ein Notfall, und ich komme eben *nicht* klar, es ist Zeit, mir das einzugestehen. Wo ist mein Telefon? Und wo zur Hölle sind meine verdammten Klamotten?

Mit der Zahnbürste im Mund eile ich zwischen Bad, Küche und meinem Zimmer hin und her, Hundefutter vorbereiten, anziehen, alles in einem. Die Armbanduhr liegt auf dem Nachttisch, wiedergefunden. Katzenwäsche muss genügen. Ich muss hier fort sein, bevor Storm wach wird. Das ist das Einzige, worauf es mir im Moment ankommt.

Als ich mich mit seinem Futter und dem Öffner beschäftige, ist Skys verstörende Kummerphase Geschichte. Er tänzelt um mich herum, als wäre ich *Black Widow* und hätte ihn in letzter Sekunde vor einem Güterzug, einer Kobra oder dem Hungertod bewahrt. Letzteres kommt seiner Realität vermutlich ziemlich nah.

»Ich weiß immer, wo die Dosen stehen«, verspreche ich ihm und fülle seinen Napf. Das zum Thema Marvel-Helden.

Drei Minuten später stupst mich Sky mit seiner Pfote an. Der Futternapf ist blitzblank geleckt. Aufgeregt rennt er zur Tür und bellt einmal kurz. Dann dreht er seinen dicken braunen Labbikopf zu mir, wedelt mit der Rute und kläfft erst mich und dann noch einmal das Türblatt an.

Erleichtert fische ich den Schlüssel aus der bunten Murano-Glasschale auf der Flurkommode und gehe zu Phase zwei der Weltrettung über – mit dem Hund in den Park. Wahrscheinlich begehen auch die echten Superhelden ihre Heldentaten nur, um nicht über ihr eigenes mieses Leben und all die falschen Entscheidungen nachzudenken.

Mein Sarkasmus ist dem Hund piepegal. Er will einfach nur zu den Eichhörnchen. Und was ist daran so verkehrt oder anders als das, was ich vergangene Nacht verbockt habe? Ablenkung ist alles. Brot und Spiele. So pragmatisch muss man das wohl angehen.

»Ich glaube, ich kann noch viel von dir lernen über Trauer und Stressbewältigung, du kleines, großes *Velvele.*«

Die Erziehungsarbeit können wir morgen wieder aufnehmen, heute lasse ich mich von Sky durch die Straßen ziehen. Ein trauernder Hund und sein neuer Mensch. Wir müssen uns beide erst daran gewöhnen, obwohl äußerlich betrachtet alles wie immer ist.

Fast.

Normalerweise habe ich einen Plan. Heute wandern wir ziellos bergauf und bergab, ich lasse ihn Hydranten beschnüffeln und Häuserecken. Kurz verfolgen wir eine diebische Möwe, die sich einen Hotdog aus einem Mülleimer gefischt hat. Und irgendwie landen wir im Huntington Park.

An der Freilauffläche leine ich Sky ab und setze mich auf eine Bank. Ich habe keine Kraft, um Stöckchen oder Bälle zu werfen. Ich will hier einfach nur sitzen und darüber nachdenken, warum mein Leben so kaputt ist. Aber immerhin habe ich ein Leben, im Gegensatz zu der armen Mrs. Wolowitz.

Sky ist auch nicht nach Toben oder Eichhörnchen ärgern. Er rollt sich zu meinen Füßen zusammen und lässt den Kopf hängen.

»Ach, Sky. Du bist jetzt ein Waisenkind, weißt du das? Natürlich weißt du das. Ich sehe ja, wie traurig du bist.«

Das tue ich wirklich. Mir war bis heute gar nicht klar, dass Hunde so eine ausgeprägte Mimik haben. Sky hat tiefe Falten um die Augen, seine Stirn ist gerunzelt wie bei einem betrübten Menschen.

Mit einem Kloß im Hals streichle ich den Rüden, der daraufhin leise vor sich hin fiept.

Ich muss wieder an Storm denken, an seine Berührungen, seine Küsse, an all die schönen Dinge, die er mir ins Ohr geflüstert hat, als wir miteinander geschlafen haben – beim zweiten Mal. Beim ersten Mal hatten wir keine … Zeit für so was. Nein, das ist nicht die Wahrheit. Ich habe es nicht zugelassen. Ich habe ihn benutzt, wollte einfach nur seinen Körper, puren, leidenschaftlichen Sex, keine Worte. Und er war trotzdem sanft und zärtlich.

Ich kaue auf meiner Lippe herum. *Bockmist, April.* Absoluter Super-GAU. Er hätte niemals einziehen dürfen. Es war von Anfang an klar, dass es so enden würde. Und enden – das muss es. Heute noch! Es ist vollkommen unfair ihm gegenüber.

Tief in mir weiß ich, dass ich keine richtige Zukunft habe.

Jedes Mal, wenn ich ihn zu vergessen drohe, bringt er sich deutlich in Erinnerung, mein eifersüchtiger fahler Begleiter. Mal ist er ein Schatten im Spiegel, schräg hinter mir, mal ist es die Spitze seines eisigen Schwerts, die über mir pendelnd meinen Scheitel streift. Er hat mich beobachtet, als ich mich von Mrs. Wolowitz verabschiedet habe. *Memento mori.* Vielleicht sollte ich mit Murphy in die Wüste fahren. Wenn ich ihn fotografiere, gibt er für gewöhnlich ein Weilchen Ruhe, Schlafes Bruder.

Ich darf Storm da nicht mit hineinziehen. Jan hat es gespürt, wessen Geisel ich bin. Er hat sich aus dem Staub gemacht, und das tat weh.

Aber Storm ist aus einem anderen Holz. Er wird nicht so leicht aufgeben. Vielleicht könnte es ja wirklich …?

Ein gefährlich angenehmer Schauer rieselt mir aufreizend langsam über den Rücken und fängt sich kribbelnd in der Tiefe meines Bauchs. Zu präsent sind seine Berührungen, sein erhitzter Körper auf meinem, das Gefühl, ihn in mir zu spüren, seine salzigen Küsse, der leise Duft nach frischem Schweiß, Moschus und Männlichkeit. Leben. Liebe. *Nein!*

Heftig atmend balle ich die Fäuste.

Okay, ein Teil von mir fände es sehr schade, es bei einem One-Night-Stand zu belassen. Einmal ist keinmal, würde Tante Maggie sagen.

Wieso eigentlich geht sie immer noch nicht ran? Wütend starre ich auf mein Telefon. Nicht einmal ihre Mailbox ist aktiviert. Sie zieht das mit der Nichterreichbarkeit im Urlaub wirklich durch. Aber ich muss so dringend mit ihr sprechen. Meine Kolleginnen im Krankenhaus kenne ich noch zu wenig, Maria hat eigene Probleme, Mrs. Wolowitz als ratgebende Alternative ist nicht mehr da – wobei ich mit der alten Dame niemals über so etwas reden würde. Geredet hätte, korrigiere ich mich im Stillen und bin in Gedanken schon wieder bei Storm.

Und es war ja genau genommen auch mehr als einmal. Einmal wäre vielleicht wirklich noch okay gewesen, ein Ausrutscher, verständlich, erklärbar nach so einem schrecklichen Tag. Ohnmacht, Zorn, das Verlangen, sich lebendig zu spüren – so was ist ganz natürlich nach einem Schock. Aufgestaute, blinde Instinkte. Aber dass wir es wiederholt haben und *wie* wir es getan haben – das war nicht mehr einfach nur Sex als Ventil.

Mein Herz pocht ungehörig schnell. Das war … Das ist …

Ich beiße mir auf die Faust, um nicht laut loszuheulen.

Ich brauche nur an Storm zu denken, an seine Haut, seine Lippen, seine Stimme … und schon wieder zieht sich in meinem Magen ein Sehnsuchtsknoten zusammen. Der war gestern noch nicht da.

Wütend schüttle ich den Kopf und stecke mein nichtsnutziges Handy ein.

»Nein, nein, nein«, wimmere ich erstickt. »Das ist nicht gut. Gar nicht gut. Ich bin dabei, mich zu verlieben. Das darf nicht sein, Sky, hörst du?«

Sky setzt sich hin, legt winselnd den Kopf schief und sieht mich an.

»Wenn er nicht geht, dann müssen wir ausziehen«, erkläre ich meinem vierbeinigen Freund. »Halt, warte … nein. Das ist meine Wohnung – *er* muss ausziehen. Wir kündigen ihm wegen Eigenbedarf. Gibt's das hier in den USA?«

Ein paar Sekunden lang überlege ich verzweifelt, wie ich der Konfrontation aus dem Weg gehen könnte. Vielleicht indem ich das Apartment von Mrs. Wolowitz übernehme? Ich könnte alles so lassen, wie es ist, ein Teil der Möbel gehört ja wie bei uns zum Inventar, auch Sky müsste sich so kaum umstellen …

Als wäre unser Problem damit gelöst, schießt der Mischling plötzlich los, quer über die Wiese unter die Bäume.

Ein zweites Mal an diesem Morgen bewundere ihn dafür:

eben noch ein trauerndes braunes Kuschelmonster – und im nächsten Augenblick wühlt er in alter Form in den Rabatten.

Wie Storm. Der kann auch von jetzt auf gleich die Launen wechseln.

Ich will ihm nicht begegnen, nie wieder. Er ist mir zu nah. Ich hätte ihn längst rauswerfen sollen. Aber wenn ich ganz ehrlich zu mir bin: Das kann ich nicht. Was soll ich nur tun?

»Wir gehen«, verkünde ich entschlossen und ignoriere geflissentlich den argwöhnischen Blick einer jungen Mutter, die gerade ihren Kinderwagen an mir vorbeischiebt.

Ich fixiere das, was zwischen Dreckbatzen und herumspritzender Erde noch von Sky zu sehen ist.

»Vergessen wir diesen blödsinnigen Pakt. Wir kommen wundervoll allein klar, du und ich, stimmt doch, oder?«

Ich weiß, dass das eine Lüge ist. In mir hallen Storms Worte aus unserem Streit nach: »Du hast so große Angst davor, allein zu sein, dass du sogar einen abgewrackten Fremden bei dir einziehen lässt, den du überhaupt nicht kennst!« Womöglich hat er damit recht gehabt. Auch egal.

Ich pfeife nach Sky, bevor er noch auf Grundwasser stößt. Entgegen seiner sonstigen Art kommt er sofort zurückgeprescht. Vielleicht hat er Angst, mich auch noch zu verlieren. Ist das zu menschlich gedacht? Auf jeden Fall trauert er. Anders als ich. Aber er trauert.

Krachend zerbeißt Sky das Leckerli, das ich als Belohnung fürs Zurückkommen aus meiner Jackentasche gezaubert habe.

»Wir müssen nur diese bescheuerte Woche hinter uns bringen, und dann rufen wir Tante Maggie an und sagen ihr, dass wir ihr Angebot annehmen und bei ihr und Lydia einziehen. Scheiß auf die Wohnung. Maria wird es verstehen. Es gibt nun einmal Umstände …«

Sky sieht mich aufmerksam an.

»Und du kommst natürlich mit, keine Angst. Das habe ich

deinem Frauchen versprochen. Du wirst die beiden mögen. Sie haben einen tollen Garten, und in Haight-Ashbury gibt es auch schöne Hundeparks, den Golden Gate oder den Buena Vista zum Beispiel, von da kannst du bis zur Bay sehen.«

Ich denke daran, wie Mrs. Wolowitz mich an einem Sonntagmorgen dorthin mitgenommen hat, als ich noch ganz neu hier war. Die gute Mrs. Wolowitz. Schon breche ich erneut in Tränen aus.

Ich habe keine Ahnung, was das Richtige ist. Storm hat gesagt, er würde uns helfen. Aber das kann ich nicht annehmen. Ich muss da allein durch. Es ist schlimm genug, dass dieses Damoklesschwert mit der Leukämie über mir baumelt. Ich will ihn nicht mit reinziehen. Es ist einfach nicht fair.

»Wir schaffen das, mein Großer, okay?«

Der beste aller Hunde legt mir eine Pfote auf den Oberschenkel. Natürlich will er nur ein weiteres Leckerchen. Aber die Geste rührt mich trotzdem.

Storm

Er ließ eine Hand über ihren Bauch gleiten, berührte mit einem Finger ihren Nabel und folgte der Mittellinie bis zum Saum der Bettdecke. Langsam, ganz, ganz langsam tauchte er darunter und strich über die Rundung ihrer Hüfte. Sie war warm und wölbte sich ihm entgegen und …

Storms Hand tastete ins Leere. Sie war verschwunden.

Er hatte das doch nicht alles nur geträumt, oder?

Nein! Die Bettseite neben ihm, das verlassene, zerknautschte Kissen, das Laken, sie dufteten noch schwach nach ihr.

Er wartete einen Augenblick, bis sein Herzschlag sich beruhigte und Erregung und Furcht sich in etwa die Waage hielten. Dann sprang er auf und bereute es sofort wieder. Sein Knöchel brannte im ersten Moment, als wäre er auf glühende Lava gestiegen. Der Schmerz ließ rasch nach, schlimmer brannte die Vorahnung in seinem Herzen. Wo war sie? Es war zu ruhig in der Wohnung. Kein Laut drang aus den übrigen Räumen. Beunruhigt öffnete er die Zimmertür und lauschte. Kein Laut, auch nicht von Sky. Er hatte gehofft, sie leise unter der Dusche singen zu hören oder zumindest über einem Stapel Bücher in der Küche zu finden, mit angezogenen Knien auf einem der weiß gestrichenen Shabbystühle kauernd, in grob gestrickten Wollsocken, gedankenverloren in einer Jumbotasse Chai Latte rührend. Aber dann hätte zumindest der Hund sich bemerkbar gemacht.

Vielleicht war sie einfach nur mit ihm Gassi gegangen.

Er hoffte, dass es nur das war, nichts weiter, dass er sich diese wortlos warnende Stimme in seinem Inneren nur einbildete. Jede Minute würde sie zurückkehren, von außen den Schlüssel ins Schloss stecken, hereingeweht kommen mit einer Tüte Bagel, zwei Bechern Kaffee, einem davon koffeinfrei, und einem stürmisch an ihm herumspringenden Fellbündel mit schmutzigen Pfoten. – Aber in seinen Eingeweiden verkrampfte sich etwas und nistete sich ein: Furcht.

April war in keiner guten Verfassung gewesen, bevor sie … Er hatte sie noch nie so außer sich erlebt. Was, wenn sie jetzt dachte, er hätte die Situation bewusst ausgenutzt? Dass er sie einfach nur …? Aber so war es nicht!

Er schlug sich mit der Faust gegen die Stirn. Sie hätten das nicht tun sollen, er hätte ihr um keinen Preis nachgeben dürfen. Nicht unter diesen Voraussetzungen. Sie war labil gewesen.

Und sie stand niemals so früh auf an einem freien Tag …

Storm schlüpfte in seine Trainingshose und streifte ein Sweatshirt über, während er bereits zur Tür hinkte.

Sein Fuß brauchte morgens immer ein paar Minuten, um sich einzulaufen. Es war kein Vergleich zu der Zeit vor der Operation, bevor April angefangen hatte, ihn zu behandeln – an ihm zu üben, wie sie es nannte, und dass er sich bloß nicht zu viel darauf einbilden sollte –, aber die sportliche Einlage, sie in sein Bett zu tragen, hätte er sich vielleicht doch besser schenken sollen. Wie auch den Teil davor und danach.

Er wollte ihr sagen, was er für sie empfand. Sie mussten reden. Ganz dringend.

Dazu musste er nur zuerst diesen widerspenstigen Knöchel in den Laufschuh zwängen. Er griff nach dem albernen Schuhanzieher mit dem Affengesicht, den sie ihm auf dem Flohmarkt gekauft hatte, und biss die Zähne zusammen, als er seine Ferse über den Schaft zwang. Na also. Problem gelöst.

Viel schwieriger würde es sein, sie zu finden. Wo konnte sie sein? Am wahrscheinlichsten war, dass sie schlicht in einen der vielen Parks geflüchtet war, um den Kopf frei zu bekommen. Sie würde nachdenken wollen. Und für Sky da sein. Zwei Fliegen mit einer Klappe. Der wilde Racker konnte derweil Vögel aufscheuchen, so viele er wollte. Storm verdrehte die Augen. Hundeerziehung sah für ihn ein wenig anders aus. »Er kriegt sie ja sowieso nicht«, war Aprils Credo. Daran konnten sie gemeinsam arbeiten, wenn sie ihn ließ – und er sie erst mal gefunden hatte.

Storm zögerte. Er war versucht, den Fahrstuhl zu benutzen, weil sein Fuß immer noch ein wenig pochte. Aber er ließ es. Stattdessen schwang er sich aufs Geländer und rutschte rittlings darauf hinunter wie ein Kind.

Trotz aller Sorgen war er glücklich. Ein Knoten war zwischen ihnen geplatzt. Etwas längst Überfälliges. Sie hatte ihn genauso gewollt wie er sie. Und ihre erste gemeinsame Nacht war trotz der traurigen Umstände vor allem eins gewesen: wundervoll und magisch – und die erste von vielen, die noch folgen würden, wenn … wenn!

Er schob den erneuten Anflug von Furcht beiseite. Tage und Nächte als Paar. Das musste er ihr vor allem anderen sagen. Das, und dass sie zusammen alles schaffen würden, ganz egal, was sie früher erlebt hatte. Sie hatten einen Pakt. Und sie waren nicht länger allein.

Er suchte sämtliche Hundewiesen in Nob Hill ab, hierher kam sie am liebsten. Sie war nicht im Chrissy Field Park, nicht im Lafayette und auch nicht im Allyne. Nach drei Stunden fand er sie schließlich im Huntington, dem kleinsten von allen, in dem man Hunde nicht mal offiziell ableinen durfte. Allerdings scherte sich niemand darum, solange man sich einigermaßen vom Spielplatz an der Nordseite fernhielt, vor allem mit einem großen Hund wie Sky. Doch der war ohnehin nur an vollen Papierkörben, Eichhörnchen und Wühlmäusen interessiert. Er hätte gleich darauf kommen können, dass sie hier war.

»April!«

Sie bemerkte ihn nicht sofort, sondern schien völlig versunken in eins ihrer Bücher zu sein. Als er näher kam, erkannte er, dass sie nicht las, sondern schrieb. Anscheinend strich sie schon zum wiederholten Mal alles durch, was sie bisher notiert hatte, und begann gerade wieder von vorn. Pros und Kontras, zwei Spalten.

»Eine neue Liste?«

April schrak zusammen, als sein Schatten auf sie fiel.

»Keine meiner Gleichungen geht auf. Ich finde einfach keine Lösung«, platzte es aus ihr heraus.

»Dann versuch's vielleicht mit einem anderen Ansatz«, sagte er so ruhig wie möglich, obwohl ihm die Nervosität die Kehle zuschnürte.

»Und der wäre?«

Er stützte sich an der Lehne ab, kam um die Bank herum und ließ sich neben sie fallen, wobei er ein Stöhnen unterdrückte und inständig hoffte, dass sie es nicht bemerkt hatte. Aber ihr erschrockener Gesichtsausdruck belehrte ihn, dass er kein besonders guter Schauspieler war, wenn es um das Weglächeln eines Starkstromkabels ging, das ihm jemand bei der kleinsten, falschen Bewegung der Länge nach durch das Bein schob, von der kleinen Zehe bis zur Hüfte.

»Tut dein Fuß wieder weh?«

»Auszuhalten.« Er machte eine wegwerfende Handbewegung und verzog den Mund zu einem schiefen Lächeln.

Es war so typisch für April, dass sie, ohne darüber nachzudenken, zuerst auf seinen Schmerz reagierte – und es gleich wieder bereute. Ihre Mimik sprach Bände.

»Der Ischiasnerv oder das Iliosakralgelenk, keine Ahnung – sag du's mir. Du brauchst dringend ein neues Bett, wenn du mich fragst, oder auch nicht. Meins ist super.« Abwartend scannte er ihr Gesicht. Sie ging nicht auf seine Anspielung ein. Er räusperte sich. Dünnes Eis. »Ein Schritt nach dem anderen«, ergänzte er leise die Antwort auf ihre ursprüngliche Frage, und sie ließ zu, dass er ihren Notizblock zuklappte und den Stift an den Umschlag klemmte.

Flüchtig hatte er etwas von Deutschland auf der einen und Kalifornien auf der anderen Seite entziffert, und das im Zusammenhang mit einer ihrer berüchtigten Listen trug nicht zu seiner Beruhigung bei.

Verwirrt sah sie ihn an.

»Das hast du mir damals gesagt, als ich nur den Berg vor mir gesehen habe und nicht den Gipfel. Erinnerst du dich?«

»Das ist nicht fair«, widersprach sie und griff nach ihrem Block, um ihn sich in einer einzigen fließenden Bewegung vor die Brust zu halten.

Er grinste, aber der Kloß in seinem Hals wuchs, als er ihr in die Augen blickte. Sie kämpfte. Ihre Hand lag wie tot in seiner.

»Diesmal bin ich für dich da, okay? Ich kann Mrs. Wolowitz nicht wieder lebendig machen, und spätestens seit *Friedhof der Kuscheltiere* wissen wir, dass das auch keine gute Idee wäre. Ich vermisse sie auch, glaub mir. Aber ich habe das ernst gemeint mit unserem Pakt. Gemeinsam schaffen wir es, okay? Lass mich für dich da sein. Ich weiß, wie viel dir die alte Dame bedeutet hat.«

Sie schüttelte heftig den Kopf und befreite sich aus seinem zärtlichen Griff. »Es geht doch gar nicht um Mrs. Wolowitz und Sky. Nicht nur! Verstehst du das nicht?«

In ihrem Gesicht wechselten die Stimmungen wie der Wind seine Richtung an einem stürmischen Herbsttag in der Bay.

»Ich habe Angst«, brach es schließlich aus ihr heraus, und Tränen schossen ihr in die Augen, als hätte sie zu guter Letzt erkannt, dass dies die fehlende Variable in ihrer Rechnung war, die so viel schwerer wog als alles andere. »Ich kann das nicht noch mal aushalten!« Ihre Stimme überschlug sich.

Er hatte keine Ahnung, wovon genau sie gerade sprach, aber er hatte das dringende Gefühl, dass es wichtig war, dass sie überhaupt redete, sich öffnete, statt ihm die Tür vor der Nase zuzuschlagen.

»Ich kann nicht heißt übersetzt: Ich will nicht – aber was genau willst du nicht?«, fragte er äußerlich ruhig, während es in ihm tobte, weil er nicht verstand, worauf sie hinauswollte.

Er machte sich auf das Schlimmste gefasst.

»Hör mal, letzte Nacht … Ich will nicht, dass es da Missverständnisse gibt«, plapperte sie weiter, als ob sie Angst hatte, dass er sie unterbrechen würde. Sie drehte sich zu ihm und knetete den Block, den sie immer noch vor ihrer Brust hielt. »Das war nur … das ist …«

»Ja?«

Ihm blieb fast das Herz stehen. Er sah sie an, und an ihrer Reaktion merkte er, dass sie die nackte Angst in seinen Augen gelesen hatte. Sie wirkte verblüfft, als ob sie nicht damit gerechnet hatte, dass er …

Und das machte in ihren Augen offenbar alles nur noch komplizierter. Er spürte, wie die Tür knarrend wieder zuging, die sich einen Spaltbreit geöffnet hatte. Aber was hatte sie denn gedacht? Er war ihr bis hierher nachgelaufen. Warum wohl?

»Ich bin ein Schaf, oder?«, durchbrach sie seine Gedankengänge.

In diesem Augenblick fasste er sich ein Herz und legte ihr einen Finger auf den Mund. Jetzt oder nie.

»Merk dir, was du sagen wolltest. Aber zuerst ich, ja? Ausnahmsweise.«

Sie nickte verdutzt.

»Wenn es also nicht in erster Linie um Mrs. Wolowitz und Sky geht …«

Er sah zu dem buddelnden Hund hinüber, der eben aus einem enormen Krater auftauchte, ihn entdeckte und nun mit erdverkrusteter Schnauze quer über den Rasen auf sie beide zu galoppiert kam. Storm schnappte ihn gerade noch am Geschirr, bevor er sich mit seinen Dreckpfoten und der Lehmnase quer über ihn und April werfen konnte, und schaffte es, das schwanzwedelnde, freudig quietschende Erdferkel mit einem »Platz!« unter die Bank zu dirigieren.

»Letzte Nacht war … unerwartet. Und wunderschön. Und beängstigend. Mir ist dabei etwas klar geworden, April. Du bist nicht die Einzige, die eine Riesenangst hat, sich wieder zu verlieben, wieder verletzt zu werden. Ich glaube, ich bin noch viel kaputter als du.« Er erschrak und sah sie ganz direkt an. Das hatte er jetzt ziemlich bescheuert ausgedrückt. Wie würde sie reagieren? Sein Herz hämmerte so laut gegen seine Rippen, dass er sich selbst kaum hören konnte. »Nicht, dass du kaputt bist, ich meine, ich bin … also, was ich meine ist … Wir schleppen beide einen Riesenrucksack mit uns herum. Manche Narben sieht man, andere nicht. Es kann wehtun, verdammt weh, wenn wir uns füreinander öffnen, wenn der hübsche Glitzer weg ist und wir uns so sehen, wie wir wirklich sind. Aber wir haben anderen Paaren eins voraus: Wir wohnen bereits zusammen. Wir kennen schon das Ding mit den Zahnpastatuben und den Haarbürsten. Ich weiß, wie du verkatert aussiehst oder wenn du Regelschmerzen hast. Ich mag deine Kuschelsocken und deinen Katzenpyjama. Ich will dich nicht nur für eine Nacht, April. Das wollte ich nie. Ich will dich ganz. Deine Macken, deine Ängste, das gehört zu dir, und das liebe ich genauso wie die kleinen Sommersprossen, deine vorstehenden Eckzähne und die Grübchen, wenn du lachst. Du bestimmst das Tempo, und wenn es hundert Jahre dauert, ich habe all die Zeit, die du brauchst. Lass mich nur bitte einen Fuß in der Tür haben, okay?« Er grinste schief. »Knall sie nicht vor meiner Nase zu. Lass mich dir langsam näherkommen. Ich weiß, dass ich dir nicht alles von mir erzählt habe. Ich habe ein Riesengeheimnis um meine Vergangenheit gemacht, und das tut mir leid. Ich wollte dich kennenlernen, ohne dass all der Mist, den ich erlebt habe, zwischen uns steht. Dabei möchte ich dir so vieles über mich erzählen, was ich dir bisher einfach nicht … nicht sagen konnte. Ich wusste nicht, wie, verstehst du? Das war ein Fehler. Ich weiß das. Wie hättest du mir da deine Geschichte anvertrauen können? Ich möchte sie gern hören, ich will für dich da sein, aber ich kann damit leben, wenn du sie für dich behalten möchtest. Ich möchte einfach, dass wir ehrlich zueinander sind. Reden. Vertrauen haben. Das ist die Basis. Wirst du mir das erlauben? Das … und dich manchmal zu küssen und im Arm zu halten? Wenn du mich so ansiehst wie jetzt zum Beispiel? Schließ mich nicht aus. Bitte. Ich kann alles aushalten, nur das nicht. Und glaub mir, ich habe mindestens so viel Angst wie du. Himmel, ich rede mich hier gerade um Kopf und Kragen, oder?« Er wischte sich mit beiden Händen über das Gesicht und traute sich kaum, den Blick zu heben, um die Reaktion auf seinen langen Monolog in ihrer Miene zu lesen.

»Storm, ich …« Weiter kam sie nicht.

Er beugte sich ganz vorsichtig zu ihr, doch im nächsten Moment platschte eine Vierundzwanzig-Kilo-Labradorbombe genau zwischen sie, sprang auf die Bank und verteilte hechelnde, schaumige, nach frischen Erdkrumen riechende Hundeküsse nach beiden Seiten.

»Igitt, Sky! Wer hat dir denn so was beigebracht?«

Sie lachten. Sie sahen sich an. Ihre Hände berührten sich, weil sie beide Sky das Fell kraulten und dabei dezent versuchten, seine schmutzigen Pfoten von den Kleidern des anderen wegzuhalten.

Es schien alles so einfach zu sein. Aber …

Das quirlige Hundepaket warf sich quer über ihren Beinen auf den Rücken und forderte massiv Streicheleinheiten für seinen Bauch ein.

»Storm, ich …«, wiederholte sie und nahm einen neuen Anlauf, als der Hund in genussorientierte Streichelstarre verfiel.

Er griff nach ihrer Hand, ihre Finger verhakten sich ineinander.

»Wir haben einen Pakt«, flüsterte er heiser. »Ich würde den gern auf dich erweitern. Auf uns. Egal, was ist.«

Sie betrachtete Sky, der die Augen verdrehte und hemmungslos unter ihren Händen dahinschmolz.

»Einmal so wie er ganz im Augenblick sein, ohne Gedanken an morgen zu verschwenden, ohne zu lang im Gestern zu verweilen. Warum nur gelingt mir das nicht?«

»Weil du kein Hund bist?«

Erstaunt sah sie Storm an. Offenbar war ihr nicht bewusst gewesen, dass sie das laut gesagt hatte.

»Ich habe mehr Baustellen als Haarbürsten und Zahnpastatuben«, murmelte sie düster. »Du hast keine Ahnung, was du dir für ein Brett einfangen würdest. Ich meine das ganz ernst, Storm.«

Er schüttelte den Kopf, als würde er Wassertropfen aus dem Haar loswerden wollen, die eher erfrischend als lästig waren und keineswegs die eiskalte Dusche, mit der er gerechnet hatte. »Mein Geheimnis ist dunkler, wetten?«

»Dann weiß ich nicht, ob ich es hören will«, murmelte sie und versuchte erneut, ihre Hand zurückzubekommen, aber er ließ sie nicht los.

»Die Nacht meines Unfalls«, fing er an. »Du hast gefragt, ob ich schon mal jemanden verloren hätte. Ich habe da ein paar entscheidende Details unerwähnt gelassen. Und ich glaube, es ist wichtig, dass du die ganze Geschichte kennst.«

Es war eine rauschende Party in den Hollywood Hills gewesen, nach der Grammy-Verleihung. Bis heute waren die Erinnerungen daran nur bruchstückhaft zurückgekehrt. Und vielleicht war das gut so. Zu viele Cocktails. Zu viele Substanzen, keine davon legal …

Auch daran konnte er sich nur verschwommen erinnern: ein fürchterlicher Streit mit Marty – um das Übliche. Zu viele heiße, angetrunkene Mädchen im Pool, die er beeindrucken wollte, die ihn zu sich riefen, damit er nicht wieder auf Marty losging. Marty, die Spaßbremse, der ihn immer nur warnen wollte, der einzige Mensch in seinem Leben, der sich noch traute, ihm die Wahrheit zu sagen. Darüber, dass er längst ein

Wrack war, zusammengehalten nur noch von bunten Pillen, die ihn aufputschten, beruhigten, geil machten, einschlafen ließen – je nachdem, wonach ihm der Sinn stand. Ihm, dem Frontmann, dem Leadsänger, dem Aushängeschild, dem Gitarrengott.

Ein paar Details ließ er aus, als er ihren erschrockenen Blick sah. Vor allem den unglaublichen Erfolg und internationalen Rang der Band ließ er lieber unter den Tisch fallen. Sie sollte nicht glauben, dass er darauf stolz war. Es tat außerdem nichts zur Sache.

Nur, dass er schon nach wenigen Auftritten vor kleinem Publikum ein größenwahnsinniger Schatten seiner selbst geworden war. Das erzählte er ihr ungeschönt. Er meinte, den Teufel persönlich beim Poker bescheißen zu können – und eines Tages würde das gewaltig schiefgehen. Martys Worte.

Er hatte damit recht behalten. In dieser Nacht war es schiefgegangen.

Storm war ausgerutscht, als er mit dem Gartenschlauch in der Hand auf ihn losgegangen war, weil Marty die Mädchen aus dem Pool gescheucht und nach Hause geschickt hatte. Mit dem Gartenschlauch, vollkommen bescheuert, so breit war er gewesen. Spätestens da waren sie alle abgehauen und schreiend nach Hause gerannt.

Er lachte bitter auf. April sah ihn mit großen Augen an. Stumm. Jetzt hielt sie seine Hand fest, ließ ihn nicht los, als er beinahe einen Rückzieher gemacht hätte. Und er erzählte weiter.

Zusammen waren sie in diesen dämlichen Pool gestürzt, Marty und er, unter Wasser geraten. In seinem Vollrausch hatte er nicht mehr gewusst, wo oben und unten war, hatte in seiner Panik um sich getreten und gestrampelt. Dabei musste er mit den Haaren in die Absaugöffnung geraten sein. Die von der Pumpe auf dem Boden.

Marty hatte ihn irgendwie da rausgehauen, sonst wäre er ertrunken wie eine Ratte. Ein Stück Kopfhaut und ein paar Haare hatte er nicht retten können und auch nicht den fürchterlichen Grunge-Bart in seinem Gesicht. Er hatte geblutet wie ein abgestochenes Schwein und nichts mehr gesehen, weil ihm das Rot in die Augen gelaufen war.

Siebzehn Stiche hatten sie später dafür gebraucht. Drei am Kinn, vier an der Wange, den Rest von der Schläfe bis unters Haar. Dazu ein Dutzend Schrauben und Nägel und drei Monate lang einen Fixateur für seinen Knöchel.

»Alles nur Kollateralschäden«, fasste er schulterzuckend zusammen, als er ihren erschrockenen Blick sah.

Marty hatte ein schwaches Herz. Die Aufregung war wohl zu viel für ihn gewesen. Vielleicht hatte er auch einfach zu viel Wasser geschluckt, vielleicht hatte Storm ihn k. o. geschlagen, als er glaubte, ertrinken zu müssen. Die Gerichtsmediziner konnten ihm die Frage nicht beantworten.

Jedenfalls trieb Marty mit dem Gesicht nach unten an ihm vorbei, als Storm sich die Augen einigermaßen mit dem Chlorwasser freigespült hatte – in Richtung der mörderischen Saugpumpe.

Noch nie war er so schnell nüchtern gewesen. Er griff nach Marty, hangelte sich zu ihm, und es gelang ihm, den Kopf seines Freundes über Wasser zu halten.

Aber es war zu spät.

Storm geriet mit seinem Fuß in die verrückt gewordene Pumpe. Ironischerweise verhinderte genau das, dass das Ding sie beide unter Wasser zog und schredderte.

Mit seinem toten Freund im Arm hatte er allerdings auch keine Chance, sich zu befreien. Also hielt er es eben aus. Stand blutend da, bis ihn die Putzkolonne drei Stunden später aus der kalten roten Chlorsuppe herauszog …

Im Krankenhaus sagten sie ihm, dass es für einen Menschen mit seinen Verletzungen unmöglich sei, so lange auszuharren. Dass er von Glück reden könne, einem Wunder geradezu …

»Bla, bla. Der Mensch kann eine ganze Menge aushalten, weißt du?«

Verlegen blickte er zu April. Sie war leichenblass geworden.

»Oh Himmel, es tut mir leid, Keks.«

Er hatte es nicht so drastisch schildern wollen. April sah zutiefst geschockt aus. Sie strengte sich an, es sich nicht anmerken zu lassen, aber sie hatte ihre Gefühle noch nie gut verstecken können.

»Es tut mir so leid«, sagte sie mit rauer Stimme.

Storm lächelte traurig. »Der Begriff ›Kalter Entzug‹ hat für mich eine ganz eigene Bedeutung. Was soll's. Seither bin ich clean, was Aufputschmittel und Drogen angeht. Ich war in der Klinik deswegen und hab's gepackt. Im zweiten Anlauf. Der erste war …« Er dachte an Ron, der ihn wie zuvor mit Aufputschmitteln und Oxycodon vollgestopft hatte, damit er in Chile senkrecht blieb, und ihn mit der viel zu hohen Dosis nach dem Entzug beinahe umgebracht hätte. »Ich habe da erst begriffen, dass Oxycodon und Fentanyl noch viel gefährlicher sind als alles andere. Aber ich bin damit durch. Schon lange.«

»Oxycodon ist eins der stärksten …«

»Ich weiß. Ich war unglaublich naiv. Dass ich mit den neuen Schmerztabletten in die nächste Abhängigkeit rutsche, habe ich nicht auf dem Schirm gehabt. Aber ich rühre das Zeug nicht mehr an. Wirklich … ich bin tatsächlich clean, und ich bleibe es. Marty hatte schon nicht mehr daran geglaubt.« Sein Blick verlor sich einen winzigen Augenblick irgendwo in der Vergangenheit. »Was ich damit eigentlich nur sagen wollte ist: Ich weiß, wie es ist, einen guten Freund zu verlieren.«

Sie sagte nichts, aber sie drückte seine Hand.

Kapitel 16

April

Ich war so in meine Auflistung der Vor- und Nachteile abgetaucht, die es mit sich bringen würde, wenn ich die Schule hinschmeißen und zurück nach Deutschland gehen würde, dass ich ihn nicht hatte kommen hören, und dann war es zu spät, um zu fliehen.

Ich hatte mir alles so schön zurechtgelegt. Ein halber Block voll Listen, warum wir nicht zusammen sein können. Dass ich schlichtweg beziehungsunfähig bin. Dass ich jederzeit wieder krank werden kann. Ich, ich, ich.

Nach Hause fahren, nach Lüttjenwulbeek, das schien mir die logischste aller Optionen, die ich bisher durchgegangen war. Allerdings auch die schmerzhafteste. Ich würde alles verlassen, was mir lieb und teuer geworden ist.

Storm würde klarkommen, hatte ich gedacht. Aber ich würde meinen Schwur brechen, eine kleine Hundeseele auf mein Gewissen laden. Allein dafür würde ich in der Hölle landen.

Ich würde nach meiner Rückkehr sicherlich eine Weile brauchen, wieder in meinen Takt zu finden, und selbst wenn alles gut ginge, würde ich vermutlich genau dann einen Rückfall erleiden und sterben. Und dann hätte ich genauso gut hierbleiben können.

Auf jeder dieser Seiten, die ich bisher vollgekritzelt hatte, standen grundsätzlich mehr Argumente auf der falschen Seite.

Aber Hierbleiben ist falsch! Mich darauf einlassen ist falsch! Oder etwa nicht?

Momentan kann ich jedenfalls nichts anderes tun, als hilflos loszuheulen, weil er das alles mit einkalkuliert hat. Und weil seine Geschichte tatsächlich um einiges schockierender und grauenvoller ist als meine eigene, die mich hierhergeführt hat.

»Was habt ihr gefeiert?«, frage ich nach einer Weile, als ich die Übelkeit zurückgedrängt habe, die in mir aufsteigen will, nachdem ich die Narben in Storms Gesicht mit den grauenvollen, verstörenden Bildern verknüpft habe, die sie verursacht haben.

»Hm.« Er räuspert sich. »Marty ... Wir ... Er ... Einen Grammy.«

»Oh«, sage ich betroffen und blicke schnell wieder zu Sky, der in seligem Gottvertrauen auf unserem Schoß liegt und schnarcht. »Dann war das sein Anwesen in den Hills. Das erklärt, wieso niemand anders da war.«

Mir wird noch etwas klar, und zwar, dass die Bühnen, auf denen er selbst gestanden hat, vermutlich um einiges größer waren, als ich bisher gedacht habe. Wenn man Freunde hat, mit denen man in den Hollywood Hills feiert, dann tourt man nicht durch Hinterhof-Kneipen.

Er muss ahnen, was mir durch den Kopf geht, was ich mir zusammenreime, aber er reagiert nicht.

Ich betrachte Skys Pfote, die im Schlaf zuckt.

»Es gibt eine deutsche Redewendung«, sage ich leise. »Glück und Glas, wie leicht bricht das.«

Aus dem Augenwinkel sehe ich, wie er nickt und dabei nachdenklich Skys Brust krault.

»Ich hatte Leukämie«, sprudele ich los, bevor ich es mir womöglich anders überlege. »Es kann jederzeit wiederkommen. Deswegen gibt Tante Maggie so auf mich acht. Sie ist hier quasi mein Schutzengel, dem meine Eltern mich anvertraut haben. Meine Helikoptereltern haben mich während der Krankheit wie eine Fünfjährige umschwirrt, weil sie so Angst hatten, mich auch noch zu verlieren. Meine Schwester Amber starb bei einem Reitunfall, da war ich sieben. Es ist verständlich, dass sie sich solche Sorgen machen, aber es schnürte mir die Luft ab. Ich dachte, Jan holt mich da raus. Aber er hat es nicht ausgehalten. Die Therapie, die Nachsorge, die Glatze, meine Listen, meine Bücher, das Büffeln, die Friedhofsfotos … Das alles eben, dabei wusste er es von Anfang an. Mein ganzer Freundeskreis ist schon während der Krankheit weggebrochen. Waren vielleicht nicht wirklich Freunde. Ich habe also niemanden mehr außer meiner Familie. Ich kann es dir nicht verdenken, wenn du auch gehen willst. Aber dann tu es bitte jetzt. Das meinte ich vorhin mit: Noch mal schaffe ich das nicht. Hast du nicht meinen Portkatheter gespürt, als wir … miteinander geschlafen haben?«

Ich ziehe mein Oberteil so weit zur Seite, dass er die Wölbung und die feine Narbe ansehen kann, aber er schaut nicht hin. Storm massiert hingebungsvoll weiter die Hundebrust. Hat er mich nicht gehört?

»Ich weiß davon«, sagt er völlig unvermittelt. »Ich musste Tante Maggie hoch und heilig versprechen, dass ich es für mich behalte. Aber was soll's? Keine Geheimnisse mehr, richtig?« Er atmet tief durch.

Mir wird schwindelig. Hitze steigt mir in die Ohren, mein Kreislauf sackt in den Keller.

»Sie hat es dir gesagt?«

Abwesend schiebe ich Skys krümelige Schnauze von meinem Unterarm. Sie hinterlässt einen breiten schwarzen Streifen.

»Das brauchte sie nicht«, sagt er leise.

Ich will meine Hand losreißen, als er danach greift, aber er hält mich ganz fest und sieht mir direkt in die Augen.

»Ich hatte ein Gespräch zwischen ihr und Mrs. Wolowitz mit angehört. Die alte Dame hat sich Sorgen um dich gemacht, April. Sie meinte, du solltest dein Blut öfter untersuchen lassen, und deine Tante hat ihr versichert, dass du alles im Griff hast.«

Ich grunze.

»Lass uns den Pakt erweitern. Lass es uns versuchen. Wir sind beide Überlebende. Aber vielleicht ist es Zeit, die Vergangenheit ruhen zu lassen. Wir müssen loslassen. Unser Leben kreist zu sehr um den Tod. Lass uns leben. Wollen wir das wagen? Für Sky? Für uns? Das könnte ein krasses Abenteuer werden. Was meinst du?«

»Ich weiß nicht, ob ich das kann, Storm.«

»Ich weiß es auch nicht. Aber wir finden es nur heraus, wenn wir es riskieren, oder? Habt ihr dafür auch eine Redewendung in Deutschland?«

Ich nicke zögerlich. »Wer wagt, gewinnt.« Als ich es ausspreche, hört es sich für mich wie eine hohle Phrase an. Der Satz klingt fremd, ich fühle ihn nicht. »Storm. Ich … ich will dich nicht verlieren, du bist mir wichtig. Und du hast recht. Ich kann einen Freund gut gebrauchen, einen wirklichen Freund, nicht so einen wie … du weißt schon …«

»So einen wie Murphy, der nur Krähenfotos von dir will?« Er grinst breit. Die Falten auf seiner Stirn glätten sich und rutschen ihm in die Augenwinkel, wo sie sich in Lachfältchen verwandelten.

Nach dem zweiten Glas Rotwein gerate ich in Plapperlaune. In einer solchen habe ich Storm leichtsinnigerweise von Murphy erzählt, meinem Kommilitonen, der mich seit Ewigkeiten zu einer Fotosession bei Sonnenaufgang in der Wüste überreden will. Harmlos, aber lästig. Ich verabrede mich nicht morgens um fünf mit jemandem, den ich kaum kenne, auf einem abgelegenen Friedhof.

»Mir ist nicht nach Witzen«, sage ich leise. »Dieses Damoklesschwert, meine Krankheit. Ich kann dir das nicht zumuten. Ich kann keine Beziehung mit dir eingehen, wenn ich nicht weiß, wie lange ich …« Hilflos breche ich ab.

»Wir alle müssen sterben, Keks. Und niemand weiß, wann es so weit ist oder wie es passieren wird. Mein Freund Marty zum Beispiel. Niemand hat sich gesünder ernährt. Er ist jeden Tag joggen gegangen, bei jedem Wetter, ich glaube, er hatte nie einen Rausch, außer vielleicht bei seiner Bar Mitzwa …«

»Aber –«

»April. Bevor du stirbst – bevor *wir* sterben, sollten wir das Leben genießen! Ich laufe nicht weg, schon gar nicht wegen einer Krankheitsgeschichte. Versprochen. Aber tu du es auch nicht. Weder in selbst gestrickten Ringelsocken noch in Schuhen.« Er strahlt mich hoffnungsvoll mit diesen hellgrünen Raubtieraugen an. »Ich würde dich jetzt wahnsinnig gern küssen«, flüstert er. »Darf ich?«

Mein Kopf fühlt sich an wie ein Karussell, bei dem jemand die Bremse gelöst und es auf maximale Geschwindigkeit hochgestellt hat. Womöglich würde einer, der dem Tod ebenfalls die Hand gegeben hat, tatsächlich diesen Fluch brechen können – oder ihn zumindest aushalten. Mir ist schwindelig. Ich kann nicht mehr denken, ich will es auch nicht mehr. Ich weiß, es ist Wahnsinn, aber ich schließe meine Augen und lasse los – bereit zu stürzen, aus dem Karussell geschleudert zu werden und mir sämtliche Knochen zu brechen. Ich rechne sogar damit, aber das geschieht nicht, Storm fängt mich auf.

Er ist einfach da, und ich lasse mich endlich fallen.

»Ja«, wispere ich.

Wir besiegeln unseren Pakt mit den Lippen, und Sky ist unser fröhlich bellender Zeuge.

Das Leben geht weiter, als ob eine Uhr wieder zu ticken begonnen hätte, die lange stillgestanden hat und nun mit neuen Batterien ausgestattet worden ist. Ich staune anfangs jede Minute über dieses unwirklich scheinende Phänomen, dann mindestens einmal stündlich, und im Laufe der ersten Woche nach unserem Pakt immer noch mehrmals am Tag.

Langsam, ganz langsam und vorsichtig lasse ich mich auf Storm ein, und er gibt mir all den Raum, den ich brauche. Es ist ein Traum. Nein, nicht ganz, es wäre einer, aber außerhalb von diesem fragilen Mikrokosmos – draußen – geht der Alltag in seiner ganzen rücksichtslosen Vehemenz weiter, ganz und gar unabhängig von unseren zaghaften Laufversuchen als Paar.

Da ist Sky, dessen Flexileinenfreiheit wir gegen eine stabile Dreimeterleinenführung und ein paar erzieherische Auffrischungseinheiten bei einer sehr netten Hundetrainerin, die Storm und ich abwechselnd besuchen wollen, austauschen. Das ist zumindest einer der Punkte auf unserer Planungsliste.

Storm feilt an seinem immer näher rückenden Auftritt im *Sam's*.

Doc Joe wird mich noch mal an drei Tagen in der Woche als Praktikantin in seiner Privatpraxis übernehmen, und abends fahre ich Nachtschichten in der Klinik.

Damit schlage ich gleich zwei Fliegen mit einer Klappe, denn so kann ich außerdem Murphy aus dem Weg gehen, der nicht schnallt, dass ich wirklich keine Zeit und noch weniger Lust auf einen gemeinsamen Wüstentrip habe. Das ist *mein* Hobby, ich hätte ihn nie zu irgendwas ermuntern dürfen, und im Moment liegt mein Fokus in größtmöglicher Entfernung zu Holzkreuzen, Krähen und Geiern.

Nicht zuletzt ist da Margie Wolowitz, die es nach ihrer Trauerwoche eilig hat, die Wohnung ihrer Schwägerin aufzulösen, und ich fühle mich der anderen, »meiner« Mrs. Wolowitz verpflichtet, ihr dabei zu helfen. Eigentlich stehe ich damit also nicht Margie, die die Beerdigung nach jüdischer Tradition schnellstmöglich durchgezogen hat, sondern Mabel Wolowitz zur Seite. Es ist ein letzter Freundschaftsdienst an der gütigen alten Dame, und ich versuche, mein Möglichstes zu tun, dass ihr Andenken nicht komplett zerfleddert wird. Diesen Gedanken könnte ich nicht ertragen und weder Sky noch mir selbst weiter in die Augen sehen. Also sorge ich dafür, dass die Heilsarmee, der Tierschutzverein und eine kleine jüdische Stiftung ihren Anteil an dem bekommen, was verwertbar und rentabel scheint. An den Abenden, an denen Storm nicht probt oder komponiert oder ich Sonderschichten im Krankenhaus leiste, sitzen wir zusammen am Kaminfeuer in der Lounge-Ecke der Dachterrasse, und ich verbrenne Mabel Wolowitz' private Briefe, Tagebücher, alte Rechnungen und Fotos, die Margie einfach in zwei schwarze Müllsäcke gestopft hat. Ich weiß nicht, ob Storm mich heimlich deswegen belächelt, falls ja, lässt er es sich jedenfalls nicht anmerken. Mir ist es wichtig, diese Dinge würdig den Flammen zu übergeben und damit sicher vor den neugierigen Blicken irgendwelcher Müllleute zu verbergen. Es ist mein eigenes, kleines, schrittweises Abschiedsritual, und ich möchte es abgeschlossen haben, bevor Storm morgen auf die Bühne tritt. Denn das ist ein neuer Lebensabschnitt für uns beide.

Storm reißt mich schmunzelnd aus meinen Gedanken. Er deutet auf das Feuer vor uns und die darin versengenden Dokumente. »Und soll ich das genauso machen, wenn wir beide alt und grau sind?«, fragt er mit zärtlicher Stimme und nippt brav an dem Rote-Bete-Mango-Smoothie, den ich ihm aufgenötigt habe.

Ich beuge mich zu ihm, um den rotvioletten Schnurrbart von seiner Oberlippe zu küssen.

»Wer sagt dir denn, dass ich vor dir sterbe?«

In einem Anflug von Aberglauben schiebt sich eine dunkle, kalte Wolke vor mein Herz, aber Storm lehnt sich behaglich zurück, zieht mich mit sich in die Tiefe des weich gepolsterten Ecksofas und verscheucht alle traurigen Gedanken.

»Ich bin mir ziemlich sicher, dass du mich eines Tages verlassen wirst, so oder so. Denn ich werde das niemals tun, nicht mit fünfzig, siebzig oder fünfundneunzig.«

»Versprich nichts, was du nicht halten kannst«, sage ich leise und mit Purzelbaum schlagendem Magen. »Ab morgen bist du ein Rockstar, und man weiß ja, wie die so sind!«

Er boxt mich scherzhaft in die Seite. »Das wäre deine Chance gewesen, mir aufs Heftigste zu widersprechen, Keks.«

Er grinst mich an, als ich mich aufrichte und ihm einen tadelnden Blick widme. »Wäre es dir lieber, ich würde auf deinem Grab steppen?«

Er lacht. »Du kannst gar nicht steppen.«

»Bis du hundertfünf bist, kann ich das allemal lernen«, widerspreche ich. »Und wenn du es wagst, mich allein zu lassen, bevor ich hundertzwanzig bin, werde ich das auch tun.«

»Ist das so?«, fragt er schelmisch und zieht mich an sich, um mich ausgiebig zu küssen, und der letzte Schwung mit Mrs. Wolowitz' Papieren muss noch eine kleine Weile warten – oder vielleicht auch etwas länger.

»Lass uns frühstücken gehen. Ich habe einen Bärenhunger. Wie sieht es bei dir aus?«

»Mhhhm. Gleich.«

Hingebungsvoll betrachtet er meine Finger. »Weißt du, wie schön du bist? Jedes einzelne Detail.«

»... und die müssen alle geduscht werden. Vielleicht hast du ja Lust, mir Gesellschaft zu leisten?«

Widerstrebend lässt er meine Hand los und zwinkert mir unanständig zu. »Und haben wir vorher Sex oder hinterher?«

Ich lege den Kopf schief und grinse ihn an. »Wie wäre es mit währenddessen?«

Seine Augen werden wieder diese eine Nuance dunkler. Ich beiße mir auf die Unterlippe, dann beuge ich mich zu ihm hinüber und küsse mich langsam an seinem Hals abwärts. Storm knurrt leise, dann zieht er mich auf seinen Schoß, umschlingt mich und steht mit mir im Arm auf.

»Kleiner, wilder Keks«, murmelt er. »Mal sehen, wie schmutzig du bist.«

Er trägt mich hinüber ins Bad und stellt mich in die Dusche. Lachend ziehen wir einander aus, viel ist es ohnehin nicht, was wir tragen.

Sky läuft uns schwanzwedelnd hinterher und rollt sich auf dem Handtuch neben unserem kleinen Kleiderberg zusammen.

Schmunzelnd schließt Storm die Tür zur Duschkabine. »Zutritt nur für Erwachsene«, flüstert er und stellt das Wasser an.

Dann küsst er mich, leidenschaftlich und tief.

»Bist du bereit?«, frage ich ihn zwei Stunden später, als wir noch einmal seine Setlist durchgehen.

»Ein Mann, eine Gitarre«, behauptet er.

Aber ich sehe, dass seine Hände ein wenig zittern, und als ich sie anfasse, um ihn zu beruhigen, spüre ich, dass sie feucht sind.

»Wie lange ist es her, dass du auf einer Bühne gestanden hast?«

»Ein Jahr, vier Monate und zwei Wochen«, antwortet er wie aus der Pistole geschossen. Es war gelogen.

»Wow«, sage ich beeindruckt, rücke seine Baseballcap zurecht und stibitze mir eine Erdnuss aus der Schale auf dem klapprigen Tischchen vor uns.

Am Catering könnte man noch ein wenig feilen, aber ansonsten hat Sam wirklich für alles gesorgt.

»Wenn du mir jetzt auch noch sagen kannst, was du anhattest, wie das Wetter war und was es backstage zu essen gab, mache ich mir aber doch ernsthaft Gedanken über deinen psychischen Zustand.«

Es sollte ein Witz sein, aber Storm sieht verletzt aus. Er blickt plötzlich durch mich hindurch, als hätte er ein Gespenst gesehen.

Storm

Es war Freitag oder Samstag gewesen, jedenfalls der 20. März, der erste Tag des Lollapalooza Festivals im Parque O'Higgins in Santiago de Chile. Zwei Monate nach Martys Tod. Sie hatten ihn halbwegs zusammengeflickt, die Narben überspachtelt und modelliert und ihn zwischen den Headlinern Eminem, Twenty One Pilots und Florence and the Machine auf der Hauptbühne platziert.

Achtzigtausend Zuschauer. Es sollte eine Art Solo-Comeback sein, damit die Zeitungen zur Abwechslung endlich über etwas anderes schreiben würden als immer und immer wieder über den tragischen Unfall und den Heldentod seines Managers. Martys Ex-Lebensgefährte Ron hatte ihm den Gig eingeredet. Ohne die Band, ein Neuanfang, der Beginn einer strahlenden Solo-Karriere. Storm war viel zu benebelt, um zu widersprechen, geschweige denn, die wahren Hintergründe zu begreifen. Ron hatte ihm wohlweislich verschwiegen, dass seine Band sich von ihm losgesagt hatte und nirgendwo mit ihm hingehen würde, bevor er nicht seinen Entzug zu Ende gebracht hätte.

Er müsse sich zusammenreißen, das hatte Ron ihm immer und immer wieder vorgekaut, während er geschminkt wurde, und ihn dabei mit den altbekannten Schmerzmitteln gefüttert. Dass er es Marty schuldig sei und er hinterher gern zurück in die Klinik gehen könne. Aber jetzt täten ihm seine Fans gut, nicht dumpfes Rumsitzen in der Klapse, und die müsse ja auch von irgendwas bezahlt werden.

Santiago de Chile sollte nur der Anfang sein. Ron hatte eine komplette Südamerika-Tour geplant, steckte ihn in irgendeinen hautengen Glitzerfummel, besorgte Tänzerinnen, eine Plastik-Band und jede Menge Fentanyl und Oxycodon für Storm, synthetische Opioide auf Rezept, damit er trotz der Schmerzen halbwegs in der Senkrechten blieb. Nur dass das eben ungeplant nach hinten losging, weil er das Zeug nicht mehr gewohnt war.

Ron nahm eine Stange Geld in die Hand, irre Summen aus Storms Privatvermögen, hinter seinem Rücken natürlich – den letzten Rest, alles, was noch übrig war.

All das wusste Storm da noch nicht. Er hatte ihm vertraut, als Ron so bereitwillig Martys Geschäfte übernommen hatte. Er hatte damals behauptet, es täte ihm gut, würde sie beide ablenken von ihrem Schmerz. Und dass es außerdem für Storm wichtig wäre, schnell wieder auf die Bühne zu gehen, allein, ohne die anderen, ein kompletter Neuanfang.

»Du bist ein Zirkuspferd, Junge. Du musst da wieder raus, zurück in die Manege, sonst gehst du nie mehr. Du brauchst jetzt positive Presse, sonst bist du weg vom Fenster, Grammy hin oder her.«

Es war so naheliegend gewesen. Ron wusste über alles Bescheid, er kannte sich aus, Marty hatte es ihm beigebracht. Dachte Storm jedenfalls.

Vor allem wusste Ron allerdings, wie man mit fremdem Geld an der Börse zockte und sich verspekulierte. Das musste

Storm schmerzhaft erkennen, als sie ihn nach dem Desaster beim Lollapalooza aus der Reha warfen, mit einem ungedeckten Scheck. Da war Ron bereits abgetaucht, irgendwo in Mexiko.

Storm war bis heute nicht klar, ob Ron etwas in der Art von Anfang an geplant hatte, ihn richtig auflaufen lassen, ihn bloßstellen vor der ganzen Welt, als Rache für den Tod seines Partners.

Er musste April auch diesen Teil seiner Geschichte erzählen. Sie sollte alles von ihm wissen. Wenn er nur nicht so eine verdammte Angst hätte, sie dadurch zu verlieren. Sie würde ihn verachten. So, wie er sich verachtet hatte, bis Marty ihm dieses Geschenk geschickt hatte. Direkt aus dem Jenseits. Die Frau, die ihm zeigte, dass es sich lohnte, weiterzuleben, die masochistische Opferrolle aufzugeben und den Toten ihren Frieden zu geben. Weil es nämlich umgekehrt war, das genaue Gegenteil von dem, was er immer gedacht hatte. Nicht Martys Geist jagte ihn – sondern er, Storm, hatte Marty nicht ruhen lassen.

»Hey, Scherz, okay?« April legte ihm die Hand auf den Unterarm und riss ihn damit zurück die Gegenwart.

Sie stand mit der Hüfte an das kleine Tischchen in der Künstlergarderobe des *Sam's* gelehnt und sah ihn an, wie sie eine exotische Frucht in einem Deli in Chinatown musterte. Unsicher, ob sie reif war oder überhaupt genießbar, wenn ja, in welchem Zustand – roh, gekocht oder gebraten –, und ob sich unter der Schale womöglich noch exotischere Insekten verbargen, die illegal in die USA gereist waren wie die sprichwörtliche Spinne in der Yuccapalme.

Abwesend streichelte er über ihre Finger. »Alles okay. Ich hatte nur grade so eine Art Flashback.« Er schüttelte die Gespenster der Vergangenheit ab und lächelte steif.

Eigentlich sollte er sich jetzt auf den bevorstehenden Auftritt fokussieren, die Setlist noch ein letztes Mal durchgehen, die Stimmung der Gibson prüfen, den schwierigen Riff einmal mehr proben, damit seine Finger sich gleich daran erinnern würden, wenn ihm das Lampenfieber mit Schweißperlen auf die Stirn geschrieben stand. Stattdessen versank er knietief im Sumpf der Erinnerung an den grauenvollsten Gig seiner gesamten Karriere. Wenn er dem nachgab, würde er sich nicht mehr daraus befreien können.

»Ich weiß nur noch, dass es irgendein Land war, wo Spanisch gesprochen wurde. Glaube ich. Doch … Sie haben Spanisch gesprochen.«

In Wahrheit hatte er den Klang der Stimmen noch ganz genau im Ohr. Dieses typisch südamerikanische Spanisch, das durch Santiago de Chiles Straßen waberte, immer ein wenig gelispelt, weich und luftig wie ein Hefeteig. Es ignorierte standhaft alle Buchstaben, die mit einem Hauch von Härte den luftigen Singsang in sich zusammenfallen lassen könnten. Selbst wenn sie außer sich vor Wut waren, die Gemüter sich erhitzten in diesem ohnehin glühend heißen Backofen, ging dieser Hefeteig nur noch höher auf.

Wenn er das alles preisgab, den Ort der Veranstaltung, den Namen … Damit würde er die Büchse der Pandora öffnen. Sie würde Fragen stellen. Er schuldete ihr Antworten, und er würde sie geben. Aber er brauchte mehr Zeit zu erklären und die richtigen Worte zu finden.

Er lächelte verhalten, bemühte sich, die gallige, nach Erbrochenem schmeckende Bitterkeit zu kaschieren, aber er wusste selbst, dass es unecht wirkte.

Oh ja, er hatte Angst vor ihrer Reaktion, vor den hässlichen Geistern der Vergangenheit. Er würde ihr alles sagen. Alles. Aber nicht … jetzt.

Um ihrem prüfenden Blick auszuweichen, rückte er seinen Stuhl ein Stück zurück und schlug die Beine über. Behutsam legte er den verletzten Fuß auf dem Knie seines anderen Beins ab. Konzentriert strich er sich über den Knöchel, der in dem reparierten Phönix-Stiefel steckte. Der Schuster in Chinatown hatte wirklich ein Wunderwerk vollbracht. Man sah nichts mehr von dem brutalen Schnitt, der am Tag ihrer ersten Begegnung eine so wunderbare Wende eingeläutet hatte.

»Europa, ja? Wow.«

Storm stutzte kurz, dann machte er eine wegwerfende Geste. Sie wusste, dass da etwas war, das er ihr verschwieg, so, wie sie ihn ansah.

»Nein. Südamerika. Kleine Bühnen. Wir sind gern getingelt, Marty … die Jungs und ich. Jeden Abend woanders. Nichts Großes, aber man verliert trotzdem schnell den Überblick. Die Backstage-Areas und Hotels sehen überall gleich aus nach einer Weile«, sagte er entschuldigend. »Wie man sich so durchschlägt.«

Sie grinste, aber ihre Augen waren wachsam. »Und das war vor deinem Unfall?«, hakte sie nach.

Sein Blick verlor sich erneut in der Ferne. »Ja, davor«, murmelte er und bekräftigte die glatte Lüge auch noch.

Dies war kein guter Zeitpunkt für ein solches Outing. Nicht. Jetzt. Das schaffte er nicht auch noch.

Die Securities hatten ihn nach zehn bis heute verschwommenen Minuten von der Bühne geholt. Ron hatte ihn hinterher in sadistischer Genugtuung gezwungen, sich die verwackelten Handybilder seines Auftritts anzusehen. Storm hatte weder die Gitarre noch einen Ton richtig halten können, so sehr war er mit Schmerzkillern zugedröhnt gewesen. Beim zweiten Refrain war er heulend zusammengebrochen und vom Stuhl gekippt. Eine Tänzerin hatte ihm aufgeholfen, da waren bereits Flaschen, angebissene Sandwiches und Popcorn geflogen. Er war drauf und dran gewesen, sich die Hosen herunterzuziehen, um ihnen zu demonstrieren, wo sie ihn lecken konnten. Alle. Vor allem Ron. Aber irgendeine Cola-Dose traf ihn vorher am Kopf und knockte ihn aus.

Es gab also noch einmal Schlagzeilen, andere als vorher. Andere, als Ron sich gewünscht hatte.

Doch dann war Ruhe. Immerhin das. Der Stecker war gezogen.

Es war die pure Ironie des Schicksals, dass Marty Storm in seiner Lebensversicherung als Begünstigten eingesetzt hatte. Er hatte keine Ahnung davon gehabt. Mit dem unverhofften Geldsegen hatte Storm immerhin seine gestundeten Krankenhausrechnungen abbezahlen und sich ein bisschen Schweigen erkaufen können. Der Rest landete auf dem Konto. Das war der Beleg, den er April am Tag seines Einzugs gezeigt hatte.

April – wie alles auf Anfang.

Wehmütig lächelte er sie an. Wie um Himmels willen sollte er ihr jemals die erniedrigende, hässliche Wahrheit über sich sagen?

»Was?«

Es machte sie immer noch verlegen, wie er sie ansah.

Der Argwohn war aus ihrer Miene gewichen, da war nur noch das verletzliche, zarte Gesicht einer Frau, die es sich in den trotzigen, hübschen Kopf gesetzt hatte, ihn zu lieben und wieder zusammenzusetzen, trotz seiner gebrochenen Knochen, und all die übrigen spitzen und scharfkantigen Scherben schienen sie nur noch mehr herauszufordern. Warum gab er ihr dann nicht auch den Rest von sich preis? Wenn nicht jetzt, wann dann? Hatte er so sehr verlernt zu vertrauen? Doch das war es nicht allein. Er begriff es in diesem Moment. Er wollte sie schützen. Vor der Wahrheit, vor all dem Schmerz, der ihm so vertraut war und der wie eine Monsterwelle aus

Schuld über sie beide hereinbrechen würde, wenn sie davon erfuhr. Niemals sollte sie den sicheren Grund verlieren und panisch in dieser Welle herumstrampeln müssen. Nicht, wenn er es irgendwie verhindern konnte.

»Nichts«, behauptete er. »Alles gut. Ich bin bereit, wenn du es bist.«

Sie lachte, dieses perlende Lachen, das ihm Kraft gab und Bodenhaftung und Zuversicht.

»Na, das wäre schlecht! Dann müsstest du das Konzert absagen. Aber ich muss ja zum Glück nicht auf die Bühne. Das wäre für mich die Hölle!«

»Da war ich schon. Kein guter Ort.« Er sagte es ernster als beabsichtigt und grinste schief, um den Satz wieder aufzufangen.

»Und wer wüsste das besser als du? Na, dann los.«

Er atmete tief durch, wies die Welle mit all seiner Kraft in ihre Schranken und zog sich hoch.

»Schweinebande«, sagte sie plötzlich vorwurfsvoll, während sie den kleinen Raum zwischen den Toiletten und der Küche der Kneipe hinter sich ließen und den Saal ansteuerten.

Storm sah sie überrascht an. Wen oder was meinte sie? Er hörte weder Johlen noch ungeduldige Buh-Rufe aus dem Raum jenseits der Saloon-Tür. Sie lagen gut in der Zeit. Sam war auch noch nicht erschienen, um ihnen einen Countdown zu geben.

»Na, dass sich niemand von den Kerlen je wieder bei dir gemeldet hat«, erklärte sie ungeduldig. »Dich so fallen zu lassen. Denen würde ich was erzählen.«

Er blickte auf seine orangefarbenen Stiefelspitzen. Ach, da war sie immer noch gedanklich.

»Ich kann es ihnen nicht verdenken«, sagte er leise und sah sie an.

Es würde nie ein guter Zeitpunkt kommen, um derlei

Dinge zu besprechen, und es entbehrte nicht einer gewissen Ironie, dass es gerade jetzt zum Tragen kam. Er würde diese Welle nicht ewig von ihnen fernhalten können, es war nur eine Frage der Zeit, bis irgendjemand ihn wiedererkannte, eins und eins zusammenzählte, es April brühwarm auf die Nase band. Sie ritten längst auf diesem Tsunami, das Land war bereits in Sicht, aber es war kein rettendes Ufer. Die Welle würde brechen. Also, warum nicht jetzt?

»Ich meine … Wie war das bei dir?«, setzte er an. »Als du im Krankenhaus warst … Deine Freunde, die dich im Stich gelassen haben … Die Zeit danach … Jan …?«

Sie blieb kurz stehen und runzelte die Stirn. »Kann man das vergleichen? Ja, wahrscheinlich. Menschen tun sich schwer, mit den Schicksalsschlägen anderer umzugehen«, sagte sie nachdenklich. »Du hast deinen besten Freund verloren. Du hattest einen Unfall. Du warst auf Entzug …«

»Ja, ich war krank. Genau wie du. Aber es gab einen entscheidenden Unterschied: Ich habe mir das alles selbst eingebrockt – und all den anderen. Ich kann das nie wiedergutmachen, April.« Und ich will mich nicht auch noch an dir schuldig machen, fügte er im Stillen hinzu. »Wenn ich nicht so ein Wrack gewesen wäre, dann würde Marty –«

»Niemand …«, unterbrach sie ihn.

Bevor sie weitersprechen konnte, stieß Sam die Tür auf und winkte ihnen zu. »Zwei Minuten! Bist du startklar?«

Er nickte, und April nahm sein Gesicht in beide Hände, vorsichtig, um die kunstvoll aufgetragene Schminke nicht zu verwischen, die er statt einer Maske trug.

»Niemand hat es verdient, dass man ihn im Stich lässt, wenn er am Boden liegt. Hör auf, dich selbst zu zerfleischen. Es ist vorbei. Geh da jetzt raus und spiel für ihn, Storm Walker. Ich weiß, dass du es kannst. Für Marty.«

»Für ihn. Und für dich.«

Er küsste sie leidenschaftlich, und sie verstrich lächelnd eine verwischte Spur blauer Farbe auf seinen Lippen.

»Ich freu mich drauf.«

Er hatte so oft darüber nachgedacht, ob er es wirklich noch einmal versuchen sollte, diesen Gedanken in sich bewegt und hin und her geschoben. Anfangs wie ein unverdauliches Stück Knorpel, das man einfach nicht hinunterwürgen kann, später wie einen Brocken, der einfach zu groß erschien, als dass man sich nicht daran verschlucken würde. Irgendwann – dank April – schmolzen seine Bedenken wie zartbittere Schokolade und hinterließen einzig ihr lockendes Aroma auf seiner Zunge und füllten sein Herz mit Sehnsucht.

Danach ging es um das Wie, und das war noch schwieriger. Es sollte, nein, es *musste* ein echter Neuanfang werden. Weniger, weil er sich davor fürchtete, sofort mit der Häme und den Schlagzeilen der Vergangenheit konfrontiert zu werden – na gut, das auch –, sondern vor allem wegen April. Um jeden Preis wollte er verhindern, dass sie da mit hineingezogen wurde, dass die Schmierenschreiber ihre Mülleimer über ihr entleeren würden.

Diesmal wollte er alles richtig machen.

Alles.

Noch einmal ganz von vorn beginnen, die Anonymität auskosten, sich auf der Bühne ausprobieren können, ohne mit seinem früheren Ich verglichen zu werden. Inzwischen war er ein anderer Mann. Äußerlich – und innerlich. Er drängte darauf, unbefangene, neue Kritikerstimmen zu hören, um sich einordnen zu können, seine Musik, seine Kunst. Sich unverstellten Blicken und unvoreingenommenen Ohren aussetzen – im Guten wie im Schlechten.

Aprils Idee mit der Maske hatte einen gewissen Charme. Aber er war nicht das Phantom der Oper und auch kein deutscher Pandabär. So war er auf die Idee mit den Farben gekommen. Dadurch und durch diesen Song, der ihn so an sie beide erinnerte. Es passte einfach.

Er hatte sich Theaterschminke besorgt, in Petrolblau, Silber und Gold, und seine gesunde Gesichtshälfte mit der Grundierung bemalt. Auf der verletzten Seite hatte er die Narben mit Silber und Gold nachgezeichnet und deren Struktur wie Spinnweben mit dem Rest seines Gesichts verwoben.

Als er sich April damit zum ersten Mal gezeigt hatte, war er furchtbar nervös gewesen.

»Und es sieht nicht aus wie ein durchgeknallter Braveheart 2.0?«, hatte er sie beunruhigt gefragt, als sie ihn stumm betrachtete.

Sie hatte den Kopf geschüttelt, und eine einzelne Träne war aus ihrem rechten Auge gequollen und über ihre Wange gerollt. Behutsam hatte er sie mit dem Zeigefinger abgefangen, bevor sie ihr Kinn erreichte.

»Was ist los?«

»Es ist … perfekt«, hatte sie mit kratziger Stimme gesagt und sich an ihn geschmiegt, sorgsam bemüht, die Schminke nicht zu verwischen. »Es passt zu diesem Song, den du neulich Abend gespielt hast. Der mit dem Riss in allen Dingen … und dass es diese Stellen braucht, damit das Licht hindurchscheinen kann.«

»Das ist nicht von mir«, hatte er gesagt. »Es ist von Leonard Cohen.«

»Er hätte es für dich geschrieben, wenn er dich gekannt hätte. Es ist dein Song!«

»Unser Song«, hatte er gesagt und sie geküsst.

Daran musste er jetzt denken, als sie vor ihm stand, im *Sam's*, mit ihm um die Wette zitternd vor Aufregung, und der Countdown lief.

»Durch die Risse kann das Licht herein«, murmelte er in ihr weiches honigblondes Haar.

»Lass es scheinen!«, sagte sie ebenso leise und drückte ihre Lippen sanft auf seinen Mund. »Denk dran, wir sind stärker als die Nacht!«

Er nickte stumm, zog sie ein letztes Mal an sich und kämpfte, um den Kloß in seiner Kehle hinunterzuschlucken.

Es war nun an der Zeit.

Er hauchte April einen letzten Kuss auf die Stirn und wischte lächelnd mit dem Daumen die feine Spur von glitzerndem Petrolblau fort.

»Ich warte auf dich!«, versprach sie. »Ich bin da.«

Er nickte, atmete noch einmal tief durch und sah ihr nach, während sie den schmalen Gang entlang und durch die Saloon-Tür in den Gastraum huschte.

Dann wischte er sich die schweißnassen Hände an der Jeans ab, griff die Gibson fester und trat hinaus ins Scheinwerferlicht.

Er hatte beinahe vergessen, wie sich diese ersten Sekunden anfühlten. Wenn man, noch geblendet von dem gleißenden Lichtkegel und der Hitze, die davon ausging, halb blind seinen Platz suchte. Er justierte die Mikrofone, seine Finger zitterten etwas, genau wie seine Knie, doch als er sich setzte, die Absätze hinter die kleinen Querverstrebungen des Barhockers keilte und den ersten Akkord anschlug, bevor er noch einmal den Mikroständer vor der Gitarre auf seine Sitzposition einstellte, da war er zu Hause angekommen. Alles, was bis hierhin war und was nachher wieder eine Rolle spielen würde, war ausgeblendet, wie weggewischt aus seinem Gedächtnis und seinem Bewusstsein.

Für einen Moment war es ungewohnt, ohne Knopf im Ohr zu spielen, sich selbst nur aus dem Monitorlautsprecher vor sich hören zu können. Storm starrte kurz in den schwarzen Kasten, aus dem der riesige Tieftöner und der etwas kleinere Hochtöner zu ihm zurückglotzten wie zwei unbeteiligte blinde Augen. *Back to the roots.*

Dann war er nur noch Hände, Herz und Stimme. Der Rest von Storm trat komplett zurück, löste sich auf und schwebte in Millionsteln winziger Partikel mit den Staubteilchen, die sich im Scheinwerferspot fingen, in diesen außerirdisch anmutenden Lichtkegeln, die sich dort kreuzten, wo er in der Bühnenmitte saß.

Murmeln und Raunen wogte durch die Menge, als er zum ersten Mal sein Gesicht hob und sich die Baseballcap in den Nacken schob.

Die Bar war dreiviertel voll, für einen Dienstagabend ziemlich gut besucht also. Er suchte vergeblich nach April im Publikum und fand sie nur, weil sie die Erste war, die klatschte. Zögernd stimmten die anderen ein.

»Mein Name ist Storm«, sagte er knapp, jetzt ging sein Atem wieder ruhiger, und hielt sich an ihrem Augenkontakt fest. »Ich habe ein paar Songs für euch. Und ich hoffe, ihr mögt sie.« Er nickte kurz.

Dann begann er zu spielen. Und seine Gibson zeigte, was in ihr steckte, sie war die Ahornkönigin des Abends. Aber April war seine Königin aus Fleisch und Blut, und für sie sang er. Aus tiefstem Herzen. Ein wenig holprig bis zur ersten Bridge im ersten Song, dann war alles gut. Besser als gut. Die sieben Stücke, die er vorbereitet hatte, alles eigene Kompositionen, rauschten in einem gefühlt einzigen Atemzug vorbei.

Als er fertig war, schwiegen die Leute. Niemand applaudierte, kein Stuhlrücken, kein Bierglasabstellen durchbrach den Moment des Schweigens.

In diesen bangen Sekunden drängten sofort die Zerrbilder von damals nach vorn, vom Lollapalooza, die Bierflaschen und Buh-Rufe, die rote Cola-Dose. Er versteinerte, unfähig, sich zu bewegen oder hochzusehen von seiner linken Hand, die sich um das Griffbrett verkrampft hatte.

Und dann hörte er die Pfiffe und das Johlen. Aber in diesen Geräuschen lag keine Häme, keine Wut, sondern … Begeisterung. Sie klatschten. Sie fanden es gut!

Er hob den Kopf und blinzelte in das Licht, legte sich die Hand über den Schirm seiner Cap und versuchte, irgendjemanden, irgendetwas zu erkennen.

Ein Mann kletterte die zwei Stufen auf die Bühne und stellte sich vor ihn, Sam. Storm sah nur seinen Rücken, denn der Inhaber schnappte sich das Mikro aus dem Ständer, breitete die Arme aus wie Cristo Redentor in Rio de Janeiro und verschaffte sich Gehör.

»Heißt das, er soll am Samstag wiederkommen? Wollt ihr das?«

Die Antwort war eindeutig. Der Lärmpegel schwoll derart an, dass er sich die Finger in die Ohren steckte und lachend abwinkte.

April kämpfte sich durch die begeisterte Meute und sprang an Sam vorbei zu ihm auf die Bühne, während das Publikum unten immer noch klatschte und johlte. Sie fiel ihm um den Hals und küsste ihn.

Dann komplimentierte Sam sie beide von der Bühne, weil die nächsten Künstlerinnen schon auf ihren Auftritt warteten. Schwitzend und glücklich klatschte Storm sie ab, es waren die beiden jungen Frauen, die nach ihm zur Audition gekommen waren. Himmel, war das tatsächlich erst knapp zwei Wochen her?

Er nahm April in den einen Arm und die treue Gibson in den anderen.

Sam trug ihm seine Mikros hinterher, schob sie damit förmlich bis in die kleine Künstlergarderobe, wo der Gitarrenkoffer stand und seine Jacke hing, ganz so, wie sie es vor einer guten halben Stunde zurückgelassen hatten.

Und doch war jetzt alles anders. Äonen lagen dazwischen, ein ganzes Universum.

Er fühlte sich wieder ganz.

»Das war gut, Mann! Ich wusste, du hast es drauf!« Sam schlug ihm kameradschaftlich auf die Schulter, zwinkerte den beiden zu und hastete zurück, um den letzten Gig des Abends anzusagen.

Adrenalin strömte durch Storms Adern. Er legte die Gibson andächtig zurück in ihr Samtbett und schloss die Schnallen des Koffers. Dann atmete er aus, drehte sich zu April, hob sie mit einem kilometerbreiten Grinsen hoch und wirbelte sie herum, bis er das Gefühl hatte, sein Knöchel würde bei der nächsten Umdrehung pulverisieren. Atemlos lehnte er sich an die Wand. Sie hatte Beine und Arme um ihn geschlungen und küsste ihn leidenschaftlich und ganz offensichtlich ebenso erleichtert und euphorisch wie er.

»Du wirst ganz blau im Gesicht«, sagte er lachend, als er wieder Luft bekam.

Ihre Augen glitzerten wie funkelnde Sterne in einer Wüstennacht, und ihr Körper strahlte so viel Hitze ab wie die Felsen im Death Valley. Er spürte die Glut, und wenn er nicht damit gerechnet hätte, dass jeden Moment die Tür aufging – er hätte auf der Stelle alles Störende von diesem kleinen Tisch gefegt, sie leidenschaftlich geliebt, hätte sich mit Haut und Haaren in diesem taumelnden Glühen von und mit und in ihr verbrennen lassen.

April spürte es sicherlich auch, aber wie immer gewann sie schneller als er die Kontrolle zurück.

»Wie war das, Freigetränke? Das haben wir uns verdient, oder? Nein, du hast dir das verdient, Storm. Du warst fantastisch! Grandios! Oh Gott, ich wusste, dass du gut bist, richtig gut – aber ich hatte keine Ahnung, wie *megahammerultragut* du bist!« Ihre Wangen waren gerötet, und sie sprudelte wie ein Wasserfall. »Hast du gesehen, dass sie diese Recall-Barometer bis zum Anschlag rübergeschoben haben? Das ist Wahnsinn! Samstag spielst du wieder! Und wo trittst du dann als Nächstes auf? Worauf hast du Bock? Oh, ich weiß was. Ich melde dich beim Fernsehen an. *America's Got Talent* … oder *America's Topstar* … oder *X-Faktor*? Laufen da nicht grade Castings?«

»Langsam, April!« Lachend bremste er sie aus.

Sie nickte. Dann schüttelte sie den Kopf. »Wir machen das. Ich mach das. Okay?«

»Okay.«

Er lachte und küsste sie mitten in dieses atemlose, aufgeregte Strahlen hinein. Ihre Wangen glänzten, und fleckenweise war das fiebrige rote Leuchten jetzt von abgefärbten Linien in Gold und Silber und kleineren petrolfarbenen Inseln bedeckt.

»Ich hab jetzt Durst. Du auch?«, japste sie keuchend und küsste ihn noch einmal so stürmisch zurück, dass er ernsthaft überlegte, mit ihr auf die Toilette zu verschwinden. Die konnte man wenigstens abschließen.

Er lachte kehlig und schob sie ein kleines Stückchen von sich, damit sein Körper sich ebenfalls ein wenig beruhigen konnte.

»Oh ja. Ich auch. Sehr sogar. Aber erst sollten wir dich abschminken.«

»Und dich!«, sagte sie und kicherte, aber er griff nach ihren Händen, bevor sie mit einem der ölgetränkten Tücher aus der Spenderbox über sein Gesicht wischen konnte, und schüttelte bedächtig den Kopf.

»Zu Hause«, sagte er sanft. »Ich möchte die Illusion nicht zerstören. Wie ich … nackt … aussehe, das weißt nur du allein.«

Sie zog mit verschmitztem Grinsen eine Augenbraue hoch und ließ das Tüchlein sinken. »Das will ich doch schwer hoffen, Mister X. Gut. Dann lass uns zu Hause trinken. Wie es der Zufall so will, habe ich eine Flasche Champagner kalt gestellt und hinter dem Mangold und dem Kohlrabi im Gemüsefach versteckt. Ich möchte mit dir feiern. Und dafür hast du viel zu viel an.«

Sie liefen zu Fuß nach Hause, Arm in Arm, durch die bunten Lichter der Stadt, durch das Potpourri aus multikulturellen Düften und Klängen. Hielten zwischendurch inne, um die nächtliche Skyline zu genießen, die Spitze der Transamerica Pyramid, noch überragt von 181 Fremont und dem Salesforce Tower. Sie ließen das Licht der Scheinwerfer, die sich wie eine Glühwürmchenkette über die Golden Gate Bridge zogen, auf sich wirken, wie es sich auf dem Wasser spiegelte und glitzerte. Vor allem aber blieben sie zwischendurch stehen, um sich des anderen zu versichern, sich zu spüren, zu küssen, mit dem warmen Sommerwind auf ihrer Haut und der prickelnden Perspektive, was sie tun würden, wenn sie zu Hause angekommen waren.

Der Wachturm von Alcatraz sendete sein beständiges Signallicht, das golden angestrahlte Gefängnis schien märchenhaft entrückt, während der Rest der Insel sich nur geisterhaft erahnen ließ. Durch den bunten Klangteppich aus Fahrzeugen, den Stimmen flanierender Menschen und der Musik, die von überallher zu ihnen herüberschallten, drangen die Rufe vereinzelter Möwen.

Er zog sie an sich und atmete ihr Haar, das sich in der sanften Brise bewegte, als sie hinunter auf die Bay blickten. Es war lange her, dass er so glücklich war, frei jeder Angst, was der nächste Tag bringen würde.

Kapitel 17

Storm

»Maria kommt!«

Er stand mit nacktem Oberkörper im Bad und rasierte sich, als sie, ohne anzuklopfen, hereinplatzte. Er hatte die Tür nur angelehnt. Es gab nichts, was er vor ihr zu verbergen hatte, bis auf diese eine dunkle Kleinigkeit, die er auszublenden versuchte, sobald er sich an sie erinnerte.

Nach dem Samstag-Gig im *Sam's* hatte er sich fest vorgenommen, ihr alles zu erzählen, den Rest seiner düsteren Geschichte. Doch es hatte sich keine Gelegenheit ergeben.

Zunächst war sie emsig mit Lernen für irgendeinen Anerkennungsschein beschäftigt gewesen, dann folgte eine weitere Woche, die sie mit dunklen Ringen unter den Augen durchgestanden hatte, weil sie unbedingt ihr Budget mit Nachtwachen im Krankenhaus aufbessern wollte. Sie brauchte Geld, das gab sie zu. Sie wollte ihm nicht verraten, wofür, und sie wollte auch keins von ihm annehmen, weil es eine Überraschung sein sollte. Also ließ er sie gewähren. Ihr Dickschädel war härter als der Fels, auf dem Alcatraz stand.

Schließlich hatte sie ihn mit einem Karton gedruckter Plakate überrascht: für fünf Gigs in verschiedenen Clubs in der Bay. Sie hatte ihm eine regelrechte kleine Tour zusammengestellt – zum Jubiläum ihres ersten gemeinsamen Monats als Paar.

Und er hatte sie nur einfallslos zum Essen ausgeführt und

ihr die silberne Halskette geschenkt, die er nach dem allerersten Auftritt im *Sam's* in Auftrag gegeben hatte. Mit einem Phönix-Anhänger. Ein Künstler in einem kleinen Atelier in Tenderloin hatte ihn eigens für April nach Storms Entwürfen gefertigt. Er hatte dem Goldschmied den ganzen Stein abkaufen müssen, aber das war es ihm wert gewesen. Die Augen des Vogels bestanden aus Saphir, sie wurden ihren kobaltblauen Seen nicht annähernd gerecht, aber kamen ihnen wenigstens so nah, wie es einem Edelstein möglich war. Sie trug die Kette Tag und Nacht, also ging er davon aus, dass er ihren Geschmack immerhin einigermaßen getroffen hatte.

Und jetzt stand sie vor ihm, und das Schmuckstück hüpfte auf der Brust seiner Trägerin ebenso zappelig herum wie sie selbst.

Sky quetschte sich durch ihre Beine, schoss an ihr vorbei und sprang wie immer an ihm hoch, unterließ es aber sofort nach einem scharfen Blick von ihm.

»Du solltest ihm das nicht immer durchgehen lassen«, sagte Storm schmunzelnd und spülte bedächtig den Schaum von seinem Rasiermesser.

»Ja, du hast recht, aber Maria kommt!«, trällerte sie gut gelaunt.

Sky kläffte wie zur Bestätigung einmal und wedelte mit der Rute.

»Na dann … Ich bin gespannt darauf, sie endlich kennenzulernen«, sagte Storm und schöpfte sich betont gelassen mit beiden Händen Wasser ins Gesicht, während sie vor ihm auf und ab hüpfte wie ein Schulmädchen, das sich seine erste Cola kaufen darf. »Wie lange bleibt sie?«, fragte er, als er prustend wieder auftauchte und blinzelnd nach seinem Handtuch tastete.

Sie reichte es ihm und zog es dann kurz vor seiner Nase wieder weg. »Tausche Handtuch gegen Kuss«, verkündete sie entschlossen.

»So ist das also«, erwiderte er grinsend, ließ noch einmal Wasser in seine Hand laufen und spritzte sie nass.

»Igitt, du Schuft!«, rief April und brachte sich hinter der Toilettenabtrennung in Sicherheit. »Sie kann nur eine Woche bleiben. Ich habe ihr von dir erzählt. Ich glaube, sie fürchtet um ihre Nachtruhe. Geschrieben hat sie, dass sie die Privatsphäre von uns frisch Verliebten nicht verletzen möchte oder so ähnlich.«

»Du schwindelst doch«, foppte er sie und kam spielerisch drohend um die halbhohe Wand herum.

Sie kicherte. »Okay, das waren nicht ganz Marias Worte. In Wahrheit hat sie mich gebeten, sämtliche Ohropaxvorräte des Viertels aufzukaufen und auf ihrem Nachttisch zu deponieren, und sie hat mich gewarnt, dass ihre Anlage sehr laut Heavy Metal spielen könne, wenn wir es mit der Lautstärke bei ›anderen Tätigkeiten‹ übertreiben sollten. Aber sie hat große Lust, uns auf das nächste Kneipen-Konzert in San Mateo zu begleiten.«

»Gut«, sagte Storm lässig, aber seine Mundwinkel zuckten. »Dann weichen wir eben auf tagsüber aus. Hält sie Mittagsschlaf?«

»Was meinst du?«

Er grinste vielsagend. »Ich will auf keinen Fall riskieren, dass unsere Vermieterin nachts nicht schlafen kann … Ich bin flexibel, und wie ich weiß … du auch.«

Er streckte sich und griff feixend nach dem Ausschnitt ihres Schlafshirts, um mit der hohlen Hand kaltes Wasser hineinlaufen zu lassen. Überrascht quietschte sie auf, als eine nasse Spur über ihre Brüste rann und Gänsehaut verursachte – überall, wie sich deutlich abzeichnete. Sie trug keinen BH.

»Na warte, das wirst du mir büßen!«

»Ach so? Und wie?«

Am Ende lagen sie sich wohlig erschöpft in den Armen. Er spielte mit einer ihrer Haarsträhnen, die ihr inzwischen bis auf die Schultern reichten und sich an den Spitzen wie Seide um seine Finger kringeln ließen.

»Und wann kommt sie an?«, fragte er nach einer ganzen Weile und küsste ihre Schulter, die nackt aus dem Shirt ragte. »Das Konzert in San Mateo ist ja schon morgen.«

Verschmitzt schob sie sich den während ihres Intermezzos über die Schulter gerutschten Ärmel zurecht und sah auf ihre Armbanduhr. »Ich hole sie in etwas mehr als dreieinhalb Stunden vom Flughafen ab.«

Storm wurde bleich. »Und das sagst du jetzt? Wir müssen aufräumen! Ich muss noch mal duschen, mich anziehen, auf der Dachterrasse klar Schiff machen, da liegen überall Notenblätter und Notizen für diese Fernsehshow herum, die du mir eingebrockt hast. Und sie wird Hunger haben, oder? Was isst sie gern? Vegan oder vegetarisch?«

»Sie kommt aus Peru. Was erwartest du? Hauptsache scharf!«

April biss sich lachend auf die Unterlippe und zog ihn an der Gürtelschlaufe seiner hastig wieder hochgezogenen Jeans noch einmal an sich, um ihn ausgiebig zu küssen.

Viereinhalb Stunden später hörte er im Hausflur Stimmen und Kichern.

Sky tapste zum Eingang, er spitzte die Ohren und legte den Kopf schief, als die Geräusche näher kamen. Dann wedelte er aufgeregt mit dem Schwanz.

Da waren sie also.

Der Schlüssel kratzte und drehte sich im Schloss, und der Hund begann sein ohrenbetäubendes Begrüßungsritual. Als die Tür endlich aufging, sprang er winselnd und jaulend zwischen den beiden Frauen hin und her, hüpfte an ihnen hoch und versuchte, zum Abschlecken an Hände, Gesichter oder andere freiliegende Körperteile zu gelangen, noch bevor sie Koffer oder Taschen ablegen konnten.

Storm wischte sich die Hände trocken und beeilte sich, das Geschirrhandtuch wegzulegen.

Sky hatte sich inzwischen auf den Rücken geworfen, ließ niemanden vorbei und bettelte um Streicheleinheiten. Maria ließ lachend ihr Gepäck fallen, ging in die Hocke und tat ihm den Gefallen.

Sie sah jünger aus als auf den Fotos. Ihre lackschwarzen Haare waren kurz geschnitten, sie trug weiße Sneakers zu einer schmal geschnittenen Jeans und einem dunkelblauen kurzen Trenchcoat.

April hüpfte ausgelassen auf Storm zu, drückte ihm einen Kuss auf den Mund und legte ihren Arm um seine Taille. Sie schmeckte nach Milchschaum und Haselnusscappuccino.

»Und das ist Storm«, stellte sie ihn vor, und er meinte, so etwas wie Besitzerinnenstolz in ihrer Stimme zu hören.

Spielerisch zwickte er sie in die Seite. Er hörte ihre kleinen Quietscher einfach zu gern.

Maria richtete sich auf. Sie hatte breite Wangenknochen und eine sommersprossige Stupsnase.

»Hola!«

Als ihre Blicke sich begegneten, stutzte sie einen Augenblick, als ob sie sich über irgendetwas wunderte. Dann streckte sie ihm fröhlich die Hand hin. »Ich bin Maria. Schön, dich endlich kennenzulernen.«

Es war ein warmer Händedruck, angenehm fest.

Storm nickte. »Das finde ich auch. Ich habe schon viel von dir gehört. Hungrig? Ich habe Gemüselasagne gemacht.«

Maria hängte ihre Handtasche über die nächstbeste Stuhllehne und schnupperte verzückt in Richtung des Ofens. »Ich sterbe vor Hunger«, behauptete sie und zwinkerte April zu. »Du hast mir verschwiegen, dass er auch noch kochen kann!«

April strahlte ihn an. »Storm hat viele Qualitäten. Warte ab, bis du ihn singen hörst.«

»Ich brenne darauf!« Maria tanzte durch den Raum, ließ ihre Hand über Aprils selbst gemachtes Bücherbord gleiten und den Blick über die Kräutertöpfe draußen vor dem Terrassenfenster. »Wow, hier hat sich einiges verändert. Fünf Monate sind eine lange Zeit.«

»Gefällt's dir?«

April löste sich aus seiner Umarmung und trat einen Schritt auf Maria zu, die gerade Storms Mikrofon entdeckt hatte. Seine Freundin war nervös, er sah es an der Art, wie sie sich bewegte.

»Wenn es dich stört, kann ich es auch woanders aufbauen«, sagte er schnell.

Maria schüttelte den Kopf. »Quatsch, alles gut.« Sie atmete mit einem Seufzer tief durch, breitete die Arme aus und drehte sich einmal um ihre Achse. »Es ist so schön, wieder hier zu sein. Wie war das mit dem Essen? Kann ich was helfen?«

»Alles fertig, nur ihr beide fehlt. Setzt euch. Wein oder Wasser?«

»Halb und halb«, bat Maria und sah ihn erneut nachdenklich an. »Du kommst mir irgendwie bekannt vor.«

Storm grinste. »Wahrscheinlich hat April dir so viele Fotos geschickt.«

»Nein, das ist es nicht«, erwiderte sie. »Hm. Aber wo könnte ich dich schon mal getroffen haben?«

April sah zwischen ihnen hin und her. »Grenzt es doch mit Hobbys ein oder vielleicht erst mal mit Städten, in denen ihr schon gewohnt habt. Oder Kontinenten …?« Sie lachte.

Maria schüttelte den Kopf. Mund, Nase und Stirn waren in tiefe Falten gelegt.

In seinem Hinterkopf schrillte eine Warnglocke, und eine Faust drückte sich in seinen Magen. »Vielleicht sehe ich ja auch nur jemandem ähnlich? Manchmal verwechseln mich die Leute mit irgendwelchen … B-Promis.« Er bemühte sich, es scherzhaft zu sagen, betont locker. Irgendwann würde der Tag kommen, er hatte immer gefürchtet, dass ihn jemand wiedererkennen würde. Nur bitte nicht heute, nicht hier, nicht ausgerechnet Maria.

Sie zuckte mit den Schultern. »Vielleicht. Klar. Das wird es sein. Außerdem bin ich ziemlich platt vom Flug. Da kann ich nie klar denken.« Sie hob ihre Hände. »Ich geh mich nur schnell waschen. Fangt ruhig schon an.«

»Wir warten auf dich, also gib Gas!« April wartete, bis Maria um die Ecke gebogen war, dann hängte sie sich über die Tischplatte hinweg übermütig an seinen Hals. »Und? Was sagst du? Wirst du es mit einer Überzahl fantastischer Frauen hier aushalten?«

Storm grinste und drückte sie an sich. »Einigen wir uns auf ein ausgewogenes Kräfteverhältnis. Oder ist Sky für dich etwa kein ganzer Kerl?«

April küsste ihn lachend und öffnete die Weinflasche, während er mit zitternden Fingern die Lasagne aus dem Ofen holte.

Als Maria zurückkam, strahlte sie übers ganze Gesicht. »Ihr Witzbolde! Beinahe hättet ihr mich gehabt. April, warum hast du nichts gesagt?«

Ahnungslos sah April erst sie, dann ihn an.

»Storm Walker! Und Musiker! Da hätte der Groschen schon fallen müssen.«

Sie zeigte mit der Spitze ihres dunkelrot lackierten Fingers auf ihn und hielt eins der übrig gebliebenen Plakate für die Club-Gigs in die Höhe, die April hatte drucken lassen.

Storm wurde blass. Hilflos schüttelte er den Kopf, flehend, aber sie redete weiter. Natürlich tat sie das.

»Der ehemalige Leadsänger der Bay City Boys, live und

in Farbe! Und du gehst auf Kneipen-Tour? Qué bonito! Ich hätte dich wirklich kaum erkannt mit den …« Sie fuhr sich mit ihren Fingern über das Gesicht. »Gibt's die Band eigentlich noch, oder haben sie sich damals aufgelöst, nachdem –« Als sie nun endlich seinen Gesichtsausdruck realisierte, brach sie erschrocken ab. »Oh, das tut mir leid, ich bin so ein Trampel. Ich wollte nicht an alten Wunden rühren … Aber wie aufregend, oder? Na, du hast dich wahrscheinlich längst daran gewöhnt!«

Ihre Haare flogen, als sie sich an April wandte. Ein Härchen löste sich aus ihrer Frisur und glitt im Nachmittagslicht glitzernd und taumelnd auf den Boden. Es war merkwürdig, welche Details einem in solchen Momenten auffielen, in denen die Zeit selbst einen Augenblick den Atem anzuhalten schien.

»Für dich ist das alles ganz normal, April, du Glückskind. Ich fasse es nicht. Warum hast du nichts gesagt? Dann würde ich mir jetzt nicht vorkommen wie das letzte Groupie! Voll peinlich.« Lachend fächelte sie sich Luft zu. »Bitte entschuldige, Storm. Gib mir eine Sekunde, kommt nicht wieder vor.« Sie nahm einen Bissen von der Lasagne und kaute beglückt. »Stormy Bay hat mir Lasagne gekocht, Wahnsinn. Wenn ich das meiner Mamma erzähle!«

April beobachtete Marias Verhalten verständnislos. Dann sah sie ihn fragend an, er spürte es aus dem Augenwinkel, aber er konnte nur Maria anstarren, die kichernd Lasagne in sich hineinschaufelte.

Was sollte er sagen? Was tun? Außer hilflos dabei zusehen, wie seine Welt unterging wie ein leckgeschlagenes Schiff. Er hätte wissen müssen, dass alles ein Seifenblasentraum war. Ein Mann wie er konnte seiner Vergangenheit nicht entkommen. Er war auf ewig ein Gefangener, er trug ein Kainsmal. Wie hatte er das verdrängen können? Wie so naiv sein, dass er noch einmal neu anfangen könnte? Alles auf Anfang drehen?

Maria redete mit vollem Mund auf April ein. »Ich habe als Jugendliche sogar Bettwäsche von den Bay City Boys gehabt. Unglaublich, oder?«

April drehte langsam den Kopf hin und her. »Könnt ihr mich bitte mal einweihen? Mir ist das grade ein bisschen unheimlich.«

»Ach, komm schon, jetzt tu doch nicht so, als ob du nicht wüsstest, wen du datest. Ihr wohnt zusammen! Wir wohnen zusammen! Du! Ich! Mit *dem* Bay City Boy! Mit *Stormy*! Das ist der Hammer!«

April

»Bettwäsche?« Ich starre Storm an und begreife rein gar nichts. »Habe ich irgendwas verpasst?«

»April, ich …«

Maria legt ihre Gabel auf den Teller. Das Besteck klirrt unnatürlich laut. Storm hat sein Essen noch überhaupt nicht angerührt.

»Oh Shit.«

Marias Stimme klingt wie durch Watte zu mir. Jetzt sieht sie immerhin nicht mehr aus wie ein durchgeknalltes Duracell-Häschen. Ihre Augen haben sich verändert. Schuldbewusst sieht sie von Storm zu mir.

»Shit, Shit, Shit. April, du hattest wirklich keine Ahnung … Oh Mann, ich wusste nicht … Verdammt. Die kleinste Entfernungseinheit zwischen zwei Fettnäpfen – eine Maria.« Sie kichert hohl.

Niemand lacht.

Fanbettwäsche, schießt es mir durch den Kopf. Wer kauft

denn Fanbettwäsche von einer kleinen Vorstadtband? Ich habe nicht viel Ahnung von der Musikszene, ich habe mir als Teenager nie die *Bravo* oder *Popcorn* gekauft. Ich mochte immer lieber die kleinen Club-Konzerte, die Gigs der Schulband, die Auftritte meiner Klassenkameraden. Menschenmassen liegen mir nicht. Aber ich habe auch nicht ganz hinterm Mond gelebt. Die Bay City Boys – da klingelt was. Bay. Der Leadsänger hieß so. Er hatte einen unglaublich kitschigen Namen.

»Stormy Bay.« Meine Stimme kommt mir fremd vor, als ich diesen Namen wiederhole. Ich sehe Storm an. »Ernsthaft? Das ist dein Name? Ich dachte, Walker? Hast du für diese kleine Charade sogar deinen Ausweis gefälscht?«

Er schließt die Augen und schüttelt den Kopf. »Nein. So heiße ich wirklich. Bay ist mein zweiter Vorname. Marty dachte damals …«

»Marty. Der Typ, der angeblich den Grammy gewonnen hat, ja?«

Ich schiebe meinen Stuhl zurück und lasse die Gabel klirrend auf meinen Teller fallen. Mir schießen wütende Tränen in die Augen. Wie konnte ich so blind sein?! So naiv?!

Ich erinnere mich dunkel an dicke Balkenschlagzeilen: *Grammy-Todesnacht. Bandauflösung nach tragischem Unglück. War es Mord? Leadsänger unter Drogen. Verhaftet! Comeback-Versuch gescheitert. Abgestürzter Bay Boy ausgebuht und abgetaucht.* So was in der Art.

»Es war Martys Grammy, nicht meiner. Das ist die Wahrheit«, sagt Storm ruhig. »Er war unser Manager. Und mein bester Freund.«

Ich starre zum Fenster hinaus. Die Bucht ist nebelverhangen, wie so oft um diese Jahreszeit – und so passend …

»Die Bay City Boys also, ja? Das ist deine unbedeutende Band gewesen?«, frage ich blechern.

Storm greift nach meiner Hand, aber ich entziehe sie ihm.

»Wie viele Leute waren denn so im Schnitt bei euren *kleinen* Auftritten?«

Er schweigt und stiert auf seinen leeren Teller.

»Maria?«

Maria schluckt. Sie sieht aus wie ein Kaninchen, das sich unverhofft in einer Schlangengrube wiederfindet. »Ich war bei mehreren Stadion-Konzerten«, sagt sie kleinlaut.

»Wie viele?«, frage ich schneidend.

»Bei Open Airs waren das so um die sechzigtausend Zuschauer, glaube ich. Stimmt ungefähr, oder?«

Wir beide sehen Storm an. Er nickt in Zeitlupe.

Maria räuspert sich und schiebt ihren Stuhl zurück. »Entschuldigt mich, ich lasse euch wohl besser allein.«

Ich spüre, dass sie mich ansieht, aber mir fehlt die Kraft, meinen Blick von Storm abzuwenden und ihren zu erwidern.

»Es tut mir so leid!«, höre ich ihre leise dunkle Stimme.

Als sie keine Antwort bekommt, geht sie.

Mein Kinn zittert. Ich schäume vor unterdrückter Wut. Ich möchte alles kurz und klein schlagen, aber mir fehlt die simple Kraft, aufzustehen oder wenigstens zu schreien.

»Du hast mich glauben lassen, du hättest Angst, bei einem schnöden Kneipen-Konzert auf die Bühne zu gehen. Dass du null Erfahrung hast. Ein Anfänger, der immer nur für die Schublade geschrieben hat, dass es dein allererstes Mal ist, dass du selbst komponierst. Und ich ...« Ich muss einen dicken Kloß in meiner Kehle hinunterschlucken, bevor ich weitersprechen kann. »Du hast zugelassen, dass ich dich bei einer Talentshow im Fernsehen anmelde! Warum? Findest du das witzig? Hat dir das Spaß gemacht?«

Ich komme mir betrogen vor, ausgenutzt, hintergangen, vollkommen verarscht und für blöd verkauft. Eine heiße Träne stiehlt sich über meinen Lidrand, rinnt mir die Wange hinunter und tropft auf meinen Teller.

»April, ich … Es ist nicht, wie du denkst. Ich wollte doch nur … Ich wollte dich nie verletzen! Ich durfte nie eigene Songs schreiben. Die Plattenfirma meinte, ihre Komponisten könnten das besser. Das alles ist tatsächlich absolutes Neuland für mich. Und was den Rest angeht: Ich wusste nicht, wie ich es dir sagen soll. Ja, es ist noch viel mehr passiert als das, was ich dir bisher erzählt habe. Aber ich wollte es dir erzählen, wirklich, ich will es noch! Nur nicht alles auf einmal. Ich hatte Angst davor. Bitte glaub mir. Ich wollte einfach nur eine faire Chance, einen Neuanfang im Business. Und im Leben.«

»Mit Lügen als Basis?« Ich schüttle den Kopf. »Das Business ist mir scheißegal, Storm. Wir beide hatten uns aber eine Sache von Anfang an versprochen: absolute Ehrlichkeit. Vertrauen. Das war die Grundlage. Damit wir zusammen stark sein können!«

Ich greife nach dem Verschluss meiner Kette, nehme sie ab und schiebe den Phönix zu Storm hinüber. Hämisch funkeln mich die starren Edelsteinaugen des Schmuckstücks an.

Als hätte ich jede Kraft verloren, zieht es mir den Boden unter den Füßen weg. Obwohl ich sitze, habe ich das Gefühl zu schwanken. Ein Erdbeben ist nichts dagegen. In meinem Magen krampft sich alles zusammen. Ich zittere.

»Mir ist schlecht«, murmle ich und stehe auf.

Alles dreht sich.

»April!« Storm springt auf und legt mir eine Hand auf den Arm.

»Lass mich los«, sage ich. »Fass mich nie wieder an.«

Ich taste mich an der Wand entlang in mein Zimmer. Ich habe wirklich Angst, das Gleichgewicht zu verlieren. Meine Knie sind wie aus Gummi.

Mein Freund ist – war – Stormy Bay. Ein Superstar. Und das hat er mir verschwiegen. Unsere ganze Beziehung ist auf einer gigantischen Lüge aufgebaut. Auf einer? Auf einem Lügenpalast. Ich frage mich, was er mir noch alles vorgelogen und verheimlicht hat.

Sky tapst mir hinterher. Er springt auf mein Bett. Ich schimpfe nicht mit ihm. Ich rolle mich um ihn zusammen wie eine Kugel, in der Hoffnung, meine Mitte wieder zu spüren, mein Herz. Denn da ist einfach nur ein Loch. Schwarz und unendlich tief, und es saugt mich in sich auf, bis nichts mehr von mir übrig bleibt.

Ich liege in meinem Zimmer und starre die Decke an.

Stundenlang.

Sky weicht nicht von meiner Seite.

Es klopft an der Tür. Ich antworte nicht. Schritte entfernen sich, kommen zurück. Klopfen. Immer wieder von vorn.

Anfangs hebt Sky den Kopf und sieht mich erwartungsvoll an. Er winselt leise. Irgendwann blinzelt er nur noch mit einem Auge.

»Geh weg«, sage ich einmal, und Storm nimmt es als Einladung, mir durch die geschlossene Tür sein Herz auszuschütten.

»April, lass mich doch erklären! Ich hatte entsetzliche Angst, dich zu verlieren! Die Geschichte mit Marty, meine Vergangenheit. Alles, was die Zeitungen geschrieben haben, damals. Glaubst du, das ist etwas, worauf ich stolz bin? Ich war am Ende, ich wollte mich umbringen. Und dann kamst du in mein Leben, und ich habe mir nichts mehr gewünscht als einen Neuanfang, ein unbeschriebenes weißes Blatt Papier zu sein. Es war dumm von mir. Und es tut mir unendlich leid. Können wir bitte darüber reden? Wirf nicht weg, was wir haben! Bitte! Ich brauche dich!«

Ich starre tränenblind zum Fenster hinaus. Wie soll ich ihm je wieder vertrauen können?

»Wir haben *nichts*! Geh einfach! *Geh!* Ich will, dass du verschwindest. Hau ab! Geh weg! Nimm deine Sachen, und zieh aus. Wenn du bis morgen früh nicht weg bist, dann gehe ich! Und das meine ich *verdammt* ernst! Und nein, ich werde meine Meinung *nicht* ändern!« Meine Stimme überschlägt sich, sie ist heiser und fühlt sich an wie rohes Fleisch, weil ich so gebrüllt habe und der Zorn und der Schmerz mir die Kehle zuschnüren. Ich bekomme kaum Luft und kann nicht aufhören zu weinen.

Irgendwann später höre ich wieder Schritte. Vor meinem Zimmer bleiben sie kurz stehen. Stimmengemurmel, ein kurzes Gespräch mit Maria. Dann fällt die Wohnungstür ins Schloss.

Ich dämmere weg in einen traumlosen Schlaf.

Am nächsten Morgen steckt Maria ihren Kopf durch den Türrahmen. »Was hervorragend bei Jetlag hilft, ist ein Spaziergang durch den Park. Liebeskummer wird in ganz Amerika traditionell mit Fünf-Liter-Eimern Vanille-Eiskrem, Sprühsahne und Netflix-Schnulzen bekämpft. Womit fangen wir an?«, fragt sie.

»Sterben«, murmele ich.

Maria nickt. »Aber erst muss der Hund raus. Los, komm.«

Als wir zurückkommen, begrüßt Luigi Maria mit einer fröhlichen italienischen Tirade, und sie antwortet plappernd auf Spanisch. Ich habe es immer schon faszinierend gefunden, wie die beiden sich verstehen, ohne eigentlich die Sprache des anderen zu sprechen.

Ich nicke unserem Portier freundlich zu und wünsche ihm einen guten Morgen. Aber mir schenkt Luigi nur einen missbilligenden Blick und verschanzt sich demonstrativ hinter seiner Zeitung.

Oben liegt ein Brief auf dem Tisch. *April*, steht darauf.

Sonst nichts. Und die Kette mit dem Phönix ist darum gewickelt. Der Vogel ruht darauf, als würde er ihn bewachen.

Sky flitzt suchend in alle Räume, aber Storm ist fort. Und mit ihm all seine Sachen – genau, wie ich es gewünscht hatte.

Kapitel 18

Storm

Sie musste doch mit ihm reden wollen! Warum meldete sie sich nicht? Er wollte sie nicht bedrängen, aber er *musste* sie sehen. Er konnte nicht atmen ohne sie. Nicht schlafen, nicht essen, nicht klar denken.

Maria meinte, April brauche sicher nur etwas Zeit. Aber wie viel Zeit brauchte ein Mensch wie April, um das zu verdauen, was er ihr angetan hatte?

Er konnte nicht fassen, dass sie weg war.

Maria hatte sich tausendmal bei ihm für ihr unüberlegtes Gerede entschuldigt. Sie hätte ja nicht geahnt, dass er ihr wirklich nie gesagt hatte …

»Was genau?«, hatte er sie angefahren, als er es nach vier Tagen nicht mehr ausgehalten hatte und in das Apartment zurückgekehrt war. »Dass ich einen Menschen getötet habe, der mein bester Freund war? Dass die komplette internationale Presse über mich hergefallen ist und mich als drogenabhängigen Mörder hingestellt hat? Dass ich bei dem kläglichen Comeback-Versuch vollkommen zugedröhnt von der Bühne gestürzt bin? Ja, stell dir vor, Maria, es gab noch nicht den passenden Moment, um ihr auch noch *das* über mich zu erzählen, während sie nach wie vor mit dem Tod von Mrs. Wolowitz und ihren eigenen Dämonen zu kämpfen hatte.«

… und der große Fernsehauftritt so kurz bevorstand, hatte er

im Stillen ergänzt und sich gefragt, welche Rolle dies bei der ganzen Sache gespielt hatte.

Er hatte es verbockt, gründlich. Wie immer. Maria konnte im Grunde nicht einmal viel dafür.

Storm hatte die Lippen aufeinandergepresst und war einen Schritt zurückgetreten, als er realisierte, dass sie ihm nach hinten ausgewichen war und förmlich an der Wand klebte.

»Ich glaube, du gehst jetzt besser«, hatte sie auf seine Tirade ganz ruhig erwidert und die Hand ausgestreckt, damit er seinen Schlüssel für das Apartment hineinfallen lassen konnte.

Aber er hatte noch Sachen in der Küche, also war er an ihr vorbeigegangen, hatte die Schränke aufgerissen, seine Kräutermühle und das handgeschmiedete Kochmesser in ein Geschirrhandtuch gewickelt.

Am Tisch hatte ein Typ gesessen, jung, linkisch, ein Milchbubi mit Igelfrisur und einem schicken Fotoapparat. Als Storm an ihm vorbeigegangen war, hatte er den Blick gehoben und ihn argwöhnisch über eine Tasse Kaffee gemustert.

»Wohnst du auch hier?«, hatte er gefragt und zu Maria und dann wieder zu ihm gesehen.

Der Blick des Mannes hatte sich an den tief verästelten wulstigen Narben in Storms linker Gesichtshälfte festgesaugt. Er versuchte krampfhaft, sich seine Abscheu nicht anmerken zu lassen, aber Storm hatte gesehen, wie der Mann schluckte und peinlich berührt dem Augenkontakt auswich, als er registrierte, dass Storm das Starren bemerkt hatte.

Storm hatte nur mit dem Kopf geschüttelt. »Nein. Ich bin hier raus.«

Maria war schnell, das musste man ihr lassen.

Sie war ihm hinterhergekommen.

»Storm«, hatte sie leise gesagt. »Es tut mir wirklich leid.«

Er hatte ihre Hand abgewehrt, seinen Rucksack geschultert und sich umgedreht, in Richtung Ausgang.

Er würde die nächsten Gigs absagen, er konnte das nicht. Ron hatte recht behalten. Er war ein Schlappschwanz, ein Versager, Abschaum.

April war nicht mehr da. Sie war fort und mit ihm sein Herz, seine Seele, seine Gegenwart und seine Zukunft. Er wusste nicht, wie er atmen sollte ohne sie, wie er diesen Schmerz aushalten sollte. Die Vergangenheit hatte ihn fest in ihren Klauen.

Neben dem Motel, in dem er Unterschlupf gefunden hatte, gab es einen Drugstore, dessen Eigentümer so wirkte, als ob die richtige Menge Cash das Wort »Verschreibungspflicht« aus seinem Gedächtnis löschen konnte. Und der Laden daneben hieß *Andy's Booze*.

So fucking what.

Es spielte keine Rolle mehr.

Nichts spielte mehr eine Rolle ohne sie. Er wusste nicht, wie er ein Leben ohne April nüchtern ertragen sollte. Sie hatte ihn aufgegeben. Dann konnte er ebenso gut dasselbe tun. Er würde die noch verbliebenen Gigs absagen und erst recht diesen dämlichen Casting-Auftritt, den er nie gewollt hatte.

April

Tante Maggie, Lydia und Maria reden sich den Mund fransig und setzen alles daran, mich zum Bleiben zu bewegen. Aber ich muss gehen. Ich rede mir ein, dass ich es nicht bereue, mit ihm Schluss gemacht zu haben. Ich hatte gedacht, es würde genügen, ihn aus der Wohnung zu verbannen. Aber das Wissen, dass er noch irgendwo in dieser Stadt sein könnte, in Kalifornien, in den Staaten – ich muss hier weg. Dieses Land bringt mir kein Glück. Erst Jan, dann Mrs. Wolowitz ... jetzt Storm.

Was ich bedauere, ist, dass ich Sky ein Versprechen gegeben habe, das ich ihm nie hätte geben dürfen. Ihm nicht und erst recht nicht seinem sterbenden Frauchen. Ich bin Tante Maggie einmal mehr zutiefst dankbar, dass sie meinen Kopf aus der Schlinge zieht und den Racker zu sich nimmt, damit er nicht ins Tierheim muss. Insofern bin ich also hier zumindest nicht im engeren Sinn wortbrüchig geworden.

Irgendwie hat sich alles erstaunlich einfach gefügt: Maria konnte ich ganz überraschend einen WG-Nachfolger für mich präsentieren. Der Doc hat beide Augen zugedrückt und mir die nötigen Bescheinigungen für meine Famulatur schon ein paar Tage früher ausgestellt. Meine Bewerbung fürs Hammerexamen ist damit vollständig und bereits unterwegs.

Nur hatte ich mir die Reise, die ich nun antrat, ein wenig anders ausgemalt: ein paar Wochen später – und zu zweit.

Ich hatte Storm mit einem Trip nach Deutschland überraschen und ihm mein Heimatdorf und die Heide zeigen wollen. Aber vielleicht war das sowieso eine Schwachsinnsidee.

Es war alles totaler Schwachsinn gewesen.

»Hast du alles? Und du willst es dir wirklich nicht noch einmal überlegen?«

Wir stehen in der Abfertigungshalle am Flughafen. Mein Flug ist bereits aufgerufen worden. Wenn ich jetzt nicht durch die Sicherheitskontrolle gehe, verpasse ich womöglich den Flieger.

Ich schüttle den Kopf.

Aus dem Augenwinkel sehe ich, wie Lydia Tante Maggie aufgeregt am Ärmel zupft und hinter meinem Rücken auf die Fernsehmonitore über mir zeigt.

»Was gibt's da zu sehen?«, frage ich und will mich umdrehen.

Tante Maggie verzieht das Gesicht, als hätte sie auf eine saure Zitrone gebissen, und zieht mich weg. »Gar nichts, Schätzchen. Denk dran, dir Wasser für den Flug zu kaufen, sobald du durch die Security bist, hörst du? Sie schenken auf den Nachtflügen nie genug aus.«

»Ja, mach ich«, antworte ich abwesend.

Ich höre das Ende des Werbeblocks und den eingängigen Jingle der Fernsehtalentshow, zu der ich Storm angemeldet hatte. *America's Topstar*. Meine Knie wollen mir den Dienst versagen, aber ich bin stärker.

Ich atme tief durch und greife mit geblähten Nasenflügeln nach meinem Boardingpass und dem Ausweis. »Einen stilechteren Rauswurf könnte ich mir nicht vorstellen«, zische ich und bringe ein schiefes Lächeln zustande.

»Ach, Schätzchen!« Tante Maggie drückt mich mit klirrenden Armreifen noch ein letztes Mal an ihren üppigen Busen. »Versprich mir, dass du ganz bald wiederkommst, ja?«

Ich hebe unsicher die Schultern. »Ich weiß es nicht«, sage ich leise.

»Tu's für Sky!«

»Grüß den Kleinen von mir und gib ihm eine Extrawurst, ja?« Jetzt kämpfe ich mit den Tränen.

Tante Lydia sieht immer noch auf den Monitor. Sie ist zur Salzsäule erstarrt, ihr Gesicht aschfahl.

Ich will es eigentlich gar nicht wissen, aber ich kann nicht anders, als ihrem Blick zu folgen.

Weißes Hemd, ausgewaschene Jeans, Designerstiefel. Natürlich steht er da, im Scheinwerferlicht vor der Jury, und sagt seinen Spruch auf.

Storm.

Wer sonst?

Unwillkürlich taste ich an meinen Hals. Aber meine Kehlgrube ist leer. Der Phönix liegt im Nachttischschubfach in Tante Maggies Gästezimmer, wo ich die Sachen gelassen habe, die ich nicht mitnehmen wollte.

War ja klar, dass er die Chance nicht ungenutzt verstreichen lässt, bloß weil wir uns getrennt haben.

Das Petrol in seinem Gesicht hat er gegen Blauschwarz ausgetauscht. Wie dramatisch, denke ich zynisch. Allerdings bringt es die silbernen und goldenen Spinnwebenlinien tatsächlich noch eindrucksvoller zur Geltung.

»Welches Lied hast du für uns vorbereitet?«, fragt der Moderator schnarrend.

»*Anthem*. Von Leonard Cohen«, erwidert Storm, und seine Stimme verursacht mir immer noch Gänsehaut.

Die Jurymitglieder raunen und pfeifen durch die Zähne.

»Gewagt«, sagt einer, und ich höre hoffnungsvolle Schadenfreude heraus.

»Vielleicht«, sagt Storm nur. »Ich widme diesen Song meiner großen Liebe, die ich durch einen Riesenfehler verloren habe, den zweitschlimmsten meines Lebens. Sie hat an mich geglaubt, als ich ein Niemand war. Vielleicht hört sie zu. Und verzeiht mir.«

Mein Herz setzt einen Schlag aus. Keuchend schnappe ich nach Luft.

Muss es wirklich sein, dass Storms Visage und Stimme das Letzte sind, was ich in diesem Land zu sehen kriege? Dass er mich bis hierher verfolgt?

Ich drehe mich entschieden weg, küsse Tante Maggie und Lydia noch einmal hastig auf die Wangen.

Dann fasse ich mein Handgepäck fester, damit es mir im Laufen nicht von der Schulter rutscht, und renne die letzten Meter bis zur Abfertigung.

»April, warte. Bist du dir wirklich sicher? Willst du nicht …«

Wild den Kopf schüttelnd fliehe ich vor den ersten Takten dieses vermaledeiten Liedes und vor Storms höhnenden Worten. Wie kann er es wagen, unsere Geschichte zu nutzen, um die Jury damit zu bezirzen?

Ich klackere mit meinen Schuhen auf dem Flughafenfußboden so laut gegen die Fernsehübertragung an, wie ich kann, ohne zu sehr die Aufmerksamkeit des Sicherheitspersonals zu erregen.

»So eilig von hier wegzukommen, junge Dame?«, fragt mich einer der Grenzbeamten argwöhnisch und prüft mit grimmigem Blick meinen Pass und mein Visum.

Ich nicke flüchtig, und da sieht er die Tränen, die ich nicht länger zurückhalten kann, und winkt mich ohne ein weiteres Wort durch.

Storm

»*There's a crack … there's a crack in everything … that's how the light gets in …*«

Die letzten Töne verklangen. Kraftlos ließ er die Gibson sinken. Er blieb einfach auf der Kamera-Markierung stehen, mit gesenktem Kopf.

Das Publikum schwieg.

Er sah sich selbst auf den Studiomonitoren, einen Loser mit null Ausstrahlung, und wollte nur noch einmal tief durchatmen, ehe er ging.

Schnitt.

Die Kamera schwenkte über die Gesichter, fing Tränen ein, offene Münder und eine sichtlich gerührte Jury.

Dann sprang einer von ihnen auf und löste einen kreischenden Begeisterungssturm unter den Studiogästen aus, als er zum goldenen Buzzer rannte. Doch kurz bevor seine Hand niedersauste, hielt er inne und wandte sich an ihn, den benebelten, geflashten Sänger, der beinahe teilnahmslos dastand, so, als würde ihn das alles gar nichts angehen.

»Bro!«, brüllte der Juryboss publikumswirksam. »Ich kann dich mit einem Schlag ins Finale buzzern. Aber damit ich das tue, verrate mir bitte: Wie heißt du? Und vor allem: Wie heißt die Frau, wo steckt sie, und was um Himmels willen hast du angestellt, dass sie nicht in diesem Moment zu dir auf die Bühne kommt und dir um den Hals fliegt?«

Storm schob sich die Baseballcap in den Nacken. Er schwitzte und hatte das Gefühl, der Studioboden schwanke, doch das war er nur selbst. Sein eigener Schatten.

April war nicht da. Er hatte seit Tagen kaum etwas gegessen und viel zu wenig getrunken. Aber er hatte diesen Auftritt durchgezogen. Für sie, er hatte es ihr versprochen. Das war alles.

Darum schüttelte er nur den Kopf und drehte sich ohne ein Wort um, bereit, von der Bühne zu gehen.

Das Publikum schrie auf, und der Mann von der Jury schlug theatralisch auf den Buzzer.

»Komm zurück, Bro! Hol dir dein Goldenes Ticket ab. Finale!«

Storm blieb stehen, ballte die Fäuste, lockerte sie, war sich unschlüssig, wie er reagieren sollte.

Die Kamera hielt direkt vor seinem kunstvoll maskenartig geschminkten Gesicht und zoomte dicht an die silbernen und goldenen Spinnweben heran.

Er nickte. Seine Augen waren gerötet, aber er zeigte keine weitere Emotion.

»Mein Name ist Storm Walker«, sagte er schlicht. »Und ich suche April. Bitte. Gib mir noch eine Chance.«

Aprils & Storms Songs

Phantom Planet: *California*
Sting: *Desert Rose*
Pink: *What About Us*
Def Leppard: *Animal*
Amy Winehouse: *Rehab*
Michele Morrone: *Beautiful*
Lukas Graham: *Scars*
Crowded House: *Four Seasons In One Day*
Dua Lipa: *New Rules*
Lady Gaga: *Bad Romance*
Patti Smith: *Because the Night*
Machine Gun Kelly: *play this when i'm gone*
Taylor Swift: *right where you left me*
David Bowie: *Heroes*
Phoebe Bridgers: *Chinese Satellite*
Justin Bieber & benny blanco: *Lonely*
Jhené Aiko: *Pray For You*
H.E.R.: *Sometimes*
Tyler Shaw: *When You're Home*
Mac Miller: *Everybody*
Warren Zevon: *Detox Mansion*
Selena Gomez: *De Una Vez*
Leonard Cohen: *Anthem*

Anmerkung der Autorin/ Content Note

Die Trilogie über April und Storm ist Fiktion, eine romantische Liebesgeschichte von zwei Menschen mit einem Rucksack voller Probleme, die miteinander wachsen, lernen und mit Rückschlägen zu tun haben – wie im wahren Leben.

Wir alle haben Narben. Manche sieht man, manche sind unsichtbar, niemand ist perfekt.

April und Storm werden in dieser Geschichte direkt oder indirekt mit Krebs, mit PTBS (Posttraumatischer Belastungsstörung), mit Suchtkrankheit, Medikamentenmissbrauch und Tod konfrontiert – und sie haben Sex.

Es ist mir ein Anliegen, ganz deutlich zu machen, dass mit keinem dieser Themen »zu spaßen« ist, uns allen ist die Schwere der genannten Krankheiten absolut bewusst. Ich hoffe, dass mir trotz sorgfältiger Recherche und vielen intensiven Gesprächen mit Betroffenen keine Fehler unterlaufen sind. Gleichwohl – jeder Mensch hat unterschiedliche Verläufe und erlebt Symptome oder Krankheit verschieden, auch in der Behandlung wird nicht jede:r Mediziner:in denselben Weg einschlagen. An manchen Stellen im Roman gehen Dinge vielleicht auch grundsätzlich etwas glimpflicher ab als in der Realität. Ich möchte damit die Krankheiten keineswegs verharmlosen und hoffe, dass ich niemandem, der oder die in irgendeiner Weise betroffen ist, unwissentlich zu nahe getreten bin.

Bei aller Ernsthaftigkeit und Schwere soll Aprils und Storms Geschichte vor allem ein Liebesroman sein.

Wenn du von Suchtproblemen betroffen bist oder dir unsicher bist, ob eine Abhängigkeit vorliegt, oder wenn du dich psychisch krank fühlst: Bitte um Unterstützung und nimm professionelle Hilfe in Anspruch. Tu es heute – nicht morgen! Dein Leben zählt. Du bist es wert. Du bist genug. Immer.

Danke

Als ich vor meinem geistigen Auge plötzlich diese junge Frau sah, die so lebenshungrig das Fenster mit Blick auf die Bay aufreißt, den Duft des Ozeans einatmet und dabei das Bimmeln der Cable Cars hört, da hatte ich noch keine genaue Vorstellung davon, wer sie war und was sie alles erleben würde. Ich wusste nur, dass sie wegen der Osteopathie dort in San Francisco ist, dass bereits einiges hinter ihr liegt und dass unten ein Musiker steht, der gleich klingeln würde. Ein gebrochener Typ, der ein Zimmer braucht. Und ich hoffte und fieberte beim Schreiben mit, ob es ihnen am Ende gelänge, ein neues Ganzes zu bilden, nachdem sie sich ein paarmal bei den Versuchen geschnitten haben, ihre Scherben zusammenzufügen. Ich wusste, dass sie April und Storm heißen, aber nicht, was alles vor ihnen – und vor mir – liegt auf dem Weg von der ersten bis zur allerletzten Seite dieser Trilogie.

Es war ein Ritt, auch was die Recherche zu diesen drei Bänden betrifft. Und es gibt einige Menschen, die ich besonders hervorheben möchte, weil ohne sie diese Geschichte nicht so stimmig und rund und tief geworden wäre.

Zunächst gilt mein Dank meiner Agentin Ulrike Schuldes, dem Lübbe Verlag und meinen wunderbaren Lektorinnen Daniela Jarzynka und Valérie Thieme: Danke für das Vertrauen, die große Wertschätzung und dafür, das Beste aus diesem Manuskript und aus mir herauszukitzeln.

Danke an Dr. med. Olaf Wiesner und Dr. med. Annika Wolff für die intensivmedizinische Beratung und dass ihr mir zu fast jeder Uhrzeit an fast jedem Tag jede noch so absurd scheinende Fachfrage stoisch und auf Augenhöhe beantwortet habt.

Danke an Ursula Grohnert für das osteopathische Fundament in Theorie und Praxis und deine Zauberhände an meinem vom Schreiben verspannten Autorinnenkörper.

Danke an meine Delia-Autorenschwestern, allen voran Kirsten Greco, Jana Lukaschek und Simone Olmesdahl. Einen unschätzbar wertvollen Wissenspool haben wir da, mit Spezialkenntnissen vom amerikanischen Gesundheitssystem bis hin zur Sachkunde einer OP-Schwester oder Rauschgiftfahnderin bei der Kripo. Danke fürs geduldige Löchernlassen!

Danke an Frank Wilde, dass du mein musikalisches Backstage-Gedächtnis reaktiviert hast.

Danke an die Menschen, die ich vor allem übers Netzwerk Burgwedel kennengelernt habe und die ich an dieser Stelle bewusst nicht namentlich nenne, gerade weil sie mir so offen und schonungslos von ihren Krankheiten, ihren dunklen Stunden und den lichten Momenten erzählt und mir weitere Kontakte hergestellt haben. Danke für Ihr und euer Vertrauen und die Unterstützung! Diese bewegenden Gespräche haben mich mit Demut und tiefem Respekt erfüllt.

Meinen Freundinnen Alice, Gitta, Marion und Sabine: Danke für eure Zeit, fürs geduldige Zuhören, Knotenentheddernhelfen, Aufrichten, Krönchenrichten!

Und last, but most importantly: Danke an Carlotta, beste Tochter der Welt, Spanisch- und Peru-Kennerin, dass du es immer wieder gelassen erträgst, wenn ich unansprechbar und losgelöst von Zeit und Raum in andere Welten und Dimensionen verschwinde. Wir holen die Reise an die Westküste nach, versprochen!